Moira Young

DUST LANDS

Der Blutmond

Roman

Aus dem Englischen
von Alice Jakubeit

FJB

Erschienen bei FISCHER FJB

Die englische Originalausgabe erschien unter dem Titel ›Raging Star‹ bei Scholastic Children's Books, London.

Satz: pagina GmbH, Tübingen
Druck und Bindung: CPI books GmbH, Leck
Printed in Germany
ISBN 978-3-8414-2225-5

In liebevollem Gedenken an
John Elgin Stark,
Träumer, Künstler, Lehrer

Inhalt

Die östliche Klamm 11

Nacht sieben 83

Nacht sechs 177

Nacht fünf 237

Nacht vier 293

Nacht drei 339

Nacht zwei 365

Danach 401

New Eden 431

Ich hab von meiner lange toten Mutter geträumt.
Als ich neun oder zehn war, hab ich das jede Nacht getan.
Ihr Leben ist aus ihr rausgeblutet, als sie Emmi geboren hat,
und Pas Trauer mit anzusehen ist furchtbar gewesen.

Er hat sie auf den Scheiterhaufen gelegt,
auf ihren Bestattungsscheiterhaufen,
den er mit seinen untröstlichen Händen errichtet hatte.
Immer wieder hat er sie beweint, hat sie geküsst,
ihr Gesicht, ihre Lippen, ihre Haare.
Stirb nicht, verlass mich nicht, süße Allis, geh nicht.
Meine goldene Schönheit.
Mein Leben.

Dann hat er den Scheiterhaufen angezündet, um sie,
seine Herzseele,
zurück zu den Sternen zu schicken.
Was am besten gewesen ist in uns, ist zu Asche verbrannt.

Sie ist durch meine Träume gelaufen,
meine sonnenhelle Mutter,
jede Nacht in jenen ersten zwei Jahren.
Und Lugh ging's genauso.
Bei Lugh und bei mir genau das Gleiche.
Das ist ein kleiner Trost gewesen. Schätz ich.

Und so wie das Licht erloschen ist, ist unsere Finsternis gewachsen, und sie ist nicht mehr durch meine Träume gelaufen.

Aber jetzt, jetzt ist sie wieder da.
Im Dunkel meiner Träume
ist sie wieder
lebendig.

Die östliche Klamm

Wir laufen. Durch die Nacht. Wir fünf. Durch den weißen nächtlichen Wald von New Eden. Lugh und Tommo und Ash und Creed und ich. Wir fünf. Wir laufen.

Trockene Waldstreu polstert den Boden. Dämpft das Trommeln unserer Stiefel. Unser Atem macht Wölkchen in der kalten Luft. Wir sind alle hellwach und ganz bei der Sache.

Lugh trägt das Seil, hat es sich um die Brust geschlungen. Ich trag das Sprengpaket. In Stoff gewickelt, in meinem Beutel verstaut, zusammen mit meiner kärglichen Ausrüstung.

Weitgucker. Bettzeug. Medizintasche. Wasserschlauch. Salzblock. Essnapf. Hemd. Das Messer in der Scheide in meinem Stiefel. Bolzenschießer. Waffengürtel. Mein Weißeichenbogen und ein voller Köcher. Und der Herzstein liegt kühl in der Mulde an meinem Hals. Das ist es so ziemlich. Viel ist es nicht.

Partisanen reisen mit wenig Gepäck. Und schnell. Und wir sind Partisanen. Wir sind die wiedergeborenen Free Hawks. Wir wollen für das Recht kämpfen, in New Eden zu leben. Gutes Land und sauberes Wasser sind knapp in dieser Welt. Aber hier in New Eden gibt es das. Und da haben alle ein Recht drauf. Schwache und Starke. Alte und Junge. Menschen und Tiere und alle, die sich die Erde teilen. Nicht nur er und seine Auserwählten.

Er. DeMalo. Der Wegbereiter. Seine Auserwählten: die Verweser der Erde. Unverdorbene junge Leute. Stark und gesund. Gebärfreudig, Arbeiter für seine glänzende neue Welt. Mit vorgehaltener Waffe in seinen Dienst gezwungen. Und dann von ihm umschmeichelt und umworben. Überzeugt und überwältigt und seinem Willen gebeugt. Von seiner Tonton-Armee bei der Stange gehalten.
Heute Nacht schlängeln wir uns zwischen Bäumen durch. Jeder sucht sich seinen eigenen Weg. Wir springen über Wasserläufe. Über Felsen. Dann werden wir plötzlich langsamer, müssen uns ganz vorsichtig einen Weg durch ein Stolperfeld suchen, wo die Wurzeln über der Erde liegen. Verletzungen können wir uns nicht leisten. Bloß keine Ausrutscher, vertretenen Füße, Knochenbrüche.
Wir sind am äußersten Rand von New Eden. In der hintersten südöstlichen Ecke, wo es ins öde Raze übergeht. Das Land hier ist knochentot. Keine Siedlungen oder Farmen. Es besteht nur aus Graten und Senken und Hügeln. Hier ist das Land verschlossen. Die Erde ist nur eine dünne Schicht auf dem Fels. Die Bäume verwurzeln sich durchtrieben und zäh. Wir bleiben so weit wie möglich auf höherem Gelände. Unsere Waldwelt ist gut beleuchtet. Vom Mond in kaltes Weiß getaucht. Wir verlassen die Schatten. Laufen raus ins Licht. Dann wieder zurück in die Schatten. Rein und raus, immer wieder. Wir sind versilbert. Weiß getüncht. Gespenster auf der Flucht.
Und Tracker ist mein gespenstischer Wolfshund. Ein zotteliger Herr der Wälder. Sein großer Körper streift mich beim Laufen. Hoch über uns krähensegelt Nero durch die Nacht. Lässt sich vom Wind über ein Meer aus Sternen tragen. Ein Meer aus rastlosen Sternen.

Es ist Sternenzeit. Sternenjahreszeit. In diesen kurzen Tagen des Jahres, wenn das Licht früh schwindet und die Dinge vergehen, flitzen die Sterne durch die Nacht. Sie sind die ruhelosen Seelen der Toten. Die zur Erde zurückkehren, weil sie noch was zu erledigen haben.

Ich lauf meistens vorneweg. Aber hin und wieder lass ich mich zurückfallen, um meine Kräfte zu schonen. Osten, das ist unsere Richtung, genau nach Osten, gemessen am Großen Bären. Es ist nicht mein Plan gewesen, dass wir den ganzen Weg rennen. Es ist einfach so gekommen. Als wir die Höhle verlassen haben, wo wir Rast gemacht hatten, bin ich zügig losgegangen. Nach ein paar Schritten waren wir schon am Rennen. Wir sind zu angespannt, zu aufgeregt, um langsamer zu laufen.

Ich halt von hier hinten aus die Augen offen. Ich such nach Jacks erster Wegmarkierung. Nach dem Anfang von seinem Weißfichtenpfad. Die Weißfichte ist ein Baum wie kein anderer. Verkümmert und verdreht. Leicht zu entdecken, tags wie nachts. Als ich den ersten Baum seh, seine erste Markierung, lächel ich. Er hat es genauso gemacht, wie er gesagt hat. Auf der Nordseite vom Baum hat er in Schulterhöhe ein Stück Wurzel an einen Ast gehängt. So hat er mir diese Abkürzung alle eineinhalb Meilen markiert. Es ist unser Geheimnis. Seins und meins.

Und Jack ist auch mein Geheimnis. Alle anderen halten ihn für tot. Sie glauben, er ist vor einem Monat getötet worden. Als wir die Tonton-Festung Resurrection in die Luft gesprengt haben. Und so muss es auch sein. Er muss tot bleiben. Jack hat bei uns nicht viele Freunde. Die, mit denen ich gerade durch diese Wälder renn, sind nicht seine Freunde.

Ash und Creed hassen ihn, weil er bei den Tonton gewesen ist. Jack hat sich dem Feind angeschlossen, das stimmt. Allerdings um gegen ihn zu arbeiten, nicht für ihn. Aber an ihm klebt Blut. Er ist dabei gewesen in jener Nacht, bei dem Darktrees-Gemetzel, als die Tonton unsere Freunde getötet haben. Die Free Hawks und die Weststraßenräuber. Er hat bei diesem Gemetzel nicht mitgemacht. Genau genommen hat er ihnen das Leben gerettet. Creed und Ash, meine ich. Und Maev auch. Und er hat uns in Resurrection geholfen. Er ist es gewesen, der den Laden in die Luft gesprengt hat. Sein schnelles Denken hat Emmi das Leben gerettet.

Nichts davon spricht für ihn. Nicht bei Ash und Creed. Sie haben in jener Nacht ihre Sippen verloren. Ihre Seelen sind tief und für immer verletzt. Jack ist mit den Mördern geritten, das reicht, um ihn zu verurteilen. Wenn sie wüssten, dass er am Leben ist, würden sie ihn garantiert verraten.

Lughs Hass auf Jack ist der größte. Tommos kommt dicht dahinter. Bei beiden hat es mit mir zu tun. Slim kennt Jack nicht. Molly und Emmi lieben ihn. Wie immer bei Jack, ist es nicht einfach. Also haben wir entschieden, er und ich. Wir können nicht allen trauen, also ist es am sichersten, wenn wir es keinem erzählen. Für die anderen muss er tot sein.

Wenn sie nur wüssten, dass Jack auf unserer Seite steht. Er ist mein Kundschafter, mein Spitzel. Baut sich fleißig sein kleines Netzwerk von New-Eden-Rebellen auf. Er hat ein paar Maulwürfe, ein paar hellwache Verweser, die dieselben Ziele haben wie wir. Und ein paar Geächtete. Die sogenannten Baumhunde, weil sie in den Wäldern untergetaucht sind. Als DeMalo ihr Land beschlagnahmt hat, haben sie beschlossen zu bleiben. Sich zu verstecken und ihm Ärger zu machen.

Jack hat mir geholfen, diese erste Aktion zu planen. Er hat Landkarten in die Erde gekratzt. Wir haben über Taktik und Waffen gesprochen. Er hat den ganzen Weg für uns markiert, etwas über sechs Meilen von der Höhle bis zur Brücke. Die Brücke über die östliche Klamm, die New Eden mit dem Raze verbindet. Die Brücke, die wir in die Luft jagen wollen. Sie ist von Sklavenarbeitern wieder aufgebaut worden. DeMalo ist ein großer Straßen- und Brückenbauer. Damit die Tonton schneller vorankommen. Damit seine Verweser der Erde es leichter haben, wenn sie ihr geraubtes Ackerland bestellen. Wir wollen sie alle zerstören, eine nach der anderen. Die hier ist abgelegen, eine gute Stelle, um anzufangen. Hier können wir unseren Drill, unsere Disziplin, unsere Vorgehensweise ausprobieren. Ohne Angst vor Störungen haben zu müssen.
Es ist gut, dass Jack den Weg für uns markiert hat. Mittlerweile kennen wir New Eden ganz gut. Aber bis sie diese Brücke gebaut haben, hat es hier in dieser abgelegenen Ecke gar nichts gegeben. Wir kennen sie nur ganz grob, nicht bis ins Kleinste.
Vor einer Weile hab ich mich zurückfallen lassen. Halte Ausschau nach Jacks letzter Wegmarkierung. Da vorne ist eine Weißfichte. Die hier steht ganz für sich allein da. Als ich näher komm, werd ich ein bisschen langsamer. Ja, da ist es. Das Wurzelstück, an einem Ast. Die Klamm und die Brücke sind gleich da vorne. Heiße Aufregung flackert in mir auf. Jetzt übernehm ich wieder die Führung. Ich stürm vor, und Tracker bleibt neben mir.
Creed läuft ein Stück links von mir. Wie immer trägt er kein Hemd. Er ist vom Hals bis zur Hüfte tätowiert. Und er trägt keine Stiefel, auch wie immer. Er sagt, seine Füße ver-

messen beim Laufen das Land. Die Kälte hat ihn in einen affigen Gehrock gestupst. Die schäbigen Rockschöße flattern hinter ihm her. Als ich an ihm vorbeirenn, wirft er mir ein breites weißes Grinsen zu. An seinen Ohren glitzern Silberringe.

Ash läuft mit langen, federnden Schritten. Die Schultern hält sie tief. Ihre Haare flattern hinter ihr her, ein hüftlanges Banner aus Zöpfen. Ich nick ihr im Vorbeilaufen zu. Fast geschafft. Ihr Gesicht mit dem eckigen Kinn verzieht sich zu einem seltenen Lächeln. Ash ist kein Miesepeter, gar nicht. Aber fröhlich ist sie auch überhaupt nicht. Außer es gibt Ärger oder wir sind in Gefahr oder ein Kampf liegt vor uns. Darauf hofft sie jetzt bestimmt. Aber nicht im schlechten Sinn.

Ich arbeite mich zu Tommo vor. Komm ihm näher und hol ihn ein. Er weicht mir aus. Senkt den Kopf, so dass seine Haare seine Augen verbergen. Aber ich weiß, was ich sehen würde, wenn ich sie sehen könnte. Verletzung. Und Wut. Ich berühr ihn am Arm, damit er weiß, dass wir in der Nähe der Brücke sind. Er schüttelt mich ab. Hastig. Ein bisschen grob. Tommo hasst mich jetzt richtig. Und zu Recht. So wie ich auf seinem Herz rumgetrampelt bin. Achtlos, ohne an die Auswirkungen zu denken. Mit fünfzehn Sommern schwankt er zwischen Junge und Mann. Und ich hab sie beide getäuscht, den Mann wie den Jungen, mit einem Kuss. Mit dem Kuss einer Geliebten, der eine Lüge gewesen ist. Jetzt klammert er sich an die Verletzung, die meine Täuschung ihm beigebracht hat.

Tracker und ich preschen weiter vor und nähern uns Lugh. Er führt uns seit einer Weile an. Vorhin ist mir aufgefallen, dass er Tommo nicht die Führung überlassen wollte. Wahrscheinlich will er uns damit was zu verstehen geben. Aber ich hab jetzt keine Zeit, drüber nachzudenken, was.

»Lugh!«, sag ich leise, als ich zu ihm aufhol. »Wir sind fast da. Ab jetzt übernehm ich.«

Er wirft mir einen kurzen Blick zu. Seine Schönheit ist vom Mond weiß getüncht. Seine dunkle Geburtsmondtätowierung ist deutlich zu sehen. Oben auf seinem rechten Wangenknochen, genau wie bei mir. Die hat Pa dahin gemacht, um uns als was Besonderes zu kennzeichnen. Wir zwei, seltene Mittwinterzwillinge. Der Junge aus Tageslicht gemacht, golden wie die Sonne, das Herzkind unserer Mutter. Das Mädchen, ich, dunkel wie die Nacht, im Schatten von ihrem Bruder geboren. Man sieht uns kaum an, dass wir verwandt sind, geschweige denn, dass wir uns den Mutterbauch geteilt haben.

»Lass dich zurückfallen«, sag ich zu ihm. »Ich führ uns dahin, das weißt du.« Er beachtet mich nicht. Starrt einfach gradeaus, das Kinn störrisch vorgereckt. Er wird schneller. Also werd ich auch schneller, und im Nu liefern wir uns ein Rennen. Kopf an Kopf. Ungläubig guck ich ihn an. »Lass das. Komm schon, Lugh.«

Er gibt keine Antwort. Strengt sich noch mehr an. Atmet schwer. Seine Nasenlöcher blähen sich. Sein Kiefer ist völlig verkrampft. Aber er läuft schon zu lange so schnell.

Kopfschüttelnd leg ich noch einen Zahn zu. »Na schön! Wie du willst!«

Mühelos zieh ich davon. Wir lassen ihn hinter uns, Tracker und ich. Ich guck mich nach ihm um: Er hat angehalten. Steht vornübergebeugt, die Hände auf die Knie gestützt. Seine Brust hebt und senkt sich heftig. Ash, Creed und Tommo müssen um ihn rumlaufen.

Was für ein Zeitpunkt für eine Kraftprobe. Ich werd nachher mal ein Wörtchen mit ihm reden müssen. Im Augenblick muss das warten. Jetzt haben wir eine Brücke in die Luft zu jagen.

Wir hocken uns hinter eine Felsgruppe ein gutes Stück oberhalb von der Brücke. Wir warten, bis wir wieder zu Atem kommen, und gucken uns dabei das Gelände an. Tracker lässt sich zwischen Ash und mich plumpsen und die Zunge zum Abkühlen aus dem Maul hängen.

Nero kommt runtergesegelt und setzt sich auf meinen Kopf. Seine Krallen piksen mich in die Kopfhaut. Ich hol ihn da runter, und dabei find ich die klitzekleine Rolle aus Kirschbaumrinde an seinem rechten Bein. Das ist eine Botschaft von Jack. Ich bind sie los, aber so, dass die anderen nichts merken. Es könnt was sein, was ich sofort wissen muss. Er hat eine Pyramide in die Rinde gekratzt. Nein, ist nicht eilig. Er hat nur unseren Treffpunkt für heute Abend geändert. Wir treffen uns in Irontree. Ich steck die Rolle in die kleine Ledertasche an meinem Gürtel.

Dann guck ich mir durch den Weitgucker die Brücke und das Gelände drum rum an. Es ist alles genauso, wie Jack es mit einem Stock für mich in die Erde geritzt hat. Und wie ich es dann für meine Truppe gezeichnet hab, als wir diese Aktion durchgesprochen haben. Es ist alles haargenau so, wie er's gesagt hat. Er hat ein gutes Auge für Einzelheiten, mein Jack, das ist mal sicher.

Sie haben auf den eisernen Überresten von einer alten Abwrackerbrücke aufgebaut. Haben ein paar Stützstreben aus Holz und eine neue Brückendecke und Tragbalken angebracht. Sie ist schlicht und robust, von einem Ende zum andern rund zwölf Meter lang und überbrückt eine steile Felsschlucht. Die östliche Klamm. Wie eine brutale Axtwunde im Körper der Erde. Ganz unten strömt schnelles, zorniges Wasser. Ein schmaler Fluss, silbern in der Nacht, schäumt und buckelt bergab.

Ash pfeift leise. »Hoffentlich hast du keine Höhenangst«, sagt sie zu Lugh. »Falls du doch tauschen willst, mein Angebot steht noch.«

»Was? Du glaubst nicht, dass ich das hinkrieg?«, fragt er.

Sie blinzelt, als sie seinen bärbeißigen Ton hört. »Sei nicht sauer. Du weißt doch, ich jag einfach gern Sachen in die Luft.«

»Besonders wenn sie von den Tonton gebaut sind«, sagt Creed.

»Von Sklaven, meinst du wohl«, sagt sie. »Das sind die, die New Eden aufbauen.«

»Okay«, sag ich, »lasst uns das noch mal durchgehen.« Ich klopf Tommo auf den Arm. Berühr ihn kaum. Er sieht mich an. »Tommo: Vorteile.«

Seine dunklen Augen funkeln, sind im Dunkeln nicht zu deuten. Er lächelt ein bisschen spöttisch. »Keine Wolken«, sagt er mit seiner rauen Stimme. »Heller Mond. Kleine Brücke. Schnell erledigt. Okay?« Er spricht jedes Wort überlangsam, überdeutlich aus.

Hitze versengt mir die Wangen. Neuerdings tut er so, als ob ich ihn von oben herab behandel. Was ich überhaupt nicht tu. Vielleicht sollte ein tauber Junge nicht an vorderster Front

kämpfen. Ike hat sich deswegen immer Sorgen gemacht. Aber Tommo will nicht geschont werden, bloß weil er taub ist. Er braucht keine Schonung. Wir haben uns aus ein paar wirklich heiklen Situationen freigekämpft, und Tommo hat uns kein einziges Mal enttäuscht. Ich hab ihm noch nie eine Sonderbehandlung gegeben. Deshalb kränkt es mich, dass er so tut. Er weiß, dass mich das ärgert. Darum tut er's ja.
»Gut«, sag ich zu ihm. »Okay, Nachteile. Creed?«
Er sucht die Straße ab. »Das da ist unser Hauptproblem.«
Während er redet, hol ich aus meinem Beutel, was ich brauch. Eine schrille Blechpfeife an einer Schnur, die ich mir um den Hals häng. Unser Notsignal. Zwei Pfiffe heißen: aufteilen, fliehen, am Treffpunkt wieder sammeln. Dann das Sprengpaket, so groß und so schwer wie ein Ziegelstein. In Öltuch gewickelt, die lange Zündschnur fest aufgerollt.
»Wir haben keine gute Sicht«, sagt Creed. »Tommo und ich können in dieser Richtung nur etwa dreißig Meter weit sehen, in der anderen sogar nur etwa zwanzig Meter. Stimmt doch, Tommo?« Tommo nickt. »Wenn jemand um die Hügel da rumkommt«, sagt Creed, »haben wir ihn sofort am Hals, und das bedeutet schnelle Entscheidungen. Schießen oder nicht schießen.«
Die schmale unbefestigte Straße verläuft von Westen nach Osten. Sie kuschelt sich an die Hügel und kommt erst in letzter Minute für uns in Sicht. Genau wie Creed gesagt hat.
»Dein Informant«, sagt Lugh. »Ist der ganz sicher, dass die Tonton so weit draußen nicht Streife reiten?«
»Ganz sicher«, sag ich. »Aber wir halten die Augen offen und bewahren einen kühlen Kopf. Und zwar alle, Creed.«
»Was denn?«, fragt er. »Bin ich etwa ein Heißsporn? Ich bin eiskalt.«

»Ash«, sag ich, »du und Tracker, ihr seid unser Frühwarnsystem. Wo wollt ihr Wache halten?«

Mit ihrem eigenen Weitgucker sucht sie die Hügel um uns rum ab. Sie deutet auf einen mit Gestrüpp bewachsenen, langen und scharfen Hügelkamm hinter uns. »Da«, sagt sie, »keine Frage. Das ist die höchste Stelle in der Gegend.«

»Okay, Tracker geht mit dir«, sag ich. »Viel Glück. Na los, Junge, geh mit Ash.«

Er zögert. Gehorsam, aber hin- und hergerissen. Er ist ein Ein-Frauen-Wolfshund. Als ich ihn kennengelernt hab, ist er Mercys Hund gewesen. Dann hab ich ihn irgendwie – viele Tagesmärsche von seinem Zuhause entfernt – gefunden. Oder vielmehr er hat mich gefunden. Und mich für sich beansprucht.

»Tracker, geh«, sag ich.

Als er mit Ash davonrennt, gehen Creed und Tommo hinter den Felsen in Stellung. Vorteile, Nachteile, die beste Stelle für den Wachtposten, das haben wir alles vorher schon gewusst. Wir sind die ganze Aktion immer wieder durchgegangen, aber das ist jetzt der Ernstfall. Vor Ort alles noch mal zu wiederholen macht uns das richtig klar. Ich schieb mir drei kleine Birkenholzfackeln hinten in den Gürtel und klemm mir das Sprengpaket untern Arm.

»Bist du sicher, dass in dem Paket genug Sprengkraft ist?«, fragt Lugh.

»Ja«, sag ich. »Slim weiß, was er tut. Okay, los geht's. Wir arbeiten, so schnell wir können.«

»Wir geben euch Deckung«, sagt Creed. Er ist jetzt ganz geschäftsmäßig, sein Blick ist grimmig und wachsam. Er und Tommo laden ihre Armbrüste.

Lugh und ich laufen eilig den Hang runter. Nero fliegt uns

voraus. Wir kommen zur Straße, laufen die paar Schritte bis zur Brücke und klettern über die Felsen runter. Es ist dunkel unter der Brücke. Es riecht stark nach frisch geschlagenem Holz. Lugh legt das Seil ab, ich das Sprengpaket. Dann zünd ich mit Feuerstein und Feuerstahl eine Fackel an und halt sie hoch, damit wir die Brücke über uns sehen können.
Es ist eine ganz einfache Brücke. Wie ein flaches Dach, das von einem spitzen Dach gestützt wird. Die beiden Hauptträger, die aus den Abwrackertagen übrig sind – aus Eisen, schnurgerade, dreißig Zentimeter dick –, sind tief in die Wände der Klamm reingerammt. Von da aus verlaufen sie schräg nach oben und treffen sich in der Mitte von der Brückendecke. An jedem Träger sind v-förmig zwei neue Holzstreben befestigt. Keine Überraschungen. Alles ist so wie erwartet.
Ich riskier einen Blick in die Schlucht unter uns. Das hätt ich besser nicht getan. Hastig guck ich weg. Die Klamm fällt schwindelerregend steil ab bis zu dem Fluss, der da mit tödlicher Wut langströmt. Ich leuchte Lugh, während er sein Seil um den Eisenträger wickelt, genau da, wo er sich in die Schluchtwand bohrt. Mit einem Laufknoten bindet er es fest. Ich zünd die anderen beiden Fackeln an der ersten an. Dann steck ich alle drei so zwischen die Felsen, dass die Unterseite der Brücke erhellt wird. In der Zwischenzeit hat Lugh sich das andere Ende vom Seil um die Brust gebunden. Noch ein Laufknoten, um ihn zu sichern, und fertig. Er setzt sich rittlings auf den Träger. Ich geb ihm das Sprengpaket. Er verstaut es sicher in seiner Jacke und schiebt sich den Träger rauf, immer weiter rauf Richtung Brückenmitte. Ich roll so viel Seil ab wie nötig.
»Sachte, nur keine Hast«, sag ich zu ihm.

»Ich hab nicht vor loszurennen«, sagt er.
Er kommt zu dem V aus den beiden neuen Streben. Jetzt muss er dran vorbei. »Gib mir mehr Seil«, sagt er.
Er hält sich an der ersten Strebe fest und geht in die Hocke hoch. Dann steht er auf dem Träger auf. Ich halt den Atem an, während er um die beiden Streben rum und drüber weg klettert und sich dabei gut dran festhält. Es ist heikel. Er setzt die Füße ganz vorsichtig. Ich sorg dafür, dass das Seil ihn nicht behindert.
Dann hat er's geschafft. Er lächelt. »Ziemlich glatt für die Füße.« Im Halbdunkel leuchten seine Zähne sehr weiß.
Wieder setzt er sich rittlings auf den Träger. Wieder schiebt er sich Zentimeter für Zentimeter voran und aufwärts Richtung Brückenmitte, während ich Seil nachgebe. Unbehagen kribbelt auf meiner Haut. Hör nicht auf das Tosen vom Fluss unter dir. Denk nicht dran, wie scharf die Felsen sind.
Er zieht das Sprengpaket aus der Jacke.
»Steck's gut fest. Mach langsam, Lugh, sei vorsichtig.«
»Sei doch mal still«, sagt er.
Das Geheul von einem Wolfshund lässt die Luft erzittern. Das ist Tracker. Das ist das Signal.
»Da kommt jemand«, sag ich.
»Hol die Fackeln«, sagt er.
»Aber das Seil ...«
»Mach die Fackeln aus!«
»Rühr dich nicht vom Fleck, hörst du?« Ich lass das Seil fallen und lauf schnell zu den Fackeln. Ich schieb sie mit den Flammen voran zwischen die Felsen, um sie zu löschen. Als ich die letzte nehm, dreh ich mich nach Lugh um und seh, wie er die Hände ausstreckt. Um das Sprengpaket festzustecken.

Er streckt die Hände aus.
Er verliert das Gleichgewicht.
Und fällt.
Ich krabbel über die Felsen nach unten. Hechte nach dem Seil und pack es. Es spannt sich mit einem Ruck. Es hat sich ganz abgewickelt, weil Lughs Körper dran zieht, und verfängt sich am Holzstreben-V.
Lugh hängt in der Luft, hoch überm Fluss. Nur von dem Seil um seine Brust gehalten. Mit einer Hand umklammert er die Zündschnur. Das Sprengpaket baumelt tief unter ihm.
Ich steig hastig auf den Träger und krabbel drauf hoch, so schnell ich kann. Nero stößt zu uns runter und kreischt panisch. »Halt die Klappe«, zisch ich.
Ich kletter zwischen die Streben. Klemm mich dazwischen. Greif nach unten. Pack das Seil. Keine Ahnung, was ich da vorhab. Das Blut rauscht in meinen Ohren. Mir ist ganz schlecht vor Angst. Lugh starrt zu mir hoch. Sein Gesicht ist angstverzerrt. Er dreht sich und schaukelt. Das Seil knarrt.
Dann hören wir ihn. Zuerst nur ganz leise. Hufschlag auf der Straße. Kommt von Westen her auf uns zu. Ein Pferd schnaubt. Zaumzeug klirrt. Metall. Das bedeutet astreine Ausrüstung. Zwei Reiter. Sie haben's nicht eilig, aber sie trödeln auch nicht. Dann sind sie über uns. Ich wag nicht zu atmen, während keine eineinhalb Meter über mir eisenbeschlagene Hufe über die Brücke klappern. Während Lugh da unten hängt. Und sich dreht. Und das Seil knarrt. Ein Reiter sagt was. Der zweite lacht. Zwei Männer.
Sie erreichen die andere Seite. Ich atme weiter. Ihre Geräusche verklingen. Als sie die Straßenkurve um den Hügel rum nach Osten in Angriff nehmen, kann ich sie gut von hinten sehen.

Sie reiten gestriegelte Pferde mit poliertem Geschirr. Die knielangen Lederstiefel glänzen. Sie sind gepflegt und haben ganz kurze Haare. Von Kopf bis Fuß in Schwarz. Lange schwarze Gewänder. Es sind Tonton. DeMalos Miliz. Mitten in der Nacht. Am Rand vom Nirgendwo. Was zum Teufel wollen die hier? Sie verschwinden um die Kurve.
»Tonton«, sag ich zu Lugh.
»Schaukel mich«, sagt er.
»Was?«
»Schaukel mich zur Seite!«
Ich kapier sofort, was er will. Auf den Steilhängen wachsen Sträucher und zähe kleine Bäume. Wenn ich ihn zum Schaukeln bring – drei Meter weit oder so –, kann er sich vielleicht an einem von denen festhalten und in Sicherheit klettern. Ich fang an, das Seil hin- und herzuschaukeln. Ich bin stark, aber ich hab nicht viel Platz, und Lugh ist schwer. Er bewegt sich kaum.
»Mach weiter«, sagt er. »Fester.«
Ich zieh. Lass los. Zieh. Lass los. Meine Muskeln brennen. Meine Schultern kreischen. Ganz langsam werden die Schwingungen größer. Ich zapf die rote Hitze an. Lass sie meine Kraft verstärken.
»Hilf mir«, stoß ich hervor. »Atme mit mir. Nach außen ausatmen. Nach innen einatmen. Und schaukel mit.«
Unsere Blicke verschränken sich. Wir fangen an zusammenzuarbeiten. Zusammen zu atmen. Ausatmen, wenn ich zieh. Einatmen, wenn ich loslass. Und er schaukelt mit … beim Ausatmen … und beim Einatmen. Nach und nach wird es einfacher. Wir schaukeln ihn nach außen. Wir schaukeln ihn zurück. Bei jedem Atemzug kommt er ein Stückchen weiter. Dann hör ich hastige Schritte. Tommo kommt runter zur

Brücke. Von Creed geschickt, um nachzugucken, was los ist. Mit einem Blick erfasst er die Lage und flucht. Er klettert die Felsen runter, tiefer rein in die klaffende Schlucht. An einem robusten kleinen Baum findet er Halt. Stellt sich so hin, dass er Lugh packen kann, sobald der nahe genug kommt.

Wir schaukeln einmal, zweimal und …

»Jetzt!«, sagt Lugh.

Als er auf Tommo zuschwingt, streckt er den Arm aus, und Tommo reckt sich ihm entgegen. Sie packen sich an den Händen. Aber die Wucht von Lughs Rückwärtsschwung reißt Tommo von den Füßen. Sie lassen sich los. Steine rieseln bergab, während Tommo rückwärts krabbelt und knapp dem Tod entgeht. Er sucht sich einen festeren Halt.

»Fertig«, sagt er.

Als sie sich diesmal an den Händen fassen, zieht Tommo Lugh mit einem Ruck auf sich zu. Lugh packt den Baum, und die beiden purzeln übereinander. Aber er ist in Sicherheit. Lugh ist in Sicherheit. Beide sind sie in Sicherheit. Vor Erleichterung entfährt mir ein tiefer Seufzer.

Während Lugh sich an den Baum klammert, bis er sich ein bisschen erholt hat, zieht Tommo vorsichtig das Sprengpaket wieder hoch. Ich wink ihm zu, es mir schnell zu bringen. Er klettert zur Brücke und schiebt sich auf dem Träger bis da rauf, wo ich zwischen den Holzstreben eingeklemmt bin.

»Wir sollten abbrechen«, sagt Tommo.

»Gib mir das Paket«, sag ich. »Geh, hilf Lugh.«

»Ich hab kein gutes Gefühl dabei«, sagt er.

»Tommo, tu, was ich dir sag!« Ich steck mir das Paket sicher ins Hemd, schlängel mich um die Streben rum und rück weiter vor, ohne drüber nachzudenken, ohne nach unten zu gucken. Immer weiter den Träger lang, Zentimeter für Zentimeter, ins Stockdunkle unter der Brücke, bis ich mit dem Kopf an die Decke stoß. Dann hole ich ganz, ganz vorsichtig das Paket raus und schieb es mit einer Hand an seinen Platz. Ich vergewisser mich, dass es ganz fest sitzt, dann schieb ich mich rückwärts wieder den Träger runter und roll dabei die Zündschnur ab.

Endlich hab ich wieder festen Boden unter den Füßen. Geschafft. Lugh und Tommo helfen mir runter, und dann klettern wir schnell den Hang rauf. Plötzlich zieht eine tiefhängende Wolkenbank auf. Feucht und weiß und dicht wie Holzrauch. Ich kann kaum meine eigenen Füße sehen. Wir rollen die Zündschnur so gerade wie möglich ab. Über Felsblöcke, zwischen Sträuchern und Bäumen durch. Als wir bei Creed ankommen, ist nicht mal mehr ein halber Meter übrig.

Er hat schon einen Span angezündet. »Was zum Teufel ist da passiert?«, fragt er.

»Später«, sag ich. »Zünd sie an, wir sind schon zu lange hier.«

Die Zündschnur fängt nicht sofort Feuer. »Feucht«, sagt Creed. »Das ist diese verdammte Wolke. Wisst ihr, was das bedeutet? Ash kann überhaupt nichts sehen. Und viel hören kann sie bestimmt auch nicht.«

Lugh zittert immer noch vor Schreck. Ich drück seine Schultern. »Alles in Ordnung?«, frag ich.

»Dank dir«, sagt er. »Und dir, Tommo.« Er nimmt Tommos Hand. »Danke, Mann. Du hast mir das Leben gerettet.«

Ich wag es, Tommos andere Hand zu nehmen. Zu meiner Überraschung reißt er sie mir nicht weg. »Ohne dich hätt

ich das nicht tun können«, sag ich. Er schenkt mir ein winziges Lächeln.
»Komm schon, komm schon«, murmelt Creed. Endlich fängt die Zündschnur Feuer. Es zischt. Knistert. Aber sie brennt nur schleppend ab. »Komm schon, brenn«, sagt er, »brenn doch, meine Schöne, verdammt.«
Genau da tönt Trackers Geheul durch die Nebelwolke. Wir reißen die Köpfe hoch.
Tommo fragt mich stumm: »Was ist?«
»Das ist Tracker«, sag ich.
Aber wenn Tracker schon wieder heult, dann heißt das …
Mein Gedanke erstirbt. Die Wolkenwand reißt auf wie eine Tür. Da unten reiten drei Tonton in Sicht. Sie kommen von Westen, genau wie die anderen zwei. Dahinter rattern zwei Pferdewagen. Creed flucht. Ich schnapp mir meinen Weitgucker. Im ersten Wagen sitzen ein Junge und ein Mädchen nebeneinander mit geraden Rücken auf dem Fahrersitz. Im weißen Wolkenlicht hebt sich das Brandmal in Form von einem geviertelten Kreis deutlich von ihren Stirnen ab. Verweser der Erde. DeMalos Auserwählte.
Sie hat sich ein gepunktetes Tuch um den Hals gebunden. Die Haare hängen ihr lose auf den Rücken. Sie kann noch nicht mehr als vierzehn Sommer gesehen haben. Er, der Junge, ungefähr genauso. Stark und kerngesund, wie alle Verweser. So jung. Wahrscheinlich sind sie gerade erst verheiratet worden und kommen frisch aus Edenhome. Von DeMalo füreinander ausgewählt, wie das Spitzenzuchtvieh, das sie sind. Der Wagen ist hochbeladen mit Tisch, Stühlen, Werkzeug und anderen Sachen, die man für ein Leben auf dem Land braucht. Aber wo? Bestimmt nicht im Raze. Das ist eine öde, tote Gegend.

Aber es ist der zweite Wagen, bei dem mein Herz aussetzt. Ein Tonton fährt ihn. Ein anderer sitzt mit dem Gesicht nach hinten drauf, den Feuerstab im Anschlag, und bewacht die Ladung. Es sind Sklavenarbeiter. Vielleicht zehn, zwölf. Männer und Frauen, auf engstem Raum zusammengepfercht. Sie sitzen hinten in dem offenen Wagen auf dem Boden. Geschorene Köpfe. Eisenhalsbänder. Zusammengekettet, wie die Sklaven es hier immer sind. An den Knöcheln, wenn sie arbeiten, an Knöcheln und Händen und Hals für den Transport.

Acht berittene Tonton bilden die Nachhut. Zwei große Jagdhunde laufen neben ihnen. Kurzes, glattes weißes Fell. Rosa Augen. Massige Köpfe mit kräftigen Kiefern.

»Geisterjagdhunde«, sagt Creed. »Kriegshunde.«

Mein Blick zuckt zur Zündschnur. Sie brennt ab, immer noch schleppend, aber stetig. In Richtung Brücke und Sprengstoff. Sklaven. Unschuldiges Blut. Schon bin ich in Bewegung. Schmeiß den Weitgucker zu Boden, zieh mein Messer aus der Scheide in meinem Stiefel.

Tommo packt mich am Ärmel. »Zu spät«, sagt er.

Ich schüttel ihn ab und renn los.

»Saba, komm zurück!«, sagt Lugh.

Gebückt stürm ich den Hang runter und jag auf das brennende Ende von der Zündschnur zu. Ich muss es schaffen. Muss das aufhalten. Zum Glück ist sie feucht. Ich hol auf. Ich bin vorbei. Mach kehrt. Schnapp mir die Zündschnur, wo sie noch nicht brennt, hole mit dem Messer aus, um die Schnur durchzuschneiden, das Feuer zu löschen.

Dann tret ich auf lose Steine. Rutsch aus. Falle. Ich knall auf den Boden, und ab geht die Post. Mit den Stiefeln voran rutsch ich auf dem Rücken den Abhang runter. Jetzt brennt

die Zündschnur schnell ab, zischt an mir vor, rast auf ihr Ziel zu. Ich prall von Bäumen ab, krache in Sträucher. Ich taste wild um mich, versuch, was zu fassen zu kriegen, irgendwas, wo ich mich dran festhalten kann. Ich erwisch eine dicke Wurzel. Ein heftiger Ruck, vom Hand- bis zum Schultergelenk. Ich halt an. Aber: zu spät.
Die ersten drei Tonton reiten auf die Brücke. Die Pferdehufe klingen wie leiser Donner. Und gleich dahinter rollt der hochbeladene Wagen mit den Verwesern auf die Brücke. Die knisternde Zündschnur verschwindet außer Sicht. Jetzt fährt gleich der Sklavenwagen auf die Brücke. Ich werf mich mit dem Gesicht zu Boden. Leg die Arme über den Kopf, drück die Hände fest auf die Ohren.
Der Sprengstoff geht hoch. Ein gewaltiger Knall erschüttert die Erde. Ich werd in die Luft geworfen. Und knall dumpf wieder auf die Erde. Steine und Erde regnen aus der Luft runter. Auf mich. Um mich rum. Die Welt klingt sehr gedämpft. Als wär ich tief unter Wasser.
Ich heb den Kopf. Ein Warnschrei bleibt mir in der Kehle stecken. Ein Schrei, der nie aus meinem Mund kommt. Ich späh durch einen Riss in der Staubwolke. Und als der Knall endlich verklingt, blitzartige Bilder. Wie Traumscherben. Durch den Trümmerregen erhasch ich Blicke auf unser Werk. Und die Haut schrumpft um meine Knochen.
Weg. Die drei Tonton. Alle weg. Die Verweser in ihrem Wagen. Die unschuldigen Tiere. Tiere und Menschen, nur noch blutige Fleischklumpen. Durch die Gegend geschleudert wie verdorbenes Fleisch. Auf die Felsen der östlichen Klamm. Wagentrümmer. Stöcke, die mal Stühle und ein Tisch gewesen sind. Sie knallen, rutschen, purzeln, krachen. Stürzen in den Fluss in der Tiefe.

Kein Traum, das hier. Ein Albtraum. Der Anblick lässt meine Seele gefrieren. Ich steh auf. Ein Wagenrad wirbelt aus der Staubwolke direkt auf mich zu. Himmlische Vergeltung. Ich krabbel zur Seite und duck mich. Es knallt auf den Boden. Prallt davon ab. Trifft mich an der Schulter und schleudert mich in die Luft.

Das Feuer verschlingt die Brücke. Orange Flammen kerben die Nacht ein. Qualm wogt und wütet.

Dann. Die Geräusche kehren zurück. Pferde. Menschen. Schreie. Weinen. Dringen durch den Qualm und den Nebel und das Chaos. Ein Tonton ist unter seinem Pferd zerquetscht worden. Es tritt wild um sich und versucht, wieder auf die Beine zu kommen. Der Sklavenwagen ist zertrümmert. Körper liegen verstreut und reglos auf der Straße. Immer noch an den Handgelenken zusammengekettet.

Irgendwas flattert vom Himmel und landet auf meinem Arm. Ich nehm es und starr es an. Es ist ein Fetzen von einem gepunkteten Tuch. Das Halstuch von der Verweserin, von dem langhaarigen Mädchen. Es ist nass. Dunkel und nass von ihrem Blut.

Geröll poltert bergab: Lugh schlittert zu mir. »Komm!« Er zerrt mich hoch. Zieht mich den Hang hoch. »Was zum Teufel hast du dir dabei gedacht, Saba?«

Die Worte wollen mir kaum über die Lippen. »Ich hab versucht, das aufzuhalten.«

Von unten hör ich einen Schrei. Wir gucken zurück zur Straße. Tonton. Die aufstehen. Benommen sind. Dann entdecken sie uns. Einer zeigt auf uns. Schreit. Gibt Befehle. Sechs laufen auf uns zu. Die Geisterjagdhunde rennen mit ihnen und heulen. Es ist ein sehr schrilles Heulen, wie ein Winterwind aus Norden.

»Beeilt euch!« Creed und Tommo treiben uns mit nervösen Händen an. Ich pack die Pfeife. Blas zweimal lange rein. »Lauft!«, brüll ich. »Los! Lauft!«

Creed packt Tommos Hand, und weg sind sie. Verstreuen sich im Wald über uns. Ash hat es garantiert auch gehört, egal wo sie ist. Sie wird sich direkt zum Treffpunkt aufmachen.

»Geh!«, sag ich zu Lugh.

»Nein, ich lass dich nicht allein!«

»Wir sammeln uns am Treffpunkt. Verdammt, Lugh, geh jetzt. Geh!«

Ich schubs ihn gegen die Brust. Er flucht, dann klettert er über den Hügelkamm und ist weg. Ich lauf in die entgegengesetzte Richtung.

Die rote Hitze lodert hell in mir. Überschwemmt mich. Treibt mich an. Gibt meinen Füßen Flügel, als ich durch den Wald flüchte. Über gefällte Bäume spring. Über Steine setz. Nero fliegt mir voraus. Er ist still. Kluger Vogel. Nicht krächzen, nicht piepsen, sonst finden sie uns.

Verfolgungsgeräusche. Rufe. Die Tonton. Sie entfernen sich von mir. Gut, ach, gut. Nein, nicht gut, womöglich sind sie einem von den anderen auf der Spur. Vielleicht Lugh. Nein, nicht Lugh, bitte nicht, ach, bitte. Wenn sie ihn finden, tun sie ihm weh. Rache, sie wollen garantiert Rache. Für das, was wir getan haben. Was wir getan haben, omeingott. Das Blut und das Geschrei und das Blut und das Fleisch und Körperteile, durch die Luft geschleudert …

Mir dreht sich der Magen um, ich schmeck Säure im Mund. Stolpernd bleib ich stehen, und mir wird übel. Es kommt nicht viel, aber mir ist so übel. Ich steh vornübergebeugt, eine Hand an einem Baum. Ich schnapp nach Luft, schluchze und renn weiter, wisch mir mit dem Ärmel übern Mund. Moment mal? Was ist das? Todesfeengeheul zerreißt die Luft. Klagegeheul, das mir bis ins Mark geht. Das sind die Geisterjagdhunde. Ich zöger. Lausche. Krieg Angst. O Gott, die kommen in meine Richtung. Die Angst treibt mich weiter. Schneller. Noch schneller. Hunden kann man nicht weglaufen. Nie. Ich brauch Wasser. Einen Bach. Damit sie meine Witterung verlieren. Sofort.

Ich presch durch den Wald. Denk nach, schnell, schnell, denk nach! Wasser. Die Brücke. Die Schlucht. Der Fluss. Ja. Wo kommt der her? Denk nach. Nordnordost? Ja. Wo bin ich jetzt? Der Wind hat die Wolken vertrieben. Ich seh den Jupiter. Tief, hinter mir. Ich wend mich nach links. Nero bleibt dicht bei mir.

Ich kletter über Steine. Stolper. Renn weiter. Meine Lunge brennt. Jetzt hör ich was. Ganz leise. Ein Rauschen. Wind in den Bäumen? Nein, mehr wie Wasser, glaub ich. Ich geh dem Geräusch nach. Das unirdische Geheul der Geisterjagdhunde wird immer lauter. Kommt näher, näher, immer näher. Meine Haut stinkt nach Angst. Meine Spur muss überdeutlich sein. Schneller, schneller, renn schneller.

Denn brech ich aus dem Wald und – ja! Ein Fluss. Schmal und schnell. Sauber und – gottseidank – seicht. Nur etwa dreißig Zentimeter tief, mehr nicht. Ich lauf flussabwärts. Schlüpf unter niedrigen Zweigen durch, achte drauf, eine deutliche Spur zu hinterlassen. Ein abgebrochener Zweig hier, ein abgebrochener Ast da. Nicht zu viel, nur gerade

genug. Ich lauf ein Stück in diese Richtung, dann mach ich kehrt und lauf flussaufwärts. Grob nach Norden. Das ist gut. Norden. Die richtige Richtung.
Nero fliegt voraus, dicht über der Wasseroberfläche. Ich dreh pausenlos den Kopf hin und her. Guck hierhin, dahin, überallhin. Aber alles ist still. Das seichte Wasser plätschert leise. Ein Rotkehlentrillerer dreht auf. Die leisen Geräusche in einem Wald, der sich auf den Tag einstimmt. Nicht mehr lang bis zur Dämmerung, jetzt nicht mehr. Die Jagdhunde heulen nicht mehr. Kann das sein? Hab ich's geschafft, sie von meiner Spur abzubringen? Und wenn sie eine andere Beute gefunden haben? Tommo oder Creed oder Lugh? Aber ich kann nichts hören, überhaupt nichts. Bestimmt würd ich doch was hören. Schüsse oder Schreie oder sonst was.
Im Gehen schöpf ich mit den Händen Wasser, spül mir den Mund und spuck's wieder aus.
Gleich vor mir ist eine tote Kiefer umgefallen. Sie liegt wie eine Brücke überm Fluss. Versperrt mir den Weg. Nero landet drauf und geht gleich auf Käfersuche. Stochert mit dem Schnabel in der Rinde. Ich setz mich rittlings auf den Stamm und schnapp ihn mir.
»Find sie, Nero«, flüster ich. »Los, find die Hunde.«
Ich werf ihn in die Luft. Er steigt hoch über den Wald auf, um einen Vogelblick auf die Gegend zu werfen, und dann kann ich ihn nicht mehr sehen. Am grauen Himmel sind ganz helle rosa Flecken zu sehen. Der Morgen bricht gleich an. Ein neuer Tag. Ich nehm den Bogen vom Rücken und leg einen Pfeil ein. Dann lass ich mich zurück ins Wasser rutschen. Schussbereit und wachsam lauf ich flussaufwärts. Das Wasser plätschert fröhlich, aber die Luft ist schwer. An-

gespannt. Das ist die Stille eines Pirschjägers. Das Herz schlägt mir bis zum Hals.
Der Fluss macht eine Biegung. Vorsichtig umrunde ich sie. Noch ein paar Schritte, und der Fluss verbreitert sich zu einem Teich, ruhig und friedvoll. Die Bäume drängen sich bis dicht ans Ufer. Verschlungene Wurzeln ragen ins Wasser. Ich wate in den Teich rein, und das Wasser wird tiefer. Geht mir bis zu den Knien. Dann bis zur Hüfte. Nero stößt zu mir runter. Aus dem Nichts. Und dann zerspringt die Welt.
Ein Höllenlärm aus Geheul und Gewinsel bricht los. Die Geisterjagdhunde! Da! Weiße Schrecken, die durch den Wald genau auf mich zujagen. Hier, sie sind gleich hier. Panisch guck ich mich um und häng mir den Bogen um. Eine robuste große Zeder lässt die Äste tief runterhängen bis fast zur Wasseroberfläche. Ich spring aus dem Wasser hoch. Pack einen Ast. Zieh mich hoch und kletter weiter rauf.
Die Geisterjagdhunde brechen aus dem Wald vor. Mit einem Klatschen landen sie im Wasser gleich unter mir und springen am Baum hoch. Ihre Körper verdrehen sich. Zähne zerreißen die Luft. Kiefer schnappen nach mir. Gerade noch rechtzeitig reiß ich den Fuß weg. Ich klettere höher, noch höher. Ihre heiße Wut schlägt mir hinterher. Sie knurren und geifern. Schlagen die Klauen in die Luft. Fallen zurück ins Wasser und springen wieder hoch. Sie wollen mich unbedingt zerfleischen.
Ich kletter, so hoch ich kann. Drück mich dicht an den Stamm. Klammer mich dran fest, kauer mich zwischen die dicken Äste. Ich zitter. Lege die Hand aufs Herz. Mein wild schlagendes Herz, das mir gleich aus der Brust springt. Der Herzstein. Er liegt heiß auf meiner Haut.

Der Herzstein? Ich fass ihn an. Heiß. Das bedeutet Jack. Aber … Jack? Meine Lippen bewegen sich stumm, als ich seinen Namen denke. Jack ist meilenweit weg. Das versteh ich nicht.

»Skoll! Hati! Platz!« Eine Männerstimme gibt den Hunden den Befehl. »Kommt«, sagt er. »Zu mir.«

Die Geisterhunde beruhigen sich. Ich hör sie platschend aus dem Wasser laufen. Hör sie hecheln. Diese Stimme. Diese Stimme. »Platz«, befiehlt der Mann ihnen noch mal.

Einen Augenblick lang herrscht Stille. Dann lacht er. Ein kurzes Lachen, das so klingt, als wär hier nichts lustig.

»Auf den Baum gejagt wie eine Katze«, sagt er. »Ich hatte mich schon gefragt, wann du deine Karten aufdeckst. Komm runter, Saba. Ich weiß, dass du da bist.«

Diese Stimme. Tief und geheimnisvoll. Eisige Angst packt mich. Das ist nicht Jack. O nein. Das ist DeMalo.

DeMalo. Das kann nicht sein. Aber er ist es. Das heißt, er ist auch an der Brücke gewesen. Er muss bei den Tonton hinten gewesen sein. Ist mit seinen Männern geritten, wie er's gern tut. DeMalo. Hier. Ich fass es nicht.

»Also doch nicht tot«, sagt er. »Allerdings habe ich das sowieso nicht geglaubt.« Er ist außer Atem von der Jagd. Hält seine Wut im Zaum. »Siehst du, sie haben ihre Leiche sofort zu mir gebracht«, sagt er. »Das Mädchen in dem roten Kleid. Deine Freundin, die Free Hawk.«

Maev. In Resurrection. Von den Tonton erschossen. Die

Hand fest auf ihre Seite gedrückt. Von wo ihr Lebensblut auf den Boden getropft ist.

»Gib mir dein Kleid. Mehr haben sie nicht gesehen. Ein Mädchen in einem roten Kleid. Hilf mir. Beweg dich!«

Wir hatten Emmi gerettet. Fast hätte alles geklappt. Nur ich und Maev sind noch in der Festung gewesen. Dann hab ich einen Fehler gemacht. Und sie haben uns entdeckt. Die Tonton haben uns gejagt und Maev angeschossen. Eine tödliche Wunde. Sie ist erledigt gewesen und hat es gewusst. Uns das Leben zu retten ist ihre letzte Tat gewesen. Uns allen. Indem sie mein Kleid angezogen hat.

»Keine schlechte Idee«, sagt DeMalo, »das Kleid anzuziehen, das ich dir geschenkt hatte. Ich musste glauben, du wärst diejenige gewesen, die da bis zum Tod gekämpft hatte. Du, die meine Soldaten in Schach hielt, damit deine Freunde entkommen konnten.«

»So, jetzt hau ab von hier«, sagt sie zu mir. »So weit weg, wie du kannst, so schnell du kannst. Jetzt geh.«

Das ist das Letzte gewesen, was ich diesseits der Sterne von ihr gesehen hab. Bevor ich in den See tief unten gesprungen bin, hab ich mich noch mal nach ihr umgeguckt. Sie hat den Kopf hoch erhoben gehabt, die Haare haben ihr offen bis auf die Hüften gehangen, in jeder Hand ein Bolzenschießer. Maev. Die Kriegerkönigin von den Free Hawks. In genau diesem Augenblick in meinem Gedächtnis eingefroren.

»Man sagte mir, sie sei furchtlos gewesen«, sagt DeMalo. »Sie habe mit ungeheurem Mut gekämpft. Ich habe sie selbst auf den Scheiterhaufen gelegt. Habe sie mit dem vollen Kriegerzeremoniell geehrt, falls es dich interessiert. Wie du ihr Opfer ehrst, Saba. Hockst da auf dem Baum. Sie war

hundert Frauen von deiner Art wert. Wer sie auch gewesen sein mag.«
Schlagartig steigt mir das Blut in den Kopf. Ich kletter vom Baum und lass mich ins Wasser plumpsen. Dann dreh ich mich zu ihm um. Den Bogen gespannt, einen Pfeil aufgelegt.
»Ihr Name ist Maev, verdammt, Maev«, sag ich. Wir stehen nur drei Meter auseinander. Ich bis zum Oberschenkel im Teich. Er am Ufer, die beiden Geisterjagdhunde rechts und links neben sich. Sie liegen ganz brav da, mit tropfender Zunge, die rosa Augen auf DeMalo geheftet. Er ist nicht bewaffnet. Nur ein Bolzenschießer am Gürtel. Er trägt knielange Stiefel, Kniehosen und ein Hemd. Um die Schultern einen schwarzen Umhang. An einem Riemen, den er sich um die Brust geschlungen hat, trägt er einen abgewetzten Lederbeutel. In der Hand hält er meinen Rindenbeutel.
»Ach, verstehe«, sagt er. »Dann bin ich wohl derjenige, der hier einen Fehler begangen hat, ja?« Er lässt meinen Beutel fallen, wirft den Umhang ab und kommt ins Wasser.
»Wenn du noch näher kommst, töte ich dich, Hunde hin oder her«, sag ich.
Er achtet nicht drauf. Kommt langsam auf mich zu. »Wer hat denn ihre verwundete Freundin zum Sterben zurückgelassen? Wer hat denn diese Brücke gesprengt? Wer hat denn diese Menschen getötet? Zwölf nach meiner Zählung. Wie nennst du das, Saba?«
Ich spann den Bogen noch stärker. »Ich mein das ernst, bleib da.«
Aber er geht weiter. Die dunklen Augen auf mich gerichtet. »Ich will dir in Erinnerung rufen, was du gesagt hast. In jener Nacht, als du in mein Zimmer kamst. Du hast gesagt,

das Leben hätte keinen Sinn, wenn man nicht wenigstens versucht, etwas zu verändern. Erinnerst du dich?«
»Halt die Klappe!«, sag ich. In meinem Kopf ist ein solches Getöse, dass ich nicht denken kann. Da schreit es: Schieß! Bring es zu Ende! Was ist mit dir los? Schieß, verdammt nochmal! Erschieß ihn!
Entschlossen kommt er auf mich zugewatet. »Weißt du noch, was du außerdem gesagt hast? Du hast gesagt, du wolltest die Welt mit mir zusammen besser machen.«
Seine Stimme ist klangvoll, wie üppige braune Erde.
»So wie es jetzt ist, das geht einfach nicht. Wir müssen eine neue Art zu leben finden. Das hast du gesagt, Saba. Ist das deine neue Art? Zerstörung? Mord? Ich erschaffe etwas. Ich bringe Ordnung ins Chaos. Ich erschaffe eine neue Welt, einen Grashalm nach dem anderen. Ich heile die Erde und ihre Bewohner. Ich dachte, wir wollten beide das Gleiche.«
»Halt die Klappe, ja? Halt einfach die Klappe!« Ich umklammere meinen Bogen. Immer fester. Na los, mach schon, sag ich mir. Ein Schuss, und das alles ist vorbei. Schlag der Schlange den Kopf ab. Tu's ein für alle Mal. Tu's jetzt.
Dicht vor mir bleibt er stehen. Breitet die Arme aus. Bietet mir ein Ziel, das ich nicht verfehlen kann.
An seinem Handgelenk glänzt der Silberarmreifen. Sein dünnes weißes Hemd klebt feucht an ihm. Durch den Stoff durch kann ich seine Tonton-Blut-Tätowierung sehen. Die rote Sonne, die über seinem Herzen aufgeht. Sein Geruch lässt mir die Haut eng werden. Dunkelgrün. Warmer Wacholder. Die Sonne sickert scheu durch die Bäume. Sie funkelt auf seinen Haaren, die dick und schwarz sind wie Neros Federn. Seine breiten Wangenknochen. Sein glattes, undurchschaubares Gesicht. Sein wachsames, schönes Gesicht.

Ich kann nicht. Ich kann das nicht tun. Langsam lass ich den Bogen sinken. »Du gottverdammter Mistkerl.«
Er lässt die Arme sinken. »Wieder eine perfekte Gelegenheit vergeudet. Genau wie in jener Nacht in meinem Zimmer. Ich weiß nicht, was du mir in den Wein getan hast, um mich außer Gefecht zu setzen, aber noch ein, zwei Tropfen mehr hätten mich getötet. Oder etwa nicht? Es wäre so einfach gewesen. Aber du hast es nicht getan. Wie kommt das, frage ich mich.« Er tritt dicht vor mich. Berührt den Herzstein. Er brennt in der Mulde an meinem Hals. Schweiß rinnt mir zwischen den Brüsten runter.
Er berührt meine nackte Haut, gleich überm Herz. Sie erschauert bei seiner Berührung. Seine Hand streift den Herzstein. »Er ist heiß«, sagt er überrascht.
»Das ist ein Herzstein«, sag ich. »Je näher man dem kommt, was das Herz sich wünscht, desto heißer brennt er.«
»Bin ich das, was dein Herz sich wünscht?«, fragt er.
Nein, nein, nein. Geh weg von ihm, geh sofort weg von ihm. Man kann ihm nicht trauen, er ist gefährlich, mein Feind. Aber ich tu's nicht. Ich rühr mich nicht vom Fleck.
»Warum kannst du mich nicht töten, Saba?«, fragt er.
»Das könnt ich dich auch fragen«, sag ich.
»Als ich dich zum ersten Mal in Hopetown sah«, sagt er, »kannte ich dich. Ich wusste, wer du wirklich bist. Wer du sein kannst.«
»Du kennst mich nicht«, sag ich.
»O doch«, sagt er. »In dir brennt ein Feuer, das selten ist. Die Macht, etwas zu verändern. Der Mut, im Dienste von etwas zu handeln, was größer ist als du. Aber du erniedrigst dich mit diesem erbärmlichen Missgeschick. Was tust du bloß?«

Ich schweig.
»Ich tue Gutes«, sagt er. »Ich gebe den Menschen Führung, ich befreie sie von Mangel, Not und Leid, zeige ihnen den Weg in eine bessere Zukunft. Du warst dabei damals im Morgengrauen, im Bunker. Du hast meine Visionen von der Welt, wie sie einst war, gesehen. Das üppige Land, den Reichtum der Meere. Jene großartigen Geschöpfe. Unvorstellbare Wunder. Du erinnerst dich doch?«
Niemals könnt ich vergessen, was ich an dem Morgen da gesehen hab.
»Jetzt und hier«, sagt er, »haben wir eine echte Chance, vielleicht die einzige Chance, von vorn zu beginnen. Der Erde diesmal Gerechtigkeit widerfahren zu lassen. Wir können eine bessere Welt erschaffen. Wir können einige dieser Wunder selbst erleben. Sag nicht, du willst es nicht auch. Ich habe dich beobachtet. Ich habe dein Gesicht gesehen. Deine Tränen. Es ist dir ebenso wichtig wie mir.«
Seine Worte schlängeln sich behutsam um mich herum. Sie packen mich. Packen noch fester zu. Ziehen mich auf ihn zu.
»Du tötest Menschen, um zu kriegen, was du willst«, sag ich.
»Du ebenfalls. Du hast es gerade erst wieder getan. Aber hier geht es nicht darum, was ich will. Ich tue das Richtige. Ich treffe jeden Tag schwierige, echte Entscheidungen. Teile denjenigen unsere knappen Mittel zu, die sie am besten nutzen können. Ich verhalte mich moralisch. Verantwortungsbewusst.«
»Moralisch«, sag ich.
»Die meisten Menschen leben nur von einem Tag zum anderen. Ich habe eine höhere Berufung: dem Allgemeinwohl zu

dienen. Gewaltanwendung ist immer bedauerlich, aber sie ist ein Mittel zum Zweck. Man könnte sogar sagen, eine sittliche Notwendigkeit. Du erinnerst dich an das, was ich dir gesagt habe. Wir säubern die entzündeten Wunden von Mutter Erde. Hast du etwa geweint, als du diese Jauchegrube Hopetown zerstört hast? Hat es dir schlaflose Nächte bereitet, dass der Abschaum dort verbrannt ist?«

»Darauf kann ich dir keine Antwort geben.«

»Nein. Wir sind uns so ähnlich, Saba.«

»Eine sittliche Notwendigkeit«, sag ich. »Nennen deine Verweser das so, wenn sie ihre Neugeborenen ermorden?«

»Es werden keine Säuglinge getötet, wie du sehr wohl weißt. Die Schwachen werden über Nacht im Freien gelassen. Wenn sie am Morgen noch leben, bekommen sie eine zweite Chance. Das ist der natürliche Lauf der Dinge, und jeder hier versteht das. Füttert ein Vogel alle seine Küken gleichermaßen? Natürlich nicht. Die Gesündesten und Größten wachsen und gedeihen. Die Schwachen fallen zurück und sterben. Wenn wir überhaupt eine Chance haben wollen, Mutter Erde zu heilen, dann brauchen wir dafür die Stärksten und Besten. Das Allgemeinwohl muss immer im Mittelpunkt stehen.«

Seine Augen überzeugen. Seine Stimme wirbt. Seine Worte streicheln. »Wir haben ein Schicksal«, sagt er. »Gemeinsam, Saba. Wir sind geboren, um zu befehlen, nicht um zu gehorchen.«

Endlich … endlich sehe ich ihm in die Augen. Augen so dunkel, dass sie fast schwarz sind. Schwere Lider, die verbergen, wer er ist. In diesen Augen, so dunkel wie ein Bergsee bei Nacht, seh ich eine klitzekleine Spiegelung. Das bin ich.

»Ich bin nicht dein Werkzeug«, sag ich.

»Das sollst du auch nicht sein. Davon habe ich reichlich.« Er beugt den Kopf zu mir. Sein Mund so nah. Sein warmer Atem streichelt meine Haut. Ach, meine treulose Seele. Was ist das in mir drin, das an ihm festhält? Das sich auflösen, vergehen, sich verlieren will.

Ich verlier mich. In seiner Berührung, in seinem Geschmack, in seinem Geruch, bis ich spür, wie meine Ränder anfangen, sich aufzulösen. Ich führ ihn zum Bett. Wir legen uns zusammen hin. Und ich verschmelz mit der dunklen, reinen Hitze.

Meine Haut zittert. Ich kann kaum flüstern. Aber ich tu's. Ich flüster: »Du wirst mich nicht ... kriegen.«

Er wird still. Ganz still. In dem Schweigen zwischen uns hält der Tag den Atem an. Dann.

Tret ich zurück. Von ihm. Weg. Von ihm. Luft strömt so stürmisch in meine Lunge, dass mir schwindelig wird. Die Erde heilen. Das ist richtig. Aber so, wie er's tut, ist es falsch. Falsch, falsch, falsch. Das Allgemeinwohl. Moralisch. Notwendigkeit. Er kann Lügen zu Wahrheiten verdrehen und die Wahrheit zu Lügen, bis ich die beiden nicht mehr auseinanderhalten kann. Und er kann mich verdrehen. Bis ich nicht mehr weiß, wer ich bin. Bis ich nicht mehr weiß, an was ich glaub.

Was wir heute an der Brücke getan haben, ist falsch. Und er irrt sich. Er irrt sich. Was richtig ist, muss irgendwo anders liegen. Zwischen uns vielleicht. Oder jenseits von uns.

»Wenn du weiter so handelst«, sagt er, »werden noch mehr Menschen sterben. Vielleicht sogar Menschen, die dir wichtig sind. Deine Schwester. Dein Bruder. Wie viele seid ihr? Zehn? Zwölf? Ihr seid überfordert. Ich an deiner Stelle würde meine Aussichten klug abwägen.«

»Diese Erde gehört allem, was hier lebt. Nicht nur deinen Auserwählten, die du für würdig hältst. Sauberes Wasser und anständiges Land sind das Geburtsrecht von jedem. Das kannst du dir nicht einfach nehmen. Das kannst du nicht besitzen. Die Free Hawks gehen nirgendwohin.«

»Gut eingeübt, Saba. Wer hat dir diese Worte in den Mund gelegt?« Er schweigt einen Augenblick. Wie immer kann ich sein Gesicht nicht deuten. Ich seh keinen Anflug von dem, was in ihm vorgeht. Dann sagt er: »Ich will dir ein Angebot machen. Unter den gegebenen Umständen ist es ein großzügiges Angebot. Ihr ergebt euch mir offiziell, mit allen Waffen und Kämpfern. Ich garantiere allen sicheres Geleit durch das Ödland, deiner Familie und deinen Freunden. Ich stelle ihnen einen Geleitschutz bis zum Low China Pass. Von da aus führt eine anständige Straße durch die Berge. Das alles versteht sich natürlich unter der Voraussetzung, dass sie tot sind, wenn sie jemals nach New Eden zurückkehren.«

»Und im Gegenzug?«, frag ich.

»Dich«, sagt er.

»Als Gefangene.«

»Nein. Meine Frau.«

»Das ist dasselbe«, sag ich. »Den Teufel werd ich tun.«

»Du und ich, wir sind auf Seiten der Engel«, sagt er.

Er watet ans Ufer, packt einen Ast und zieht sich aus dem Teich. Wasser läuft an seiner Hose und seinen Stiefeln runter. Als er seinen Umhang aufhebt, stehen die Geisterjagdhunde auf. »Ich baue die Brücke in einer Woche wieder auf«, sagt er. »Wenn ihr mich noch einmal schlagt, schlage ich zehnfach zurück. Wenn du dann genug hast – falls du dann noch aufrecht stehst –, komm und such mich. Mein

Angebot gilt bis zum Blutmond. Wie gesagt, mir ist nach Großzügigkeit zumute. Danach lasse ich deine ganze jämmerliche Bande jagen und töten. Egal wohin ihr euch flüchtet. Und das schließt dich mit ein, Saba. Glaub mir, ich bin nicht rührselig.«
»Das sagst du«, sag ich. »Du hattest deine Gelegenheiten, genau wie ich. Ich bin immer noch da.«
»Das ist das Endspiel. Von jetzt an spielen wir nach neuen Regeln.« Er geht davon. »Ach!« Er macht kehrt, als hätte er was vergessen. »Du bist nicht zufällig schwanger?«
Im Nu ist mein Bogen oben, und ich schieß. Mein Pfeil streift sein Ohr. Bohrt sich in den Baum neben seinem Kopf. Die Hunde werden unruhig. Wollen sich auf mich stürzen. Er hebt die Hand und hält sie auf. DeMalo hat sich nicht gerührt. Hat nicht einmal gezuckt. Von seinem Ohr tropft es rot auf sein weißes, weißes Hemd.
»Neue Regeln«, sag ich.
»Der Blutmond«, sagt er.
Er neigt den Kopf und verschwindet zwischen den Bäumen. Die großen weißen Hunde folgen ihm auf den Fersen.

Ich rühr mich nicht. Kein Zucken. Mein ganz und gar verkrampftes Herz spürt DeMalo nach. Nicht durch Geräusche. Er bewegt sich geräuschlos, und seine Hunde auch. Nein, ich spür ihm mit Hilfe der Hitze in meinem Herzstein nach. Sie wird schwächer. Er kühlt ab. Dann ist er kalt. Er ist weg.

Ich lass den Bogen sinken. Tu einen langen, zittrigen Atemzug. Meine Verwegenheit winselt und erstirbt. Sein Wille zerrt an mir, so stark wie eine schnelle Flussströmung. Ich brauch meine ganze Kraft, um ihm zu widerstehen.
Auf meinen zittrigen Beinen wate ich ans Ufer und lass mich zwischen den bemoosten Wurzeln fallen. Gottverdammter Herzstein. Nicht DeMalo ist das, was mein Herz sich wünscht. Nie, niemals DeMalo. Ich reiß mir das Ding vom Hals. Hol aus, um es in den Teich zu werfen, zu versenken, seine heißen Lügen ein für alle Mal loszuwerden. Aber ich zögere. Ich kann es nicht. Er hat meiner Mutter gehört. Das Einzige, was ich je von ihr gehabt hab. Ich schieb ihn tief in die Tasche.
Ich locker meine schmerzenden Schultern. Das spür ich erst jetzt. Das Wagenrad an der Brücke hat mich hart getroffen. Ich werd einen blauen Fleck bekommen, der sich sehen lassen kann.
DeMalo hat mich bis ins Mark erschüttert. Seine letzten Worte klemmen meinen Kopf ein wie ein Schraubstock. Ich trag kein Kind unterm Herzen, garantiert nicht. O Hilfe! Zuerst dieser Albtraum an der Brücke, dann er, der mich aufspürt, mich mit seinen unirdischen Jagdhunden jagt. Kann er das wirklich ernst meinen, was er gesagt hat?
Der Blutmond. Der erste Vollmond nach dem Erntemond. Denk nach jetzt, denk nach. Als wir heute Nacht durch den Wald gerannt sind, ist zunehmender Mond gewesen. Ein Viertelmond. Das heißt … wann? In sieben Nächten? Sieben. Großzügig, hat er gesagt. Das ist gar nichts. Er könnte lügen. Mich täuschen. Nein. Wir sind im Endspiel, hat er gesagt. Neue Regeln.

»Wenn du weiter so handelst, werden noch mehr Menschen sterben. Vielleicht sogar Menschen, die dir wichtig sind.«

Ich hab schon so viele Menschen verloren, die mir wichtig sind. Und wir sind kein Stück weitergekommen. Sieben Tage. Wir werden ihn niemals besiegen. Wir werden fliehen müssen.

»Ich lasse euch jagen und töten. Egal wohin ihr euch flüchtet.«

Das wird er auch tun. Und sofort wird mir heiß vor Scham, weil ich auch nur dran gedacht hab, zu fliehen. Als ob ich ein ganz gewöhnlicher Feigling wär. Das zeigt bloß, wie sehr er mir an die Nieren geht. Wir sind alle zu diesem Kampf entschlossen. Aber Emmi. Ich muss Emmi aus der Gefahrenzone bringen. Hätt ich längst tun sollen. Ich schick sie zu Auriel Tai. Zurück ins Lager am Snake River. Da ist sie in Sicherheit. Und falls wir sterben, könnte Auriel sie zur Frau erziehen. Lugh kann sie hinbringen. Nein, er würde mich niemals verlassen, und er wird auch nicht erlauben, dass eine Sternendeuterin Em aufzieht. Dann eben Tommo. Er kann sie hinbringen.

So. Hierbleiben und kämpfen. Und siegen. Aber wir werden nicht siegen, indem wir Brücken sprengen.

»Wenn ihr mich noch einmal schlagt, schlage ich zehnfach zurück.«

Es muss einen anderen Weg geben.

Ein zaghaftes Krah kommt über mir aus einem Baum. Nero hüpft zögernd aus seinem Versteck. Das ist die Krähe, die mit Schnabel und Krallen Wolfshunde bekämpft hat. Die sich in den Kampf stürzt und mich gegen alle Gefahren verteidigt. Außer natürlich, die Gefahr heißt DeMalo.

»Du bist mir echt eine große Hilfe gewesen«, sag ich zu Nero. »Du hast ihn direkt zu mir geführt.«

Er landet auf meinem Schoß, dann klettert er auf meine Schulter und knabbert an meinem Ohr. Das tut er immer, wenn er ein schlechtes Gewissen hat. Die Sache ist die: Er mag DeMalo, und er weiß, dass er das nicht sollte. Er hätte mich gegen die Hunde verteidigt, klare Sache. Aber er würde niemals DeMalo was tun, und die Hunde waren bei ihm, das hat Nero bestimmt verwirrt.

»Auf welcher Seite stehst du eigentlich?« Ich drück ihn an mich und streich ihm über die Brustfedern. Sie wachsen wieder nach. Da, wo DeMalos Falke ihn erwischt hat, wo DeMalo ihn genäht hat – vor einem Monat ist das gewesen. Es ist gut verheilt. »Ich hab gut reden. Auf welcher Seite steh ich eigentlich? Ich hab ihn vor mir gehabt, aber ich hab ihn nicht töten können. Ich hab's nicht gekonnt. Was zum Teufel stimmt mit mir nicht?« Ich küss Nero auf den Kopf. »Davon dürfen wir niemand erzählen, hörst du?«

Er zirpt zustimmend. Nero. Das einzige Lebewesen, mit dem ich im Augenblick offen reden kann. Bei allen anderen muss ich genau aufpassen. Ein Anführer erzählt seinen Leuten so wenig wie möglich, nur das, was sie wissen müssen. Das ist was, was ich von Slim gelernt hab.

»Mehr Menschen werden sterben. Menschen, die dir wichtig sind. Deine Schwester. Dein Bruder.«

»Lugh«, sag ich. »Omeingott, Lugh, natürlich. Komm, wir müssen zum Treffpunkt. Nachgucken, ob's alle geschafft haben.« Ich spring auf. Nero plumpst zu Boden und zetert empört. Ich such meine Sachen zusammen. »Die fragen sich bestimmt schon, wo wir bleiben. Emmi ist bestimmt außer sich vor Sorge. Nero, wir müssen los. Komm.«

Er tut so, als wär er taub. Hat den Schnabel tief in seine Vogelachselhöhle gesteckt und murmelt irgendwas von einer Milbe. Er kommt später nach. Wenn es ihm passt.
Ich schulter den Rindenbeutel und den Bogen. Im Vorbeigehen zerr ich meinen Pfeil aus dem Baum.
Das ist das erste Mal in meinem Leben gewesen, dass ich vorbeigeschossen hab.

Als ich mich auf den Weg zum Sammelpunkt am Painted Rock mach, bin ich wachsam. Ich geh schnurgrade nach Norden. Ich halt Augen und Ohren offen, hab den Bolzenschießer schussbereit in der Hand. Aber die Luft ist rein. Nichts, was nicht da sein sollte. Im Wald ist nichts zu hören außer Waldgeräuschen. Das sprudelnde Getötter der Waldsänger. Das Seufzen des Windes. Das Knarren der Bäume, wenn sie ihre Knochen recken.
Nach ein paar hundert Schritten entspann ich mich. Dann. Hinter mir. Eine Veränderung in der Luft. Kein Geräusch, aber da ist jemand. Als ich weitergehen will, wird mir ein Bolzenschießer in den Nacken gestoßen. Sehr hart, an meinem Schädelansatz. Ich bleib wie angewurzelt stehen. Diese Stupsnase erkenn ich sofort. Ein Kurzbolzenschießer. Ein schneller Schuss. Ein schmutziges Ende. Die Stimme kommt von dicht hinter mir. »Ich nehm deine Waffen und deinen Beutel. Und es ist mir egal, ob ich dich dafür erst töten muss. Jetzt lässt du erst deinen Bolzenschießer fallen, dann deinen Bogen. Einen nach dem anderen, hübsch langsam.«

Eine Frau. Sie hält den Bolzenschießer mit ruhiger Hand. Am Winkel merk ich, dass sie größer ist als ich. Etwas über eins achtzig.
Ich lass den Bolzenschießer fallen. Sie riecht nach Erde und Schweiß. Sie klingt nach schweren Jahren und schweren Entscheidungen. Irgendwas tanzt ganz am Rand durch meine Gedanken. Ich zögere.
»Ich hab gesagt, den Bogen!« Sie drückt mir den Bolzenschießer fester in den Nacken, tiefer in die empfindliche Stelle zwischen Rückgrat und Schädel. Ich lass den Bogen von der Schulter rutschen. Meinen kostbaren Weißeichenbogen, das Geschenk eines Schamanen. Behutsam werf ich ihn zur Seite, den Köcher hinterher. Ich glaub nicht, dass sie mein Messer schon entdeckt hat. Es steckt in der Scheide in meinem Stiefel.
Sie schnappt es sich. Bewegt sich so schnell wie eine Klapperschlange. Das Messer ist weg, und der Schießer hat sich nicht bewegt. Sie ist gut. Muss lange Arme haben.
»Jetzt dein Beutel«, sagt sie. Ich lass auch den fallen.
»Hände hoch«, sagt sie. »Auf den Kopf.« Ich gehorch.
»So«, sagt sie. »Auf den Boden. Auf die Knie.«
Die rote Hitze springt an, und ich bin wieder am Pine Top Hill. Bei Emmi, als Vikar Pinch sie gefangen hatte. Wir anderen waren von ihm und seinen Tonton besiegt worden. Überlistet. In der Unterzahl. Ich hab vor ihm gekniet und um ihr Leben gebettelt.
»Ich knie vor niemand«, sag ich.
Sie packt mich am Kragen. Tritt mir von hinten gegen die Beine, und ich bin am Boden. Auf den Knien. Die Waffe stößt mir hart gegen den Schädel.
»Hat dein Vater dir denn keine Manieren beigebracht?«

Diese Worte. Genau diese. Und jetzt denk ich an Emmi und mich in einem fruchtbaren Tal. Eine Holzhütte an einem Bach, Schalen mit Eintopf und barsche Freundlichkeit. Nein. Nein. Sie kann es nicht sein.

Nero stürzt vom Himmel. Er kreischt wütend. Geht zum Angriff über, mit Schnabel, Flügeln und Krallen. Er haut und schlägt nach ihr und kreischt. Die Frau taumelt zurück, und ich bin frei. Ich dreh mich um. Spring auf. Und sie ist es, sie ist es! Es ist Mercy. Mas Freundin Mercy. Wir haben gedacht, sie wär tot. Was tut sie hier?

Sie ist am Boden, krabbelt von Nero weg. Hat die Arme um den Kopf gelegt, um sich zu schützen. Ihre Haare sind zu schneeweißen Stoppeln geschoren. Um den Hals trägt sie ein Eisenhalsband. Ein Sklavenhalsband.

Nero setzt ihr zu, dass die Federn fliegen. Ich kann sehen, dass er ihr blutige Wunden geschlagen hat. Und er ist noch nicht fertig mit ihr. »Nero, nein!«, brüll ich. »Hör auf! Geh weg!« Ich scheuch ihn weg, und er setzt sich auf einen Baum, funkelt mich wütend an, schmollt. Mercy liegt zusammengekrümmt auf der Seite. Ich kauer mich neben sie.

»Mercy«, sag ich. »Es ist alles gut, Mercy. Ich bin's. Saba. Allis' Tochter. Willems und Allis' Tochter.« Ich berühr sie an der Hand. Ganz leicht. Kaum spürbar. Falls sie doch nur ein Schatten ist. Aber sie ist warm. Sie ist echt. »Wir haben dich in Crosscreek besucht«, sag ich. »Das ist jetzt über ein halbes Jahr her. Emmi und ich, weißt du noch? Als sie Pa getötet hatten. Als die Tonton Lugh mitgenommen hatten. Ich hab ihn gefunden, Mercy, ich hab ihn zurückgeholt.«

Ganz, ganz langsam lässt sie die Arme sinken.

»Hier«, sag ich. »Guck!« Ich zieh den Herzstein aus der Tasche. Sie starrt ihn an. Völlig verdutzt. Ungläubig. Ma hat ihr den Herzstein vor vielen Jahren gegeben. Lange bevor ich geboren worden bin. Dann hat Mercy ihn mir gegeben. Von Freundin zu Freundin, von Freundin zu Tochter.

»Saba. Bist du das wirklich?« Ich helf ihr, sich aufzusetzen. Sie starrt mich an. Legt eine schwielige Hand an mein Gesicht. »Das ist unmöglich.«

Ich spür die Tränen in meinen Augen brennen. Ich lächel sie weg und häng mir den Herzstein um den Hals. Ich sag, was Jack auch immer sagt: »Nichts ist unmöglich. Unwahrscheinlich, aber nicht unmöglich. Das ist was, was ich gelernt hab seit unserem Besuch bei dir.«

»Und darüber hinaus noch viel mehr, würd ich sagen.« Ihre klugen braunen Augen sehen in mich rein. Weiter und tiefer, als mir lieb ist. »Ein ungeschliffenes Mädchen ist zu mir nach Crosscreek gekommen. Dieses Mädchen seh ich nicht mehr.«

»Komm, ich helf dir«, sag ich. Ich zieh sie auf die Füße, und dann stehen wir da. Und sehen uns lange an.

Groß und schlank und wettergegerbt und zäh. Und so lebendig und klug. Mercy ist wie ein prächtiger Baum gewesen. Sie hat frei und allein in ihrem kleinen grünen Paradies gelebt, tief im Wald versteckt. Eine gutaussehende Frau mit hohen Wangenknochen, stoppelkurzen weißen Haaren und dunklen Augenbrauen. Jetzt ist sie nur noch Haut und Knochen. Das schäbige Sklavenhemd aus Hanffasern hängt ihr zerlumpt bis auf die Knie.

Körperlich ist sie vielleicht weniger geworden. Aber geistig ist sie irgendwie mehr geworden. Sie trägt ihr Sklavenhalsband wie das schönste Abwrackergold.

»Wir haben gedacht, du wärst tot«, sag ich.

»Wär ich auch fast gewesen. Irgendwelche Idioten haben

eine Brücke gesprengt, als wir gerade drübergefahren sind. Aber ich bin ihnen trotzdem dankbar. Ich hab die Gelegenheit genutzt, meine Ketten loszuwerden. Einem toten Tonton kann man leichter den Schlüssel stehlen. Ganz zu schweigen von seiner Waffe. Wo wir gerade davon reden …«

Während sie zu ihrem Bolzenschießer geht und ihn aufhebt, sag ich: »Bitte. Gern geschehen.«

Verdutzt dreht sie sich um. »Du bist das gewesen?«

»Ich und ein paar andere. Ich muss mich an einem Ort namens Painted Rock mit ihnen treffen. Zwölf Meilen nördlich von hier. Du kommst mit.« Während ich rede, sammel ich schon meine Sachen ein. Die Waffen und meinen Beutel.

»Ich will versuchen, mit dir mitzuhalten«, sagt sie. »Aber wenn ich dich aufhalte, lass mich zurück.«

Mein Blick fällt auf ihre Arme, und ich zuck zusammen. Sie sind blutig da, wo Nero sie angegriffen hat. »Das mit Nero tut mir leid«, sag ich. »Bist du okay?«

»Ich werd's überleben«, sagt sie. »Mir ist schon Schlimmeres passiert.« Dünne weiße Linien – Narben von Peitschenhieben – ziehen sich im Zickzack über ihre sonnengegerbte Haut.

»Wie haben sie dich erwischt?«, frag ich.

»Später. Lass uns gehen. Womöglich sind sie noch in der Nähe.«

Sie macht ihren Bolzenschießer schussbereit, und ich tu das Gleiche mit meinem. Sie nimmt meinen Rindenbeutel und hängt ihn sich über die Schulter. Würgt meinen Widerspruch mit einem grimmigen Blick ab. »Noch bin ich nicht tot. Geh vor«, sagt sie.

Ich pfeif nach Nero. Dann gehen wir zügig los, achten wachsam auf jedes Geräusch, jede Bewegung. Und Mercy und ich sind unterwegs zum Sammelpunkt.

Sie fingen ihn, kurz nachdem sie sich getrennt hatten. Vom Nebel entführt, vom Gelände ausgetrickst, saß er unversehens am Rand einer schwindelerregend steilen Schlucht in der Falle. Als er vom Abgrund zurückprallte, waren sie da. Drei Tonton, die Feuerstäbe auf sein Herz gerichtet.

Er wappnete sich gegen ihre Schüsse. Gegen das Aufflammen der Mündungen. Den Aufprall. Das Vergessen, rasch und gewiss. Er war ruhig. Unerschütterlich gelassen. Ganz kurz wunderte er sich selbst darüber.

Aber kein Schuss kam. Der Tod: seine eigene Entscheidung. Sich umdrehen und springen und um sein Leben schreien, während er die leere Luft tritt und auf die Felsen unter sich zustürzt. Keine unerschütterliche Gelassenheit mehr. Er ergab sich. Die Hände hinterm Rücken gefesselt, mit einer Kapuze über dem Kopf und einem Knebel im Mund, wurde er stolpernd durch den Wald geführt. Etwa eineinhalb Meilen, schätzte er. Dann hielten sie an, auf einer Lichtung, vermutete er. Sie ließen ihn auf dem Boden sitzen.

Sie warteten. Zu viert warteten sie dort. Er spürte, wann der Nebel sich zu lichten begann. Der Tag wärmte seine Haut. Zeit verging. Sie warteten.

Plötzlich rappelten sie sich hoch und zerrten ihn auf die Füße. Man nahm ihm die Kapuze ab, entfernte den Knebel.

Die beiden Geisterjagdhunde kamen zuerst. Sie schlüpften zwischen den Bäumen hindurch auf die Lichtung und setzten sich hechelnd hin. Gleich darauf erschien er. Der Mann, auf den sie alle gewartet hatten. Er hatte mehr als nur halb damit gerechnet – auf wen sollten die Tonton sonst so diszipliniert und geduldig warten? Dennoch setzte sein Herz kurz aus und schlug dann schneller.

Aus nächster Nähe. Machtvoll. Der nachtdunkle Blick bannte ihn. Umschloss ihn. Taxierte ihn. Dann. Lief eine kleine Welle über die Schwarzwassertiefe in den Augen des Wegbereiters.

Er lächelte. Das Lächeln eines Mannes, der gefunden hat, was er gesucht hatte.

»Wir haben viel zu besprechen«, sagte er.

Mercys verkrüppelten Knöchel hatte ich ganz vergessen. Den sie sich gebrochen und selbst gerichtet hat. Sie hat's vermasselt – ihre eigenen Worte –, und jetzt hinkt sie. Der Mangel hat ihren Geist geschmiedet. Ihr Leben voller Arbeit hat ihren Körper zäh gemacht. Sie will nichts geschenkt. Sie lässt sich nicht zurückfallen. Aber die Geschwindigkeit, die ich vorgeb, setzt ihr zu, das seh ich.

Irgendwann am Vormittag ist sie deutlich langsamer geworden. Wir sind erst sechs Meilen gegangen, sind erst halb da. Sie ist von Anfang an geschwächt gewesen, ihre Flucht bergauf durch den Wald muss sie erschöpft haben. Nur ihr fester Wille lässt sie durchhalten. Auch wenn ich nicht will:

Wir müssen bald anhalten und ausruhen. Ich schluck meine Ungeduld runter. Wenn ich allein wär, würd ich die ganze Strecke rennen.
Das knochentote Land ist zu einem struppigen Grasland geworden. Der Tag hat sich zu einer schwülen, miefigen Angelegenheit entwickelt. Heiß und klebrig und stickig. Wir umgehen eine einsame Farm, halten uns dicht an einem schmalen Streifen Bankskiefern. Irgendein Trottel hat da zu viel Feuerholz gehackt.
»Ist das zu fassen?« Angewidert schüttelt Mercy den Kopf. Noch ein paar Schritte, und wir entdecken die Trottel. Auf einem Acker vor einer Reifenhütte streitet sich ein Verweserpärchen wütend wegen einem kaputten Pflug. Zwei Kinder, um die fünfzehn, von der Natur in den Hintern getreten. Sie schaffen es so gerade eben, den Bereich um die Hütte frei zu halten und den Weg zur Straße auch, aber mehr auch nicht. Brombeersträucher und Unkraut wuchern wild auf den Feldern. An einem Spindelstrauch festgebunden, steht ein hübsches rotes Pony.
»Wart hier«, sag ich zu Mercy.
Gebückt sause ich durch das Unkraut, binde das Pony los und führ es leise zu ihr zurück.
»Damit ist es leichter für dich«, sag ich. »Komm, ich helf dir rauf.« Sie tritt in meine Räuberleiter, und ich heb sie auf seinen Rücken, dann laufen wir unbemerkt weiter.
Als wir ein gutes Stück von der Farm weg sind, sag ich: »Sie werden das Leben ein bisschen schwerer finden ohne das Pony.«
»So wie die aussehen«, sagt Mercy, »würd ich sagen, das könnte der letzte Tropfen gewesen sein. Die beiden da können und wissen nichts. Man sieht sofort, dass zwischen de-

nen kein Vertrauen herrscht. Wahrscheinlich kennen sie sich kaum. Es braucht bestimmt nicht viel, um ihr Haus zum Einsturz zu bringen. Es hat keine festen Grundmauern.«

»Hoffen wir's.«

»Ist noch nicht lange her, da ist das eine ganz anständige Farm gewesen«, sagt sie. »Umsiedlung nennen die Tonton das. Ich nenn es so, wie es ist. Diebstahl. Die Leute, denen sie dieses Stückchen Land gestohlen haben, sind erdverbunden gewesen. Im Gegensatz zu diesen hoffnungslosen Kindern. Nein, die Leute früher hätten aufgepasst und mit den Jahreszeiten gearbeitet. Sie hätten was von ihrem Fleckchen Erde gelernt. Was es braucht. Was es nicht braucht. Wie sie zusammenleben können. Das dauert Jahre.«

Ich weiß, sie denkt an ihr grünes Tal in Crosscreek. Die Quelle von ihrer ganzen Plackerei und ihren Bemühungen und ihrer Hoffnung. Bestimmt fragt sie sich, ob es in guten Händen oder schon runtergewirtschaftet ist. Ihre kleine Holzhütte im Schatten von Kiefern. Die rote Bank an der Tür. Das Murmeln von einem seichten Bach über Steinen.

»Wenn Lugh den Schlamassel da auf der Farm sehen könnte, würd er denen ins Gesicht springen«, sag ich. »Es ist sein größter Wunsch, ein bisschen gutes Land zu haben. Und zu bestellen. Dass wir uns irgendwo niederlassen.«

»Und du?«, fragt sie. »Willst du das auch? Ein Leben auf einer Farm?«

»Ich hab da nicht viel drüber nachgedacht. Das heb ich mir für später auf. Jetzt muss ich erst mal an wichtigere Sachen denken.«

An den Blutmond. An den muss ich denken. In sieben Nächten.

Ich hab Mercy angelogen. Ich hab doch drüber nachgedacht. Über ein Leben auf der Farm.

Lugh hat schon immer nur eine Sache gewollt. Fest an einem Ort verwurzelt sein. Nach dem Herzschlag der Erde leben. Nach diesem Wachsen und Vergehen und Wachsen und wieder Vergehen. Wo nichts sich jemals ändert und zugleich alles sich ständig ändert. Als kleiner Junge hat er immer staunend vor dem ersten Frühlingsgras gekniet. Wenn ich das nachmachen wollte, hab ich's nur zertrampelt.

Aber ich hab immer gewollt, was er gewollt hat. Natürlich. Wir haben zusammengehört. Wir sind zusammen gemacht worden. Zwei Hälften von einem Ganzen. Junge und Mädchen. Hell und dunkel. Für uns ist es selbstverständlich gewesen, dass wir unser Leben lang zusammen sein würden. Wir wären nie drauf gekommen, dass es auch anders sein könnte. Aber das ist vorher gewesen. Bevor die Tonton an den Silverlake gekommen sind und Pa getötet und Lugh mitgenommen haben und alles sich für immer verändert hat. Die Zeit, in der wir jetzt leben, ist danach. Danach ist wie der Mann, von dem Pa uns erzählt hat. Er hat Wundbrand an einem Arm gehabt und ihn sich abnehmen lassen müssen, gleich unterhalb von der Schulter. Als Pa ihn kennengelernt hat, hat er schon jahrelang ohne den Arm gelebt, aber er hat Stein und Bein geschworen, dass er den Arm noch spüren kann. Das Gewicht. Den Drang, mit der Hand, die schon lang weg ist, nach irgendwas zu greifen. Ich hab mir das nie vorstellen können. Überhaupt nicht. Dann haben sie mir Lugh weggenommen. Das ist der erste Einschnitt gewesen.

Und bevor wir gewusst haben, wie uns wird, bevor einer von uns was dagegen machen konnte, ist er von mir abgeschnitten worden und ich von ihm. Vom Schicksal und von der Vorsehung und vom Zufall. Durch Tod und Verrat. Durch Wunden in der Seele, die zu tief gehen, um drüber zu sprechen. Durch Geheimnisse und Halbwahrheiten und Lügen.

Im Vorher hätte ich nie gedacht, dass es ein Danach geben könnte. Jetzt weiß ich, wie der Mann sich gefühlt haben muss.

Ich hab Steine in den Stiefeln, noch von der Brücke, und Mercy braucht dringend was zu essen und Wasser. Eineinhalb Meilen hinter der Farm mach ich Rast an den Ruinen von einem kleinen Abwrackertempel. Die paar Pinien, die in den zerbröckelnden Steinmauern wachsen, werfen willkommenen Schatten.

Während das gestohlene Pony sich auf einen Flecken später Nesseln stürzt, kipp ich einen Strom kleiner Kiesel aus meinen Stiefeln. Als Mercy die Schnürsenkel an ihren Stiefeln losbindet, verzieht sie vor Schmerzen den Mund.

»Alles in Ordnung?«, frag ich.

Sie nickt. Ich geb ihr den Wasserschlauch, und sie nimmt einen langen, durstigen Schluck. »Das tut gut«, sagt sie.

Ich trink und gieß für Nero ein bisschen in den Deckel. Als er genug hat, tröpfel ich ihm den Rest übern Kopf, um ihn abzukühlen. Er macht vor Vergnügen die Augen

zu. Ich wühl in meinem Beutel nach was zu essen. Ein Kuchen aus getrockneter Bitterwurz, in ein Blatt eingewickelt. Mehr ist da nicht. »Tut mir leid«, sag ich. »Die mageren Reste.«
»Für mich sind sie nicht mager.«
Ich geb ihr den Kuchen. Ich hab keinen Hunger. Dann sammel ich einen Schoß voll Pinienzapfen und brech sie auf, um die Kerne rauszuholen. Die meisten geb ich Mercy. Ein paar geb ich Nero als Leckerei.
Mercy kaut langsam. Genießt jeden Bissen so lang wie möglich. »Pinienkerne und Bitterwurz, der Geschmack der Freiheit«, sagt sie. »Wer hätte das gedacht? Und wer hätte gedacht, dass ausgerechnet du mich rettest? Der Zufall geht wirklich seltsame Wege.«
»Von wegen Zufall«, sag ich. »Das war vorherbestimmt, würd ich sagen.«
Sie lächelt. »Da spricht die Tochter des Sternendeuters. Wer weiß? Vielleicht hast du recht.«
Wir schweigen, während sie weiterisst. Unsere unausgesprochenen Fragen wiegen immer schwerer. Ihre an mich. Meine an sie. Und noch was spüre ich wachsen. In mir. Das Bedürfnis zu sprechen. Zu erzählen. Zu beichten.
»Es ist viel passiert, seit ich dich verlassen hab«, sag ich. »Als wir nach Hopetown gekommen sind – du hast uns ja gewarnt, dass das ein übler Ort ist. Er ist schlimmer als übel gewesen. Ich hab ein paar … Sachen getan. So viele Sachen im Lauf der Zeit. Ich hab ein paar Menschen getötet. Nicht weil ich das gewollt hab, ich hab es tun müssen. Entweder die oder ich. Ist das falsch?«
Das hab ich gar nicht alles erzählen wollen. Wirklich nicht. Verdammt.

»Das ist eine große Frage«, sagt Mercy. »Ist es jemals richtig, einen Menschen zu töten?«

Ich mach gerade den Mund auf, will sie schon fragen, wie es gekommen ist, dass sie versklavt worden ist, da sagt sie: »Eines Tages sind die Tonton nach Crosscreek gekommen. Um mich zu vertreiben oder … mich auszuräuchern oder mich zu töten und mein Land zu nehmen. Da hab ich zum ersten Mal eine Peitsche zu spüren bekommen. Aber als sie rausfanden, dass ich heilen kann, da sind sie zu dem Schluss gekommen, dass ich ihnen nützlich sein kann. Ich hab in einem der Säuglingshäuser arbeiten müssen. Ich helf gern jeder Frau bei der Geburt. Aber daran, ein Neugeborenes über Nacht draußen zu lassen, wo es vielleicht von einem Tier angefallen oder von der Kälte getötet wird, daran beteilige ich mich nicht. Das machen sie nämlich mit den schwachen Kindern.«

»Davon hab ich gehört.«

»Aussetzen nennen sie das. Die Säuglinge werden irgendwo draußen hingelegt, nackt. Wenn sie die Nacht überstehen, gelten sie als zäh genug. Dann bekommen sie eine neue Chance. Aber ich hab noch nie gesehen, dass eins wieder zurückgebracht wird. Ich hab mich immer rausgeschlichen und versucht, sie zu retten. Ach, ich hab es mit allen möglichen Listen versucht, aber ich hab es nie geschafft. Bin immer erwischt worden. Sie haben mich reichlich ausgepeitscht, aber ich hab es immer wieder versucht. Am Ende haben sie mich sattgehabt. Haben beschlossen, das letzte bisschen Leben aus mir rauszuquetschen, indem sie mich auf ihren Straßen arbeiten lassen. Als ihr die Brücke gesprengt habt, sind wir gerade unterwegs zu einer neuen gewesen.«

»Was soll das eigentlich? Eine neue Straße und Siedler im Raze. Das Raze ist Ödland.«
»Keine Ahnung«, sagt Mercy. »Aber eins will ich dir sagen. Die großen Hunde, die da durch den Wald gelaufen sind ...«
»Ja, die hab ich im Wasser abgehängt.«
»... die sind mit diesem Tonton gekommen. Er ist mit den Hunden aufgetaucht, als wir schon eine ganze Weile unterwegs waren. Er ist einfach hinten mitgeritten. Keiner hat ein Wort gesagt, aber sie haben genau gewusst, wer er ist. Von da an haben sie sich deutlich aufrechter gehalten im Sattel. Wenn sie jemand Wichtigen schicken wie den da, dann, schätz ich, heißt das, dass die Arbeit wichtig ist.«
»Ich schätze, da könntest du recht haben.«
»Und noch was will ich dir sagen. Diese Straße im Raze wär meine letzte gewesen. Es ist nicht mehr viel von mir übrig.«
»Wir sorgen dafür, dass du wieder zu Kräften kommst.«
Sie steckt sich noch einen Pinienkern in den Mund. Verzieht das Gesicht und schiebt das Sklavenhalsband zurecht.
»Ist das schwer?«
»Am schlimmsten ist, wie schnell man sich dran gewöhnt.«
Sie legt den Kopf in den Nacken und macht die Augen zu. Das Blut da, wo Nero sie gepikst und gekratzt hat, ist getrocknet. Auf ihren Armen und Schultern und an ein, zwei Stellen am Hals. Ich hol meine Medizintasche aus dem Beutel. Mach ein Ende von meinem Shemag mit Wasser aus dem Schlauch nass, knie mich neben sie und fang an, sie sauberzutupfen. Bei der ersten Berührung verziehen sich ihre Lippen zu einem kleinen Lächeln.
»Freu dich nicht zu früh«, sag ich. »Ich bin nicht gut im Verarzten, nicht wie du. Weißt du noch, wie du meine angeschossene Hand in Ordnung gebracht hast?« Ich zeig

ihr meine rechte Hand. »Das hast du richtig gut gemacht. Ich sag dir, ich hab mir seitdem eine paar nette Narben eingehandelt. Ich hab Elfenblumensalbe. Willst du was davon?«

»Danke«, sagt sie. Während ich sie mit dem kleinen Finger behutsam auf ihre Wunden streich, guckt sie meinen Herzstein an. Unsere Blicke treffen sich. Mein Gesicht wird heiß. Ich guck auf meine Hände.

»Kommt mir vor, als wär's eine Ewigkeit her, dass ich dir den gegeben hab«, sagt sie.

»Was ist das?«, fragt Emmi. »Der ist hübsch.«

Der hellrosa Stein fühlt sich glatt und kühl an. Sieht aus wie ein Vogelei, ungefähr so lang wie mein Daumen. Das Licht scheint durch, milchig und trüb.

»Das ist ein Herzstein«, sagt Mercy. »Er zeigt dir, wenn du gefunden hast, was dein Herz sich wünscht. Je näher du drankommst, desto heißer brennt der Stein.«

Er brennt für Jack. Er brennt für DeMalo. Begehren, ja. Und Gefahr. Und Verrat. Da hat der Herzstein mich hingeführt.

»Ich erinner mich noch gut an diesen Morgen«, sagt Mercy. »Crosscreek hat ausgesehen wie das Paradies.« Sie bricht ab, dann sagt sie: »Wir haben in diesen Holzhütten geschlafen. Wir Sklaven, mein ich. Zusammengepfercht, zusammengekettet, Männer und Frauen. In meiner ersten Nacht hab ich da gelegen, und alles ist still gewesen, aber … ihre Seelen haben so einen Radau gemacht. Also hab ich nach einer Weile gesagt: Ich heiß Mercy. Mein Zuhause ist Crosscreek. Ein schönes grünes Tal, das in der Sonne schläft. Zuerst haben sie alle geschwiegen. Dann hat einer der Männer gesagt: Ich heiß Cade. Ich hab kein anderes Zuhause als die Straße.

Ich brauch kein anderes Dach als den Himmel. Einer nach dem anderen haben sie von sich erzählt. Wie sie heißen und woher sie kommen. Von da an haben wir das jeden Abend gemacht. Kurz vor dem Einschlafen. Jeden Abend ohne Ausnahme. Um uns dran zu erinnern. Damit wir es nicht vergessen.«

Genau wie ich in Hopetown, denk ich. Genau das hab ich da auch getan. Jeden Abend in diesem Zellentrakt. Im Dunkeln, allein, wenn mich kaum noch was an diese Erde gebunden hat. Wenn ich gewusst hab, dass ich am nächsten Tag im Käfig um mein Leben kämpfen muss, immer wieder. Ich bin so nah dran gewesen, mich zu verlieren. Ganz, ganz nah dran.

»Okay«, sag ich. »Ich bin hier fertig. Jetzt gehen wir besser weiter.« Ich pack meinen Rindenbeutel, und sie schnürt sich die Stiefel zu. Ich halt ihr die Hand hin, um ihr aufzuhelfen. »Slim hat einen Schrottsammlerfreund, der macht dir das Halsband da ab. Dem kann man vertrauen, der redet nicht.«

Sie packt meine Hand und hält sie fest. »Mir auch. Und ich bin auch eine gute Zuhörerin.«

»Danke. Bei mir ist alles in Ordnung.«

Sie berührt meine Wange. »Du siehst Willem so ähnlich«, sagt sie sanft. »Er war der feinste Mann, der mir je untergekommen ist.«

Es ist der Ton, in dem sie seinen Namen sagt. Als ob er vor langer Zeit in ihr gelodert hat wie ein Sonnenausbruch. Und da weiß ich Bescheid. Sie hat Pa geliebt. Mercy hat meinen Vater geliebt.

Erstaunte Fragen steigen in mir auf. Wie? Wann? Hat er sie auch geliebt? Hat sie ihn weitergeliebt, obwohl sie ihn nicht hat haben können? Er ist so verrückt nach Ma gewesen, es

muss ihr weh getan haben, die beiden zusammen zu sehen. Und trotzdem ist sie Ma eine treue Freundin gewesen. Sie hat Lugh und mich auf die Welt geholt. Sie hat Emmi am Leben erhalten.
Ich bekomm keine Gelegenheit, sie danach zu fragen. Sie hat es mir angesehen. Hat begriffen, dass sie sich verraten hat. Und schnell die Tür hinter ihrem Geheimnis zugemacht. Ihr Gesicht ist völlig ausdruckslos, als sie zum Pony geht. »Ich glaub, ich werd ihn Tam nennen«, sagt sie. Sie steigt ohne meine Hilfe auf. »Wie weit noch?«
Ich guck mit zusammengekniffenen Augen zum Himmel. »Wir müssten gegen Mittag da sein«, sag ich.

Ich geb ein schnelles Tempo vor, und Mercy reitet auf dem Pony hinter mir her. Ich denk nach. Über die dunkle Naht, die durch mein Leben läuft. Von vor meiner Geburt bis zu diesem Augenblick und noch weiter. Zufall. Schicksal. Vorsehung.
Dass ich Mercy wiedertreff! Jetzt, hier. Dafür gibt's einen Grund, den ich noch rauskriegen muss. Kommt Zeit, kommt Rat. Wenn in letzter Zeit irgendwas wie Zufall aussieht, schnuppert meine Nase ganz von selbst im Wind, und meine Ohren stellen sich auf.
Immer wieder hör ich Pa. Seine Stimme hallt immer noch in meinem Kopf wider, in meinem Blut. Unser Leben ist in den Sternen festgelegt, seit es die Welt gibt. Man kann nichts ändern an dem, was da festgelegt ist. Schicksal. Daran hat

er geglaubt. Also hab ich auch dran geglaubt. Bis ich angefangen hab, selbst zu denken. Pas letzte Worte an mich sind eine Warnung von den Sternen gewesen. Vielleicht die einzige Wahrheit, die er je von ihnen bekommen hat.

»Sie werden dich brauchen, Saba. Lugh und Emmi. Und da werden noch andere sein. Viele andere. Gib der Angst nicht nach. Sei stark, ich weiß ja, dass du stark bist. Und gib niemals auf, hörst du? Niemals. Egal was passiert.«

Diese Worte, seine letzten Worte, haben mich immer wieder aufrecht gehalten. Geben mir Kraft, wenn ich schwach bin. Schon komisch, dass Mercy meinen Vater geliebt hat. Sie, die in der Weisheit der Erde verwurzelt ist. Pa, der umsonst Antworten bei den Sternen gesucht hat.

Ich frag mich, was Mercy von Auriel halten würde. Wie die beiden miteinander auskommen würden, falls sie sich mal treffen. Ich würd jedenfalls gern mal mit beiden zusammen reden.

Auriel. Auriel Tai. Die Sternendeuterin mit den Wolfshundaugen. Enkelin von einem Kriegerschamanen. Von Namid, dem Sternentänzer, der meinen Weißeichenbogen gemacht hat. Auriel ist was Besonderes. Sie kann wirklich was, anders als Pa. Sie wandelt auf dem schmalen Streifen zwischen Erde und Sternen. Wo die Träume und das Licht und die Geister sind. Was sie weiß und woher, ist nicht so einfach zu erklären.

Ohne sie wär ich nicht mehr in diesem Leben. Ich bin fast verlorengegangen im Wahnsinn meiner Trauer, hab die Toten Tag und Nacht gesehen. Da hat Tracker mich zu ihr an den Snake River geführt. Auriel hat mir geholfen, hat mich geheilt, mir neue Kraft gegeben. Sie hat mir Hoffnung und ein Ziel gegeben. Zum ersten Mal hat sie all dem, was ich

durchgemacht hab, einen Sinn gegeben. Sie ist die Erste gewesen, die das Wort zu mir gesagt hat. Vorsehung.
»Es gibt Leute«, hat sie gesagt, *»nicht viele, die in sich die Macht haben, was zu verändern. Durch das, was sie tun, können sie das Leben aller Menschen verändern.«*
Was gegen DeMalo zu unternehmen, das ist meine Bestimmung. Das hat sie gesagt. Sie hat gesagt, für mich würden alle Straßen zu ihm führen. Und es hat sich immer wieder gezeigt, dass sie recht hat.
Was verändern. Ich hab gedacht, ich wüsste, wie. Der Weg hat ganz klar und deutlich vor mir gelegen. Ihn da treffen, wo es weh tut. Ihn möglichst oft treffen. Seine Herrschaft schwächen. Aber nach dem von heute ... muss ich neu drüber nachdenken. Wenn nur Auriel hier wär. Sie müsste nicht mal drüber nachdenken, was ich tun soll. Sie würd's wissen, weil sie's in den Sternen gesehen hat. Tja, sie ist aber nicht hier. Ich brauch Jack. Sofort. Aber ich muss Geduld haben bis heut Nacht. Dann treff ich ihn in Irontree. Zusammen kriegen wir raus, was zu tun ist.
Er darf bloß nichts von DeMalo erfahren. Vom Blutmond. Vom Endspiel.

Der Painted Rock ragt zwischen den Bäumen auf. Es ist nicht nur ein einziger Fels, es sind drei, dicht beieinander. Große alte Sandsteinbüffel mit gebeugten Rücken, die sie dem Himmel hinhalten. Im grellen Mittagslicht glitzern ihre ausgewaschenen Flanken rosa und golden. Alles ist still.

Nero stößt zum Painted Rock runter, um uns anzukündigen. Sein Geflatter unterbricht die Stille.
Mercy schnuppert. »Da liegt ein Hauch von gekochtem Fleisch in der Luft, würzig und deftig. Da riecht was richtig gut.«
»Also kocht nicht Molly«, sag ich. »Glück gehabt. Wenn sie am Kochtopf steht, kommt Teufelszeug dabei raus.«
Ich leg die Hände an den Mund und geb unser Tageslichtsignal: das dreifache Tschiep vom Pinienseidenschwanz. Ich warte, zähl dabei bis zwei und ruf noch mal. Von der Felsspitze kommt ein Antwort-Tschiep. Eine kleine Gestalt taucht auf.
»Da ist Emmi«, sag ich.
Sie richtet ihren Weitgucker auf uns, und das Licht spiegelt sich drauf. Ich heb die Hand. Mercy auch. Ein Begeisterungsschrei zerreißt die Stille. Sie verschwindet.
»Sie hat dich gesehen«, sag ich. »Mach dich auf was gefasst.«
Unser Lager ist in der Mitte der drei großen Felsen. Wir gehen durch eine breite Lücke zwischen zwei Felsen in einen großen runden Raum, der zum Himmel hin offen ist. Das ist einer von den alten Plätzen. Ein Ort mit vielen Erinnerungen, oft benutzt. Viele Füße haben den Boden glattgetrampelt. Viele Hände haben den Felswänden im Lauf der Zeit Narben verpasst. Worte und Bilder sind in den Stein geritzt. Von Träumern, Faulenzern, Künstlern und Narren.
Das Kompendalorium steht da. Slims Medizinwagen, das Kosmische Kompendalorium. In der vierten Generation, sagt Slim. Weiß der Geier, was das heißen soll. Leuchtend gelb angemalt, mit Sonnen und Monden gesprenkelt, bis oben hin vollgestopft mit Tränken und Salben. Die Pferde

stehen zusammen und rempeln sich mit den Nasen an, um mehr von den Trockengrashaufen abzubekommen. Da sind Mollys Prue, ein friedliches Maultier namens Bean, Slims Wagenpferd, mein eigener Hermes – zusammen acht Tiere. Alle Köpfe drehen sich, als wir ins Lager kommen, Pferde- wie Menschenköpfe. Slim steht am Kochfeuer und löffelt Eintopf in Ashs Napf. Molly sitzt auf einem Stein und isst. Nero fängt gleich an zu schnorren, hüpft von einem zum andern, bettelt um einen Bissen. Aber kein Lugh. Kein Creed. Kein Tommo. Mein Magen krampft sich zusammen.
»Wo sind sie?«, frag ich Ash.
»Bis jetzt keine Spur von ihnen«, sagt sie. »Als du die Pfeife geblasen hast, hab ich sofort Fersengeld gegeben. Was ist passiert? Ich hab den Knall von der Sprengung gehört. Jede Menge Qualm. Verdammt, das hätt ich gern gesehen!«
»Wir sind verfolgt worden«, sag ich. »Aber mittlerweile müssten sie hier sein.«
»Du bist doch selbst grade erst angekommen«, sagt Slim. »Was haben die Tonton denn da getrieben? Ich hab gedacht, dein Kontakt hat geschworen, dass sie so weit draußen nicht Streife reiten.«
»Das war keine Streife«, sag ich. »Sie sind unterwegs ins Raze gewesen. Umsiedlung. Ein Arbeitstrupp. Es ist alles in die Hose gegangen, ich … verdammt, wo bleiben die denn? Nicht mal einer ist da.«
»Reg dich ab«, sagt er. »Wahrscheinlich haben sie nur einen Umweg nehmen müssen. Wenn alle da sind, machen wir eine Nachbesprechung. Wo sind übrigens deine Manieren, du Barbarin?«
Er watschelt schnurstracks auf Mercy zu. Wir sind ja an Slims Marotten gewöhnt, aber Mercy muss er wie ein sehr

komischer Kauz vorkommen mit seinem Schwabbelbauch in dem Flickenkleid, das so groß ist wie ein Zelt, der schmuddeligen Augenklappe, den wildwuchernden Koteletten und Haaren. An einer Kette an seinem Gürtel baumelt eine zerrupfte Kaninchenpfote. »Die jungen Leute heutzutage, die haben einfach keine Kinderstube gehabt«, sagt er. »Würden Höflichkeit nicht mal dann erkennen, wenn sie direkt vor ihnen steht und sie in die Nase kneift. Dann müssen wir uns eben selbst vorstellen, und die sollen sich was schämen. Doktor Salmo Slim, RAC. Das heißt reisender Arzt und Chirurg. Ongschongtee, Ma'am.«

»Ich bin Mercy«, sagt sie.

»Sie hat zum Arbeitstrupp gehört«, sag ich. »In dem Durcheinander hat sie sich befreien können. Und zufällig ist sie eine Freundin der Familie. Das da drüben ist Ash. Und das ist Molly.«

Mercy ist abgehärmt und erschöpft, aber sie schafft es, zu lächeln. »Freut mich, euch alle kennenzulernen.«

Slim und ich helfen ihr vom Pony. »Mercy ist Heilerin«, sag ich zu Slim.

»Ach, eine Kollegin? In diesem Fall bin ich doppelt erfreut, deine Bekanntschaft zu machen, Miz Mercy.« Als er sich, ganz artig, über ihre Hand beugt, beäugen sie sich gegenseitig sehr interessiert. »Wenn du willst, guck ich mir den Knöchel da mal an.«

»Danke«, sagt sie. »Eigentlich will ich vor allem das Halsband hier loswerden.«

Slim beguckt es sich aus der Nähe. »Dafür brauchst du einen Schrottsammler mit einem Schneidewerkzeug. Ich kenn einen, der das ratzfatz abkriegt. Wir bringen dich da bald hin.«

Ash sagt: »Falls du dich übrigens wunderst, Ma'am, doch,

das ist ein Kleid, was er da anhat. Es hat seiner toten Mutter gehört.«

»Aber täusch dich nicht«, sagt Molly. »Er ist ein Spitzenquacksalber, unser Slim.«

»Mama Big Doe hat mir drei Kleider, ihr Holzbein und zwei linke Schuhe vermacht«, sagt Slim. »Ein Salzbursche aus Pooce hat mir das Bein und einen Schuh abgekauft, aber ihre Kleider passen mir – wie du siehst, hab ich eine schwierige Größe –, also hab ich mir gesagt, man soll nichts verschwenden. In Fragen der Mode bin ich Freigeist!«

»Mercy!«, schreit Emmi. Sie kommt durch die Lücke angerannt, Tracker dicht auf den Fersen. »Du bist es, du bist es wirklich! Wir haben gedacht, du wärst tot.«

Als sie auf Mercy zustürzt, sieht Mercy Tracker, und der sieht sie. Ihr fällt die Kinnlade runter. Als sie gerade sagt: »Tracker? Kann das sein?«, stürmt der schon auf sie zu und bellt aufgeregt. Dann wird sie von Emmi umarmt, und Tracker ist völlig außer sich und leckt alles mit seiner langen Schlabberzunge ab, und das Ganze ist ein einziges Freudenfest. Mercy fragt mich: »Wo um alles auf der Welt hast du ihn gefunden? Warum hast du nichts gesagt?«

»'tschuldige, hab ich vergessen. Ich erzähl's dir später.«

Sie wirkt wie betäubt. Em plappert schon wie ein Wasserfall und erzählt ihr, wie Tracker uns gefunden hat, also geh ich hin und sag: »Okay, das reicht, du kannst es ihr später erzählen.« Ich pflück Emmi von Mercy ab.

Slim hilft Mercy, sich zu Ash und Molly ans Feuer zu setzen. Dann hantiert er rum und macht ihr einen Napf voll Essen, während er in seiner üblichen fröhlichen Art daherplappert.

»Warum hast du so lang gebraucht?« Emmi klebt an mir,

hat mir die Beine um die Taille geschlungen. Ihre dünnen Ärmchen liegen wie Schlingpflanzen um meinen Hals. »Wo ist Lugh? Wo sind die Jungs? Ich halt schon ewig nach euch Ausschau.«
»He, he, du erwürgst mich ja. Geh runter, dafür bist du zu groß.« Sie umklammert mich noch fester. Nimmt mein Gesicht in ihre schmuddeligen Hände. Sorge bewölkt ihre Blauhimmelaugen. »Ich hab mich gesorgt und gesorgt, dass euch was Schlimmes passiert. Und so ist es ja auch gewesen«, sagt sie. »Die Tonton sind gekommen.«
Ash fragt: »Was ist passiert? Wo sind Lugh und Tommo?«
»Sie sind unterwegs«, sag ich. »Jetzt lass mich los. Runter.«
Widerstrebend lässt Emmi sich an mir runterrutschen. Ihre Hände sind zwar schmutzig, aber ausnahmsweise hat sie sich mal das Gesicht gewaschen. Ehrlich gesagt ist sie sogar insgesamt sauber und ordentlich. Richtig vorzeigbar. Ihre widerspenstigen braunen Haare sind zu einem Zopf geflochten. Ihr Hemd steckt in der Hose. Die Hose ist zugeknöpft. Sie hat sich sogar die Schuhe zugeschnürt. Das ist Mollys Werk. Wenn man Em sich selbst überlässt, ist sie die reinste Vogelscheuche.
Mit verschränkten Armen steht sie da, mit vorgerecktem Kinn und Schmollmund. »Was hab ich jetzt wieder getan?«
»Zieh bloß nicht so eine Schnute«, sag ich. »Hör zu, Em, du bist jetzt eine Free Hawk. Da kannst du nicht so in der Gegend rumschreien wie grade eben, wie ein kleines Kind. Das hab ich dir schon mal gesagt.«
»Aber ich …«
»Wer hat Wache?«
»Ich.«
»Und was machst du dann hier?«

Sie seufzt. »Tja, ’tschuldige, dass ich mich freu, dass du nicht tot bist.«
»Geh sofort wieder auf deinen Posten, na los«, sag ich.
»Saba?«, fragt Slim. »Im Topf ist Flughundgumbo.«
»Hab doch gleich gedacht, dass ich was Gutes riech«, kommt Lughs Stimme vom Eingang her. Ich wirbel zu ihm rum. Er ist noch an einem Stück. Er grinst von einem Ohr zum anderen und breitet die Arme aus. »Hat mich jemand vermisst?«, fragt er.
»Ich, ich!« Emmi stürmt zu ihm und springt an ihm hoch. Er dreht sie im Kreis. »Du gemeiner Kerl!«, ruft sie. »Ich bin ganz krank gewesen vor Sorge. Hast du Tommo gesehen? Und Creed?«
»Was? Sie sind noch nicht da? Tut mir leid, dass ich so lang gebraucht hab«, sagt er zu mir. »Ich hab eine Menge Haken schlagen müssen, um die Tonton abzuhängen. Das hat gedauert.«
»Was hab ich dir gesagt?«, fragt Slim.
»Guck mal, wen Saba gefunden hat. Das ist Mercy«, sagt Emmi.
»Was?« Dann schüttelt Lugh Mercy die Hand und sagt: »Ich will unbedingt wissen, wie es dazu gekommen ist. Es ist lange her, Ma’am.«
»Du musst halb verhungert sein, mein Sohn«, sagt Slim. »Alle Mann herkommen und essen.«
Soweit dazu, dass Em zurück auf ihren Posten soll. Ich müsste sie an ihrem Zopf da hinzerren. Und außerdem ist es helllichter Tag. Wir drängen uns um Slims Kochtopf, und er macht unsere Näpfe voll. Tracker und Nero machen kurzen Prozess mit einem mageren Eichhörnchen, das Slim ihnen zuwirft.

Aber sie behalten ihn im Auge und achten drauf, ihn nicht mit Eingeweiden vollzuspritzen. Das letzte Mal, als sie das gemacht haben, hat er sie für zwei frostige Nächte vom Feuer verbannt. Als wir gerade angefangen haben zu essen und alle Mercy was fragen oder ihr was erzählen wollen, taucht endlich auch Tommo auf. Er erzählt die gleiche Geschichte wie Lugh. Er hat einen Umweg nehmen müssen, um seine Verfolger abzuhängen. Dann fällt er wie ein Schakal übers Essen her.

Ein bisschen später kommt dann auch Creed. Sein Oberkörper ist nackt, seinen Gehrock hat er zusammengelegt und untern Arm geklemmt. Der andere Arm ist mit getrocknetem Blut gestreift. In seiner Schulter steckt ein Pfeil.

Creed lehnt an einem Felsen, während Molly seine Wunde mit einer feinen Knochennadel und einem Faden aus Darm näht. Er sieht aus wie irgend so ein Naturgeist. Wilde lockige Haare, Silberringe in den Ohren, von der Taille bis zum Hals tätowiert mit Ranken und Schlangen.

Molly hält den Kopf über ihre Arbeit gebeugt. Ihre langen blonden Locken stecken wie immer unter einem Kopftuch. Tief in die Stirn gezogen, um ihr Brandzeichen zu verstecken. Diesen abscheulichen Buchstaben. Diese Lüge, die die Tonton ihr in die Haut gebrannt haben. W. Das steht für Hure. Aber es tut ihrer Schönheit keinen Abbruch. Nichts kann das. Ein Gesicht, bei dem Engel vor Freude weinen

würden. Das hat Ike immer über Molly gesagt. Und Lippen, wegen denen viele Männer einen Abstecher zu ihrer Kaschemme im Sturmgürtel gemacht haben. In der Hoffnung, dass sie ihnen ein Lächeln schenkt, wenn sie ihnen ihren Fusel bringt.
Jetzt lächelt sie nicht. Sie hat ihr Creed-Gesicht aufgesetzt, das ihm sagt, wenn er das noch mal macht, ihr vor allen anderen seine Liebe zu erklären, dann haut sie ihm den Kopf vom Hals. Aber Creed ist so kopflos verliebt in sie, dass er sich offenbar nicht zurückhalten kann. Er hat nur eine einzige Strategie. Verzweifelte Offenheit. Anscheinend glaubt er, sie fühlt sich davon geschmeichelt oder kriegt Mitleid mit ihm und gibt irgendwann nach. Als ob eine Prachtfrau wie sie sich für einen jungen Flegel wie ihn interessiert. Molly ist dran gewöhnt, lüsterne Kerle abzuwehren wie Fliegen, noch aus der Zeit in ihrer Kaschemme, aber Creed ist um Längen schlimmer.
Ich geh zu ihnen und kauer mich neben sie. »Gib Ruhe«, sag ich. »Ich wunder mich sowieso, wie du bei den ganzen Tätowierungen überhaupt sehen kannst, was du da tust. Wie tief ist der Pfeil drin gewesen?«
»Nicht sehr tief«, sagt sie. »Überraschung! Er tut so, als wär's schlimmer, als es ist.«
Creed sagt: »Alles, was dich in meiner Nähe hält, Liebling.«
»Ich bin nicht dein Liebling.«
»Hör auf damit, Creed«, sag ich.
Er beugt sich ganz dicht zu ihr. »Ich bin verrückt nach dir, Molly. Heirate mich.«
Sie gibt ihm eine schallende Ohrfeige. Schlägt ihm fast den Kopf vom Hals. Alle drehen sich nach dem Geräusch um.

Dem wütenden Klatschen von Haut auf Haut. Ihre braunen Augen sprühen Feuer. Leise und wütend sagt sie: »Ich hab's dir immer wieder gesagt, aber du willst ja nicht hören. Ich hab die Nase gestrichen voll von deiner plumpen Anmache. Wenn du ein Mann wärst, hätt ich dich längst erschossen. Ein für alle Mal, Creed, lass mich verdammt nochmal in Ruh!«
Die letzten Worte schreit sie, so genervt ist sie. Alle schweigen beklommen, während sie ans Feuer geht und sich setzt. Eine ganze Weile wagt keiner, sich zu rühren. Dann essen alle weiter, nervös und vorsichtig. Man hört nicht mal einen Löffel klirren. Aus Angst, dass sie dann noch mal loslegt.
Ich hätt es nicht dazu kommen lassen dürfen. Slim und ich haben vor ein paar Tagen drüber gesprochen. Wir haben beschlossen, dass ich Creed zur Ordnung rufen muss, aber ich hab es vor mir hergeschoben, weil es so heikel ist.
Flehentlich sieht er mich an. Ihre Hand hat einen hässlichen Abdruck auf seiner Wange hinterlassen. Sie hat ihn halb genäht sitzen lassen. Die Nadel steckt in der Wunde, der Faden baumelt runter. Ich hab keine ruhige Hand bei so was, aber ich setz mich hin, zieh die Nadel raus und mach mich mit klammen Händen ans Nähen. Und dabei nehm ich ihn mir auch gleich vor.
»Du musst sofort damit aufhören«, sag ich leise. »Das ärgert nicht nur Molly, das macht uns alle nervös. Du weißt doch, dass sie noch um Ike trauert. Das ist erst sechs Monate her, herrgottnochmal! Nimm ein bisschen Rücksicht auf sie.«
Er schweigt und runzelt die Stirn.
»Hörst du mir zu?«, frag ich.
»Ich muss es ihr verständlich machen. Was soll ich tun?«
»Sei ein Mann, Creed«, sag ich. »Nimm hin, dass sie dich

nicht will, und lass sie in Ruh. Es steht für uns alle zu viel auf dem Spiel, einen Streit können wir uns nicht leisten. Wir müssen uns aufeinander verlassen können und alle zusammenhalten. Okay, ich bin hier fertig. Ich hol Emmi, sie soll dich verbinden, sie hat geschickte Finger.«

»Ich versteh's einfach nicht«, sagt er.

Ich pack sein Knie und schüttel es heftig. »Molly ist nicht für dich. Nimm's hin. Capito?«

Er sieht mich an. »Nein. Ich mein, ich bin so sicher gewesen. Als ich sie zum ersten Mal gesehen hab, hat mein Herz es sofort gewusst. Das war wie … Ach, du bist's, du bist die Eine. Wie kann das falsch sein?«

»Dein Herz«, sag ich. »Schon eher deine Hose.«

Ich steh auf, und er auch. In seinen graublauen Augen braut sich ein Sturm zusammen. »Du hast wirklich Nerven, weißt du das? Sich aufeinander verlassen. Zusammenhalten. Das ist frech, dass ausgerechnet du das sagst.«

Ich hör Kriegstrommeln dröhnen. »Was hast du für ein Problem? Sag, was du hast, und fertig.«

Er wird so laut, dass alle mithören können. »Du bist das Problem. Das hab ich. Wir denken das alle. Ich bin bloß der Einzige, der den Mumm hat, es auszusprechen. Was ist da los gewesen, verdammt nochmal, Saba? An der Brücke? Als du der Zündschnur hinterhergerannt bist? Wir hätten längst weg sein sollen, in Sicherheit. Stattdessen hättest du uns alle fast umgebracht.«

»Du weißt, warum«, sag ich. »Da waren unschuldige Leute. Sklaven, wie Mercy.«

»Pech für sie«, sagt er. »Auf welcher Seite stehst du eigentlich? Wir sind deine Leute, nicht die.«

»Ich hab grade erfahren, was heute los gewesen ist«, sagt

Slim. Er fixiert mich mit seinem wässrigen, einäugigen Blick. »Creed hat recht, wir haben uns auf den Plan geeinigt. Die Sprengladung anbringen, die Brücke in die Luft jagen und türmen. Rein und raus, schnell und sauber.«

Jetzt drehen sich alle Köpfe am Feuer mir zu. Emmi sitzt mit weit aufgerissenen Augen zu Mercys Füßen.

»Töten hat nicht zu unserm Plan gehört«, sag ich.

»Das nennt man Kollateralschaden«, sagt Slim. »Wär dir lieber, wenn deine Kameraden getötet worden wären? Du musst das Ziel im Auge behalten und für Disziplin sorgen, und das gilt auch für dich.«

»Manchmal muss man die Strategie ändern«, sag ich.

»Stimmt«, sagt er. »Aber so hast du's nicht gemacht. Man ändert die Strategie aus zwei Gründen. Um das Ziel zu erreichen oder die Truppe zu retten. Dein Ziel hattest du schon erreicht. Was du getan hast, hat deine Truppe in Gefahr gebracht. Das ist schlechte Führung.«

Ash sagt: »Ich versteh dich nicht, Saba. Was ist mit Darktrees? Da haben die Tonton unsere Freunde im Schlaf abgeschlachtet. Vierzig Leben. Free Hawks und Weststraßenräuber. Hast du das schon vergessen? Und Epona und Maev. Ike und Bram. Sie sind alle für diesen Kampf gestorben. Tut mir leid, aber Creed hat recht. Wem gilt deine Treue?«

»Ich bin treu«, sag ich. »Ich hab das nicht vergessen. Weder Darktrees noch die Namen, die du genannt hast. Ganz im Gegenteil. Aber hier geht es nicht um Treue, ich …«

»Für mich geht es darum«, sagt Tommo. »Um Treue.«

»Aber jetzt ist es anders«, sag ich. »Seht ihr das nicht? Hier in New Eden, mein ich. Da sitzen zu viele Leute zwischen uns und den Tonton in der Falle. Unschuldige Leute.«

»Wir können uns keine schwache Anführerin leisten«, sagt

Ash. »Creed und ich haben das schon mal gehabt, mit Maev. Und das führt zu Niederlage und Tod. Du bist stark. Selbstsicher. Zielstrebig. Du bist eigentlich nicht so gefühlsduselig, wie wir dich heute gesehen haben. Verdammt nochmal, du bist der Todesengel! Du bist legendär, Saba. Deshalb folgen wir dir.«

»Vielleicht hast du nicht mehr die Nerven dafür«, sagt Creed.

Innerlich wird mir eiskalt. »Ist das eine Herausforderung?«

Er sagt: »Sei die, die wir brauchen, oder tritt zurück.«

»Das reicht«, sagt Lugh. Er steht auf. Er hat die ganze Zeit am Feuer gesessen und zugehört. »Was da an der Brücke passiert ist, ist meine Schuld gewesen.«

Alle gucken ihn an. Mit überraschten Mienen. Verdutzt.

»Wie kommst du da drauf?«, fragt Creed.

»Die beiden ersten Tonton haben mich erschreckt«, sagt Lugh. »Ich bin mit dem Sprengpaket unter der Brücke gewesen. Saba hat mir befohlen, mich nicht vom Fleck zu rühren, aber ich hab's doch getan. Ich bin abgerutscht und runtergefallen, und sie ist mir zu Hilfe gekommen. Ohne sie und Tommo wär ich jetzt tot. Ich hab gegen einen direkten Befehl von unserer Anführerin verstoßen. Ich bin der, der gegen die Regeln verstoßen hat. Ich hab sie und euch alle in Gefahr gebracht. Wenn Saba was falsch gemacht hat, dann weil ich sie aus der Fassung gebracht hab. Sie hat sich nicht auf mich verlassen können. Die Schuld für das heute liegt allein bei mir. Es tut mir leid. Ich hab euch alle im Stich gelassen.«

Während er das sagt, guckt er mir direkt in die Augen. Ich hab einen Kloß im Hals.

Nach einer Weile sagt Slim: »Tja, diesmal haben wir Glück

gehabt. Keiner ist getötet worden. Deshalb bin ich dafür, wir nehmen Lughs Entschuldigung an und lassen es auf sich beruhen. Wir lernen draus und gucken nach vorn. Aber wir können uns nicht noch mehr Fehler leisten. Keiner von uns. Und das schließt auch deinen Kontakt ein, Engel. Egal, wer das ist, er hat uns falsch informiert. Nicht absichtlich, das will ich damit nicht sagen, aber wenn sich die Lage hier so schnell verändert, dann muss er damit Schritt halten. Unser Leben hängt von seiner Info ab. So, und jetzt will ich, dass ihr zwei« – er winkt Creed und mich zu sich – »euch die Hände gebt und Frieden schließt.«

Während die anderen sich wieder ihrem Essen zuwenden und sich leise unterhalten, halt ich Creed die Hand hin. Mit seinem Blick hält er mir immer noch ein Messer an die Kehle. Dann lächelt er, zieht mich mit einem Arm schnell an sich und sagt: »Tut mir leid. Weißt du, manchmal bin ich ein sturer Bock. Danke fürs Nähen. Und was du über Molly gesagt hast, lass ich mir durch den Kopf gehen.«

Und ich frag mich, ob ich mir diesen Blick nur eingebildet hab.

Nacht sieben

Es ist die Zeit im Jahr, wenn die Dunkelheit dem Licht jeden Tag früher im Nacken sitzt.

Bei der erstbesten Gelegenheit red ich mit Slim unter vier Augen. »Wann ist Blutmond, was meinst du?«, frag ich.

»Ich mein nicht, ich weiß es.« Er guckt zum Mond hoch, der dicker ist als gestern Nacht. »Mit dem jetzt in sieben Nächten.«

»Könnten aber auch acht sein. Oder neun. Das kann man doch nicht so genau sagen.«

»Ich leb jetzt schon fast fünfzig Jahre nach dem Zu- und Abnehmen von der Dame da. Ich kenn ihre Gesichter, und wenn ich sag, es sind sieben, dann sind es sieben. Ganz genau.« Er mustert mich fragend. »Was macht dir Sorgen?«

»Nichts.«

Tommo zieht los. Er hat die erste Wache hoch oben auf dem Painted Rock. Wir anderen versammeln uns ums Feuer – ich mit Bauchschmerzen, so nervös bin ich, weil ich warten muss, bis es Zeit wird, zu gehen und Jack in Irontree zu treffen. Hat keinen Sinn, zu früh hinzugehen. Ich bin mehr als einmal zu früh am Treffpunkt gewesen und hab dann Däumchen gedreht, weil er noch nicht da gewesen ist.

Wir machen es uns für den Abend gemütlich. Mit knirschenden Knien lässt Slim sich grunzend in seinen Klappstuhl sinken und raucht nachdenklich seine Pfeife. Ash und Molly rollen Hanffasern zu Bogensehnen. Nero kuschelt sich für ein Nickerchen in meine Jacke, und ich stell meine feuchten Stiefel zum Trocknen ans Feuer.

Es sieht vielleicht wieder alles friedlich aus, aber ich kann sie spüren. Gleich unter der Oberfläche. Die bittere Unterströmung der Zwietracht. Noch so ein Fehler von mir, und sie steigt wieder an die Oberfläche. Ich nehm's ihnen nicht übel. An ihrer Stelle würd's mir genauso gehen.

Wir müssen zusammenhalten. Ganz fest. Ich guck sie mir an, meine Familie, meine Freunde. Der Tanz der Flammen jagt Schatten über ihre Gesichter. Ihre vertrauten, unvertrauten Gesichter. Was wir hier tun, an diesem alten Ort, ist uralt. Es liegt der Zeit im Blut. Menschen an einem Feuer. Während die Dunkelheit sie von allen Seiten umschließt.

DeMalos Worte gehen mir im Kopf rum und zwängen meine Gedanken ein.

»Wenn du weiter so handelst, werden noch mehr Menschen sterben. Vielleicht sogar Menschen, die dir wichtig sind. Ich an deiner Stelle würde meine Aussichten klug abwägen.«

Unsere Aussichten abwägen. Ich kann nicht klar denken. Aber ich muss. Sofort. In sieben Nächten. Ich muss mit Jack reden. Ich versuch, nicht zu oft zum Himmel zu gucken. Versuch mir nicht anmerken zu lassen, wie zappelig ich bin.

Lugh und ich sitzen eng zusammen auf einem Baumstamm, Oberschenkel an Oberschenkel. Er stupst mich an. »Hast eine Verabredung heute Nacht, hm?«, flüstert er. Ich seh ihn an. »Du guckst ständig zum Himmel«, sagt er.

Alle wissen, dass ich regelmäßig Infos krieg über DeMalo und die Tonton und das, was in New Eden los ist. Sie wissen, dass ich ihnen nicht sagen kann, von wem oder woher. Sie glauben, ich treff mich mit Brams altem Netzwerk. Mit der kleinen Gruppe von Kontakten, Informanten und Maulwürfen, die er aufgebaut hat, bevor er an jenem Tag auf der Straße nach Resurrection gestorben ist. Jack führt diese Gruppe jetzt. Er liefert die Info, ich die Taten. Planen tun wir zusammen. Ich treff nie jemand anders als ihn.

Creed hat die kleine Handquetschkommode, die Slim von Bobby French, einem Händlerkumpel, bekommen hat, in Ordnung gebracht. Jetzt probiert er sie zum ersten Mal aus. Süße Schwermut kommt schnaufend aus den rissigen Lederlungen.

»Guter Gott, sie funktioniert«, sagt Ash. »Wo hast du spielen gelernt?«

»Schaustellertruppe«, sagt er. »Quetschkommode, Seiltanz, Feuerjonglieren … das Übliche.«

Misstrauisch guckt Ash ihn an. Lügengeschichte oder Wahrheit, bei Creed ist das manchmal schwer zu sagen. »Du bist doch nie im Leben ein Schausteller gewesen«, sagt sie.

»Glaubst du etwa, ich erzähl dir alles?«, fragt er.

»Hm. Tja«, sagt sie, »das würd so einiges erklären.«

Er bearbeitet still seine Quetschkommode, während ein Schlauch mit Mollys neuestem Gebräu die Runde macht. Stinkjohannisbeerenrum diesmal, aber es ist immer dasselbe. Ein Fusel, der einem das Hirn abtötet, mit einem Rausch wie weißglühende Schmerzen. Ich verzichte. Ich brauch einen klaren Kopf.

Emmi kommt an und legt sich quer über unsere Beine. Sie vergräbt die Nase in Lughs Hemd. Ich weiß genau, wie er für sie riecht. Nach Sicherheit. Nach Zuhause.

Und da wird mir was klar. Wir sind noch nie so gewesen, wie wir jetzt sind. Noch nie. Ich mein, dass die Nähe und Gesellschaft uns allen dreien Trost gibt. Früher sind es immer nur Lugh und ich gewesen, und Em war immer außen vor. Zum ersten Mal fühlt es sich an wie Bruder und beide Schwestern zusammen. Lugh lächelt mir über Em weg zu. Heute Abend wirkt er irgendwie unbeschwerter. Er wirkt … aufgemuntert.

Ich mag gar nicht dran denken, Emmi zu Auriel zu schicken. Ohne sie zu sein. Aber es muss sein. Nur so kann ich dafür sorgen, dass sie in Sicherheit ist. Ich werd morgen mit Lugh drüber reden.

Als die Sterne übern Himmel schießen, begleitet Creed sie gemächlich auf der Quetschkommode. Die uralten Seufzer lassen das Echo unserer schroffen Worte abebben. Streichen Balsam auf die Wut. Tragen unseren aufgewühlten Tag in die Nacht.

»So eine Sternenjahreszeit hab ich noch nie gesehen.« Molly schüttelnd staunend den Kopf. »So viele Schnuppen. Wenn die so weitermachen, ist bald kein Stern mehr übrig.«

Mercy guckt schon eine Weile Lugh an. Sie starrt ihn richtig an, als ob sie nicht anders kann. Das macht ihn nervös, und er wird rot. Schließlich sagt sie:

»Es ist richtig unheimlich, wie sehr du ihr ähnelst. Eure Augen sind genau gleich. Das Gesicht, das Lächeln, sogar wie du den Kopf drehst.« Sie hat recht. Lugh ist Mas Abbild. Er zuckt die Achseln, aber ich seh, dass er sich freut.

Die Zeit kriecht. Mein Magen ist völlig verkrampft. Mach schon, mach zu, ich muss Jack sehen.

Ash steht auf und reckt sich mächtig. »Meine Wache. Ich geh besser Tommo ablösen.« Sie stupst Slim mit dem Stiefel an, nicht allzu sanft. »He, schlafende Schönheit, komm mich nicht zu spät ablösen.«

Er macht sein gesundes Auge auf. »Nur keine Bange.«

Auf lautlosen Füßen, den Bogen in der Hand, verschwindet Ash in den Schatten.
Emmi fragt: »Was ist das für ein Lied, Creed?«
»Keine Ahnung«, sagt er. »Vermutlich das letzte Lied, was das alte Ding gespielt hat. Kommt mir vor, als ob es gewartet hat. Es ist noch nicht ganz so weit, zu kommen, aber es wird schon noch. Wenn es so weit ist, dann kommt es.« Er spielt leise weiter, und wirklich, nicht lang, und das Lied zeigt sich. Es ist langsam. Schlicht. Butterweich und warm von seiner Reise durch die Zeiten. »Ah«, sagt Creed.
Mir wird die Kehle eng, als ich es erkenn. Als es in meinem Herz singt. Die Melodie pendelt sich ein. Sie wartet. Darauf, dass die richtige Stimme dazukommt. Sie wartet. Auf Molly. Und die singt.

Träume zu verkaufen, schöne Träume zu verkaufen,
Angus ist hier und hat Träume zu verkaufen.

Die Erinnerung fällt über mich her. Ma, die Lugh und mir ein Schlaflied singt. Der Sonnenduft von ihrer Haut. Ihre Finger, die mir die Haare glattstreichen. Das ist zehn Jahre her. Aber diese Musik geht mir unter die Haut. Bis dahin, wo die Wunden niemals verheilen. Lugh legt mir den Arm um die Schultern. Drückt mich fest an sich.

Still jetzt, mein Kleines, ohne Angst schlaf nun ein,
Traum-Angus schickt dir einen Traum, ach so fein.

Molly singt zögernd, auf raue Weise zärtlich. Und ich weiß, ohne es zu wissen, dass sie dieses Lied Gracie vorgesungen hat. Ihrem Kind von Jack, das nach fünf Monaten am Fieber

gestorben ist. Em steht auf, geht ums Feuer rum zu Molly und legt sich hin, den Kopf in ihrem Schoß. Am Silverlake ist die Musik mit Ma gestorben. Für Emmi hat es nie ein Schlaflied gegeben.
Molly singt, Creed spielt. Sie haben einen Waffenstillstand, sogar ein Lächeln füreinander in den Augen.
Noch ein einziger Ton, und ich plärre los. Und endlich ist es auch Zeit, zu gehen. Ich drück Lughs Hand. Dann steh ich auf mit Nero, der noch in meiner Jacke schläft. Tracker neben Mercys Füßen steht auch auf. Slim hebt zum Abschied die Pfeife. Creed nickt. Molly lächelt. Mittlerweile sind sie alle an meine nächtlichen Ausflüge gewöhnt.
Ich nehm meinen Köcher und den Bogen und verlass die Wärme und das Licht und meine Leute und Mas Lied. Mit Tracker an der Seite geh ich in den nachtdunklen Wald.

Ich lass Nero fliegen, und wir gehen nach Norden. Bis Irontree, wohin Jack unser Treffen verlegt hat, sind es von hier aus gut sechs Meilen. Ich bleib stehen, nur einen Augenblick. Geb unser Nachtsignal. Den Zweitontriller von einem Witwenvogel. Damit unser Wachtposten weiß, wer da unter ihm durch den Wald wandert. Die Antwort kommt vom Gipfel des Painted Rock zu mir. Es ist Ash. Sie hat Tommo abgelöst. Er ist jetzt bestimmt unterwegs zu den Annehmlichkeiten im Lager.
»Saba, warte!« Das ist Lugh, der mir zwischen den Bäumen durch hinterherläuft.

Gereizt bleib ich stehen. »Was ist?«

»Ich hab bloß sagen wollen – das Lied da ... Ich hab nicht bleiben können. Das ist zu viel.«

»Ich weiß. Ich hab ein paarmal von ihr geträumt in letzter Zeit. Von Ma.«

»Schon komisch«, sagt er, »jetzt sind wir schon so lange ohne sie, und man denkt, es geht einem gut, und das ist auch so, aber dann fängt Molly an zu singen und ... die ganzen Gefühle und Erinnerungen fallen aus heiterem Himmel über mich her, und ich bin wieder in der Vergangenheit. Als sie uns zum letzten Mal was vorgesungen hat.« Zittrig atmet Lugh aus. »Es tut weh, aber ... einen Augenblick lang hab ich das Gefühl gehabt, dass sie wieder bei uns ist.«

»Das ist sie auch gewesen«, sag ich. »Hör mal ... Lugh, ich muss gehen, ich ...«

»Ich weiß, aber ich hab gedacht, vielleicht könnt ich ... ein Stück mit dir gehen?« Unsicher guckt er mich an. Als ob mir sein Angebot womöglich nicht recht ist.

Ach, mein armes Herz. Als ob Mollys Lied nicht genug für eine Nacht wär. Hier steht Lugh und kommt mir entgegen. Darauf warte ich seit dem Tag, an dem die Tonton ihn mir weggenommen haben. Vor vielen langen Monaten.

»Eigentlich gern«, sag ich. »Sogar unheimlich gern, aber ... Lugh, ich muss über alles Mögliche nachdenken. Ich bin dir wirklich dankbar dafür, dass du mich verteidigt hast, aber du und ich, wir wissen beide, dass ich heute an der Brücke wirklich Mist gebaut hab. Sie haben recht. Das ist nicht gut genug. Ich muss besser sein, viel besser, ab sofort. Ich hab ein paar ... Sorgen, die ich ...«

»Wir könnten drüber reden«, sagt er. »Vielleicht kann ich

dir helfen. Du und ich, wir haben immer alles zusammen ausgeknobelt.«

Ich könnt ein Stück mit dir gehen. Wir könnten drüber reden. Dass er das überhaupt sagen muss. Mein Herz fliegt ihm zu. Wenn ich ihm bloß alles erzählen könnte, alles ... oder wenn ich's ihm gar nicht erzählen müsste, weil er schon alles weiß.

»Ich wünschte, das könnten wir«, sag ich. »Aber das ist was, was ich allein rausbekommen muss. Trotzdem, ich will diesen Spaziergang mit dir. Bald.«

»Auf jeden Fall«, sagt er. »Ich bin da. Immer.«

Ich will schon weitergehen, da fällt mir noch was ein. »Ich muss mit dir über Em reden. Ich will sie zurück an den Snake River zu Auriel schicken. Es ist falsch, dass sie hier ist. So ein Kampf ist nicht der richtige Platz für ein Kind. Wenn ihr was passiert, dann ... ich mag gar nicht dran denken. Oder wenn uns was passiert. Dann wollen wir sie doch in Sicherheit wissen.«

»Kommt nicht in Frage. Und selbst wenn, würd ich sie garantiert nicht zu Auriel Tai schicken. Wir sind eine Familie, Saba. Wir haben hart darum gekämpft, zusammenzubleiben, und das werden wir auch, um jeden Preis. Aber sie muss sich ein bisschen anstrengen. Mal ist sie klug und zäh, und man denkt, man kann sich auf sie verlassen, und dann benimmt sie sich wie ein überdrehtes kleines Kind. Ich red mit ihr.«

»Aber ich ...«

»Darüber gibt's nichts weiter zu sagen.«

»Ich muss gehen.«

Als ich losgeh, packt er mich am Arm und sagt: »Warte noch einen Augenblick, ich ...« Er sieht mir fast in die Augen, aber dann doch nicht. »Ich muss … ich will mich bei dir entschuldigen. Dafür, wie ich mich benommen hab, seit du mich aus Freedom Fields gerettet hast. Dafür, dass ich mich von dir abgewendet hab. Dir die Schuld an allem gegeben hab. Dass ich so wütend gewesen bin. Es ist bloß so … nachdem Ma gestorben ist, hab ich nur eine Aufgabe gehabt, und zwar meine Schwestern zu beschützen. Dafür zu sorgen, dass ihr überlebt. Ich hab an vorderster Front stehen müssen, vor euch, damit ich den Schuss einstecken kann, wie bei Pa.«

»Du weißt, dass wir da drüber nicht reden«, sag ich.

Nachts in der Hütte. In den Monaten gleich danach. Pa völlig betrunken und rasend vor Trauer. Gegen uns. Gegen sich selbst. Warum sollen wir leben, wenn sie tot ist? *»Wo ist mein Schießer? Mein Messer? Wo hast du sie diesmal versteckt? Lüg mich nicht an, Sohn, lass es nicht so weit kommen, dass ich's aus dir rausprügel.«*

»Wenn ich Dummheiten mach, zum Beispiel als ich unbedingt mit dir um die Wette zur Brücke hab rennen müssen? Das ist, weil ich unbedingt vor dir da sein muss«, sagt Lugh. »Die vorderste Front, verstehst du? Ich kenn nichts anderes. Aber als sie mich gefangen haben, da seid ihr prima ohne mich ausgekommen. Ihr beide, du und Emmi. Du bist stärker geworden. Klüger. Und ich bin stolz auf dich. Aber ich bin mir, ich weiß auch nicht … überflüssig vorgekommen. Aber das ist vorbei. Das ist jetzt vorbei, ich schwör's dir. Heute hat sich alles verändert.«

»Und ich weiß auch, wann«, sag ich. »Da an der Brücke, als ich dich festgehalten hab. Ich hab das selbst schon erlebt, Lugh. Wenn der Tod sich zu dir beugt und dich küssen will, dich holen will, wenn er dir so nah ist, dass du seinen Atem

riechen kannst. Und du sagst nein. Nein, du Scheißkerl, diesmal kriegst du mich nicht. Und du willst so unbedingt leben, und du zerrst dich zurück ins Leben, und plötzlich ist alles ganz klar.«
Er starrt mich an, und ich merk, dass ich ihm beim Sprechen die Finger in die Arme gegraben hab wie eine Irre. »Du verstehst es«, sagt er. »Genau so ist es. Du bist die Einzige, die ich kenn, die das ausdrücken kann.«
»Saba?« Das ist Tommo. Er steht nur ein paar Meter von uns entfernt zwischen den Bäumen. »Kann ich mit dir reden?«
»Nicht jetzt, Tommo«, sag ich.
»Aber ich will nur ...«
»Später, klar?«, fährt Lugh ihn ungeduldig an.
Er zögert kurz. Im Schatten der Bäume kann man seine Miene nicht deuten. »Entschuldigt«, sagt er. Dann ist er weg.
»Er ist in dich verknallt«, sagt Lugh. »Du hast heute seine Hand genommen. Das nimmt er bestimmt als Ermutigung.«
»Wir sprechen hier nicht über ihn. Wir sprechen über dich.«
»Ja, tja ... heute ist mir klargeworden ...« Er schüttelt den Kopf. »Ich wünschte, ich wär besser mit Worten. Mir ist klargeworden, dass ich so vieles will, Saba. Den Himmel über meinem Kopf und die Sonne und die Sterne und ... ich will die Erde unter meinen Füßen spüren, in meinen Händen. Es ist so wenig, aber auch so viel, weißt du, es ist ... alles. Und ihr seid alles für mich. Du und Emmi. Das sollst du wissen.«
Er zieht mich an sich, und wir umarmen uns fest. Tränen brennen heiß in meinen Augen. »Ich hab dich so vermisst«, sag ich, »du ahnst es nicht. Tut mir leid, dass ich dir weh getan hab, Lugh. Das hab ich nie gewollt. Ich bin selbstsüchtig und stur gewesen. Nicht nur wegen Jack, sondern ...«

»Er ist weg, das ist vorbei. Es wird alles gut, Saba. Du und ich, zwischen uns ist wieder alles so, wie es sein soll. Wir sind wieder wir.«

»Dann hat dieser Tag ja doch was Gutes gehabt.«

»Wir haben es in der Hand, das zu kriegen, was wir wollen«, sagt er. »Eines Tages, bald, haben wir unser eigenes Stück gutes Land. Zum ersten Mal werden wir ein Leben haben, das was wert ist. Genau wie wir immer geträumt haben. Und dann sind wir nicht mehr an die Vergangenheit gefesselt. Mach dir keine Sorgen um Em. Wir passen auf sie auf.«

Ich drück ihn noch mal feste. »Ich muss wirklich gehen.« Ich geh rückwärts von ihm weg. »Bis später.«

»Oder früher«, sagt er.

So ein abgelutschter Witz. Aber er bringt uns jedes Mal zum Lächeln. Ich lass ihn da zwischen den Bäumen stehen, in Mondlicht getaucht. Als ich mich noch mal nach ihm umguck, geht er schon zurück Richtung Lager.

Meine Füße tragen mich wie im Flug durch den Wald. Ich bin reine Geschwindigkeit und Sternenlicht. Wolfshund und Krähe zur Begleitung. Und die Hoffnung flüstert nicht nur leise in mir. Sie schreit es jetzt laut in die Nacht.

Mein Bruder ist zu mir zurückgekommen.

Es gibt keine bessere Vorhut als einen Wolfshund. Tracker läuft ein Stück vor, dann läuft er in einem weiträumigen Bogen zurück und hinter mich, immer wieder. Wir machen das schon seit einem Monat so, deshalb hat er es gut drauf. Ich auf nächtlichen Ausflügen zu Jack. Tracker, der verhindert, dass wir über jemand stolpern, der uns nicht sehen soll. Nero hält über den Baumwipfeln mit uns hier unten Schritt.

Meine Freude trägt mich über die ersten drei Meilen. Ich bin so glücklich. Lugh hat den ersten Schritt getan. Er hat mich an sich rangelassen. Aber dann kommen die anderen Gedanken zurück, und meine Füße werden langsamer.

»Es wird alles gut, Saba. Du und ich, zwischen uns ist wieder alles so, wie es sein soll. Wir sind wieder wir.«

Ich mach mir was vor. Wenn wir wieder wir wären, würd die Wahrheit wie klares Wasser zwischen uns fließen. Genauso wie früher. Aber jetzt teil ich sie in ängstlichen Tropfen aus. Selbst wenn ich's ihm sagen könnte, wenn ich Lugh alle meine vielen Geheimnisse verraten könnte … bis er weiß, dass Jack am Leben ist, und einen Weg findet, wie er ihn annehmen kann, werden wir niemals wir sein. Nicht mal ein neues Wir.

Lugh hat von Anfang an was gegen Jack gehabt. Ich hab gedacht, er würd ihm dankbar sein. Ohne Jack wären wir niemals rechtzeitig nach Freedom Fields gekommen, um ihm das Leben zu retten. Maev war die, die mir gesagt hat, warum. Sie hat sich gewundert, dass ich nicht von allein drauf gekommen bin. Für Lugh sieht es so aus, dass Jack mich ihm gestohlen hat, während er schwach und hilflos und ein Gefangener der Tonton gewesen ist. Ich bin sicher, sie hat recht. Zwillinge sind nun mal anders als andere Leute. Bis zu dem Tag, an dem die Tonton ihn vom Silverlake weggeholt haben, sind Lugh und ich wie Kletten gewesen. Im Augenblick ist Jack tot und muss es auch bleiben. Aber

wenn wir diesen Kampf gewinnen, dann kommt er zurück in mein Leben, und dann wird nicht nur Lugh alles andere als erfreut sein, ihn zu sehen, sondern auch Tommo und Ash und ... das ist jetzt nicht der richtige Augenblick, um da drüber nachzudenken.
Wenn wir diesen Kampf gewinnen. Zu gewinnen. In sieben Nächten. Sieben bis zum Blutmond, wenn Slim recht hat. Und er hat recht, er hat recht, ich weiß es. Ein neuer Plan muss her. Schnell. Ich muss mir einen ausdenken, einen machen. Noch eine Brücke oder Straße oder einen Kontrollposten gesprengt, und DeMalo tut, was er mir angedroht hat.
»Wenn ihr mich noch einmal schlagt, schlage ich zehnfach zurück.«
Wenn er seine ganze Macht gegen uns wirft, werden wir nicht überleben. Es wird uns gehen wie den Free Hawks in Darktrees, nachts im Schlaf abgeschlachtet. Da hat er sich bloß ein mögliches Problem vom Hals geschafft. Sie sind nicht mal in der Nähe von New Eden gewesen, nicht mehr als ein Stachel in seinem Fleisch. Er hat einen langen, blutigen Arm.
»Ich lasse deine ganze jämmerliche Bande jagen und töten. Egal wohin ihr euch flüchtet. Deinen Bruder. Deine Schwester. Wäg deine Aussichten ab.«
Ich mach mir was vor. Wir machen uns alle was vor. Wenn wir glauben, wir könnten ihn besiegen. Wir sind die wenigen. Die Schwachen.
Die wenigen und die Schwachen. Plötzlich wird es mir klar. Eigentlich ist das von Anfang an sonnenklar gewesen. Wir haben es nur DeMalo zu verdanken, dass wir noch leben. Die ganze Zeit – heute an der Brücke und vorher in Hope-

town und Freedom Fields, beim Kampf am Pinetop Hill, dann in Resurrection – sind wir draufgängerisch und leichtsinnig gewesen und haben oft Glück gehabt. Es ist nicht so, dass wir nicht hart gekämpft haben. Das haben wir. Das tun wir noch. Manchmal haben wir sogar klug gekämpft. Aber wir sind nicht so klug gewesen, haben nicht so viel Glück gehabt, dass wir am Leben geblieben wären. Nicht wenn ich ganz ehrlich bin. Als es drauf angekommen ist, hat DeMalo sich zurückgehalten und uns nicht vernichtet. Und dabei ist es jedes Mal um mich gegangen. Egal was es ist, was er von mir will … aber nur deshalb leben wir noch.

»Ich garantiere allen sicheres Geleit durch das Ödland, deiner Familie und deinen Freunden.«

»Und im Gegenzug?«

»Dich.«

Ich. Ihn heiraten. Der Tod ist gar nicht so übel. Man stirbt nur einmal. Mit ihm verheiratet, würd ich jeden Tag sterben.

Nero verschwindet die ganze Zeit immer wieder in den Bäumen um uns und kommt dann zurück. Fast so, als würd er was im Auge behalten. Jetzt hat Tracker ein kleines Stück weiter vorn irgendeine Witterung aufgenommen. Er ist wie angewurzelt stehen geblieben. Mit steifen Beinen. Den Kopf hoch erhoben. Als ich zu ihm komm, nehm ich den Bogen von der Schulter und leg einen Pfeil ein. Hier stehen die Kiefern dicht zusammen. Ich kann nichts erkennen. Ich wink Tracker zu mir, und wir schlüpfen gemeinsam hinter einen Baum. Ich bin kampfbereit. Plötzlich kommt Bewegung in den Wald. Äste fliegen, und drei kleine Moosschwänze brechen zwischen den Bäumen vor. Die großen Augen leuchten rot in der Nacht. Keine sechs Meter vor uns springen sie über unsern Weg, und Nero jagt hinterher.

Die hat er also im Auge behalten. Ich entspann mich. Tracker guckt ihnen hinterher. Er würde sie niemals jagen. Nie drum betteln. Dafür ist er zu gut erzogen. Aber er bebt von der Schnauze bis zur Schwanzspitze vor Aufregung. Nicht nur ein Moosschwanz, nein, gleich drei. Er guckt mich an. Nero ruft ihm was zu, aufgeregt, drängend. Ich erinner mich an ihr mageres Eichhörnchenabendessen. So ein Festessen kriegen sie selten.

»Na, dann geh.«

Wie der Blitz ist er weg. Ich hör die Moosschwänze durchs Unterholz preschen und verzweifelt Haken schlagen. Und dann verfluch ich mich dafür, dass ich die beiden weggelassen hab. Sie sind meine Wachen, Nero und Tracker. Sie sehen, hören, wittern, was ich nicht seh, hör, witter. Verdammt. Das war dumm. Mist.

Ich geh weiter, aber nicht lang, und Ängste steigen in mir auf. Was, wenn DeMalo mich seit heute Morgen verfolgen lässt? Was, wenn er gar nicht vorgehabt hat, die Brücke ungestraft zu lassen? Warum sollt ich ihm vertrauen? Er hat gesagt, es ist das Endspiel. Neue Regeln gelten.

Ich mach kehrt und lauf ein Stück zurück. Hinterlass eine Spur nach Osten. An ein paar Felsen zieh ich die Stiefel aus und geh barfuß drüber. Ich schlängel mich durch ein Wurzelgewucher und verwisch alle Spuren, indem ich über einen Moosteppich zwischen den Bäumen lauf.

Dann renn ich durch die Sternschnuppennacht nach Norden. Den Bogen halt ich schussbereit. Nach Norden, nach Irontree, zu Jack.

Er folgte ihr. In sicherem Abstand schlüpfte er lautlos wie eine Katze zwischen den Bäumen hindurch. Ein Kinderspiel für einen ausgebufften Fährtenleser wie ihn.
Tracker hatte ihn sofort gewittert. Aber vor einem Freund musste er ja nicht warnen. Er war immer wieder im Bogen zu ihm zurückgelaufen, um nach ihm zu sehen. Hatte den Jäger und die Gejagte zugleich bewacht.
Allerdings jagte er nicht sie. Es war Jack, den er zu Gesicht bekommen wollte. Es war Jack, den auszuliefern er versprochen hatte.
Er hatte ihn seit jener Nacht am Blackwater Tarn nicht mehr gesehen. Als er sie, zwischen den Felsen versteckt, beobachtet hatte. Sie zusammen am Ufer gesehen hatte. Seitdem traf sie sich mit ihm. Dessen war er sich sicher. Sie hatte einen ganz bestimmten Blick, wenn sie mit Jack zusammen gewesen war. Niemand anderem würde das auffallen. Nur ihm.
Ebenso wie Tracker behielt auch Nero ihn im Auge. Sorgte dafür, dass ihm in der Nacht nichts zustieß. Verschwand zwischen den Bäumen und tauchte wieder auf. Aber so flog er immer durch den Wald. Das war nichts, was ihre Aufmerksamkeit erregen würde.
Dann schreckte er eine Gruppe grasender Moosschwänze auf. Und sie erschreckten ihn. Als sie davonstoben, versteckte er sich. Sie würde den Grund wissen wollen. Sie würde Tracker mitbringen. Würde ihn aufstöbern. Mit wild hämmerndem Herzen überlegte er, welche Erklärung er vorbringen konnte. Sie kam nicht.

Als alles wieder still war, stellte er fest, dass sie weitergegangen war. Tracker und Nero jagten den Moosschwänzen hinterher. Er fand ihre Spur zwar wieder. Doch nicht für lange. Sie hatte flugs kehrtgemacht und war nach Osten gegangen. Es gelang ihm, ihr bis zu einer moosbewachsenen Stelle zu folgen.
Und dort verlor er ihre Spur. Er hatte sie verschreckt. Er hatte sie verloren.
Er konnte es kaum glauben. Er verfluchte sich dafür. Für vergeudete Gelegenheiten hatte er keine Zeit. Liefere Jack bis zum Blutmond an den Wegbereiter aus. Das war die Vereinbarung.
Es war ihm gar nicht in den Sinn gekommen, dass das womöglich nicht so einfach sein würde. Jetzt traf die Erkenntnis ihn mit Wucht. Zermalmte ihn. Was, wenn er ihn nicht rechtzeitig ausliefern konnte? Alles Mögliche konnte geschehen und das verhindern. So vieles lag außerhalb seiner Kontrolle. Und er hatte bereits einen grundlegenden Fehler begangen.
Der Wegbereiter war niemand, der sich mit Entschuldigungen abspeisen ließ. Jemanden wie ihn konnte man nicht verschaukeln.
Plötzlich überfiel ihn in einer heißen Welle die Panik. Er hätte sich niemals darauf einlassen dürfen. Er war überfordert. Das konnte in allen möglichen Schwierigkeiten enden. Er lief weiter zwischen den Bäumen hindurch. In seine Gedanken verloren, stolperte er über eine Wurzel und stürzte. Und da sah er die Krähe tot am Boden liegen.

Als ich Irontree seh, durchfährt mich Erleichterung. Der Eisenbaum – Irontree – ragt hoch über dem Walddach vor mir auf. Ich hab mich selbst ganz schön verrückt gemacht. Hab schon in jeder Bewegung in den Schatten einen Tonton gesehen. Das sieht mir gar nicht ähnlich. Zum ersten Mal im Leben macht mir ein Wald bei Nacht Angst. Was schick ich Tracker und Nero auch weg!

Der Eisenbaum steht im Eisenwald. Früher muss hier mal ein großer Abwrackerort gewesen sein. Damals. Davon ist jetzt nicht mehr viel übrig, nur die Knochen. Gewaltige Eisenträger, die aus dem Boden ragen, als ob sie da drin verwurzelt sind. Man erkennt sie nicht gleich. Zuerst fallen sie einem gar nicht auf. Das liegt daran, dass der Wald sie zugewuchert hat. Als die Bäume größer geworden sind, haben sie das Eisen in ihre Körper aufgenommen. Sie haben es geschluckt. Es umarmt. Und der König von diesen Bäumen guckt auf die andern runter. Der Eisenbaum. Eine mächtige dicke Eiche mit prächtigen Ästen. Jack hat sich da drauf einen kleinen Ausguck gebaut, eine Plattform, ganz oben. Sie ist von unten nicht zu sehen.

Ich geb unser Signal, Jacks und meins. Das leise Krick von einem Nachtpieper. Dann wart ich. Keine Antwort. Vorsichtig schleich ich weiter, den Bogen schussbereit. Ich seh keine Spur von seinem Waldpony Kell. Ich ruf noch mal. Keine Antwort. Wo ist er?

Jetzt bin ich am Fuß vom Eisenbaum. Alles ist still. Verdammter Jack. Er kommt schon wieder zu spät. Ich seufz und lass den Bogen sinken.

Über mir hör ich ein zischendes Geräusch. Ich guck hoch. Da plumpst ein Mann vom Himmel auf mich runter. Mit den Stiefeln zuerst. Schnurstracks nach unten. Seine Hände umklammern ein Seil. Sein schwarzes Gewand flattert. Um den Kopf hat er sich ein schwarzes Shemag gewickelt. Angst durchzuckt mich. Der Herzstein ist warm. Er ist es, es ist DeMalo, er ist hier!

Ich duck mich, will losrennen. Aber er ist schon unten, packt mich um die Taille, und wir sausen nach oben. Nach oben, leicht wie Vögel, hoch in die Luft. Das Seil ist aus Gummi. Ich schnapp nach Luft und klammer mich an ihm fest. Mein Bogen und mein Köcher purzeln zu Boden. Die rote Hitze lodert wild in mir. Der Herzstein ist heiß. Bevor ich drüber nachdenken kann, landen wir ganz oben auf der Plattform.

Als er das Seil und mich loslässt, geh ich sofort auf ihn los. Ein Schwinger aufs Kinn wirft ihn auf den Rücken. Ich schnapp mir das Messer aus meinem Stiefel und stürz mich auf ihn, setz mich auf ihn und heb das Messer, bereit, ihn zu erstechen. Ich werd ihn töten, o ja. Diesmal töte ich ihn, auch wenn das mich tötet. Er packt mein Handgelenk, wir rangeln und drehen uns, und dann sitzt er auf mir. Ich kämpf und werf mich hin und her, heb den Kopf, um ihn zu beißen. In die Hand, in den Arm, überall wo ich drankomm. Er wehrt mich ab, seine Augen funkeln empört. Seine Silbermondaugen.

Silbermondaugen. Nicht schwarz. Nicht DeMalo. Ich erstarre. »Jack?«

Er legt mir die Hand auf den Mund. »Du wirst verfolgt«, zischt er.

Im Wald unter uns prescht irgendwas zwischen den Bäumen

durch. Auf uns zu. Schnell. Hastig stehen wir auf. Er zieht zwei Bolzenschießer aus dem Gürtel und wirft mir einen zu. Am Plattformrand ziehen wir die Baumbartflechten auseinander, damit wir sehen können, was da unten los ist. Mein Bogen, mein Köcher, alle meine Pfeile liegen über den Boden verstreut.

Eine Herde Flachkopfschweine kommt durchs Unterholz angestürmt. Keins davon geht mir bis übers Knie. Es sind etwa acht von den kleinen Viechern. Als der Radau, den sie machen, langsam in der Ferne verklingt, klapp ich den Mund auf, um Jack runterzuputzen, aber da klettert er schon bis zur Spitze vom Eisenbaum. Mit seinem Weitgucker sucht er den Wald ab. Es ist wieder alles still. Er schüttelt den Kopf und klettert wieder runter.

»Flachkopfschweine!« Ich pack seinen Ärmel. »Ich fass es nicht! Spinnst du jetzt oder was?«

Er mustert mich argwöhnisch und betastet sein Kinn und seinen Kiefer. »Und dabei hab ich schon gedacht, du wirst langsam milder.«

»Was soll das, verdammt? Stürzt dich einfach auf mich! Ich hätt dich töten können.«

»Wie denn? Indem du mich totbeißt? Du bist verfolgt worden, Saba. Ich hab von da oben nach dir Ausschau gehalten.«

»Klar, von Schweinen. Rette mich.«

»Benutz mal deinen Kopf. Irgendwas hat sie aufgeschreckt. Ich meine, es ist dunkel im Wald, und ich hab nicht sehen können, wer, und ich kann's nicht beschwören, aber es ist mir jedenfalls vorgekommen, als ob …«

»Es ist dir so vorgekommen? Du kannst es nicht beschwören? Mann, du bist ja ein toller Beobachter.«

»Ach, vergiss es. Sonst streiten wir uns noch die ganze Nacht. Außerdem, wenn da jemand gewesen wäre, hätte Tracker ihn bestimmt gewittert. Wo ist er übrigens?«
»Hier, irgendwo in der Gegend.« Ich trau mich nicht, ihm zu sagen, dass ich Nero und Tracker auf die Jagd geschickt hab. Er würd mich in der Luft zerreißen, garantiert.
Jack nimmt sein Shemag ab. Rauft sich verwirrt die kurzen Haare. »Wie auch immer, und übrigens, warum bist du so nervös, Saba? Du musst doch gewusst haben, dass ich das bin.« Mit einem Finger dreht er den heißen Herzstein um.
»Ein Tonton fällt vom Himmel auf mich runter, da denk ich doch nicht erst groß nach, sondern kämpf. Und wo wir schon von übrigens reden, was soll die Aufmachung, Jack? Und die Worte *die Tonton unterwandern* kommen dir besser nicht über die Lippen.«
Ich werf ihm meinen durchdringendsten Blick zu. Sein Blick weicht mir aus.
»Wir haben uns drauf geeinigt«, sag ich. »Wir sind uns einig gewesen, dass du das nicht tust, das weißt du verdammt gut.«
»Ich bin mit dir einig, dass wir uns einig gewesen sind, dass es zu gefährlich ist. Wir haben uns aber nie drauf geeinigt, dass ich es nicht tu. Also können wir uns drauf einigen, dass wir uns da drauf nicht geeinigt haben.«
»Hör mit diesem aalglatten Gerede auf, spuck's einfach aus.«
»Ich hab's nur ein-, zweimal getan«, sagt er. »Heute und … na gut, vielleicht ein paarmal. Aber nur, wenn ich weiß, dass es ungefährlich ist. Information ist Macht, Saba. Und wir brauchen so viel Informationen, wie wir kriegen können. Was glaubst du, wie ich das mit der Brücke rausgefunden

hab? Halt deine Freunde nah bei dir, aber deine Feinde noch näher, richtig?« Er deutet auf seine Kleider. »Wer wäre da besser geeignet als ich? Ich kenne sie schon, ich weiß, wie ich mich verhalten muss. Näher können wir nicht drankommen.«

Wenn er wüsste, wie nah ich dem Feind bin. Das darf er nie rauskriegen. Niemand darf das rauskriegen.

»Und wenn die Tonton wissen, dass du uns in Resurrection geholfen hast?«, frag ich. »Dass du keiner von ihnen bist, sondern ein Schwindler und Verschwörer? Die könnten alle den Befehl haben, dich zu finden, zu beobachten, dir zu folgen.«

»Mir folgt keiner.« Er seufzt tief. »Schau, wir haben den Laden in Trümmer gelegt. Fünfzig Mann sind dabei getötet worden. Das ist ein einziges Durcheinander gewesen. Wenn danach noch jemand einen Gedanken an mich verschwendet hat, dann haben sie bestimmt geglaubt, dass ich in die Luft geflogen bin. Genau wie deine Free-Hawks-Bande das ja auch glaubt. Wenn die Tonton von mir wissen würden, dann wären wir jetzt alle schon aufgespießte Köpfe.«

»Sag das nicht. Du gehst zu viele Risiken ein. Hör auf damit, Jack. Versprich's mir. Versprich's.«

»Nein. Wenn wir nichts riskieren, können wir auch nicht gewinnen. Das ist kein Zuckerschlecken, Schätzchen.«

»Red gefälligst nicht so von oben runter mit mir, ich warn dich. Wenn du dich töten lässt, dann schwöre ich, ich … dann töte ich dich.«

Ich koch vor Wut. Auf ihn. Auf DeMalo. Auf die ganze verdammte Welt. Darauf, dass ich zweifel und schwach bin. Zu einem verängstigten Mädchen geworden bin. Ich. Der Todesengel.

»Zieh das Zeug aus«, sag ich. »Ich hasse dich da drin, ich hasse das, hörst du?«
Ich geh auf sein Tonton-Gewand los. Zerre dran. Aber es verfängt sich an seinem Waffengürtel, also reiß ich den runter und lass ihn fallen. Jack steht da, ohne mir zu helfen, ohne mich dran zu hindern. Ich zerr ihm das Gewand runter, pack eine Handvoll Hemd und schieb ihn schnell rückwärts, bis er an den Baumstamm stößt. »Ich hasse das, verdammt nochmal!«
Und dann küss ich ihn. Und ich küss ihn. Und ich küss ihn. Ich werd DeMalo in dem Feuer zwischen uns aus mir rausbrennen. Ich werd die Flammen lichterloh schüren mit meinen Lügen und Geheimnissen. Werd sie mit meiner Schwäche und meinen Ängsten füttern. Mich in der Hitze von Jacks Körper vernichten. Das Fleisch von meinen Knochen schmelzen. Meine Knochen zu Asche verbrennen.
Ein Hauch von Nachtbrise lichtet den Schleier in meinem Kopf. Er küsst mich nicht. Er fasst mich nicht an. Er steht bloß da, ohne sich zu rühren. Sein Hemd hängt offen. Hab ich das getan? Ich erinner mich nicht. Ich dräng mich an ihn, noch näher. Meine fiebrigen Hände betasten ihn. Unerschrocken. Gierig.
»Ähem.« Er packt meine Hände. Energisch. »Hör sofort auf«, sagt er.
Ich bin wie betäubt. Halb versengt, aber noch lange nicht verbrannt. »Warum? Was ist los? Du willst mich, das weißt du.«
Er stößt ein komisches Geräusch aus. Ein Lachen, das klingt wie bei der Geburt erwürgt. Er ist völlig zerzaust und zerknittert, und seine silbrigen Augen glühen richtig. Er atmet tief durch. »Junge, Junge, das passiert mir zum ersten Mal.«

»Wir wissen beide, dass das nicht stimmt«, sag ich. Ich will ihn noch mal küssen, aber er weicht zurück. Bringt Abstand und Luft und Kühle zwischen uns. »Was ist los? Warum küsst du mich nicht?«

»Weil du nicht mich küsst«, sagt er. »Im Augenblick willst du nur einen warmen Körper. Meiner ist nur zufällig der nächste. Ich würd sagen, in deinem Zustand würd es so ziemlich jeder tun.«

Ich braus auf, schüttel seine Hände ab. »Wie kannst du's wagen?« Wütend starr ich ihn an. »Wovon zum Teufel redest du da?«

Er lächelt sein unverwechselbares Lächeln. »Und wie aufs Stichwort selbstgerechte Empörung. Versuch nie, einen Schwindler zu beschwindeln. Ich kenn das, Saba. Ich hab das selbst erlebt, selbst getan.« Reumütig schüttelt er den Kopf. »Du tischst das jemand auf, und irgendwann, irgendwo tischt jemand anders es dir auf. Ich hab bloß grade festgestellt, dass dieses Gericht mir nicht besonders schmeckt. Aber so läuft das wohl. Maß für Maß.«

»Erspar mir die Predigt«, sag ich. »Seit wann bist du so verdammt tugendhaft?«

Er streicht mir sanft mit dem Finger über die Wange. »Ich weiß nicht. Seit ich zum ersten Mal dein Gesicht gesehen hab?«

Das nimmt mir den Wind aus den Segeln. Ich starre auf seine Brust. Auf die Narben. Von der Schulter bis zur Hüfte, drei dicke runzlige Linien. Die Narben von den Klauen eines Höllenwurms. Und überm Herzen die Tätowierung von einer roten aufgehenden Sonne, die Tonton-Bluttätowierung. Genau wie DeMalos. Wieder DeMalo. Ständig, immer wieder DeMalo. Tja. Also kein seliges Vergessen für mich.

»Sag mir, was heute passiert ist.« Jacks Stimme ist leise. Entschieden.

Erst jetzt fällt mir auf, was er getan hat. An einem Ende von der Plattform hat er einen Unterstand gebaut und den Boden mit Fichtenzweigen gepolstert. Überall hängen Regenbogenschimmerscheiben. Wenn sie sich drehen und schaukeln, spielt das Mondlicht drauf. Dann entdeck ich noch einen kalten gebratenen Vogel, Brot und eine Flasche. Er hat sich richtig Mühe gegeben. Es ist wunderschön. Was ganz Besonderes. Es zerreißt mir das Herz. Ich schling mir fest die Arme um den Körper, damit ich nicht losplärre.

»Wie ich seh, hast du wieder geklaut. Was ist aus deiner Tugend geworden?«

»Überbewertet.«

»Entschuldige. Ich hab mir schon wieder einen beschissenen Zeitpunkt ausgesucht, was? Eine Spezialität von mir. Besonders wenn's um dich geht.«

»Da kann ich nicht widersprechen«, sagt er. »Lass uns essen. Und reden.«

Das Schicksal hatte ihm zugenickt. Ihm die tote Krähe gezeigt. Er hatte sofort gewusst, was er zu tun hatte. Sie war noch nicht lange tot. Er steckte sie unters Hemd und machte sich auf die Suche nach Nero.

Die Moosschwänze hatten bei ihrer Flucht eine Spur aus abgebrochenen Zweigen hinterlassen. Er folgte ihr bis zum Tötungsort. Nero war dort und schlug sich den Magen mit dem

Fleisch eines zierlichen Moosschwanzmännchens voll. Tracker war nirgends zu sehen. Es schien, als hätte er für seinen Freund schnell etwas getötet und wäre dann für sich selbst einem größeren Tier hinterhergejagt. Dergleichen hatte er früher schon getan.

Nero durfte nicht wissen, wer ihn einfing. Der Geruch dürfte ihn eigentlich nicht verraten. Krähen haben einen schwachen Geruchssinn, und Neros Schnabel steckte tief in einem Himmel aus Fleisch und Blut. Dennoch sollte er besser ganz sichergehen. Seine Jacke hatte er bereits ausgezogen. Jetzt häufte er mehrere Handvoll vermodernden Waldboden hinein. Gesichter erkennen Krähen allerdings immer. Er wickelte sich das Shemag um den Kopf.

Er würde nur diese einzige Gelegenheit erhalten. Zwischen den Bäumen wartete er auf den richtigen Augenblick. Als Nero den Schnabel noch tiefer in den Eingeweiden vergrub, war seine Gier größer als seine Vorsicht.

Er rückte näher an ihn heran. Noch näher. Nahe genug. Er warf die Jacke über Nero. Dann packte er ihn und trug ihn fort.

Genau genommen rede ich. Jack isst. Und trinkt. Und hört zu. Wir sitzen auf dem weichen Bett aus Fichtenzweigen, und ich erzähl ihm, wie uns alles schiefgegangen ist. Wie Lugh haarscharf am Tod vorbeigeschrammt ist. Von dem Nebel, wegen dem Ash uns nicht rechtzeitig hat warnen können. Dass der Konvoi deshalb aus heiterem Himmel gekommen ist. Dass ich vergeblich versucht hab, die Zündschnur noch zu kappen. Ich red von den Sklaven und den Tieren. Den Verwesern und den Tonton. Vom Unaussprechlichen kann ich nicht reden. Von dem Lärm und den Gerüchen und dem albtraumhaft wirklichen Tod, den wir über sie gebracht haben. Ich erzähl ihm nur, dass es grauenvoll war, und lass es dabei. Dann kommen Creeds Verwundung, die Freude über das komische Zufallstreffen mit Mercy und Creeds Herausforderung. Vom Unsagbaren sag ich nichts. Von DeMalo. Vom Blutmond.

Jack sagt nicht viel. Ein-, zweimal hat er eine Frage. Er nickt. Ich seh ihm an, dass er gründlich nachdenkt.

»Wir haben uns auch gefragt, warum sie diese Brücke gebaut haben«, sagt er. »Aber ein Besiedlungstrupp – mit Sklaven – unterwegs ins Raze. Was wollen sie mit dem Ödland da? Was hat DeMalo vor? Du kannst Gift drauf nehmen, dass er einen Plan verfolgt. Wir müssen rausfinden, was er vorhat.«

Jack muss wissen, dass DeMalo heute da war. Aber ich kann's ihm nicht einfach erzählen. Womöglich verrat ich mich, durch meinen Tonfall oder meinen Blick oder meine Miene. Also sag ich: »Da sind heute zwei große Hunde bei den Tonton gewesen. Creed hat sie Geisterjagdhunde genannt.«

Jack sitzt kerzengrade da, seine Augen funkeln. »Dann ist DeMalo heute auch da gewesen. Die Hunde weichen ihm nicht von der Seite. Er hat sie sich nach Resurrection zugelegt. Fühlt sich wohl nicht mehr sicher. Hast du ihn gesehen? Sag, dass er dich nicht entdeckt hat.«

»Wir sind zu weit weg gewesen. Da ist so viel Qualm gewesen, und der Lärm, und alles ist ein einziges Durcheinander gewesen … nein, er kann mich nicht gesehen haben. Ich hab ihn jedenfalls nicht gesehen.«

Lügen. Halbwahrheiten. Ausflüchte. Jedes Mal, wenn ich den Mund aufmach.

»Wenn DeMalo da war, dann ist dieser Konvoi wirklich was Besonderes gewesen«, sagt Jack. »Sonst hätte er's seinem Tonton-Fußvolk überlassen wie immer.«

»Das hat Mercy auch gesagt.«

»Mercy. Richtig. Verlass dich drauf, Sklaven fallen Sachen auf, die andern nicht auffallen. Wir müssen alles wissen, was sie weiß. Saba, hörst du? Du musst mit Mercy reden.«

»Ja, Mercy, klar.« Ich hör nur halb zu. Ich starr auf eine Schimmerscheibe, die tief neben mir hängt. Das Mondlicht spielt drauf, wenn ich sie dreh. Jetzt seh ich Jack direkt an. »Wir können das nicht gewinnen. Wir sind weit in der Unterzahl.«

Er runzelt die Stirn. »Das ist nichts Neues. Das haben wir von Anfang an gewusst.«

»Aber jetzt weiß ich, was das heißt. Wie es aussieht und wie es sich anfühlt. Wir haben sechs Kämpfer, Jack, mehr nicht. Emmi ist nur eine Last, und jetzt haben wir auch noch Mercy dabei. Tommo und Creed sind nur grade so eben entkommen. Lugh wär fast in den Tod gestürzt. Wenn wir sie verloren hätten, wären wir am Ende, und wofür?«

»Das ist unsere erste Aktion gewesen. Wir lernen draus und gucken nach vorn. Wir werden besser. Klüger. Du redest, als ob wir die Aktion nicht hingekriegt hätten. Haben wir aber.«

»Sie bauen die Brücke da bestimmt schon wieder auf.«

»Dann schlagen wir noch mal zu, irgendwo anders, jetzt gleich. Darum geht's doch, das weißt du. Wir sind nicht viele, aber wir können schnell handeln. Wir schlagen schnell zu. Unberechenbar. Immer wieder.«

»Das heute ist vergeudete Mühe gewesen. Dazu unsere Feuerkraft und unsere Nerven. Wir werden nicht gewinnen, indem wir Leute töten. Tod führt nur zu noch mehr Tod.«

»Das heute hat DeMalo bestimmt erschüttert. Noch ein paar solche Schläge, und er wird sich verkriechen. Seine Verluste läppern sich zusammen, irgendwann wirkt er schwach, die Leute verlieren das Vertrauen in ihn. Noch ein paar mehr laufen zu uns über ...«

»Dieses Spiel dauert viel zu lang.«

»Wir müssen einen Zahn zulegen. Als Nächstes schlagen wir gegen die Tonton zu. Das tut ihm am meisten weh. Ich hab einen Plan, wie wir zwei Kontrollpunkte in einer Nacht erledigen. An gegenüberliegenden Rändern von New Eden.«

»Ich sag dir, diese ganze Idee ist falsch.«

»Sie ist richtig, und das weißt du auch. Es geht darum, wem die Zukunft gehört. Einem Mann oder allen Menschen. DeMalo oder den Menschen von New Eden. Die Erde heilen, gut und schön, wer will das nicht? Sich für einen guten Zweck zusammentun. Zur Abwechslung mal für das Gemeinwohl zusammenarbeiten, statt dass jeder Einzelne sein Fleckchen bewacht. Aber als freie Menschen, die ihr Schicksal selbst bestimmen. Nicht mit der Waffe von einem Tyrannen im Nacken.«

»New Eden ist zu klein«, sag ich. »Da gibt es nicht so viele Stellen, wo wir uns verstecken können. Über kurz oder lang wird er uns aufstöbern.«

»Willst du, dass die Zukunft DeMalo und seiner Brut gehört?«

»Natürlich nicht, das hab ich nicht …«
»Weil das nämlich passieren wird, wenn wir uns alle raushalten und sagen, das geht mich nichts an, was kann ich schon groß tun, ich bin zu schwach, er ist zu stark. Als du nach Lugh gesucht hast, hast du das nicht gemacht. Du hast dich gegen die ganze Welt gestellt, um ihn zurückzuholen. Aber … ach, richtig, da ging's um die Familie, stimmt's? Und, mal ehrlich, da hört es für dich dann auch auf. Wenn es hart auf hart kommt.«
»Nein.«
»Ihr hättet gehen sollen, als ich es dir gesagt hab. Nach Resurrection. Ihr behindert uns nur. Du hättest das uns überlassen sollen.« Seine Augen glitzern eisig, nicht silbrig. Schnell trink ich einen Schluck Wein. Mit seiner Süße und seinem Feuer brennt er Jacks Worte bis runter in meinen Bauch. Da rumoren sie dann so heftig, dass mir fast übel wird. Wir schweigen, die Herzen verkrampft, die Lippen zusammengepresst. Dann sagt er, ohne mich anzusehen:
»Du willst, dass ich es ausspreche, Saba? Dir die Erlaubnis gebe zu gehen? Na schön. Geht, alle drei, und viel Glück. Das ist keine Schande. Du hast es versucht, aber diese Sorte Kampf ist eben nichts für dich. Du bist an deine Familie gebunden, durch Blut und Liebe. Deshalb wirst du immer losstürzen, um sie zu retten, um jeden Preis, und das ist gefährlich für uns andere. Das, was heute mit Lugh passiert ist, das beweist es bloß. Liebe ist kein guter Anführer. Sie macht einen schwach.«
Da macht es klick. In meinem Kopf. In meinem Bauch. Und plötzlich ist mir ganz heiß, und mein Herz pocht. Brüder. Schwestern. Familie. Blutsbande. Mütter, Väter, Kinder.

Was Neues, Unbekanntes, fängt an, in mir zu atmen. Mit einem aufgeregten Zittern. Eine aufregende neue Möglichkeit.

Liebe macht mich schwach. Ich wiederhol es mir leise. Das hat Lugh immer gesagt. Und ich hab es nie geglaubt.

»Liebe macht schwach«, sag ich laut. »Vielleicht auch nicht. Vielleicht … macht sie mich anders. Als dich. Als die anderen. Als DeMalo.«

»Okay«, sagt Jack, »aber ich versteh nicht, was das mit …«

»DeMalo weiß jetzt von uns«, sag ich. »Ab heute weiß er, wie wir vorgehen – schnell zuschlagen und abhauen –, also wird er sich überlegen, was er tun würd, wenn er wir wär. Er wird anfangen, wie wir zu denken. Wahrscheinlich macht ihm das sogar Spaß, wie ein Spiel. Schließlich spielen wir seine Sorte Spiel. Das Gewaltspiel. Das haben wir alle die ganze Zeit gespielt.«

»Na, und?«

Was wir heute an der Brücke getan haben, ist falsch. Und DeMalo irrt sich. Was richtig ist, muss irgendwo anders liegen. Zwischen uns vielleicht. Oder jenseits von uns.

Oder vielleicht auch nicht. Vielleicht liegt das, was richtig ist, viel näher.

»Na, und …«, sag ich gedehnt, »wie wär's wenn wir aufhören, wie er zu denken … und anfangen … wie ich zu denken?«

»Wie du?« Jacks Augen werden schmal. Jetzt ist er neugierig. »Weiter«, sagt er.

»Er erwartet bestimmt von uns, dass wir noch eine Brücke oder eine Straße oder einen Kontrollpunkt sprengen. Wie wär's, wenn wir das nicht tun? Wenn wir das Spiel ändern? Was anderes tun? Was ganz anderes?«

»Zum Beispiel?«
»Ich hab heute ein Pferd gestohlen.«
»Streiche. Tricks.«
»Nein. Nein, das mein ich nicht. Es ist mehr als das, viel mehr. Mercy hat da was gesagt … Was war das noch gleich? Ich weiß. *Es braucht bestimmt nicht viel, um ihr Haus zum Einsturz zu bringen. Es hat keine festen Grundmauern.* DeMalo hat New Eden nicht auf festen Grundmauern aufgebaut, Jack. Keine Familien. Keine Väter und Mütter mit ihren Kindern. Er hat sie alle auseinandergerissen. Das ist nicht natürlich. Da ist kein … Herz dabei. In New Eden. Es ist nur diese … Idee. Seine Idee. Verstehst du?«
»Okay, aber was ändert das an dem, was wir tun?«
»Ich weiß noch nicht genau. Ich muss drüber nachdenken. Ich hab ein ganz starkes Gefühl, Jack. Und zwar nicht nur im Bauch. Es ist auch in meinem Herz und meinem Kopf … überall in mir. Ich weiß noch nicht, was das ist, aber da ist was dran. Ich muss mit Mercy reden. Du hast recht, sie weiß bestimmt so einiges. Ich muss gehen.«
»He, he, warte.« Als ich aufstehen will, packt er meinen Arm. »Ich bin ja immer dafür, auf den Instinkt zu hören. Aber du hast mich auch zum Nachdenken gebracht. Dank eurem Schnitzer an der Brücke heute hat er uns in die Karten gucken können. Du hast recht, DeMalo wird versuchen, uns zu überlisten. Ich an seiner Stelle würd's tun. Aber jetzt pass auf. Er ist der Magnet, Saba. Die Macht hier liegt bei ihm und nur bei ihm. Bei einem einzigen Mann. Dem Wegbereiter mit seinen wundersamen Visionen. Das ist nicht dasselbe wie der verrückte Vikar Pinch in Hopetown. Ohne DeMalo stürzt New Eden in sich zusammen. Es sind sein Plan, seine Ideen, die Kraft seines Willens. Ja, lass uns das

Spiel ändern. Lass uns das abkürzen. Ich misch mich wieder unter die Tonton. Ich schlag schnell zu, bevor sie mich entdecken können. Ich werd ihn töten.«

Noch mal macht es klick in meinem Kopf. »Sag das noch mal.«

»Ich werd ihn töten«, sagt Jack. »Je eher, desto besser.«

»Nein, nein, das davor. Der Wegbereiter mit seinen wundersamen Visionen.«

Visionen bei Sonnenaufgang. Ich hab sie selbst gesehen. Noch ein Geheimnis, das ich tief im Herz bewahr. DeMalo hat mich an der Hand dahin geführt. Zum Bunker im Hügel, in den Raum mit den weißen Wänden. Wo er uns seine wundersame Vision gezeigt hat. Eine Vision von der Erde, bevor die Abwracker sie zerstört haben. Wunderschöne Bilder, die über alle Vorstellungskraft rausgehen. Unvergesslich, solang ich leb.

Ich sag: »Du hast sie doch gesehen, oder? Die Visionen, mein ich. Müssen nicht alle Verweser und Tonton da hin, als Teil von, du weißt schon, wie heißt das noch …«

»Initiation. Stimmt«, sagt Jack. »Ich hab hinsollen, aber ich bin vorher getötet worden. Das alles passiert da an dem Hügel, im Morgengrauen. Ganz in der Nähe von einem See namens Weeping Water. Keiner darf über das reden, was er gesehen hat, und keiner tut es, aber … ich sag dir … hinterher gucken sie DeMalo alle an, als ob er die Sonne selbst wär. Das muss was ziemlich Erstaunliches sein.«

»Er ist der Magnet, du hast recht. Und wenn New Eden ein Herz hat, dann ist das dieser Hügel. Wir müssen dahin, Jack. Sofort.«

»Jetzt? Auf keinen Fall. Guck dich doch an, du bist völlig überdreht. Kein Wunder nach allem, was heute passiert ist,

und du kannst mir nicht erzählen, dass du gestern Nacht in der Höhle auch nur ein Auge zugetan hast.«
»Schlaf ist Zeitverschwendung.«
»Sei nicht blöd.«
»Na gut, dann morgen. Weeping Water. Wir treffen uns gleich nach Mitternacht an dem Hügel. Bring Fackeln mit. Wir müssen da irgendwie rein.«
»Und dann?«
»Du hast es selbst gesagt, Information ist Macht. Wir finden raus, was es über diesen Hügel zu wissen gibt. Den haben wir bis jetzt nicht berücksichtigt. Hätten wir aber tun sollen.«
»Okay.«
»Und bis dahin tust du nichts. Gar nichts. Kein Herumgeschleiche, kein Verkleiden als Feind. Versprich's mir.«
Er lächelt. »Hand aufs Herz.« In seinen silbrigen Augen funkelt eine Absicht. Als ich aufstehen will, packt er meine Hand, zieht dran, und ich plumps neben ihn, mitten rein in die Fichtenzweige. Wie hab ich ihn je mit DeMalo verwechseln können? Er riecht so überdeutlich nach nichts anderem als ihm selbst. Warme Haut und, ganz schwach, warmer Salbei. Wie ein Flüstern aus weitläufigeren Ländern. Sein Tagesendebart legt einen Schatten auf sein Gesicht. Ich streich sanft mit den Fingern über die Stoppeln.
»Siehst du?«, fragt er. »Wir können auch gelassen sein. Ruhig.«
»Ich muss gehen«, sag ich.
»Weißt du noch? Vorhin? Als diese Flachkopfschweine dich fast niedergetrampelt hätten und ich mich sehr männlich vom Baum geschwungen hab, um dir das Leben zu retten …«

»Und wovon träumst du nachts?«
»… unter großer Gefahr für mein Leben. Ich will nur drauf hinweisen, dass das das dritte Mal war, dass ich dich vor dem sicheren Tod gerettet hab. Siehst du, da ist diese Sache – ich weiß nicht, ob du dich dran erinnerst –, die heißt die Dreierregel … hab ich die schon mal erwähnt?«
»Ein-, zweimal«, sag ich. Ich trödel an seiner Nase lang. Ein bisschen krumm. Ganz und gar großartig. »Ich bin froh, dass ich dich nicht auf die Nase geschlagen hab. Sie gefällt mir.«
»Lenk nicht ab. Es funktioniert so: Wenn du jemand dreimal das Leben rettest …«
»… gehört sein Leben dir. Ich weiß, Jack.«
»Ich sag ja nur, mit den Schweinen sind es drei zu meinen Gunsten. Ich hab gewonnen.«
»Das ist doch peinlich. Du bist offenbar völlig verzweifelt.« Ich streich um seine Lippen rum, so weich und warm. »Die Schweine sind gar nicht in meine Nähe gekommen. Es steht immer noch zwei zu zwei.«
Er zieht mich an sich. »Verzweifelt, was? Ich zeig dir, was verzweifelt ist.« Unsere Finger verflechten sich, unsere Beine auch, und seine Lippen überwuchern mich mit Rosen. Bis ich zittere und bebe vor Verlangen nach ihm. »Wer küsst dich?«, fragt er. »Wer berührt dich?«
»Du.«
»Sag meinen Namen.«
»Jack«, flüster ich. »Jack. Jack.«
»Jetzt küss mich«, sagt er.
Ich küss seinen Namen auf seine Lippen. Auf seine weichen, weinsüßen Lippen. »Ich sollte gehen«, sag ich.
»Du solltest besser gehen«, sagt er.

Unsere Küsse werden hungrig. Unsere Körper erhitzen sich.
Unten am Boden wird gebellt. Das ist Tracker. Seufzend mach ich mich von Jack los und späh durch die Zweige zum Himmel. Der Jupiter hängt tief im Osten. Die Nacht ist schon halb rum. »Ich muss zurück.« Ich schieb ihn weg, setz mich auf und fang an, meine Kleider zurechtzurücken. Er hat sich große Mühe gegeben, mich auszuziehen. »Du arbeitest schnell.«
»Du bist ein bewegliches Ziel, da bleibt mir nichts anderes übrig. Da, ich helf dir.«
Ich knöpf zu, er knöpft auf. Ich steck rein, er zieht raus. Ich klopf ihm auf die Hand. »Das mach ich selbst.«
Als ich aufspring, um mich anständig anzuziehen, lehnt er sich zurück und stützt sich auf die Ellbogen. »Wenn ich mit dir zusammen bin, weiß ich nie, was mich erwartet«, sagt er. »Aber ich muss sagen, heute Nacht bist du besonders unberechenbar.«
»Wir leben halt in unberechenbaren Zeiten. Morgen Nacht. Weeping Water. Komm nicht zu spät.«
Ich pack das Gummiseil und pfeif nach Tracker, um ihn vorzuwarnen. Dann hüpf ich von der Plattform. Als der Boden auf mich zurast, lass ich los. Ich lande in der Hocke. Tracker springt erschreckt aus dem Weg. Ich sammel die verstreuten Pfeile ein, steck sie in meinen Köcher und schulter den Bogen.
»Nimm einen anderen Weg zurück zum Lager«, sagt Jack. »Und sei wachsam.«
Ich guck nach oben. Er guckt durch den Vorhang aus Flechten und Zweigen zu mir runter.
»Wie viele Nächte bis zum Blutmond?«, frag ich.

»Mit heute Nacht?« Er guckt zum Mond. »Ich würd sagen … sieben. Warum?«
Ich hab gehofft, er sagt was anderes. Ich hab gehofft, Slim hätt sich geirrt. Sieben Nächte, dann entscheidet sich unser Schicksal. Es liegt alles in meiner Hand. Es hängt alles von mir ab. »Morgen Nacht«, sag ich noch mal. »Komm nicht zu spät.«
Als ich an den Büschen vorbeikomm, die die Schweine niedergetrampelt haben, muss ich an die Moosschwänze denken. Wie erschreckt sie vor uns durch den Wald geflüchtet sind. Jacks Worte gehen mir durch den Kopf.
»Benutz mal deinen Kopf. Irgendwas hat sie aufgeschreckt.«
Wenn uns jemand gefolgt wär, hätte Tracker ihn doch gefunden. Er hätte mir Bescheid gegeben. Er hätte mich gewarnt.

Nero lässt sich nicht blicken.
Während Tracker und ich auf einem Umweg durch den Wald zurück zum Lager laufen, such ich nach ihm. Guck mich nach ihm um. Hoff, dass ich ihn zu sehen bekomm. In den Bäumen, am Himmel, vor dem Mond.
Er hätte mit Tracker zum Eisenbaum kommen müssen. Komisch, dass er das nicht getan hat. Er liebt Jack mit echter Hingabe. Und er hat gewusst, dass wir uns mit Jack haben treffen wollen. Jack ist der Einzige, mit dem wir uns mitten in der Nacht treffen.
Auf einer kahlen Anhöhe bleib ich stehen, um wieder zu

Atem zu kommen. Von hier aus kann ich meilenweit in alle Richtungen gucken. Es ist ein ruheloses Meer aus Baumwipfeln. Vom hellen Mondlicht wie mit Reif überzogen, flüstern sie vom kommenden Winter.

Am Himmel sind Millionen und noch mehr Millionen von Sternen. Jede Nacht schicken sie ihr Licht zur Erde.

Aber Neros glänzendes Schwarz ist nirgends zu sehen.

Eigentlich kann ich gar nicht sagen, was daran anders ist als sonst. Er verschwindet oft stundenlang. Er ist auch schon ein paarmal tagelang weg gewesen. Nero hat schon immer sein eigenes Leben gehabt, getrennt von mir. Ein geflügeltes Leben mit Geheimnissen und uralten Krähenangelegenheiten, das ihn ruft, weil er was tun muss. Trotzdem nagt es diesmal an mir. Ich bin ganz zappelig vor Unbehagen. Warum, könnt ich nicht sagen.

Ich leg Tracker die Hand auf den Kopf. »Wo ist er?«, frag ich ihn. »Wo ist Nero?«

Er legt den Kopf in den Nacken und heult. Ein Klageheulen aus tiefster Kehle ins Herz der Nacht. Dreimal ruft er seinen Freund. Dann warten wir. Und warten. Aber es kommt keine Antwort.

Also gehen wir weiter.

Als wir uns dem Painted Rock nähern, werden unsere Füße langsamer, und ich geb dem Wachtposten ein Zeichen. Slim antwortet mit seiner knarzenden Roststimme. Seine Vogelrufe sind unverwechselbar.

Tracker stürmt weiter und außer Sicht. Plötzlich schallt ein ganz und gar schreckliches Geräusch durch die Nacht. Ein erschrecktes Jaulen, das zu einem schrillen Winseln zersplittert. Voller Angst renn ich drauf zu.

Auf einer kleinen Lichtung steht eine hohe Gelbkiefer. Tracker läuft aufgeregt davor im Kreis. Eine Krähe ist an den Stamm genagelt. Ein bisschen über Kopfhöhe. Die Flügel ausgebreitet. Tot.

Nero.

Mir bleibt das Herz stehen. Ich bleib stehen. Fall auf die Knie.

Alle kommen angerannt, mit Waffen in den Händen. Aus dem Schlaf gerissen von dem Radau. Ash leuchtet mit einer Fackel den Weg.

Emmi kreischt, als sie ihn sieht. »Nero! Nein!« Sie stürmt zum Baum, versucht, an ihn dranzukommen. »Es ist Nero, bitte, jemand muss ihm helfen!«

Ich würg nur ein Wort raus. »Lugh!«

Molly läuft zu Em, nimmt ihre Hand und sagt: »Sei jetzt still, Liebes, er ist tot, das arme Ding. Komm weg da.«

Und Lugh ist hier. Auf den Knien. Er hält mich fest. Ich bekomm keine Luft. Bekomm keine Luft. Nero. Nein. »Ash«, sagt er. »Hol ihn bitte runter.«

Sie ist die Größte von uns. »Gottverdammt, den bring ich um, der das getan hat«, sagt sie. »Leucht mir, Tommo.« Er hält die Fackel dicht an den Stamm. Mit dem Messer fängt sie an, die Nägel von seinen Flügeln zu lösen. »Herrgottnochmal«, sagt sie. »Bring jemand Tracker zum Schweigen.«

Er jault und winselt immer noch vor Trauer. Mercy beruhigt ihn mit sanften Worten und sanften Händen. Er wird leiser, wimmert nur noch kläglich.

Creed hilft Ash, faltet Nero die Flügel, nachdem sie sie befreit hat. Sie sind so behutsam. So sanft. Sie achten drauf, ihm nicht weh zu tun. Dabei können sie das gar nicht. Er ist tot. Er kann nicht, er darf nicht, er kann nicht tot sein. Bitte. Lugh drückt mich an sich.
»Hey, Saba«, sagt Ash. »Komm mal her.«
Ihre Stimme klingt komisch. Angespannt und wachsam. Ich stolper zu ihr hin. Sie legt ihn mir sanft in die Hände. Er ist ein schlaffes, totes Gewicht. »Guck ihn dir mal an.«
Tommo leuchtet mit der Fackel auf ihn. Auf seinen schlanken schwarzen Körper. Seine weiche glatte Brust. Mein Herz macht einen Satz. Die Brustfedern sind voll und glänzen. So sieht Neros Brust nicht aus. Seine Federn wachsen immer noch nach. Wegen der Wunde, die DeMalos Falke ihm verpasst hat. Zuerst kapier ich nicht, was ich da seh. Dann dämmert mir die Wahrheit.
»Und?«, fragt Ash.
»Das ist er nicht«, sag ich. »Das ist er nicht. Die Brustfedern. Das ist nicht Nero.«
Sie rufen erstaunt und drängen sich um mich. Ich hab Neros Verwundung nicht geheim halten können. Also hab ich mir eine glaubwürdige Geschichte ausgedacht: dass er von einem Falken angegriffen worden und ich in eine Siedlerhütte geschlichen wär und eine Medizintasche geklaut hätte, um ihn zu versorgen. Noch mehr Geheimnisse, Halbwahrheiten und Lügen. Sie haben alle nur mit einem Ohr hingehört, wenn überhaupt. Damals haben wir größere Sorgen gehabt. Mein Verstand arbeitet klar und ruhig. »Die Krähe hier ist auf natürliche Weise gestorben. Guckt mal, sie hat eine Beule am Hals. Sieht aus wie irgendein Geschwür.«
Emmi zittert, so heftig hat sie geweint. Die Tränen laufen

ihr übers Gesicht. »Du hast recht«, sagt sie. »Das ist er nicht. Aber das versteh ich nicht.«
»Jemand will, dass wir glauben, er wär's«, sagt Mercy.
»Aber warum?«, fragt Em. »Wer würde so was Grausames tun?«
»Die Tonton«, sagt Tommo. »Sie sind die Einzigen, die so nageln.«
»Wenn es die Tonton wären, wären wir tot«, sagt Ash. »Ein neues Darktrees.«
Aber ich denk bei mir: Nein, genau so was würd DeMalo tun. Um mir eine Botschaft zu schicken. Mir zu beweisen, dass er jederzeit an uns drankommt. Dass er uns jederzeit leicht töten kann, wenn er will. Der nächste Schritt in unserem Endspiel? Hier ist er.
»Vielleicht war's nur einer allein«, sagt Tommo.
»Das klingt einleuchtend«, sagt Molly. »Ein Mann kann es nicht mit uns allen aufnehmen, aber er kann uns eine Botschaft dalassen. Eine Warnung. Ihr seid die Nächsten, die aufgespießt werden. Ich würd sagen, Tommo hat recht.«
DeMalo hätte uns von der Brücke aus verfolgen lassen können, denk ich. Oder ein einzelner Mann könnte auf eigene Faust gehandelt haben. Wenn da jemand im Wald versteckt gewesen ist und auf die richtige Gelegenheit für seinen miesen Trick gewartet hat, dann hätte Tracker ihn doch gewittert. Wir laufen regelmäßig und oft Streife mit ihm.
»Ash«, sag ich. »Du und Tracker, ihr habt euch doch umgesehen, sobald ihr hier angekommen seid, oder?«
Sie nickt. »Und die ganze Zeit hat jemand von uns Wache gehalten.«
»Nicht die ganze Zeit«, sagt Creed. »Als ich zurückgekommen bin, hat keiner Wache gehalten. Alle waren im Lager.«

»Das ist meine Schuld.« Emmis Gesicht zerknittert vor Scham. »Saba hat mir gesagt, ich soll zurückgehen«, sagt sie, »aber dann ist Lugh gekommen, und da hab ich's nicht getan. Ich hab's nicht getan. Es tut mir leid, das ist alles meine Schuld.«
»Man darf Kindern nicht die Arbeit von Erwachsenen aufhalsen«, sagt Creed.
Stirnrunzelnd dreht Lugh sich zu ihm um. »Dir muss jemand gefolgt sein«, sagt er.
»Ich wüsst nicht, wie«, sagt Creed. »Ich hab richtig viele Schlenker gemacht auf dem Rückweg.«
»Wir gucken trotzdem nach«, sag ich. »Emmi und Mercy bleiben hier. Ihr anderen lauft eure Strecke ab.«
Ich pfeif Slim zu, damit der runterkommt, und dann schwärmen wir aus und suchen in Kreisen die Gegend um den Painted Rock ab. Es dauert nicht lang. Es ist alles in Ordnung. Als wir uns gerade wieder am Lagerfeuer versammeln, stürzt Slim durch die Lücke zwischen den Felsen. Er atmet schwer nach seinem Lauf von ganz oben auf dem Painted Rock zu uns runter. »Was ist los?«, keucht er. »Ich hab den Hund jaulen hören und dann den ganzen Tumult – ach du liebe Güte, nein!« Er hat die tote Krähe am Boden entdeckt.
»Schon gut, das ist nicht Nero«, sag ich.
»Irgendjemand will uns einen Schreck einjagen«, sagt Lugh. »Ist ihm auch ziemlich gut gelungen.«
»Du musst doch was gesehen haben, Slim«, sagt Ash.
»Überhaupt nichts«, sagt er. »Alles war ruhig, ich schwör's. Nur Saba und Tracker, als sie vorhin zurückgekommen sind.«
Creed geht auf ihn los. Sticht ihm den Finger in die Brust.

»Du musst sie übersehen haben. Du bist ein dummer alter Mann, du taugst zu gar nichts, weißt du das? Du und dein gottverdammtes Kleid. Die Tonton sind hier, und du siehst sie nicht.«

»Creed, hör auf«, fährt Molly ihn feuerhitzig an. »Red gefälligst nicht so mit Slim!«

»Das reicht«, sag ich. »Wer, warum und wo, das kann warten. Wir müssen hier weg. Nach Starlight Lanes, denk ich.« Ich guck Slim an. »Zu deinem Kumpel Peg the Flight. Was meinst du?«

»Gute Idee«, sagt er.

Außer Slim selbst kennt keiner von uns seinen Schrottsammlerkumpel Peg the Flight – Peg, den Flieger. Aber er steht unserer Sache freundlich gegenüber, und sein Zuhause Starlight Lanes liegt im Sektor fünf. Das ist nicht allzu weit weg vom Weeping Water. Gut für mein Treffen mit Jack morgen Nacht.

»Aber Nero«, sagt Emmi. »Saba, wir müssen ihn finden! Wir können doch nicht ohne ihn gehen!« Sie umklammert meine Hand, die Augen flehend aufgerissen.

Nero ist schon sein ganzes Leben bei mir. Ich hab ihn auf der Erde gefunden. Ein hilfloses Fetzchen Haut und Flaum. Er war aus dem Nest gefallen, und seine Ma ist nirgends zu sehen gewesen. Ich hab ihn aufgehoben und gespürt, wie sein winziges Herz ganz schnell geschlagen hat in meinen Händen. Er hat mich angeguckt, ich hab ihn angeguckt, und ich schwör, er hat gewusst, dass ich auch keine Ma gehabt hab. In dem Augenblick haben wir unsre Seelen für immer zusammengetan.

Aber dann spricht Jacks Stimme zu mir, und ich hör wieder seine Worte.

»Du bist an deine Familie gebunden, durch Blut und Liebe. Deshalb wirst du immer losstürzen, um sie zu retten, um jeden Preis, und das ist gefährlich für uns andere. Liebe ist kein guter Anführer. Sie macht einen schwach.«

Ich hab noch acht andere Seelen, an die ich denken muss. Sie stehen hier bei mir. Warten drauf, dass ich die Anführerin bin, die sie brauchen. Dass ich tu, was für alle am besten ist, nicht nur für die, die meinem Herz am nächsten stehen.

»Ich werd die Krähe hier begraben«, sag ich. »Creed, lauf mit Tracker einmal um den Felsen. Guckt euch schnell nach Nero um.«

»Ich geh mit«, sagt Tommo. Tommo ist nicht nur gut im Lippenlesen. Auch seine anderen Sinne sind schärfer als die von uns anderen, die wir hören können. Er hat Katzenaugen, Katzenfüße und eine gute Nase für alles, was komisch ist.

»Gute Idee«, sag ich. »Ihr anderen baut das Lager ab.«

Sie hatten sie gestern bei Tagesanbruch geweckt. Die Erdlieder.

Emmi träumte seit vielen Nächten von solchen Dingen. Von der Erde und den Steinen und ihren Liedern. Und davon, dass sie sie berührte und sie spüren und hören konnte und ihre Lieder mit dem Herzen und mit dem Kopf und mit dem Körper erlebte. Und dass die Lieder sie führten, ihr etwas erzählten, sie lehrten. Nicht Lieder mit Worten. Nein. Keine Worte.

Träume. Dort konnte alles geschehen. Das wache Leben war

ganz anders. Zumindest bis zum gestrigen Morgen. Als die Welt und sie selbst beim Erwachen voller Lieder gewesen waren.

Sie erkannte schnell, dass niemand anders die Lieder hören konnte. Da wusste sie, was es war. Der Ruf. Sie erhielt den Ruf. Auch Auriel Tai hatte den Ruf als junges Mädchen vernommen. Als das Licht, ihr elementarer Führer, zu ihr sang. Auriels Großvater wurde ihr Lehrer. Nun brauchte auch Emmi einen Lehrer. Auriel konnte ihr helfen, einen zu finden.

Den ganzen Tag über bat sie Auriel, zu ihr zu kommen, sie zu finden. Mit den Händen drückte sie die Nachricht in die Steine, mit den nackten Füßen in die Erde. Ohne zu wissen, ob es funktionierte oder was sie da eigentlich tat. Doch in der Hoffnung, dass sie mit allem Licht sprechen würden, das auf sie fiel. Mit der Sonne, dem Mond, den Sternen. Und das Licht würde dann mit Auriel sprechen. Komm zu mir, Auriel. Ich brauche dich.

Sie brauchte sie dringend. Da waren so viele Lieder, sie konnte sie nicht auseinanderhalten. Steinlieder, Erdlieder, deren Nacht- und Tageslieder. Lieder, die wie die Luft durch Menschenlieder wehten. Wie an dem Abend, als Molly ihr Schlaflied sang.

Doch als sie nun im nächtlichen Lager lag und lauschte, erkannte sie, dass ein Lied begonnen hatte, alle anderen zu überlagern. Sehr leise, sehr bescheiden, musste es doch gehört werden. Wenn sie nur verstehen könnte, was es bedeutete. Als sie begannen, das Lager abzubauen, wusste sie es plötzlich. Es war ein Lied von darunter. Von Dunkelheit und Alleinsein und Angst. Sie sagte ihren nackten Füßen, sie sollten sich dorthin vortasten, sie dorthin bringen, wo dieses Lied seinen Ursprung nahm.

Es dauert nicht lang. Nach über einem Monat Übung klappt das schnelle Auf- und Abbauen wie geschmiert. Slims Wagenpferd Duff steht geduldig vors Kompendalorium geschirrt da. Molly und Tommo führen Bean, das Maultier, mit den Waffen und der anderen Kampfausrüstung, während der Rest von uns die Pferde fertigmacht. Geredet wird nicht viel. Wir sind alle zu erschreckt über das, was passiert ist.

Wir hören Wolfshundgeheul, während Tracker mit Tommo und Creed die Gegend um den Painted Rock nach Nero absucht. Ich weiß zwar, dass sie ihn wahrscheinlich nicht finden, aber ich warte trotzdem gespannt auf ihre Rückkehr. Tommos Gesicht sagt alles. »Tut mir leid«, sagt er. »Keine Spur von ihm.«

Mercy will gerade auf Tam, ihr gestohlenes Pony, steigen. Ich lauf zu ihr, um ihr in den Sattel zu helfen. Eigentlich braucht sie meine Hilfe nicht, aber es ist seit dem Treffen mit Jack meine erste Gelegenheit, mit ihr zu sprechen. Der Mond wirft dunkle Schatten auf ihre müden, hohlen Wangen. Auf die Kratzer von Neros Angriff. Ich könnt alle Linien, alle Falten zählen. Aber sie sitzt aufrecht im Sattel, mit geradem Rücken, trotz Sklavenhalsband eine Königin.

Ich fummel am Zaumzeug rum. »Ich muss mit dir reden«, sag ich so leise wie möglich. »Allein. Sobald wir in Starlight Lanes sind.« Sie bejaht mit den Augen.

»Hast du's bequem, Mercy?«, fragt Lugh. Ich fahr zusammen. Ich hab nicht gemerkt, dass er so nah bei uns ist.

»Deine Schwester steht unter Schock«, sagt Mercy. »Kümmer dich um sie, ja?«
Er legt mir den Arm um die Schultern. »Das musst du mir nicht sagen. Er findet uns, Saba, wie immer. Er hat bestimmt nur irgendeine Krähensache zu erledigen.«
Als ich mein Bündel auf Hermes festschnür, erwisch ich Tommo dabei, dass er mich anstarrt. Er kniet und fummelt an seinem Schnürsenkel rum. Als unsere Blicke sich treffen, senkt er den Kopf. Seine Wangen werden rot. Mein schlechtes Gewissen regt sich. Ich hab ganz verdrängt, dass er vorhin versucht hat, mit mir zu reden. Lugh hat recht. Ich hätte an der Brücke nicht seine Hand nehmen dürfen.
»So, ihr wisst alle, wo's hingeht«, sagt Slim. »Starlight Lanes, Sektor fünf.« Er holt tief Luft. Sein Arm geht hoch, er deutet in die richtige Richtung. »Ihr haltet euch von hier aus in südwestlicher Richtung …«
»Hab's kapiert«, sagt Ash. »Du hast es uns schon zweimal erklärt.«
»Tja«, sagt er, »die Schilder sind wahrscheinlich zugewuchert, das ist es. Da gibt's Kriechschlingen, die so schnell wachsen wie Lauffeuer …«
»Wir halten die Augen auf«, sag ich. »Fahr jetzt lieber los.«
»Ich hab Peg the Flight mehrfach alles über euch erzählt«, sagt er, »aber trotzdem, rechnet nicht mit einem herzlichen Willkommen. Peg ist ein Genie, wenn's um Schrott geht, aber bekanntermaßen verschroben und kauzig. Ergo gibt's nicht viel Besuch in Starlight Lanes. Ideal für ein Versteck. Ach, eins hab ich ganz vergessen. In Willowbrook lebt ein Verweser mit einem kaputten Zahn, und ich hab versprochen, ihm den zu ziehen. Ich werd da vorbeifahren und ihn rausreißen. Vielleicht schau ich unterwegs noch an ein, zwei anderen

Orten vorbei. Muss ja dafür sorgen, dass ich glaubwürdig bleib. Ein Wolf im Schafspelz, das bin ich. Im Schafskleid vielmehr. Haha! Wär das ein Anblick! Ein Schaf im Kleid.«

»Slim«, sag ich. »Fahr los.«

»Na, geh schon, Duff.« Er schnalzt seinem Wagenpferd zu, ruft »Bis bald!«, und schon sind sie unterwegs. Die Flaschen mit den Tränken im Kompendalorium klirren, als sie durch die Lücke und außer Sicht rumpeln.

Wunderlich ist er schon, keine Frage. Aber er ist ein Medizinmann, wo es nur so wenige davon gibt. Also hat Slim seinen Wert, er ist in New Eden zugelassen. Die Tätowierung mit den fünf Kreisen auf seinem rechten Arm beweist es. Trotzdem ist bis zum Sonnenaufgang Ausgangssperre für alle außer den Tonton. Und bis zum Sonnenaufgang dauert es noch. Er wird bis dahin über einen von den alten Wegen fahren müssen. Einen von den langsamen, holprigen, die sich schlingen und schlängeln und die heutzutage kaum einer benutzt. DeMalos neue Straßen sind jetzt angesagt. Wir anderen reiten querfeldein. Wahrscheinlich sind wir lange vor Slim in Starlight Lanes.

Ich guck mich ein letztes Mal um. Der Lagerplatz ist sauber. An Nero werd ich nicht denken. Nein, das werd ich nicht. Wir sind alle hier, wir sind alle bereit zum Aufsteigen. Alle außer einer. »Wo ist Emmi?«, frag ich.

Keiner kann sich erinnern, dass er sie gesehen hat, seit wir angefangen haben, das Lager abzubrechen.

Molly sagt: »Die Kleine trägt den Kopf immer in den Wolken.«

»Verdammt«, sag ich. »Warum kann sie nicht ein Mal tun, was man ihr sagt?«

Lugh seufzt. »Ich geh schon«, sagt er.

»Guckt mal, wen ich gefunden hab!« Ein Schrei. Emmis Stimme. Wir wirbeln zu ihr rum, als sie gerade durch die Lücke angelaufen kommt. Sie hält Nero im Arm.
Mein Herz macht einen Satz. Einen großen. »Nero!«
Tracker läuft schnurstracks zu Emmi und bellt wie verrückt. In dem aufgeregten Radau, der jetzt losbricht, lauf ich zu Emmi und nehm ihr Nero ab. Er begrüßt mich mit einem erleichterten »Krah-krah«. Erzählt mir, was passiert ist, wenn ich ihn bloß verstehen könnt. Ich stoß Tracker mit dem Ellbogen weg, weil der Nero mit seiner Schlabberzunge ableckt und ihn offenbar ertränken will.
»Wo hast du ihn gefunden?«, fragt Creed. »Wir haben gesucht, Saba, ich schwör's.«
Während ich Nero untersuch, ob er heil und ganz ist, erzählt Emmi atemlos: »Ich hab ihn in einem Kaninchenbau an einen Pflock angebunden gefunden. Sein Schnabel ist zugebunden gewesen, deshalb hat er uns nicht rufen können. Er hat die Schnur fast allein abgekriegt – er ist so klug, er hat den Schnabel an so einem scharfen Stein gerieben –, aber ach, der arme Nero, das muss furchtbar gewesen sein. Er muss so eine Angst gehabt haben. Und er ist richtig froh gewesen, mich zu sehen, sag ich euch.«
»Wo ist das gewesen?«, frag ich.
»Ach, ein Stück da drüben lang.« Sie wedelt unbestimmt mit der Hand.
»Unter der Erde«, sagt Creed. »Wahrscheinlich hat Tracker ihn deshalb nicht gewittert. Er ist kein Dachshund.«
»Woher hast du gewusst, wo du gucken musst?«, frag ich.
Em ist eine miserable Heuchlerin. Sie versucht, mir in die Augen zu sehen, aber sie kann es nicht. Wie ein schuldbewusster Hund, der das Abendessen stibitzt hat.

»Ich weiß nicht«, sagt sie. »Ich hab einfach ... gespürt, wo er ist.«
»Gespürt«, sagt Lugh. »Hokuspokus. Komm schon, Em, hör auf mit deinem geheimnisvollen Geschwafel.«
»Das ist kein Geschwafel! Ich schwör's«, sagt sie.
Lugh runzelt die Stirn und guckt mich an. Da ertönt in meinen Armen ein empörtes Zetern. Neros Kopffedern stehen kreuz und quer ab. Tracker hat ihn mit seiner Schlabberzunge ganz nass gemacht. Wir lachen. Ich hab so lang nicht mehr gelacht, dass ich fast vergessen hab, wie sich das anfühlt. Ich zieh Emmi mit einem Arm an mich und küss sie auf den Kopf.
»Danke, Em.«
»Es tut mir wirklich richtig leid, dass ich nicht Wache gehalten hab«, sagt sie. »Ich schäm mich dafür, wirklich. Aber guck, ich hab euch die Schnur mitgebracht. Hier.«
Sie gibt mir ein kurzes Stück aus zwei Fasern gedrehte Hanfschnur. Einfache Alltagsschnur, wie sie wahrscheinlich jeder dabeihat. Ich steck sie in die Tasche. »Wo sind deine Stiefel?«, frag ich. »Geh, zieh sie an, du bist genauso schlimm wie Creed. Okay, los geht's. Nächster Halt: Starlight Lanes.«

Nero hätte sich bald selbst befreit. Er hatte ihm den Schnabel nur lose zugebunden. Dennoch hatte er es verabscheut, das zu tun. Hatte sich selbst dafür verabscheut. Dafür, dass er ihn gefangen und verängstigt hatte.

Er hatte sie aus der Fassung gebracht. Nun glaubte sie, ein Tonton sei ihnen gefolgt. Hielt die tote Krähe und Nero für den Beweis dafür, dass die Tonton jederzeit, überall an sie herankamen – an sie alle. Na, und? Sie würde nicht aufgeben. Vor Angst davonlaufen. Hatte er wirklich geglaubt, auch nur einen Augenblick lang, dass sie so etwas tun würde?
Nein. Er hatte aufgehört zu denken. Er hatte den Kopf verloren. Es war ein beschämender, dummer Streich gewesen. Geboren aus der Panik im nächtlichen Wald. Er musste einen kühlen Kopf bewahren. DeMalo vergessen und sich einfach an seinen Plan halten. Er war schlicht, und er würde funktionieren. Er würde ihr folgen, wenn sie zu ihrem Treffen mit Jack ging. Er würde auf seine Gelegenheit warten. Er würde sie ergreifen.
Und damit seinen Teil der Abmachung über ihre Vergangenheit und ihre Zukunft erfüllen.

Unser Weg zum Sektor fünf führt uns durch die Sümpfe mit ihren Säurequellen und unberechenbaren Felstürmen. Es ist eine Gegend mit plötzlichen Echos. Von lang zurückliegendem Blutvergießen, kalt auf unserer Haut. Der Wind quietscht mit seinen Krallen über Fels. Vor kurzem hat es hier einen Erdrutsch gegeben, einen großen. Wir müssen absteigen und den Pferden helfen, sich einen Weg durch die Felstrümmer zu suchen.
Ich bin von Anfang an ganz hinten geritten, weil ich allein

sein will mit meinen Gedanken. Nicht dass mir das viel genützt hätte. Ich trag Nero an die Brust gekuschelt. Er steckt in meiner zugeknöpften Jacke, nur der Kopf guckt raus, damit er sehen kann, wohin wir reiten. Tracker klebt wie eine Klette an uns, stupst mich immer wieder mit der Schnauze an, will unbedingt sehen, dass es seinem Freund gutgeht.
Ash lässt sich zurückfallen und wartet auf uns. »Wie geht's ihm?«, fragt sie. »Hey, Nero. Wie geht's dir, Kumpel?« Behutsam streckt sie die Hand aus. Er zirpt nervös, hackt nach ihr. »Schon gut, schon gut. Ich tu dir nichts«, sagt sie. Aber er lässt sie nicht so nah an sich ran, dass sie ihn streicheln kann. »Verdammter Mist«, sagt sie zu mir.
»Du sagst es.« Ich will mit Hermes weitergehen, aber sie legt mir die Hand auf den Arm. Der feindselige Wind umkreist uns und schnappt nach ihrem Wald aus Zöpfen. Peitscht die Mähnen der Pferde. Sie steht felsenfest da, groß, schattenäugig und sehr bleich. Wie ein Schatten aus einem alten Krieg, von dem Gepolter, das wir machen, aus den Steinen erweckt. Ihre Finger lassen mich durch den Stoff frösteln.
»Ich hab nachgedacht«, sagt sie. »Und mir gefällt nicht, wohin mich das geführt hat.«
Die Lügnerin in mir weicht einen vorsichtigen Schritt zurück. »Wie meinst du das?«
»Ach, komm schon«, sagt sie, »du hast das garantiert auch gedacht. Es ist einer von uns gewesen, der Nero das angetan hat. Der ihn gefangen und festgebunden hat.«
Ich starr sie an. »Daran hab ich überhaupt nicht gedacht.«
»Ich will nicht glauben, dass es einer von unseren gewesen ist. Aber ich wüsst nicht, wie ich mir das sonst erklären soll.«

Mit DeMalo. Nur kann ich das nicht sagen. Das könnt ich niemals sagen. »Keinem von uns würd auch nur im Traum einfallen, Nero was zu tun.«
»Wenn jemand dich treffen will, dich erschüttern will, was wär besser geeignet, als Nero zu benutzen? Und ich mein, in letzter Zeit halten wir nicht gerade Händchen und tanzen Ringelreigen. Du fährst im Augenblick schnell die Krallen aus, meine Liebe.«
»Meinst du Creed? Du und er, ihr seid doch die besten Kumpel.«
»Ich nenn keine Namen«, sagt sie. »Ich find es furchtbar, dass ich das auch nur sag. Vielleicht irr ich mich. Aber. Du musst dem nachgehen. Wenn es einer von uns ist, müssen wir wissen, wer. Und warum.«
»Du hast das sonst keinem erzählt«, sag ich.
»Nein. Und hör zu, vergiss nicht, mich auch zu verdächtigen, okay? Vielleicht will ich dich ja nur von meiner Spur abbringen. Wohlgemerkt, wenn das so wär, wär das ein so kläglicher Versuch, dass ich mir vor Scham selbst den Kopf abhacken müsste.«
»Lass mal«, sag ich. »Okay, Ash. Das bleibt unter uns.«
Sie nickt und schlägt den Kragen hoch. Wir gehen vorsichtig weiter zwischen den Felstrümmern durch. Nach einer Weile sagt Ash: »Du kennst mich doch. Ich bin nicht verrückt oder so was und … ich hab weiß Gott keine Phantasie, aber … ich hab das Gefühl, sie ist immer noch hier. Bei uns.«
Sie braucht nicht zu sagen, wen sie meint. Ich weiß es. Sie meint Maev.
»Und ich seh sie«, sagt Ash. »Manchmal, da dreh ich mich um und seh sie, ich schwör's dir. Ganz kurz erhasch ich

einen Blick auf sie. Und das wirkt so echt. Es ist, als ob sie … im Licht gefangen wär. Im Mondlicht. Im Sonnenlicht.«

»Vielleicht ist sie das ja.«

»Sie ist so mit meinem Leben verwoben gewesen«, sagt sie. »Damit, wer ich bin, so lang. Es kommt mir unmöglich vor, dass sie tot ist. Und sie und ich, wir hatten ein paar … Mal zusammen. Weißt du, was ich mein? Nichts Ernstes oder so – keine von uns ist so gewesen – aber …«

»Oh. Ich hab wohl geglaubt, weil sie und Lugh …«

Ash lächelt schief. »Er, sie … egal wer, oder?«

»Tut mir leid. Ich weiß, wir reden nicht genug über sie. Ich fühl mich einfach zu schuldig.«

»Tu's nicht, das fänd sie furchtbar«, sagt Ash. »Sie hat an dich geglaubt, Saba. Sie hat an diesen Kampf geglaubt. Denk dran, wer sie gewesen ist, und hol Kraft draus.«

Als sie diesmal die Hand ausstreckt, lässt Nero sich den Kopf streicheln. »Wenn Krähen nur reden könnten«, sagt sie.

Ja, wenn.

Mitten am Vormittag. Die nordöstlichste Ecke vom Sektor fünf. Schweißnass von einer plötzlichen drückenden Hitze, ziehen wir durch eine Waldschneise. Es ist ein schmaler Weg, der sich zwischen den überwucherten Überresten von einer Siedlung schlängelt. Hier ein Stück von Menschenhand behauener Stein. Da lugt Eisen raus. Die Erde kriecht und sickert. Eine langsame Flut aus Moos und

Büschen und Bäumen. Sonnenstrahlen verirren sich durch die Äste. Wie ich mir gedacht hab, sind wir Slim voraus. Im Weg sind tiefe Rillen, so lang wird er schon gebraucht, aber heute ist noch nichts hier langgekommen. Als er auf eine hohe Mauer zuführt, wird er schmaler. Der letzte Rest von irgendeinem Abwrackergebäude, das da langsam von der kriechenden, aufgeblähten Waldblase verschluckt wird.
Emmi ist mit Tracker gleich hinter mir. Ich guck mich zu ihnen um. Sie steht ganz still da und hat einen sehr komischen Blick.
»Was ist los?«, frag ich.
Sie antwortet nicht. Tracker winselt und schnüffelt überall an ihr. Sie ist neben einem großen Stein stehen geblieben, dem ein forscher Haselnussstrauch mitten durchs Herz gewachsen ist. Jetzt dreht sie mit einem Ruck den Kopf. Starrt den Stein prüfend an.
»Trödel nicht rum, Em, wir sind bestimmt gleich da. Emmi. Komm schon. Hör auf zu träumen.«
Der Weg endet an der hohen, überwucherten Mauer. Ich seh keine Spur von irgendeinem Schrottplatz.
»Haben wir auf Slims Richtungsangaben geachtet?«, fragt Creed.
»Ja«, sag ich. »Aber er hat ein bisschen geschwafelt. Kann sein, dass ich was verpasst hab.«
Mercy sagt: »Habt ihr nicht gehört, wie er gesagt hat, das Schild könnte zugewuchert sein?« Sie nickt Richtung Mauer, die von den wildgewordenen Kriechschlingen überwuchert ist.
Lugh und Creed klettern hin und benutzen die Wurzeln als Halt für ihre Füße. Sie fangen an, die Schlingen abzureißen. Dann machen wir alle mit, und plötzlich fliegt überall Grün

durch die Luft. Hinterher stehen wir da und zupfen uns Schlingpflanzenteile von den Kleidern, während wir uns angucken, was wir freigelegt haben.
Einen großen, verrosteten, schön geschmiedeten Bogen. Über sechs Meter hoch. Er hängt schief und verzogen da, nur durch Stützpfosten und Baumstämme vom Zusammenbrechen abgehalten. In der Mitte hängt ein Schild runter. Schwer zu sagen, woraus das gemacht ist. Jedenfalls aus nichts, was im Boden wächst. Es ist mal leuchtend bunt gewesen, aber längst verblichen. Da ist was, was aussieht wie ein Komet mit einem Schwanz aus Sternen, der in Flaschen reinstürzt und sie durch die Gegend schleudert. Und da ist ein Haufen Buchstaben, die Worte sein könnten.
»Star… light … Lanes«, sagt Tommo. »Das ist es.«
Staunend starren wir ihn an. Er wird knallrot und schrumpft ein bisschen.
»Du kannst ja lesen«, sag ich.
»Na, und?«
»Du hast nie was gesagt«, sagt Lugh.
»Ihr habt nie gefragt«, sagt Tommo. »Ich kann auch Zahlen.« Langsam und bedächtig liest er das Schild. »Bowling. Zwanzig Bahnen. Die Location für euer Date. Hier könnt ihr punkten.« Das nächste bisschen macht ihm Mühe, er runzelt vor Anstrengung die Stirn. »S, E, N, I, O, R, E, N. Senioren? Seniorentarif Montag und Donnerstag.«
Wir warten.
»Das ist alles«, sagt er.
»Was zur Hölle hat das zu bedeuten?«, fragt Ash.
»Wer weiß? Das ist Abwrackersprache«, sag ich. »Aber das ist unser Ziel. Starlight Lanes.«

»Du liest gut, Tommo«, sagt Lugh. »Wer hat dir das beigebracht? Ike?«
Er zuckt die Achseln. Tommos Leben ist in zwei Hälften geteilt: vor Ike und nach Ike. Über das Leben nach Ike redet er. Über das Leben vor Ike nicht, kein Wort. Lesen hat er wohl im Leben vor Ike gelernt.
»Lasst uns Peg the Flight suchen. Uns vorstellen«, sag ich.
Ich geh als Erste durchs Tor. Wir sind ein ziemliches Spektakel. Acht von uns, dazu mehrere Pferde, ein gestohlenes Pony, Bean, das Maultier, ein Wolfshund und eine Krähe, die nervös auf meiner Schulter hockt. Nero ist den ganzen Weg über bei mir geblieben. Streitlustig zu allen anderen, die in seine Nähe kommen, schnell mit dem Schnabel dabei, wenn ihm einer zu nahe kommt.
»Meine Güte!«, sagt Emmi.
Vor uns ragt der Schrottplatz in die Höhe. So was hab ich noch nicht gesehen. Unzählige Haufen und Hügel mit Metallschrott, manche klein, manche groß, und dazwischen schlängeln sich krumme Wege. Über den Platz verstreut stehen verrückte niedrige Hütten und Schuppen. Hinter dem Platz ist ein flacher grasbewachsener Hügel und davor der größte Schrotthaufen von allen.
Da drauf wächst eine Hütte, klammert sich dran. Sie besteht aus Krimskrams und allem möglichen Schrott, aus dies und das in allen Größen und Formen und Farben. Auf den ersten Blick seh ich Autotüren, Autoreifen, Bleche, Fässer, Bretter und Baumstämme. Alles irgendwie zusammengestoppelt. Ist mir ein Rätsel, wie das zusammenhält. So eine schrullige Hütte hab ich überhaupt noch nie gesehen. Dutzende von Leitern und Stegen breiten sich wie ein Spinnennetz davon aus – runter zum Boden, rauf zum Schrotthügel, seitlich und

in alle Richtungen. Da hängen Seile und Ketten und Flaschenzüge mit Eimern. Rutschen und Rampen. Wege und Schaukeln. Fässer und Netze und Räder und Fahnen. Auf einer Leine hängt zerlumpte Wäsche. Und in Käfigen sind lebende Vögel. Hunderte. Überall Vögel. Die Luft bebt vor lauter Zwitschern und Schnattern. Nero krächzt seinen Brüdern und Schwestern in ihren Gefängnissen was zu.

Molly schüttelt staunend den Kopf. »Und ich hab gedacht, das Lost Cause wär eine Müllhalde.«

»Und wo ist jetzt dieser Peg the Flight?«, fragt Ash. »Und was für ein Name ist das überhaupt?«

Ein Kamel kommt um einen Metallschrotthaufen rum angelatscht. Es ist ein flohzerfressenes armseliges Vieh. Sein Höcker ist besiegt in sich zusammengesackt.

»Guckt mal, wer da ist«, sagt Em.

»O nein«, sagt Lugh. »Ich hatte ganz vergessen, dass der auch hier ist.«

Es ist Moses. Er hat uns von Anfang an gehasst. Der fünffache Gewinner vom Pillawalla-Kamelrennen hat jahrelang das Kompendalorium für Slim gezogen. Als wir in eine Gegend geflüchtet sind, wo das Gelände zu schwierig ist für ein Kamel, hat Peg the Flight Moses übernommen. Jetzt zieht er seinen Schrottsammlerkasten. Nach der Übergabe hat Slim eine endlose lärmende Nacht lang getrauert. Mit einem Fässchen Roggenwhisky und langen, verworrenen Liedern über Kamele und Bruderschaft. Slim zuliebe haben wir so getan, als ob es uns auch leidtut, aber insgeheim haben wir gejubelt. Irgendwann hat man einfach die Nase voll von der Kamelspucke.

Jetzt hat er uns entdeckt. Er guckt uns wütend an, ganz unbrüderlich boshaft.

»Er sieht nicht richtig glücklich aus«, sagt Creed. »Er gibt doch wohl nicht uns die Schuld dran?«
»Quatsch«, sag ich. »He, Moses.«
Er brüllt wütend. Und geht auf uns los.
»Er gibt wirklich uns die Schuld!«, kreischt Emmi.
Wir stürzen in alle Richtungen davon und bringen uns in Sicherheit, Jungen, Mädchen, Tiere. Plötzlich kommt ein riesiger Vogel vom Himmel direkt auf uns zugerast. Nein, kein Vogel, eine Flugmaschine. Aber keine Abwrackerflugmaschine. Eine Schrottflugmaschine. Ein aufgemotztes Zweirad mit Metallflügeln und zwei Luftschrauben: einer obendrauf, einer hinten. Ein mageres altes Fossil mit Augenschutz und Helm kämpft mit dem Steuerstab.
»Aufpassen!«, brüll ich.
Moses macht kehrt und galoppiert hastig davon. Ich hechte in Deckung. Wir schaffen es alle gerade noch rechtzeitig, dann kracht die Flugmaschine mit Karacho in den Metallschrotthügel. Die Trümmer fliegen in alle Richtungen. Dabei gibt es ein so furchtbares Getöse, dass es bestimmt noch auf dem Mond zu hören ist. Als der Staub sich legt, rappeln wir uns auf und klopfen uns ab. Bean schreit sich die Kehle heiser. Moses in seinem Versteck brüllt zur Antwort. Nero kreischt und stößt immer wieder auf uns runter.
»Willkommen in Starlight Lanes«, sagt Creed.
»Alle heil und ganz?«, frag ich. Alle nicken.
Der Flieger wirkt völlig ungerührt. Er trägt noch immer seinen Augenschutz, und der Helm sitzt ihm schief auf dem Kopf. Er zetert vor sich hin, klettert rum und untersucht seine Flugmaschine auf Schäden. Sie besteht nur noch aus Schäden. Sie ist völlig kaputt. Und jetzt fällt mir auch auf, dass der Hauptbestandteil von diesem Schrotthügel Flug-

maschinenschrott zu sein scheint – Teile von Flügeln, Räder undsoweiter. Plötzliche Sturzflüge scheinen hier häufiger vorzukommen.

»Ah … Peg the Flight«, sagt Ash. »Jetzt kapier ich.«

»Hallo, Sir?«, ruf ich ihm zu. »Hallo? Alles in Ordnung? Wir sind Freunde von Slim.«

Er klemmt sich die kleinere Luftschraube untern Arm, rutscht den Schrotthaufen runter und läuft auf die Schrotthügelhütte zu. Dabei plappert er weiter vor sich hin. Vielleicht hat er mich ja nicht gehört bei dem ganzen Krach und mit dem Helm und weil er alt ist und was nicht alles. Ich lauf ihm hinterher, weiche dem überall verstreuten Schrott aus oder spring drüber. Tracker, Emmi und Nero kommen mit. Wir holen ihn ein und trotten neben ihm her.

»Entschuldigung, Sir?«, sag ich. »Peg the Flight? Ich bin …«

»Slims Mädchen, der Todesengel, ja, ja, halt die Klappe, ich hab dich gehört«, sagt sie.

Sie. Peg the Flight ist kein Sir, sie ist eine Ma'am. Ein mageres altes Mädchen, zäh wie Leder. Ihre braune Haut hängt in Falten an ihr. Ihr Geierhals steckt zwischen hohen schmalen Schultern. Eine zerlumpte Hose flattert wie Federn.

»Tut mir leid«, sag ich. »Das mit dem Sir tut mir leid, Ma'am, ich meine … ähm … Slim müsste jeden Augenblick kommen. Er ist nicht weit hinter uns. Er hat gesagt, es wär dir recht, dass wir …«

Aber sie ist schon weg. Huscht einhändig eine klapprige Leiter rauf, flink wie eine Spinne. Plappert immer noch vor sich hin wie ein Wasserfall. »Schritt für Schritt, zurück auf Los, Grundlagen, du dumme Gans, du Flachkopf.«

Em und ich klettern hinter ihr die Leiter rauf. Tracker bleibt unten zurück, winselnd und bellend.

Jetzt hastet sie über einen Laufsteg aus Holzleisten und Seilen auf ihre Hütte zu und wir hinterher – wobei: leichter gesagt als getan. Das Ding ist gemeingefährlich, es fehlen nämlich Leisten, und der Rest ist mit ausgefransten Seilen zusammengeflickt.

»Bitte um Verzeihung, Miz Peg, aber wir würden gern ein Weilchen hierbleiben, wenn du nichts dagegen hast«, sag ich. »Falls dir das keine Umstände macht, mein ich.«

»Sie bittet um Verzeihung, bla, bla, bla!« Peg schlägt mit der freien Hand über ihrem Kopf durch die Luft. Als sie an den Käfigvögeln vorbeistürmt, gibt's ein großes Getöse mit Flattern und Kreischen. »Ja, ja, meine Süßen, ich weiß, ich weiß! Nicht mehr lang jetzt, meine Lieben!«, ruft sie.

Sie schlüpft durch die offene Tür in die Hütte. Knallt die Luftschraube auf eine Bank zu irgendwelchem anderen Krempel, blafft uns an: »Ruhe!«, und fängt an, mit einem Stück Kreide was auf die Wand zu kritzeln. »Luftstrom«, murmelt sie, »Drehmoment, Steighöhe, Schub. Schritt für Schritt, zurück auf Los. Grundlagen, du dumme Gans, du Flachkopf.«

»Ma'am?«, sag ich. »Ich wär dankbar, wenn, ähm … jetzt guck dir das an!« Wie gebannt guck ich zu, wie ein Bild von einer Luftschraube entsteht. Jede Einzelheit klar und deutlich. Wer hätte dieser wirren alten Schachtel so was zugetraut? »Wie weit bist du in den Dingern schon geflogen?«, frag ich.

Sie antwortet nicht, ist ganz in ihr Zeichnen versunken. Nero ist uns in die Hütte gefolgt. Immer noch vorsichtiger als sonst, aber er ist viel zu neugierig, um nicht wenigstens einen kurzen Blick zu riskieren. Wie der Platz draußen ist auch die Hütte ein Schrotthaufen. Nur eben überdacht. Und pico-

bello. Und alles hier dreht sich um Flugmaschinen. Da sind Eimer und Kisten voller Ersatzteile. Auf die Wände sind reihenweise Zeichnungen und Pläne gekritzelt. Dieser Raum scheint das Herz von all den Hütten zu sein, die auf dem Schrotthügel wuchern. Ich reck den Hals und guck mir den Wirrwarr aus Gängen, klapprigen Treppen und anderen Räumen an, die wie ein Netz von hier ausgehen. Sonnenstrahlen fallen durch Dutzende von großen und kleinen Fenstern rein und wärmen den Staub von tausend vergangenen Tagen. Das einzig Bequeme, was Peg hier drin hat, scheinen ein Schaukelstuhl und ein rostiger Ofen zu sein, der mit Spinnweben verziert ist.
Mein Blick fällt auf einen Haufen mit Rüstungsteilen auf einer Bank. Ich zieh ein Paar Armbinden und eine Weste aus dem Haufen und staub sie ab. Sie sind abwrackeralt und schon ganz glatt und weich, aber dafür gar nicht mal übel. Gutes, solides, dunkelbraunes Leder mit rostigen Metallplättchen drauf. Gut gepolstert. Mit Messingschnallen. Die Weste sieht aus, als hätte sie ihrerzeit ein paar Pfeile aufgehalten. Die Armbinden gehen mir vom Handgelenk bis zum Ellbogen. Gut, so was zu haben. »Was willst du für die Rüstungsteile haben?«, frag ich Peg.
»Die sind nicht zu verkaufen.« Sie macht sich nicht mal die Mühe, mich anzugucken, sondern kritzelt einfach weiter.
Ich will die Sachen schon wieder auf den Haufen fallen lassen, da sagt sie: »Sie gehören dir, sind für dich gedacht, für dich aufbewahrt, zieh sie an.«
Ich zögere. Starr ihren Rücken an und runzel die Stirn. Verrücktes altes Huhn. Dann sag ich: »Danke.« Ich zieh die Weste und die Armbinden an und mach die Schnallen zu. Passt einwandfrei. Alles.

Emmi hat die ganze Zeit keinen Ton gesagt. Sie kniet an einem Tisch und guckt staunend den Vogelkäfig da drauf an. Er ist winzig. So groß wie meine beiden Fäuste zusammen. So eine zierliche Schmiedearbeit hätt ich nicht für möglich gehalten. Ranken winden sich um die Stangen, mit Blättern und Früchten und Blumen dran. Drinnen hockt ein Metallfink auf einer Schaukel. Farbreste verraten seine frühere schöne Bemalung, vor ewigen Zeiten. Was für ein Mensch in was für einer Welt hat die Zeit gehabt, so was zu machen?

Nero flattert auf den Tisch. Guckt den Vogel an, legt den Kopf mal auf die eine, dann auf die andere Seite. Er krächzt. Klopft mit dem Schnabel sanft an die Stangen.

»Nero, nein«, sagt Em. »Er schläft.«

»Weck ihn auf«, sagt Peg. »Der Schlüssel, der Schlüssel ist der Schlüssel zu einem Lied.« Sie wirft die Kreide hin und kommt rüber, wischt sich die Hände an der Hose ab. Mit ihren knorrigen alten Fingern dreht sie den Schlüssel, der unten an einer Seite versteckt ist. Ich hör was leise klirren. Dann klimpert uralte Spinnwebmusik. Der Fink macht den Schnabel auf und zu. Er schaukelt vor und zurück, wackelt mit dem Schwanz. Als das Lied zu Ende ist, sitzt er wieder still. Der Schnabel geht langsam zu. Erstarrt bis zum nächsten Drehen vom Schlüssel.

»Oh«, haucht Emmi. »Lass ihn noch mal singen!«

»Bitte«, sag ich.

»Entschuldigung … bitte«, sagt Em.

Peg wedelt zustimmend mit der Hand. Em dreht den Schlüssel, und das Lied tappt noch mal auf Zehenspitzen durch die Staubsonnenstrahlen.

»Die Vögel da draußen in den Käfigen«, sag ich. »Die solltest du freilassen. Vögel müssen fliegen.«

»Bald, Kleine, bald. Ich und sie«, sagt Peg.
Ein Schatten fällt auf uns. Tommo steht an der Tür. »Slim kommt gerade reingefahren«, sagt er.

Slim gibt mir unter vier Augen einen Neuigkeitenkrümel. Er hat unterwegs hierher dreimal haltgemacht. Einmal, um den Zahn in Willowbrook zu ziehen, einmal, um eine Beule am Hals aufzustechen und einmal, um peinliche Beschwerden zu behandeln, die so grausig sind, dass sich ihm beim bloßen Gedanken dran die Zehennägel aufrollen. Er will mich trotzdem damit beglücken, aber ich brems ihn, und dann kommt er endlich auf den Punkt.
Überall, wo er angehalten hat, haben sie ihm das Gleiche erzählt. Sie haben von ihren Nachbarn gehört, die es von ihren Nachbarn gehört haben, dass der Todesengel New Eden heimsucht. Dass ihr Geist jede Nacht mit den Sternschnuppen kommt. Letzte Nacht ist sie gesehen worden. Und in der Nacht davor. Sie reitet mit ihrem Wolfshund und ihrer Krähe über die Straßen und sucht Rache für ihren Tod bei jedem, der ihren Weg kreuzt. Alle sind beunruhigt. Sorgen sich drum, was das bedeutet. Haben Angst, dass es zukünftigen Ärger ankündigt.
Ich reit nie auf der Straße. Keiner hat mich gesehen. In der Sternschnuppenzeit sehen die Leute Gespenster, wo keine sind. Ich werd Jack davon erzählen, wenn ich ihn heute Nacht seh.

Zum Glück gibt's in Starlight Lanes mehr als bloß Schrott. Da ist auch ein kleiner Kaltwasserteich. Hintenrum, durch ein Waldgartenstück und eine Nussbaumlichtung und dann durch ein Pappelwäldchen. Da finden wir auch Moses und Hermes und Bean, die an der Rinde knabbern. Für Pappelrinde findet Hermes sich mit allem ab. Sogar mit einem schlechtgelaunten Kamel.

Ich wunder mich, dass Peg uns den Weg zum Teich sagen kann. Dem strengen Geruch nach, der hinter ihr herweht, hätt ich gesagt, Wasser wär ihr fremd. Mercy, die jetzt einen hellen Hautring am Hals hat, wo vorher das Sklavenhalsband gewesen ist – Peg hat es im Handumdrehen abgekriegt, genau wie Slim gesagt hat –, zieht den zerlumpten Hanfkittel aus. Ein Schal aus dünnen Peitschennarben liegt um ihre Schultern. Sie faltet den Kittel sorgfältig zusammen.

»Ich hätt gedacht, du willst das Ding verbrennen«, sag ich.

»An dem Tag, an dem es in New Eden keine Sklaven mehr gibt«, sagt sie, »mach ich einen Scheiterhaufen und verbrenn ihn.«

Sie watet in den Teich, um zu schwimmen und sich zu waschen. Ich werf ihr mein Seifenbündel zu. Ich guck sie nicht direkt an. Ich kann das nicht. Dass Mercy so abgehärmt ist. Der Anblick von ihrem nackten Körper, so vernarbt und hager, gibt mir einen Stich von roter Wut. Das ist DeMalo. Ich darf nicht vergessen, dass er das ist, hinter seinen schlauen Worten. Mercy. Nur eine Sklavin unter vielen so wie sie. Wie Slims Freund Billy Six. Dem sie das mühsam bestellte Land gestohlen und den sie mit einem Nagel durch die Kehle an einen Pfosten gehängt haben wie eine Jagdtrophäe. Maev, tot. Bram, tot. Die Free Hawks und die Weststraßenräuber, alle tot.

»Du tötest Menschen, um zu kriegen, was du willst.«

»Du ebenfalls. Du hast es gerade erst wieder getan. Gewaltanwendung ist immer bedauerlich, aber sie ist ein Mittel zum Zweck. Hast du etwa geweint, als du diese Jauchegrube Hopetown zerstört hast? Hat es dir schlaflose Nächte bereitet, dass jener Abschaum dort verbrannt ist? Nein. Wir sind uns so ähnlich, Saba.«

Ich wie DeMalo. Ich muss seine Stimme ausblenden. Sie geht mir die ganze Zeit durch den Kopf. Verwirrt mich. Dreht mir die Gedanken im Kopf rum. Ich fühl die Hitze in meinen Wangen aufsteigen. Mercy sieht es – ihr entgeht nicht viel –, aber sie sagt nichts dazu.

»Kommst du auch rein?«, fragt sie.

»Ich bade allein, sei mir nicht bös.«

Auch das nimmt sie einfach hin. Während sie sich den Dreck der Sklaverei von der Haut schrubbt, spritz ich mir Wasser ins heiße Gesicht. Versuch meine heißen Gedanken zu kühlen. Trink ein paar Handvoll Wasser, um die Wut zu beschwichtigen, die so heftig in meinem Bauch rumort, dass mir fast übel wird.

Als Mercy aus dem Wasser kommt und sich mit einem sauberen Sack abtrocknet, sagt sie: »Also. Worüber willst du mit mir reden?«

»Würdest du sagen, dass Liebe schwach macht?«, frag ich. »Das glaubt Lugh nämlich. Wegen Pa, weil der sich nach Mas Tod so verändert hat.«

Mercy antwortet nicht gleich. Dann sagt sie: »Das ist Lugh. Was ist mit dir? Was glaubst du?«

Ich guck beim Sprechen auf meine Stiefel und überleg mir jedes Wort ganz genau. »Ich hab beide Seiten gesehen. Nicht nur bei anderen Leuten, ich kenn das auch von mir selbst. Ich weiß, wie stark sie mich gemacht hat, als ich nach Lugh gesucht hab. Ich hätt das alles nicht tun können, ich hätt das nicht durchgehalten, wenn meine Bindung an ihn nicht so stark gewesen wär. Aber sie hat mich auch schon schwach gemacht. Ich hab ein paar schlechte Entscheidungen getroffen. Aber ingesamt würd ich sagen, ich bin stärker durch die Liebe, nicht schwächer.«

»Das hätt ich selbst nicht besser sagen können.« Mercy wickelt sich in den Sack und setzt sich neben mich.

Ich heb den Kopf und guck ihr in die Augen. »Ich erinner mich an was, was du mir in Crosscreek gesagt hast. Du hast gesagt, mein Pa hat am Himmel nach Antworten gesucht, aber du suchst in dem, was hier ist, vor dir, um dich rum. Du musst mir sagen, was du siehst, Mercy. Was hältst du von diesem Land? Von New Eden?«

»Huch!« Sie lacht kurz auf. »Ich muss sagen, du hast neuerdings große Fragen im Kopf. Was halt ich von New Eden?« Sie denkt ein bisschen nach, dann sagt sie: »Die Dinge sind nicht immer das, wonach sie aussehen. Die Menschen auch nicht.«

»Das ist nicht neu.«

»Irgendwie …«, sagt sie, »kommt mir New Eden nicht ganz echt vor.«

»Deine Narben sehen aber ziemlich echt aus.«

»Natürlich, aber zum Beispiel diese Mädchen, um die ich mich im Säuglingshaus gekümmert hab. Stell dir vor, du wärst eine von denen. Deine Familie ist vertrieben oder getötet worden – vielleicht direkt vor deiner Nase –, aber du nicht. Du darfst leben, weil du eine von den Auserwählten vom Wegbereiter bist. Du bist jetzt eine Verweserin der Erde. Du bist geblendet von ihm. Überzeugt von ihm. Die Macht, die Gewalt, die jagen dir Angst ein.«

»Ja«, sag ich.

Mercy fährt fort: »Du wirst mit einem Jungen verheiratet, den du nicht kennst. Wirst mit diesem Fremden losgeschickt, um das Land zu bestellen und gesunde Kinder für New Eden zu bekommen. Und bevor du weißt, wie dir wird, bist du schwanger von ihm, wenn du Glück hast. Vielleicht kannst du ihn nicht ausstehen, aber du hast dazu nichts zu sagen. Was glaubst du? Wie würdest du das alles finden?«

Ich denk zurück an die Verweser, die wir getötet und in einem flachen Grab an der Straße zum Lost Cause begraben haben. Eli und RiverLee. Seine Abneigung gegen sie. Ihre Angst vor ihm. Ihr verzweifelter Kinderwunsch. Weil sie gewusst hat, dass sie sonst versklavt wird. Ich denk an RiverLees kostbare Silberhalskette. Familienerinnerungsstücke sind in New Eden verboten, aber sie hat sie behalten, versteckt, ihr Geheimnis. Um sie dran zu erinnern, wer sie gewesen ist, woher sie gekommen ist.

»Wie findest du das? Sag du's mir«, sagt Mercy.

»Ich hab Schuldgefühle wegen meiner Familie. Warum haben die mich ausgewählt und sie nicht? Und ich trauer um sie, ich vermiss sie, aber ich darf nicht zeigen, was ich fühl. Ich kann mit keinem reden. Ich hasse den Jungen, mit dem sie mich verheiratet haben. Ich hasse es, wenn er mich anfasst. Er ist gemein. Aber wenn ich kein Kind krieg, meldet er mich, und ich werd versklavt. Ich hab Angst. Ich fühl mich allein.«

»Das klingt in etwa richtig«, sagt Mercy. »Und ich sag dir noch was. Wenn Frauen Kinder zur Welt bringen, rufen sie immer nach ihrer Mutter. Deine Mutter hat es getan. Und die Verweserinnen auch. Keine will, dass man ihr das Kind wegnimmt. Sie versuchen zu verbergen, was sie fühlen – schließlich weiß der Wegbereiter, was am besten ist, es ist zum Wohl von New Eden und Mutter Erde –, aber ich hab es in ihren Augen gesehen, in ihren Gesichtern, jedes Mal. Nachts weinen sie. Und die, die schwache Kinder zur Welt bringen? Sie wissen genau, was dann passiert. Sie wissen, dass das Kind von ihrem Fleisch und Blut, das sie in ihrem Körper getragen hat, draußen zum Sterben ausgesetzt wird. Wenn die Kälte es nicht tötet, holt es sich irgendein Tier. Vielleicht um seine eigenen Jungen zu füttern. Die armen Mädchen, das bringt sie fast um. Eine hat sich das Leben genommen, während ich da war.«

»Sie hat sich umgebracht«, sag ich.

»Das lassen sie nicht nach außen«, sagt Mercy. »Schlecht für die Moral. Diese Verwesermädchen sind Zuchtstuten. Ihre Bäuche gehören New Eden. Natürliche Gefühle und Neigungen gehören da nicht hin. Hast du gewusst, dass man von ihnen erwartet, alle zwei Jahre ein Kind zu kriegen?«

»Alle zwei Jahre. Das hab ich nicht gewusst, nein.«

»Wenn sie versagen, werden sie versklavt. Und der Junge hat nie Schuld dran.«

»Was ist mit denen?«, frag ich. »Mit den Jungen?«

»Sie tun so, als ob sie Männer wären«, sagt Mercy. »Ich kann nur raten, wie sie sich fühlen, wenn sie ihr eigenes Kind nie zu sehen kriegen. Die Auserwählten von New Eden, die versuchen alle, so zu sein, wie DeMalo sie haben will.«

Sie tun so, als ob. Wieder macht es klick in meinem Kopf.

Die Dinge sind nicht immer das, wonach sie aussehen. Die Menschen sind nicht immer das, wonach sie aussehen. Sie versuchen alle, so zu sein, wie er sie haben will.
»Das sind also die Verweser und das Säuglingshaus«, sagt Mercy. »Über Edenhome kann ich nichts sagen, das kenn ich nicht. Ich weiß nur, da kommen die Säuglinge hin, wenn sie abgestillt sind.«
Edenhome. Wo sie die Kinder zum Dienst an New Eden erziehen. Kinder, die ihren Familien geraubt worden sind. Abgestillte Babys. Wenn sie vierzehn werden, werden sie Verweser der Erde und vom Wegbereiter verheiratet, um Kinder zu kriegen und zu arbeiten.
»Dann sind da die Sklaven«, sagt Mercy. »Die meisten sind wie ich schanghait worden. Ein paar sind früher Auserwählte gewesen. Die beim Wegbereiter in Ungnade gefallen sind.«
»Gerade eben sind sie noch Auserwählte, und dann sind sie's plötzlich nicht mehr«, sag ich. »Das muss ihnen doch zu denken geben.«
»Sagen wir mal, es bleibt nicht unbemerkt.«
»Und dann sind da die Tonton. Vergiss die nicht.«
»Wohl kaum.«
»Wenn man anfängt, es auseinanderzunehmen, wenn man genauer hinguckt, dann ist New Eden nicht das, wonach es aussieht. Aber er geht auf, oder? Der Plan vom Wegbereiter für seine neue Welt.«
»In mancher Hinsicht vielleicht. Die Verweser sind jetzt immer gut genährt. Das bedeutet, dass mehr Mädchen ihre Kinder bis zu Ende austragen. Angeblich sind die Ernteerträge gestiegen.«
DeMalos Stimme hallt in meinem Kopf wider.

»Ich treffe jeden Tag schwierige Entscheidungen. Teile denjenigen unsere knappen Mittel zu, die sie am besten nutzen können. Ich verhalte mich moralisch. Verantwortungsbewusst.«
Eine Weile sitzen Mercy und ich schweigend da an dem Kaltwasserteich. Die Sonne auf meiner Haut fühlt sich weich an, angenehm wie selten. Mir kreisen immer wieder dieselben Worte durch den Kopf, um und um. Mütter und Kinder. Väter. Brüder. Schwestern. Familie. Die Menschen sind nicht das, wonach sie aussehen. Insgesamt gesehen macht die Liebe uns stärker. DeMalos Schwäche. Unsere Stärke.
Ich merk, dass Mercy mich beobachtet, mit scharfem, neugierigem Blick. Ich nehm ihren ordentlich gefalteten Kittel und geb ihn ihr.
»Bald baust du deinen Scheiterhaufen«, sag ich.

Da ist sie, an dem verkrüppelten Baum. Allis, meine Sonnenlichtmutter. Wir sind allein, sie und ich, auf der weiten flachen Ebene. In dem Grau am Rand der Welt. Die Wolken hängen tief. Der Wind heult hoch oben. Der Baum glänzt, kahl und weiß.
Am Fuß vom Baum liegt das Grab. Grob und schmal und tief. Dann stehen wir daneben, meine Mutter und ich. Ich weiß, was da drin ist. Die Leiche in der rostigen Rüstung. Der Länge nach in die Grube gelegt. Den Kopf mit einem blutroten Schal umwickelt.
Goldene Allis. Schon so lang tot. Sonnenhaar, Himmelsaugen,

strahlende Seele. Aber die Dunkelheit von jenseits des Rands hat ihr Licht besiegt. Sie treibt. Hin und her. Sie verblasst. Ihre Luftfüße treten ins Grab. Sie winkt, komm mit mir. Jetzt ist es leer. Ich folg ihr in die Grube. In die dunkel-tiefe Erde. Dann Wasser. Das ansteigt. An meinen nackten Beinen hoch. Nein, nicht Wasser.

Blut. Es steigt schnell. Schwarz. Dick. Bis zu meinen Oberschenkeln, meinen Hüften, meiner Brust. Es packt mich, ich kann ihm nicht entkommen. Ich rutsch aus und würg, ich ertrink, ich würg, ich krieg keine Luft, ich …

Mit einem Ruck werd ich wach. Pack mir an die Kehle. Zerre fieberhaft an dem, was mich da würgt …

»Saba, wach auf!« Das ist Mollys Stimme, drängend.

»Ich krieg keine Luft«, keuch ich.

»Er ist weg, okay, ich nehm ihn dir ab. Saba, komm, Liebes, mach die Augen auf. Setz dich auf.«

Sanft tätschelt sie mir die Hand. Ich blinzel. Bin benommen von dem plötzlichen grellen Sonnenlicht. Das aus den Wolken geplatzt ist, während ich durch mein Traumfinsterland geirrt bin. Molly kniet neben mir. Sie hält den roten Schal.

»Iih!« Ich zuck zurück. »Nimm den weg!«

»Okay, beruhig dich, schon gut, er ist weg.« Sie schiebt ihn hinter ihre Röcke, außer Sicht. »Du hast dich drin verheddert, das ist alles.«

Mein Rasselherz bremst zu einem turbulenten Galopp ab. »Der ist ganz unten in meinem Bündel gewesen. Wie bist du da drangekommen?«

»Emmi hat ihn mir gegeben. Mercy hat mir gesagt, als sie dich verlassen hat, hast du fest geschlafen, und da bin ich hergekommen, um dich zuzudecken, damit du keinen Sonnenstich kriegst.«

Benommen starr ich sie an. »Ich hab gar nicht eindösen wollen.« Ich bin müde bis auf die Knochen. Mein Kopf fühlt sich dumpf an. Mein Körper ist so schwer, als ob mich Steine nach unten drücken.

»Tut mir leid«, sagt Molly. »Ich hab dich nicht stören wollen.«

»Nein, nein. Es ist gut, dass du das getan hast. Ich muss nachdenken. Über alles Mögliche.«

»Du schläfst in letzter Zeit kaum noch«, sagt sie. »Wenn du müde bist, nützt das keinem von uns. Komm, leg dich wieder hin. Deck dich damit zu.« Sie knotet ihr Kopftuch auf und gibt es mir. Es riecht stark nach dem Rosenöl, mit dem sie ihre Haut weich und ihre Haare duftig macht. Als sie ihre Locken ausschüttelt, guck ich ganz bewusst nicht auf das W-Brandmal auf ihrer Stirn. Sie sieht, dass ich nicht hinguck. »Ich hab nicht oft Gelegenheit, Luft an die Kriegsverletzung zu lassen.«

»Wie kannst du da drüber Witze machen?«

»Was soll ich denn sonst tun? Bis ans Ende von meinem Leben weinen? Molly, die Sorgenreiche?«

»Nein, aber … nach allem anderen … Gracie und Ike und dann … ich weiß nicht, wie du das ertragen kannst.«

»Du hast deine Kampfnarben. Das ist meine. Weißt du, was sie mir sagt? Ich hab überlebt. Und falls ich mich je frag, warum ich grade jetzt hier bin, warum ich das tu, dann reicht ein Blick in den Spiegel. Nicht dass ich nicht jede Menge andere Gründe hätte. Ike natürlich. Und Jack.« Sie zögert, dann sagt sie: »Du redest nie über ihn. Seit er gestorben ist, hast du nicht mal seinen Namen erwähnt, nicht mal nebenbei. Ich weiß, du musst aufpassen, was du sagst, wenn die anderen dabei sind, aber du weißt, dass du das bei mir nicht brauchst.« Als ich ihren bekümmerten, ratlosen Blick seh, wird mir ganz heiß vor Scham. »Ich weiß, Jack ist unmöglich«, sagt sie. »Ist … unmöglich gewesen. Ich weiß, es ist nicht einfach gewesen zwischen euch. Und vielleicht sind deine Gefühle für ihn nicht so stark, wie seine für dich gewesen sind – ich weiß nicht, dein Herz geht mich nichts an, und die Liebe ist nicht einfach, das weiß ich natürlich. Aber … ich würd so gern mal über ihn reden, ich muss unbedingt mal über ihn reden. Mit dir. Das ist alles.«

Ich bleib stumm. Sitz da und starr auf meine Stiefel, während meine Wangen heiß und rot werden. Damit hat Molly mich nebenbei dran erinnert, dass sie eins von meinen Geheimnissen kennt. Sie weiß, dass der erste Mann, bei dem ich gelegen hab, nicht Jack gewesen ist. Aber sie weiß nicht, wer es gewesen ist. Sie würd im Traum nicht auf DeMalo kommen.

»Weißt du was?«, fragt sie. »Ich hätte nie gedacht, dass Jack sterben könnte. Nie. Trotz dem ganzen Ärger, den er sich immer eingehandelt hat oder der ihn gefunden hat. Und noch was: Jack ist außer mir der Einzige, der Gracie je kennengelernt hat.«

Jetzt versagt ihr die Stimme. Dicke Tränen laufen ihr übers Gesicht. »Verdammt! Entschuldige.« Sie fummelt in ihrer Tasche.

Ich hasse das. Dass ich alle anlüg. Und vor allem, dass ich Molly vorlüg, Jack wär tot. Ihr tun wir am meisten unrecht, er und ich. Bei ihr tut es uns am meisten leid, dass diese Täuschung nötig ist. Bei ihr, seiner liebsten Freundin, die so tief um ihn trauert. Aber sie muss glauben, dass er tot ist. Je mehr Leute ein Geheimnis kennen, desto wahrscheinlicher rutscht es jemandem raus. Schon ein Blick von ihr zu mir zum falschen Zeitpunkt könnte jemand zu denken geben.

Ich würd meiner kleinen Free-Hawks-Truppe mein Leben anvertrauen. Aber nicht Jacks.
Und es ist nun mal so, dass ich kaum wag, seinen Namen zu erwähnen aus Angst, dass mir was rausrutscht, was keiner wissen soll. Wie ich mich danach sehn, ihr mein Herz auszuschütten. Ihr alles zu erzählen. Über Jack, ja, klar. Aber wenn ich ehrlich bin, auch über DeMalo. Von allen Menschen auf der Welt ist Molly, glaub ich, die Einzige, die mir helfen könnte, das zu verstehen. Ihn zu verstehen. Ich hätte sie gern zur Freundin. Ich wär gern ihre Freundin. Aber es geht nicht. Nicht jetzt. Noch nicht.
»Entschuldige, ich wein sonst nie.« Molly putzt sich mit einem von ihren nutzlosen kleinen Taschentuchfetzen die Nase. »Tja, ich geh dann mal zurück. Creed sucht bestimmt schon nach mir, damit er sich zum tausendsten Mal bei mir entschuldigen kann. Er macht keine halben Sachen, das muss ich ihm lassen. Ich weiß nicht, ob es daran liegt, dass ich ihn geohrfeigt hab, oder an dem, was du hinterher zu ihm gesagt hast, aber der Junge ist wirklich zerknirscht. Keine Liebeserklärungen, keine Heiratsanträge mehr. Sag ihm bloß nicht, dass ich das gesagt hab, aber jetzt, wo er sich mir gegenüber normal benimmt, mag ich ihn eigentlich ganz gern.«
Sie steht auf, schüttelt Gras von ihren Röcken und ihrem Unterrock und zupft sie zurecht. Sie hofft drauf, dass ich sie bitte zu bleiben, das seh ich genau. Um über Jack zu reden, wie sie es so gern möchte. Ich sitz stumm und mit traurigem Herz da.
Sie hält den Schal im Arm. »Schade, dass du ihn nicht magst. Die Farbe steht dir.«
»Schals sind nicht mein Ding«, sag ich. »Und der hier ist mir nicht geheuer.«

Das ist die Wahrheit, fast. Aber es ist eine faule Ausrede für den Aufstand, den ich eben gemacht hab. Falls Molly das auch findet, lässt sie sich nichts anmerken.
»Wer hätte das gedacht?«, fragt sie. »Der Todesengel erschreckt sich vor einem Schal. Keine Angst, dein Geheimnis ist bei mir sicher.«
Ich wüsste nicht mal ansatzweise, wie ich ihr das erklären sollte. Ich kann's mir ja selbst nicht erklären. Warum Auriel Tais blutroter Schal sich durch meine Träume schlängelt, seit ich sie kennengelernt hab. Warum er immer um den Kopf von einer Leiche gewickelt ist. Um den Kopf von einem gesichtslosen Krieger in einem Grab. Oder um den von Lugh oder Jack oder DeMalo. Und dann der Schreck, als ich ihn in meinem Bündel gefunden hab. Als Auriel und ich uns im Lager am Snake River verabschiedet haben, hat sie den Schal um die Schultern getragen. Dann, irgendwie – irgendein komisches, unmögliches Wie –, als ich schon Meilen und Stunden und noch mehr Meilen weg gewesen bin, hab ich ihn in meinem Beutel gefunden. Es ist ihrer, kein Zweifel. Eins von ihren Haaren hat dran geklebt. Lang und fein, in einem hellen Feuerrot.
»Saba?« Molly beobachtet mich mit gerunzelter Stirn. »Wenn du ihn wirklich nicht willst, dann nehm ich ihn.«
Ich nehm ihn ihr ab. »Nein, er gehört mir. Bis nachher.«
Sie geht, von mir weggeschickt, abgewimmelt. Sie geht mit einem Lächeln und einem Winken und einer Freundlichkeit, die ich nicht verdient hab.
Als ich allein bin, starr ich den Schal an. Er gehört mir. Aus irgendeinem Grund scheint er mir zu gehören.

Ich roll mich im Gras am Teich zusammen, den Kopf auf Mollys rosenduftendes Kopftuch gebettet. Neben mir kuschelt Nero sich in den roten Schal.

Ich dös weg und wach mit einem Ruck wieder auf. Als ob ich an einem Abgrund steh und dann runterfall. Immer wieder. Noch mal und noch mal. Jedes Mal, wenn ich fall, weckt mein Herz mich mit einem lauten Bums. Dunkle Träume umzingeln mich in flachen Kreisen. Um und um. Unaufhaltsam.

Ich nachts auf dem Hügel über der Brücke. Das Verwesermädchen im Wagen. Ihr Gesicht. Ihr Lächeln. Das gepunktete Tuch um ihren Hals. Der Knall und die Schreie, und Blut regnet auf mich runter.

Während Mercys Stimme immer dasselbe wiederholt. Verheiratet mit einem Jungen, den du nicht kennst. Schwanger von einem Jungen, den du nicht kennst.

DeMalo und ich. Im Teich oberhalb von der Brücke. Ich bin im Wasser, in seinen Armen. Wir drehen und wenden uns unter Wasser. Sonnenlicht funkelt über uns. Sein weißes Hemd bauscht sich. Seine Stimme flüstert. Denk mal. Ein Kind. Deins und meins.

Überall, wo er mich küsst, überall, wo er mich berührt, strömt Blut aus mir raus. Das Wasser wird rot. Hände ziehen mich runter. Tief runter, die dunkelsten Tiefen winken mich zu sich runter.

Ich tauch tiefer, ins Dunkle, während Mollys Stimme singt. Still jetzt, mein Kleines, ohne Angst schlaf nun ein, Traum-Angus schickt dir einen Traum, ach so fein.

Haarsträhnen schlängeln sich aus der Dunkelheit auf mich zu. Lang und hell, die Haare von meiner Mutter, wie Unkraut schlängeln sie sich um mich rum. Dann legt sie, ihr Geisterselbst, meine weißneblige tote Mutter, die Arme um mich, und wir sinken nach unten, nach unten, nach unten.
Traum-Angus schickt dir einen Traum, ach so fein.
Und ich blute. Und ich ertrink. Und ich treib davon in die Schwärze.
Mit einem Schauder werd ich wach. Setz mich schnell auf. Zu schnell. Ein Schlaf mit solchen Träumen ist gar kein Schlaf. Mir ist so kalt, dass ich eine Gänsehaut hab. Die stickige Schwüle ist verschwunden. Der Wind hat gedreht. Ein frischer Ostwind ist fleißig am Werk, fegt die Überreste vom Tag in die Nacht.
Ich wickel Nero einfach in den Schal. Er krächzt empört, dann kämpft er sich frei und fliegt weg. Ich geh schnell, flott, um wach zu werden. In der Hoffnung, dass mein Traum da nicht mithalten kann. Ich hol Hermes aus dem Pappelwäldchen. Ich werd ihn brauchen für den Ritt zu Jack heute Nacht.
Als ich mich dem Schrottplatz näher, wird der Radau, den Pegs Vögel in ihren Käfigen machen, lauter. Und ich hör Musik. Zuerst ganz leise. Während wir ihr über den Platz folgen, wird sie zu einer wehmütigen Klage. Jemand mit einem Wimmerholz. Ein guter Musikant. Das muss Peg sein. Von unserem Haufen spielt keiner Wimmerholz. Nicht lang, und der würzige Geruch von gekochtem Fleisch gesellt sich dazu. Mir läuft das Wasser im Mund zusammen. Dann hör ich brüllendes Gelächter.
Die Musik und die Gerüche und die Stimmen purzeln aus der offenen Tür von einer baufälligen Hütte. Draußen ist

eine Bratgrube. Der Spieß ist leer, die Steine werden schon kalt. Tracker schleicht zwischen den Schrotthaufen rum, auf Wachhunddienst. Er begrüßt uns mit erhobenem Kopf und Schwanzwedeln, dann macht er weiter mit seiner Streife, die Nase am Boden.

Nero und ich gehen in die Hütte. An den Wänden hängen Binsenlampen. Werfen warme Lichtpfützen auf das staubige Gerümpel. In der Mitte ist ein großer Platz freigeräumt. Peg beugt sich über ein ramponiertes Wimmerholz. Ihre mageren alten Arme bewegen sich im Einklang mit dem Bogen, locken dem Wimmerholz diese klagende Melodie aus dem Bauch. Creed begleitet sie auf seiner Quetschkommode und schüttelt bewundernd den Kopf. Molly, Slim und Mercy hocken ziemlich unbequem auf Fässern und was nicht allem. Sie kommen kaum zum Essen, weil Emmi außer Rand und Band ist vor Aufregung. Sie dreht sich und hüpft um sie rum, und ihre Zunge macht klickerdiklack. Sie lächeln und nicken. Dumm von ihnen. Denen ist nicht klar, dass sie sie nicht noch ermutigen dürfen. Jetzt sitzen sie in der Falle, bis Emmi müde wird oder alle tot umfallen. Ash und Tommo sind schlauer. Sie gucken Em nicht in die Augen, sondern halten die Köpfe unten und füllen sich die Bäuche.

Lugh sitzt an der Tür. Er hält seinen Essnapf in der Hand und pickt im ausgeplünderten Kadaver von einem Festmahl, von dem man nur träumen kann. Und wenn er so mäkelig ist, muss er beim zweiten Nachschlag sein. Ich seh geröstetes Waldmurmeltier, so gebraten, dass das Fleisch zart und die Haut knusprig ist, gekochte Lilienzwiebeln mit Gemüsezwiebeln, Nesselkuchen und noch mehr. Ich bin an ein einfaches Leben gewöhnt, an einfache Kost. Überfluss verwirrt mich nur. Nero stürzt sich auf den Tisch. Lugh ruft:

»Nein!«, aber zu spät. Nero hat schon zugeschlagen. Er kreischt trotzig und setzt sich mit einem saftigen Stück Waldmurmeltier auf einen Balken unterm Dach.
»Was soll das alles?«, frag ich. »Wieso ist Em so aufgedreht?«
»Ah, da bist du ja!« Lugh dreht sich zu mir um. »Das ist eine Geburtstagsfeier. Die hat Molly auf die Beine gestellt. Sie ist der reinste Tausendsassa, oder?«
»Mollys Geburtstag?«, frag ich.
»Nein, du Dummerchen, Emmis. Sie ist jetzt zehn.«
»Was? Heute?«
»Letzten Monat. Du hast es vergessen, Rabenschwester.«
»Zehn«, sag ich, »liebe Güte. Jedenfalls: selber Rabenbruder – du hast es auch vergessen. Warum habt ihr mich nicht geholt? Du hast Fett im Gesicht.«
»Du hast Schlaf gebraucht.« Er wischt sich mit dem Ärmel durchs Gesicht und mustert mich mit zusammengekniffenen Augen. »Aber anscheinend hast du gar nicht geschlafen. Wenn du so weitermachst, machst du der alten Peg noch Konkurrenz als hässliche Schachtel. Ganz abgehärmt und faltig und mit dicken dunklen Ringen …«
Ich schlag ihm auf den Arm. »Ich bin nicht faltig, du …«
Er stopft mir den Mund mit einem Stück Nesselkuchen. »Du was?« Er blinzelt unschuldig mit seinen blauen Augen, dann knabbert er an einer Lilienzwiebel. »Tut mir leid, ich hab dich nicht verstanden.«
»Saba, hey, Saba!« Emmi kommt angerannt. Sie zieht an meinen Händen, hüpft und dreht mich im Kreis. Während ich noch den Kuchen runterschluck, plappert sie volle Kraft voraus. »Molly hat mir einen Kamm für meine Haare geschenkt – ihren eigenen Lieblingskamm – und sie sagt, wenn

ich sie zweimal am Tag kämm, werden sie genauso lang und schön wie ihre. Ich kann's gar nicht erwarten, ich hab schon gekämmt, sieht man das? Und Creed – rat mal! Er hat Feuer geschluckt, echt wahr, das hättest du sehen müssen! Und dann hat er einen Knopf aus meinem Ohr gezaubert. Hier ist er, guck, er hat gesagt, den darf ich behalten. Und Ash hat mir so ein Messer geschenkt, und Slim hat mir seine besondere Medizinhalskette geschenkt, die ist gegen Rachitis ...«

»Gegen Rheuma, nicht Rachitis«, sagt Lugh.

»Es ist meine Kette, also muss ich es wissen, und sie ist gegen Rachitis. Und Mercy sagt, sie macht mir ein neues Hemd, sobald sie eins findet, woraus sie das schneidern kann, und nachher tanzen wir und ...«

»Emmi!«, ruft Tommo. »Komm mal her!«

Schon saust sie wieder davon, und Lugh und ich gehen hinterher. Mit glänzenden Augen steht sie vor Tommo. Er stellt seinen leeren Essnapf auf den Boden. Creed und Peg hören auf zu spielen, um zuzugucken. »Halt still«, sagt Tommo zu ihr. »Hände auf. Augen zu.« Sie kneift die Augen zu und streckt die Arme geradeaus vor sich. Tommo greift hinter sich und holt den zierlichen kleinen Vogelkäfig mit dem winzigen singenden Metallfink hervor. Sanft legt er ihn Emmi in die Hände.

»Mach die Augen auf«, sagt er.

Sie tut's und schnappt vor Staunen nach Luft. Ihr Gesicht strahlt vor Freude. Eine Sekunde lang. Einen Atemzug lang. Dann verfinstert es sich, und sie guckt ganz entgeistert. Wir sind alle verdutzt. Überall hochgezogene Augenbrauen und verwirrtes Lächeln. Der Käfig ist was ganz Seltenes und Schönes. Das Beste, was Tommo in seinem Beutel mit Tauschwaren hat, ist eine Schnalle.

»Das ist ja ein tolles Geschenk«, sag ich. »Das muss eine Menge gekostet haben. Was hast du dafür haben wollen, Peg?«
Sie wackelt mit dem Kopf und schüttelt den Bogen. »Das lass mal meine Sache sein«, sagt sie. »Der Junge hat mir was geboten, ich hab's angenommen, das ist ein Geschäft, unser Geschäft, seins und meins, Miss Neugierig, nicht deins.«
»Tommo, das kannst du nicht machen«, flüstert Emmi fassungslos. Anscheinend weiß sie, was er dagegen eingetauscht hat. Und es gefällt ihr nicht, kein bisschen. Und Tommo gefällt ihre Reaktion nicht. Er guckt finster. Seine Wangen werden rot.
»Nein«, sagt Emmi. »Das darfst du nicht.«
»Na, sag schon«, sagt Ash. »Was ist es denn?«
Tommo funkelt Emmi wütend an. Sie funkelt wütend zurück, ihr ganzes Gesicht kräuselt sich dabei. Ein langes unbehagliches Schweigen entsteht. Mir fällt auf, dass Nero es sich am Tisch mit dem Essen gutgehen lässt.
Schließlich sagt Mercy: »Wenn jemand dir was schenkt, Emmi, ist es nur höflich, es mit einem Dankeschön anzunehmen.«
»Dankeschön«, sagt Emmi tonlos. »Es ist das schönste Geschenk, was ich je haben werd.«
Kein Kuss, keine Umarmung, nicht mal ein Lächeln. Für das schönste Geschenk, was sie je haben wird. Dann stürzt Peg sich in einen schönen alten Walzer, und der heikle Augenblick ist vorbei. Mercy fängt an, die Essnäpfe einzusammeln. Molly stürzt sich auf Nero, um das Essen zu retten. Während sie ihn ausschimpft und Dieb nennt, füttert sie ihn mit Leckerbissen.
Lugh fragt mich: »Was ist das denn jetzt gewesen? Und wie hat er das hingekriegt? Tommo hat doch nichts.«

»Ich weiß«, sag ich. »Ich hab nicht die leiseste Ahnung.«
Ash rettet Tommo aus seiner peinlichen Lage. Sie schnappt ihn sich und zeigt ihm, wie man Walzer tanzt, und dann ist er vollauf damit beschäftigt, ihren klobigen Stiefeln auszuweichen und immer wieder eins, zwei, drei zu zählen. Mit einer artigen Verbeugung bittet Slim Emmi um einen Tanz. Trotz seinem Körperumfang schwingt er sie in eleganten, schwungvollen Kreisen durch den Raum. Emmi lässt Tommo deutlich merken, dass sie ihn ignoriert. Die Freude über ihre erste Geburtstagsfeier im Leben ist ihr vergangen.
»Hast du mit ihr geredet, wie wir es besprochen haben?«, frag ich Lugh. Er zieht eine Grimasse. »Tut mir leid, hab ich vergessen. Aber komm schon, lass sie. Jetzt ist nicht die richtige Zeit dafür.«
»Jetzt ist genau die richtige Zeit. Ich mach das – keine Angst, ich bin nett zu ihr –, aber du schuldest mir was. Wir können ihr nicht als Einzige nichts schenken. Geh, treib was auf.«
»Woher denn?«
»Ich weiß nicht, guck dich um, frag Peg. Wir sind hier auf einem Schrottplatz, herrgottnochmal. Ich hab das Halsband für dich auf einer Müllhalde gefunden, und ich würd sagen, es ist ziemlich schön.«
Er fasst es an. Den kleinen grünen Glasring an der Lederschnur, den ich ihm zu unserem letzten Geburtstag geschenkt hab. Zum achtzehnten. Er guckt mich hoffnungsvoll an und sagt: »Vielleicht könnt ich ...«
»Den schenkst du ihr nicht«, sag ich. »Undankbarer Rüpel. Und komm bloß nicht auf die Idee, ihr deine Ersatzschnürsenkel zu schenken.«
Er trottet davon, und ich bin nicht überrascht, als er hoff-

nungsvoll in ein dreckiges altes Fass guckt. Als wenn man da drin ein Geburtstagsgeschenk für ein zehnjähriges Mädchen finden könnte! Am Ende werd ich das selbst machen müssen, aber erst lass ich ihn ein bisschen schwitzen.
Ich fang Creeds Blick auf und nick ihm zu. Draußen ist es gerade dunkel geworden. Zeit für ihn, Tracker auf Streife zu begleiten. Als er seine Quetschkommode hinlegt und zu mir kommt, stürzt Peg sich in einen lebhaften Reel. Sie sägt an den Saiten und stampft mit den Füßen begeistert den Takt. Der arme Slim jammert zum Steinerweichen. Lugh hat Mitleid mit ihm. Er packt Em und wirbelt sie durch den Raum. Sie kreischt vor Überraschung und Vergnügen. Guter Mann, der große Bruder. Slim taumelt zu einem Hocker und wischt sich die Stirn trocken.
Creed lässt mich nicht aus den Augen. Sein Kinn ist entschlossen vorgereckt, wie bei einem Mann mit einem Auftrag. Ich fürchte, er und ich werden gleich noch mal aneinandergeraten, bestimmt geht's wieder um meine Schwachpunkte. Am liebsten würd ich einfach abhauen, aber ich tu's nicht. Ich werd ihn abwimmeln müssen. Ich muss los zu meinem Treffen mit Jack am Weeping Water.
Mollys Fuß klopft den Takt mit, während sie Mercy hilft, den Tisch abzuräumen. Als Creed an ihnen vorbeigeht, berührt Molly seine Hand. Ohne ihn anzugucken. Es ist nur eine ganz kurze Berührung, und das Licht ist nicht gut, aber ich weiß, ich hab mir das nicht eingebildet. Und es ist von ihr ausgegangen. Sie ist die, die ihn berührt hat. Im trüben Licht sieht das keiner, hat sie bestimmt gedacht.
Creed sieht aus wie betäubt. Wie jemand, der gerade k. o. geschlagen worden ist, kurz bevor er zu Boden geht. Er geht einfach an mir vorbei. Ich starr Molly an. Sie lächelt und

plaudert beim Abräumen mit Mercy. Sie tut so, als ob sie ihn nicht ausstehen kann. Na ja. Sie hat es ja selbst gesagt: *»Das Leben ist nicht schwarz und weiß. Die Menschen auch nicht. Es ist alles viel verwickelter. Je länger ich leb … desto weniger weiß ich sicher. Besonders wenn's um Herzenssachen geht.«*

So viele Geheimnisse. Emmi und Tommo und jetzt Molly und Creed. Was weiß ich sonst noch nicht? Viel zu viel, fürcht ich.

»Emmi!« Ich wink sie zu mir und schrei, um Pegs wildes Wimmerholzspiel zu übertönen. »Komm her!«

»Molly«, ruft Lugh. »Uns fehlen zwei Tänzer. Hilf uns aus.«

»Bei dem lahmen alten Jig?« Sie zuckt die Achseln. »Warum nicht?« Sie wirbelt ihren roten Unterrock durch die Luft und schlendert zu ihm, und er wirbelt sie schwindelerregend schnell durch den Raum.

Emmi schleicht im Schneckentempo zu mir, gehorsam, aber mürrisch. »Was ist?«

»Komm mir bloß nicht so, Miss Zehnjahrealt. Na los. Du kannst mir dabei helfen, Hermes zu satteln.«

Hermes wiehert, als er mich mit seiner Riedmatte und dem Zaumzeug kommen sieht. Der Wind treibt dünne Wolkenfetzen vor sich her. Sie leuchten weiß vor dem blauschwarzen Frühnachthimmel. Das Wetter hat gewechselt. Fühlt sich an, als würd es eine kalte Nacht.

Em lässt sich auf einen Haufen rostiges Eisen plumpsen. Nero ist uns nach draußen gefolgt. Er versucht, ihr die neue Medizinhalskette zu klauen. Mir fällt schon seit einer Weile auf, wie er sich benimmt, seit er in dem Bau gefangen gewesen ist. Bei mir und Em ist er okay, aber bei den anderen nicht. Jeden außer uns fertigt er ziemlich unfreundlich ab, und bei den Jungs ist er besonders gereizt. Sogar bei Lugh, den er schon sein ganzes Leben kennt. Das spricht dafür, dass ein Mann ihn gefangen hat. Ich tipp drauf, dass DeMalo einen Tonton geschickt hat, um das zu tun. Um mich abzuschrecken. Damit ich mich frühzeitig ergebe.

»Lass das, Nero!« Em nimmt ihn auf den Schoß. Sie lässt die Schultern hängen, als ob sie mit Ärger rechnet. »Was willst du?«, fragt sie. »Ich bin nicht groß genug, um Hermes zu satteln, das weißt du doch.«

»Ach? Ich hab gedacht, du bist doch jetzt zehn. Hör zu, Em, ich hab einen besonderen Auftrag für dich. Dahin, wo ich heute Nacht hingeh, kann Nero nicht mitkommen. Ich lass ihn bei dir.«

Ihre Miene hellt sich auf. »Ich lass ihn nicht aus den Augen, nicht für einen Augenblick.« Sie drückt Nero an sich. »Armer Nero, was ist dir da Furchtbares passiert. Und dieser anderen armen Krähe. Du weißt, wer das gewesen ist, oder?«, fragt sie mich dann. »Ich hab dein Gesicht gesehen.«

»Kann sein«, sag ich. Ich leg Hermes die Decke auf.

»Und jetzt verfolgst du die?«

»Lass das mal meine Sorge sein, ich hab alles im Griff. Aber hör zu, Em, du musst kapieren, dass ich alles wissen muss, was hier vorgeht. Auch Kleinigkeiten, auch wenn du meinst, es wär nicht wichtig, musst du mir das sagen. Was hat Tommo gegen den Käfig eingetauscht?«

Sie guckt zerknirscht und gequält. Ist hin- und hergerissen zwischen Pflicht und Freundschaft. »Das darf ich dir nicht sagen. Es ist nur für ihn wichtig, für sonst niemand. Ich hab einen Blutschwur getan, dass ich's niemand sag.«
»Mit Blut schwören, das ist ernst«, sag ich. »Das muss ziemlich wichtig sein.«
»Nur für ihn. Für sonst keinen, ehrlich.«
»Das lass mal mich beurteilen. Was ist es? Tommo hat doch nichts, was was wert ist.«
»Das zeigt, wie viel du weißt«, sagt sie. Dann presst sie die Lippen fest aufeinander.
»Jetzt kommen wir weiter«, sag ich. »Er hat es versteckt gehabt, ja? Etwas, was Ike ihm gegeben hat?«
»Ich sag nichts mehr. Ich tu das nicht, um frech zu sein oder um dich zu ärgern. Ich tu das, was richtig ist. Lugh hat dir sein ganzes Leben lang seine Geheimnisse gesagt, und ich wette, du hast nie eins verraten, nie.«
Wo er Pas Whisky versteckt hat, Pas Bolzenschießer, Pas Messer. Lugh und ich haben eine Blutschwurabmachung gehabt, dass ich das niemand erzähl. Nicht mal, um ihm Prügel zu ersparen. Also hab ich's auch nie erzählt. Nicht ein einziges Mal.
»Wenn man ein Versprechen gibt, muss man es auch halten«, sagt Em. »Das hab ich von dir gelernt. Du hältst deine Versprechen immer, egal, was ist. Und das mach ich auch. Du kannst mich foltern, wenn du willst, ich sag's trotzdem nicht!«
Sie tut so, als würd sie ihre Lippen abschließen und den Schlüssel wegwerfen. Ich schwöre, ihr stur-trotzig vorgerecktes Kinn lädt zu einem schnellen Tritt in den Allerwertesten ein. Aber sie guckt so tragisch, dass mein Mund zuckt,

als ich Hermes das Zaumzeug übern Kopf zieh. »Ich kann auch Peg fragen.«
»Na los, mach doch, sie ist keine Plaudertasche«, sagt Em.
»Werd mir nicht frech. Für so was hab ich keine Zeit, Em. Du gibst mir dein Wort, du schwörst mir, dass es nicht wichtig ist, und wir lassen es dabei. Nur dieses eine Mal wohlgemerkt. Alles andere musst du mir sagen.«
Sie setzt Nero ab und klettert vom Schrotthaufen. »Du hast mein Wort, ich schwör's.« Sie streckt die Hand aus, und ich nehm sie.
»Ich zähl da drauf. Wir müssen uns auf dich verlassen können, Emmi. Wir müssen wissen, dass du uns nicht im Stich lässt. Das heißt, dass du Befehle immer befolgst. Wenn der Tag kommt, wo du dir unser Vertrauen verdient hast, dann kriegst du mehr Freiheiten. Bis dahin tust du, was man dir sagt, ohne Fragen, ohne Widerworte.«
»Es tut mir leid. Ich hätt wieder auf meinen Posten gehen müssen, als du's mir gesagt hast. Ich bin bloß so froh gewesen, dass alle heil zurück sind, aber ich weiß, ich hab mich wie ein kleines Kind benommen, und das bin ich nicht mehr. Ich werd mich bessern, versprochen.«
»Du bist jetzt eine Kriegerin, eine Free Hawk. Du hast Kameraden, die gestorben sind, weil sie dran geglaubt haben, dass alle Menschen frei leben müssen. Du und ich und Lugh, wir wissen, wie es ist, wenn man seine Freiheit verliert. Und du bist nicht nur einmal, sondern zweimal gefangen gewesen. Als sie dich gefangen und nach Resurrection gebracht haben.«
Sie hält meinem Blick stand. »Sie haben mich in Ketten gelegt, genau wie sie dich in Hopetown in Ketten gelegt haben.«

»Da hast du dich wie eine Kriegerin benommen. Du bist meine Schwester, Em. Das heißt, du hast jede Menge Mut. Du bist stark, und du bist klug. Wir werden diesen Kampf gewinnen. Wir werden denen Ehre machen, die für die Freiheit gestorben sind. Einer ist unser Pa. Wer noch?«
»Maev und Epona. Ike und Bram und Jack. Alle Free Hawks und Weststraßenräuber in Darktrees.«
»Tja, denk immer an sie, an unsere Freunde und Pa. Und dann weißt du, wie du dich benehmen musst.«
»Das mach ich.«
»Weißt du, du und ich, wir sind uns ziemlich ähnlich.«
Sie blinzelt überrascht. »Ja? Wie denn?«
»Wir handeln erst und denken hinterher. Aber wenn wir das hier gewinnen wollen, wenn wir eine Chance haben wollen, dann müssen wir erst denken und dann handeln. So. Ab jetzt bewahren wir kühle Köpfe, du und ich, okay? Kannst du das? Kann ich das?«
»Ja. Das können wir. Und das machen wir auch. Und ich werd dich nie wieder enttäuschen, nie.« Sie wirft mir die Arme um die Taille. »Dich hab ich von allen am meisten lieb, Saba.«
Das überrumpelt mich jedes Mal. Diese heiße, innige Liebe, die ich plötzlich spür. Zu der Schwester, die ich so lang zurückgewiesen hab. Überhaupt nicht an mich rangelassen hab. Ich küss sie auf den Kopf. »Herzlichen Glückwunsch zum Geburtstag«, sag ich. »Jetzt geh tanzen.«
Sie nimmt Nero auf den Arm, aber sie geht noch nicht. Während ich Hermes' Sattel überprüf, macht sie die gute alte Zöger-Zora. Fummelt an ihrem Gürtel und rubbelt überall ein bisschen drüber. Sie will anscheinend noch irgendwas sagen. Auf der Feier spielt Peg jetzt »Halleluja, ich

bin ein Tramp«, und alle singen mit. Slims heiseres Gebrüll übertönt alle anderen.
»Du verpasst den ganzen Spaß«, sag ich zu Em. Ich zieh meine metallverstärkte Weste an. Mach die Schnallen ordentlich zu.
»Auriel ist jetzt wohl schon unterwegs zum Großen Wasser, was? Sie und Meg und Lilith und … all die Leute, die aus New Eden geflohen sind?«
Jetzt leg ich die Armbinden an. Drei kleine Schnallen an jeder. »Es ist schon ein bisschen spät im Jahr. Sie müssen vor dem Winter über die Berge sein, und es wär eine große Karawane. Ich glaub, sie werden bis zum Frühling am Snake River bleiben. Wie kommt's, dass du ausgerechnet jetzt an Auriel denkst?«
»Ach, nur so.« Emmi zuckt die Achseln. »Bloß … weißt du, ich hab sie gern gehabt.«
Jetzt ist sie wieder zugeknöpft. »Aha. Na, dann bis morgen. Behalt Nero bei dir. Lass ihn nicht aus den Augen.« Ich schwing mich auf Hermes.
Em packt die Zügel und platzt raus: »Wie ich ihn gefunden hab, Nero, mein ich, das ist kein Hokuspokus gewesen, das ist … die Erde hat's mir gesagt.« Die letzten Worte flüstert sie und sieht mich dabei mit großen Eulenaugen an. Dann gibt sie Fersengeld und rennt zurück in die Hütte, Nero an die Brust gedrückt.
Ich guck ihr hinterher. Em hat es mit dem Übersinnlichen. Sie ist manchmal ein bisschen überspannt. Eine Träumerin, immer den Kopf in den Wolken. Fühlt ständig dies und das. Was Lugh ihr geheimnisvolles Geschwafel nennt. Manchmal ist es Quatsch. Manchmal auch nicht. Kann sowohl das eine wie das andere sein. Was das jetzt diesmal ist – keine Ahnung.

Ich schnalz Hermes zu, und wir sind unterwegs. Wir lassen die Lichter und die Wärme und die fröhliche Stimmung hinter uns. Wir lassen Starlight Lanes hinter uns, und die kalte Nacht senkt sich auf uns, und ich nehm Kurs auf Weeping Water. Den Magnet von New Eden. Den Bunker im Hügel. Den Raum mit den weißen Wänden, wo DeMalo Visionen von der Zukunft sieht.

Ich kann immer noch nicht sagen, warum ich so sicher bin, dass wir dahin müssen. Aber ich bin sicher. Ich bin ganz und gar sicher. Vielleicht bin ich selber ein bisschen überspannt.

Er hatte gerade das Zaumzeug angehoben, da fiel ein Schatten über die Box. Er ließ das Zaumzeug wieder auf den Nagel sinken, vorsichtig, damit das Metall nicht klirrte, dann öffnete er das Tor und trat hinaus auf den von Mondlicht überfluteten Hof. Es war Molly.

»Oh!« Ihre Hand flog an die Brust. »Du hast mich erschreckt. Was tust du hier?«

»Nach den Pferden gucken«, sagte er.

Sie ging zu Prues Box und streichelte ihr über die Nase. »Kein Hermes, wie ich seh. Dann ist Saba wohl los, um sich mit ihrem Kontakt zu treffen.«

Er schluckte seine Enttäuschung herunter. »Sieht so aus.« Geh, dachte er. Bitte, Molly, geh.

Doch Molly hatte es nicht eilig. Sie beschäftigte sich mit Prues Ohren, streichelte ihren Hals, musterte mit fragendem Blick seine Jacke. »Schon abgekühlt?«, fragte sie.

Er konnte nicht mehr hoffen, Saba noch einzuholen. Er hatte zu lange gewartet. Eine weitere vertane Gelegenheit. Er zog die Jacke aus und legte sie Molly um. »Erkält dich nicht.«

»So ritterlich«, sagte sie lächelnd. Sie roch nach warmen Sommerrosen. Und er begann zu zittern, einfach so. Diese Wirkung hatte sie immer auf ihn. Ihr Lächeln, ihr Geruch, ihre Schönheit.

Stürmisch zog er sie in die Arme, drückte sie an die Stallwand. Und sie küssten sich. Berührten sich. Gierig. Atemlos.

Sie löste sich von ihm. Legte die Finger an seine Lippen. »Jemand könnte uns sehen.« Auch sie zitterte nun. »O Gott, was du mit mir machst. Jedes Mal. Das gehört sich nicht.«

»Das hast du mir beigebracht.«

Auf ihrer Stirn bildete sich eine Falte. »Das hätte ich nicht tun dürfen. Wir hätten nie damit anfangen dürfen. Das hab ich nie gewollt, ehrlich nicht.«

»Ich weiß. Ich bin nur ein Junge, wir lieben uns nicht, du liebst immer noch Ike.«

»Ich will, dass du hast, was ich mit ihm gehabt hab.«

Ihr süßer Atem streifte ihn. »Eines Tages krieg ich das auch. Deshalb muss ich wissen, wie man einer Frau Freude macht. Du bringst es mir bei. Das ist alles.«

Sie sahen einander an. Mollys Lippen verzogen sich zu einem Lächeln. »Zeit für den Unterricht.«

Dann nahm sie seine Hand. Und führte ihn hinaus in den Wald.

Nacht sechs

Hermes und ich kommen von Norden her zum Bunker. Dieser Weg ist mir nicht vertraut, deshalb stehen wir ganz plötzlich davor, obwohl ich die ganze Zeit danach gesucht hab. So plötzlich, dass der Schreck mir in den Bauch fährt. Wir stehen auf einem niedrigen Kamm zwischen ein paar Bäumen.

Hier ist er. Der kleine Hügel. Mitten auf der Süßgraswiese. Sieht aus wie jeder andere Hügel auch. Man würd nie draufkommen, dass in seinem Herz so ein Geheimnis liegt: der Abwrackerbunker, tief drin. Der weiße Raum, wo DeMalo den Leuten seine Visionen von einer lang vergessenen, lang verlorenen Welt zeigt. Die Visionen, die ich auch gesehen hab.

Und da bin ich wieder. Ich schwing mich von Hermes runter und guck auf die Wiese. Wo er mich in einem plötzlichen Sommerregen geküsst hat. Wo wir übers Gras gelaufen sind, meine Hand in seiner. Durch den Regen, durch den Wald, zu seinem Bett am Weeping Water. Wo ich mich ihm hingegeben hab. Ihn mir als meinen ersten Mann genommen hab. Wo ich mich in ihm verloren hab und fast nicht zurückgefunden hätte.

Das Brombeergestrüpp auf dem Gipfel vom Hügel ist gerodet worden. Weg sind die süßen Früchte, die die Hänge dicht bedeckt haben, die jenen heißen Sommertag versüßt haben. Die Wiese ist gemäht. Der Boden mit den Stoppeln

ist hart, vom Mond versilbert und überschattet. Sternschnuppen sausen über den Nachthimmel.
Ein Nachtpieper macht krick, schnell und kratzig. Dann ruft er noch mal. Dann: »Saba! Hierher!«
Ich zuck zusammen. Das ist Jack. Er hockt hinter einem Busch, nur rund fünf Meter von mir weg. Er winkt mich zu sich, ungeduldig. Mit brennenden Wangen mach ich mich auf den Weg zu ihm. Als ob er meine Gedanken gehört haben könnte. Der Herzstein ist warm. Fällt mir erst jetzt auf.
Ich lass Hermes bei Jacks Pony Kell unter den Bäumen stehen. Jack zerrt mich zu sich runter. »Was ist mit dir los?«, zischt er wütend. »Du hast da gestanden wie blöde, und ich pfeif mir hier die Kehle aus dem Hals. Schsch! Da kommen Wachen.«
Zwei Tonton führen ihre Pferde um den Hügel rum, aus zwei Richtungen. Am Eingang vom Bunker treffen sie sich. An der robusten Metalltür an einer Seite vom Hügel, zum Teil hinter einem übriggebliebenen Brombeergestrüpp versteckt. Sie stellen sich davor auf. Sind bewaffnet bis an die Zähne und noch mehr.
»Sag, dass du deine Tonton-Ausrüstung mitgebracht hast«, sag ich.
Jack guckt mich an, als ob er sagen will: Hab ich das gerade richtig gehört? »Du hast mir gesagt, du willst mich nie mehr da drin sehen.«
»Typisch«, sag ich. »Nie tust du, was ich dir sag. Und wenn du dann einmal nicht tun sollst, was ich sag, genau dann tust du's. Verdammt, jetzt red ich schon wie du. Gib mir das Ding.«
Ich reiß ihm den Weitgucker aus der Hand.

»Dann … zieh ich mich nächstes Mal als Tonton an. Oder auch nicht.« Verwirrt schüttelt er den Kopf. »Übrigens, deine Kampfausrüstung gefällt mir. Sie ist sehr … ähm … sehr.«
Ich kneif die Augen zusammen und stell den Weitgucker ein. »Ach ja. Hab ich ganz vergessen, du hast ja eine Schwäche für gewalttätige Frauen.«
»Nur für eine. Ich bin sehr wählerisch.«
Jetzt kann ich die Wachen durch den Weitgucker gut sehen. »Hallo, Jungs«, sag ich.
Sie stehen im Schatten vom Hügel, deshalb kann ich ihre Gesichter nicht sehen, aber sie halten sich dicht nebeneinander, fast Schulter an Schulter. Die Sternschnuppen machen sie wohl nervös, so oft, wie sie zum Himmel gucken. Vielleicht zählen sie mit, wie viel ruhelose Seelen da unterwegs sind, wie Pa es früher mit uns gemacht hat. Ihre Pferde spüren ihre Stimmung, sie sind auch unruhig.
»Ich sag dir was«, sagt Jack. »Mitten im Nichts, mitten in der Nacht, zwei Wachen in voller Ausrüstung … DeMalo hat da drin was, was er sicher verwahrt haben will. Tja, gibt nur einen Weg rein und nur eine Art, da reinzukommen.« Er nimmt den Bogen vom Boden neben sich auf. »Ich erledige den Kerl rechts. Du nimmst dir den links. Ich zähl bis drei.«
»Warte.« Ein pechschwarzer Vogel fliegt vor dem weißen Gesicht vom Mond vorbei und segelt auf uns zu. »Nero«, sag ich.
Vor Ärger krampft sich mein Magen zusammen. Emmi. Sie hat es schon wieder getan. Man kann sich nicht auf sie verlassen. So weit zu ihren großen Versprechen.
Nero nutzt die Gelegenheit, die Wachen zu ärgern. Er kennt und hasst die Schwarzmäntel. Geräuschlos lässt er sich aus

der Nacht fallen, direkt auf ihre Köpfe. Sie schreien erschrocken auf und ducken sich. Als er davonfliegt, drängen sie sich an die Bunkertür.

»Die mögen wohl keine Tiere«, sagt Jack.

»Sie haben Angst vor ihm«, sag ich.

Nero landet auf einem Baum hinter uns. Dann lässt er sich auf Jacks Schulter plumpsen und hackt mit dem Schnabel nach meinem Kopf.

»He!« Ich reiß den Kopf zur Seite. »Okay, es tut mir leid.«

»Warum ist er so schlecht gelaunt?«, fragt Jack.

»Erzähl ich dir später.« Ich guck noch mal durch den Weitgucker. Ein Wachtposten löst sich von der sicheren Tür. Er sucht den Himmel ab, den Feuerstab schussbereit, bestimmt, um nachzugucken, ob Nero noch in der Nähe ist. Ich guck mir sein vom Mond beleuchtetes Gesicht an. Er ist jung. Und er ist bang. Er sagt was zu seinem Kumpel. Sie sind beide richtig zappelig.

»Lass uns voranmachen.« Jack legt einen Pfeil ein.

»Nein. Wir müssen sie nicht erschießen.«

»Und wie sollen wir dann da reinkommen? Sollen wir sie einfach nett bitten? Guck sie dir doch an, Saba, die sind schießwütig.«

»Nein, guck du mal hin.« Ich schieb ihm den Weitgucker in die Hände. »Sie haben Angst, Jack. Das sieht man doch. Sie wollen nicht hier sein. Sie mögen den Sternenregen nicht, die Krähe hat sie fürchterlich erschreckt, sie sind hier draußen allein, und sie sind jung und feucht hinter den Ohren.«

»Ich seh, was du meinst. Vielleicht haben sie die Geschichten über dich gehört. Der furchterregende Todesengel und seine wundersame Flucht aus Resurrection. Sie hat zehn Männer getötet, zwanzig, nein, dreißig. Das haben die alles

vertuscht, aber sie ist immer noch in New Eden. Nein, ich hab gehört, sie ist bei einem Brand gestorben. Ich hab diesen Kerl getroffen, der hat ihren Geist mit eigenen Augen gesehen. Wie sie mit ihrem Wolfshund und ihrer Krähe durch die Nacht geritten ist, um sich an denen zu rächen, die sie ums Leben gebracht haben.«
»Du hast diese Gerüchte in Umlauf gebracht. Hätt ich mir denken können.«
»Ich hab nur das genährt, was schon da gewesen ist«, sagt er. »Gerüchte verbreiten sich hierzulande wie Lauffeuer. Der Todesengel beherrscht die Phantasie der Leute. Die ungeschlagene Kämpferin, die einen König getötet und sein Königreich zerstört hat. Machtvolles Zeug. Wir müssen jeden Vorteil nutzen.«
»Jack? Ich spür ein Gespenst kommen.«
»Das ist Zeitverschwendung. Wenn du sie nicht töten willst, tu ich's.«
»Nein, wir machen das auf meine Weise.«

Sie sind schon so nervös. So dicht an ausgewachsener Panik, dass es mir grausam vorkommt, sie über den Rand zu schubsen. Sie tun mir irgendwie leid. Ich komm mir ein bisschen mies vor, weil ich ihnen das antu. Aber doch nicht so mies, dass ich's nicht tu.
Jack macht die Wachen mürbe. Unter heftigem Protest zwar, aber er tut's. Er fängt mit Wolfsgeheul an, das – in meinen Ohren – nicht besonders echt klingt, aber den Wa-

chen geht es richtig unter die Haut. Dabei rückt er immer näher an die beiden ran und wirft Steine gegen Bäume und Büsche, damit es raschelt. Die beiden sind völlig verängstigt und kribbelig, ein Wunder, dass sie Jack nicht erschießen. Aber er behält den Kopf unten und bleibt in Bewegung. In der Zwischenzeit schleichen Nero und ich um den Hügel rum und suchen uns einen guten Platz ganz oben.

Wir müssen nicht lange warten. Die Natur kommt uns noch zu Hilfe. Sie sucht drei von den hellsten Sternen am Himmel aus, legt sie auf ihren Bogen und schickt sie auf die Reise. Alle drei auf einmal, nebeneinander. Sie sind ein unsagbar wundervoller Anblick, sie sengen durch die Nacht wie drei kleine Sonnen, und ihre Schwänze lodern wütend hinter ihnen her. Der Himmel leuchtet hell auf von ihrem Feuer.

»Jetzt. Ab mit dir.« Ich werf Nero in die Luft und zieh die Zügel fest an. Hermes bäumt sich auf und schlägt wild mit den Vorderbeinen durch die Luft. Über uns kreist Nero und kreischt laut.

Es ist der Todesengel. Von den Toten zurückgekehrt. Als feuriger Stern vom Himmel geschleudert.

Die Wachen glotzen mit offenen Mündern, schreckstarr. Dann plumpsen ihre Waffen zu Boden, und sie stürzen zu ihren Pferden. Sie stolpern und taumeln und brüllen. In heller Panik steigen sie auf und galoppieren Hals über Kopf davon. Das Trommeln der Hufschläge verklingt. Und das war's. Sie sind weg. Wir haben was gewagt und gewonnen.

Jack hat einen Schuss durch den Hosenboden kassiert. Er sagt, wenn ich noch mal so ein Zielschießen veranstalte, steht er nicht zur Verfügung. Dann knackt er mühelos das Schloss, und wir gehen durch die Tür in den Hügel.

Ich lass Jack DeMalos weißen Raum finden. Lass ihn mit erhobener Binsenfackel vorgehen. Schließlich bin ich angeblich noch nie hier gewesen. Ich folg ihm die Treppe runter, unter die Erde, durch die langen schmalen Räume mit den Schlafkojen in den Wänden. Jeder Raum führt in den nächsten. Unsere Fackeln spritzen orange Lichtpfützen über die Wände, das Dach und den Boden aus rauer, festgeklopfter Erde.

Es riecht genauso wie an jenem Sommertag. Modrig und nach Erde und kühl. Es fühlt sich auch genauso an. Schwer auf meiner Haut. Ich hasse es, unter der Erde zu sein. Meine Stirn wird nass vor Schweiß. Und dann bin ich wieder in unserem Sturmkeller am Silverlake.

In dem nicht mal drei mal drei Meter großen Erdloch, das meine Eltern mit Hacke und Schaufel gegraben haben. Ihre erste Behausung am Silverlake. Wo sie gelebt haben, so lang sie die Reifenhütte gebaut haben. Später ist es unser Schutzraum bei Unwetter gewesen. Schlimm genug, dass wir bei Stürmen da drin aushalten mussten. Aber auch an den sengend heißen Tagen, wenn die Sonne die Erde und alles, was sich an sie klammert, quält, ist der Keller unser einziger Zufluchtsort gewesen. Pa, Lugh und Em hat das nie was ausgemacht. Aber mir. Ich bin mir da vorgekommen wie lebendig begraben. Ich atme tief durch. Ich bin nicht begraben. Alles ist gut.

»Das ist ein Abwrackerbunker«, sagt Jack. »So was Ähnliches hab ich schon mal gesehen. Allerdings viel kleiner als der hier.«

Ich darf ihm nicht sagen, was ich drüber weiß. Dass DeMalo hier drin zehn Skelette gefunden hat, als er ihn entdeckt und zum ersten Mal die Tür aufgemacht hat. Sie haben in den Schlafkojen gelegen, wo sie gestorben sind. Haben sich wahrscheinlich vor irgendeiner Katastrophe hierhergeflüchtet. Vor einer von den vielen, die ihre Welt verwüstet haben. Bei jedem anderen würd man Mitleid haben. Aber nicht bei den Abwrackern. Kein Mitleid für die.
Jack sagt: »Wir müssen jetzt fast in der Mitte vom Hügel sein.«
Sind wir auch. Wir sind in dem engen Gang. Er quetscht uns auf den weißen Raum zu. Dann stehen wir vor der Tür. Jack macht sie vorsichtig auf und guckt rein.
»Dahinter ist nichts. Meinst du, das ist es?«
»Muss wohl.«
Wir flüstern. Als ob hier außer uns noch jemand wär. Und da ist auch jemand. DeMalo. Das ist sein ganz besonderer Ort. Ich hab das verrückte Gefühl, dass er merken wird, dass wir hier gewesen sind. Vielleicht weiß er sogar jetzt, in diesem Augenblick, egal wo er grade ist, dass wir in seinem Visionenraum sind. Das ist dumm, ich weiß. Unmöglich, wie sollte er auch? Aber trotzdem. Mein Herz hämmert wie wild.
»Tja, du bist die, die unbedingt hierhergewollt hat. Nach dir.« Er verbeugt sich und winkt mich durch die Tür.
Ich geh rein. »Mach sie hinter dir zu«, sag ich.
Es ist sehr dunkel hier drin. Als wir mit unseren Fackeln durch den Raum leuchten, jagt das Licht auf die Schatten zu und weicht wieder zurück. Der Raum ist ganz anders als der Rest vom Bunker. Glatte weiße Wände mit abgerundeten Ecken. In jeder Richtung zwanzig Schritt im Durchmes-

ser. Ein glatter weißer Boden und eine gewölbte Decke. Er wirkt viel größer als beim letzten Mal. Aber außer DeMalo und mir sind ja auch noch ein Dutzend Verweser und zwei Tonton hier drin gewesen.

Jack geht langsam im Raum rum und guckt sich die Wände an. »Keine Ahnung, woraus die gebaut sind.« Er fährt mit der Hand drüber. »Glatt und kalt. Immer noch gut erhalten, nach so langer Zeit. Irgendein raffiniertes Abwrackerzeug. Scheint in fertigen Teilen gebaut zu sein. Wahrscheinlich haben sie sie so hier reingebracht.«

Genau an diesen Wänden hab ich Licht zu einer Morgendämmerung erblühen sehen. Um uns rum ist das Tageslicht immer heller geworden, während Vogelgezwitscher und Wimmerholzmusik die Luft versüßt haben. Das allein ist Wunder genug gewesen. Aber das ist nur der Anfang gewesen.

Ich berühr die Wände, an denen ich Adler hab fliegen sehen. An denen riesige Fische durch die Ozeane gesprungen sind. An denen Tierherden über weite Ebenen galoppiert sind. An denen Wälder und Berge und Flüsse und Seen und Tiere und Menschen meine Augen mit so wunderbaren Bildern geblendet haben, dass mein Leben nicht ausreicht, um drüber nachzudenken. Um mich an das Glücksgefühl zu erinnern, das mir das Herz zerrissen hat. Selbst wenn ich hundert Jahre alt werd.

Ich steh in der Mitte vom Raum, genau wie er damals. Ich mach die Augen zu. Aber ich spür nichts. Es ist kalt, und es ist dunkel, und das ist alles. Ohne DeMalo ist der Raum tot.

»Nichts«, flüster ich.

»Nur ein Raum, in dem ein Mann Visionen hat. Manchen Leuten geht das so. Wie deiner Freundin, dem Sterndeutermädchen. Was hast du geglaubt, was wir hier finden?«

»Ich weiß nicht. Da ist was gewesen, Jack. Da ist was, aber ich komm nicht dran. Es ist, als ob es … grade außer Sicht ist, grade außer Hörweite oder …« Ich schnaub enttäuscht. Streich mit der Hand über die Wand. »Auriel ist der einzige andere Mensch mit Visionen, den ich kenn. Was weißt du von solchen Sachen?«
»Ich?« Er schüttelt den Kopf. »Ich gehör zu den Banausen. Leute, die in verschüttetem Salz lesen, in Eingeweiden oder Asche, das sind alles Scharlatane. Die einzigen Visionen, die die haben, kommen von zu viel Schnaps.«
»DeMalo hat seine bei Morgengrauen«, sag ich. »Seine Visionen, mein ich. Stimmt doch, oder?«
»Ich glaub schon, ich weiß nicht. Hör zu, Saba. Wir sind hergekommen, wir haben uns umgeguckt, hier ist nichts. Aber hey. Es ist keine totale Zeitverschwendung gewesen. Ich hab einen Schuss in den Hintern gekriegt. Das freut dich bestimmt.«
»Ich bin sicher, du hast es für irgendwas verdient.«
»Ach, bestimmt.« Er küsst mich. Sanft. Süß. »Na komm. Wir verduften, wir haben genug gesehen.«
Er wartet, während ich mich ein letztes Mal im Raum umguck. Und was ist das jetzt gewesen? Dieses Klicken wie von einem Schalter in meinem Kopf und in meinem Bauch? Dieses Kribbeln, dieses Beben, als wär da eine andere Möglichkeit. Gestern Nacht hat es mich gepackt, mit aller Macht, als Jack über DeMalo geredet hat. Die plötzliche Gewissheit, dass wir hierherkommen müssen. Dass wir hier irgendeine Antwort finden. Das ist ganz umsonst gewesen. Vergebliche Müh.
Als wir zurück durch die Räume mit den Schlafkojen gehen, sag ich: »Und warum dann die Wachen? Was meinst du?«

»Warum die Wachen, warum die Hunde, warum zieht er von Haus zu Haus, warum isst und trinkt er nur, was er allein anfasst und sonst keiner ...?«

Weil ich ihn eingeschläfert hab, denk ich bei mir. Zwei Tropfen in seinen Wein aus einer kleinen blauen Flasche. Eccinel, so hat Slim das genannt.

»DeMalo fühlt sich nicht sicher, darum«, sagt Jack. »Wir haben an seinem Thron gerüttelt, als wir Resurrection in die Luft gejagt haben. Er weiß nicht, wann oder wo wir als Nächstes gegen ihn zuschlagen.«

»Okay, wenn du meinst.«

»Wir können sein Spielzimmer kaputtmachen. Willst du noch mal zurückgehen?«

»Nein, wir lassen es so.«

Eine kühle Nachtbrise bewegt die Erdluft im Bunker. Ein Stück vor uns kann ich das Mondlicht die Treppe runterströmen sehen. Wie der Blitz ist Jack die Treppe rauf und draußen. Er hasst diese Abwrackerorte. Er behauptet, sie wären voller Gespenster. Von Gespenstern weiß ich nichts, aber aus dieser Gruft will ich auch unbedingt raus. Ich stell einen Fuß auf die erste Stufe. Was ist das? Aus dem Augenwinkel seh ich was glänzen. Meine Fackel hat irgendwas beleuchtet. Ich such alles ab, bis ich seh, was es ist. Meine Haut kribbelt überall.

Was da glänzt, ist Metall. Ein Schloss an einer Tür. Ein Schloss, das mit Sand gescheuert und geölt ist. Die Tür liegt tief im Schatten. Man muss schon danach suchen, um sie zu entdecken.

»Jack. Komm zurück hier runter.«

Es ist ein kompliziertes Schloss. Wenn ich allein wär, könnt ich das vergessen. Aber ich bin nicht allein. Jack ist bei mir. Also hab ich Glück. Er hat lebenslange Erfahrung als Ganove. Jedenfalls hat er solche Schlösser schon mal geknackt. Er will nicht, er will lieber gehen, aber ich setz mich durch. »Wir werfen nur einen kurzen Blick rein, dann sind wir weg.«
Er lauscht und dreht. Lauscht. Und dreht. Er schmeichelt das Schloss auf. Und wir gehen durch die zweite Tür.

Diesmal leucht ich uns den Weg. Die Fackel in der einen Hand, den Bolzenschießer in der anderen. Der Boden führt abwärts. Ganz langsam wie eine lange Rampe. Auch hier sind Wände und Boden aus festgeklopfter Erde. Die Decke ist mit Brettern verschalt, die von Streben und Trägern gestützt werden.
»Wer das hier gebaut hat, ist nicht auf Bequemlichkeit aus gewesen.«
»Vielleicht haben sie sich beeilen müssen«, sagt Jack.
Im Vorbeigehen guck ich mir das alles näher an. Ich seh Spuren von frischen Ausbesserungen. Viele Deckenbretter sehen neu aus. Das Ganze wird in Ordnung gehalten. Wir gehen runter, runter, tiefer in die Erde rein. Die Luft wird kühler und stickiger. Ich hasse das. Ich schwitze. Ich atme tief durch.

Irgendwann bleibt Jack stehen. »Okay, wir haben genug gesehen, gehen wir.«
Gerade als er das sagt, tu ich einen Schritt. Es macht klickklick, klick, klick, und wir werden von Licht geblendet. Unwillkürlich schieß ich einen Pfeil ab und werf mich dann zu Boden. Holz knarrt. Erde regnet auf uns runter. Ich hab wohl die Decke getroffen. Und dabei ein Brett kaputtgemacht. Als der Krach aufhört und keiner zurückschießt, stehen wir langsam auf. Husten uns den Staub aus den Lungen. Und glotzen, während wir unsere Kleider abklopfen.
Vor uns an den Wänden hängen acht Lichtscheiben. Vier säumen die linke Wand. Genauso an der rechten. Sie leuchten einen geraden Weg zu einer Eisentür mit einem großen Eisenrad in der Mitte. Jack und ich gucken uns an. In seinem schmutzigen Gesicht leuchten seine Augen sehr hell. Auf seinen Haaren liegt eine dicke Schicht Dreck.
»Tür drei«, sagt er. »Bitteschön.«
Als ich das Rad nach rechts dreh, sind meine Hände plötzlich nass vor Schweiß. Es lässt sich ganz leicht drehen. Gut geölt, wie das Schloss. Ich hör ein leises Zischen. Spür die Tür seufzen. Ich zupf dran, und sie schwingt weit auf.
»Mal sehen, was wir da haben«, sagt Jack.
Als wir durch die Tür gehen, tauchen vor uns rote Lichter auf. Sie sind überall verstreut, oben, unten und dazwischen. Es sind sehr viele, aber hell sind sie nicht. Nicht so wie die an der Rampe draußen. Die hier glimmen nur matt. Wie der letzte Rest Sonnenuntergang an einem wolkigen Wintertag.
»Das sind unsere Bewegungen, die das Licht anschalten«, sagt Jack. »Irgendwie lösen sie es aus.«
Wir heben unsere Fackeln. Der Raum ist voller Schränke.

Reihenweise Schränke. Schwere Holzschränke, hoch und mit Glastüren. Truhen und Metallkästen. Kartons und Holzkisten und halbierte Fässer. Die haben hier offenbar alles reingestellt, wo man ein Brett einbauen kann. Und das alles übereinandergestapelt und ganz eng zusammengeschoben. In jedem von den Dingern sind Bretter. Und die sind alle voll mit Gläsern. Mit Gläsern, die Deckel haben.
In den Gläsern sind Samen. Samen in allen Farben und Größen und Formen.
»Das ist ein Samenlager«, sag ich.
»Ein Abwrackersamenlager«, sagt Jack.
Er geht an einer Reihe lang. Ich nehm die nächste. Wir gucken, fassen Gläser an. Ich hab das Gefühl, ich träum. Ich kann nicht fassen, dass hier so viele Samen sind. Manche Gläser sind bis zum Rand voll. In anderen ist nur eine kleine Handvoll Samen. Alles ist ganz sauber. Die Regale, die Gläser, der Boden. Da ist kein Stäubchen zu sehen. Die Luft ist trocken und kühl. Ein kleines bisschen muffig, aber nicht feucht. An jedem Glas klebt ein Stückchen altes Papier mit einem handgemalten Bild von dem, was aus dem Samen wird. Blumen. Gemüse. Früchte, Bäume, Gräser. Daneben ein Strichmännchen, damit man sieht, wie groß die Pflanze mal wird.
Ich erschaffe eine neue Welt, einen Grashalm nach dem anderen. Ich heile die Erde und ihre Bewohner.
Ich klemm die Fackel zwischen zwei Metallschränke, nehm ein kleines Glas und halt es ins Licht. Die Samen da drin glänzen. Sie sind winzig klein und dünn und irgendwie rötlich. Ich schüttel das Glas sanft. Sie verschieben sich und seufzen in ihrem langen, trockenen Schlaf.
Jacks Stimme klingt dumpf in der muffigen Luft. »Das da

sind Baumsamen. Wenn ich die Bilder da richtig versteh, sind die gut für trockenes Land.« Das Licht von seiner Fackel wippt weiter die Reihe lang.
Jetzt ergibt das einen Sinn. Was DeMalo mir gesagt hat. Als er den Wein mit dem Betäubungsmittel getrunken hat und nicht mehr wachsam gewesen ist. Kurz bevor er in meinen Armen ohnmächtig geworden ist.
Ich wollte dir etwas erzählen. Ich habe etwas Erstaunliches gefunden. Wenn es das ist, was ich glaube, dann wird es alles verändern.
Mit dem, was hier lagert, könnt er die ganze Welt neu bepflanzen.
»Saba, komm mal her.« Jacks Stimme klingt gepresst und drängend. Mit plumpen Händen stell ich das Glas wieder zurück und lauf zu ihm. Ich find ihn am anderen Ende vom Raum. Hier sind keine Schränke. Hier stehen vier Tische, zu einem zusammengeschoben. Darauf liegen Bücher und Papiere in ordentlichen Stapeln. Fettlampen aus Stein geben Licht zum Arbeiten. Dazu ein Stuhl, ein einfaches Bett mit Decke und eine halbleere Flasche Wein. DeMalo. Er arbeitet hier. Offenbar schläft er manchmal auch hier. Jack guckt auf die hintere Wand. Guckt nach oben. Da sind überall große Blätter aus dickem Papier dran festgemacht. Sie sind bunt, vor allem rosa, gelb und orange. Mit dicken blauen Schlangen und dünnen blauen Linien und blauen Klecksen in allen Größen. Und mit Wörtern in Schwarz. Und Zahlen. Jede Menge krakelige Linien.
»Was ist das alles?«
»Das sind Landkarten«, sagt Jack.
»Ich hab bis jetzt nur Erdlandkarten gesehen.«
»Tja, guck dir die mal gut an.« Er nimmt meine Hand und

zieht mich zu der Karte ganz links. »Das da ist New Eden. In Sektoren unterteilt. Siehst du die Zahlen? Weeping Water, wo wir jetzt sind, liegt im Süden, richtig? Sektor eins.«

»Hm-hm.«

Er legt den Finger auf die Karte. »Ich vermute, dann sind wir ungefähr hier. Siehst du? Okay.« Er zieht mich zur nächsten Karte. »Hier ist wieder New Eden. Siehst du die Form? So sieht es mit dem ganzen anderen Land drum rum aus. Es ist der einzige grüne Fleck. Das bedeutet wohl Bäume und andere Pflanzen. Denn die ganzen gelben Flächen kennen wir, die sind öde. Im Osten haben wir das Raze, im Westen liegt das Ödland, im Süden – siehst du? – hier sind die Black Mountains, und südlich davon ist Hopetown gewesen, und hier ist das Sandmeer …«

»Da irgendwo ist der Silverlake«, sag ich.

»Der ist bestimmt auf keiner Karte. Und hier im Norden ist das Shield bis ganz hoch zu der großen blauen Fläche. Das muss Wasser sein.«

»New Eden sieht so klein aus.«

Er zieht mich zur nächsten Karte. »Auf der hier ist es sogar noch kleiner. Hier ist New Eden nur ein Punkt. Saba, siehst du das? Das ist die Welt jenseits davon. Jenseits von allem, wo ich je gewesen bin. Da ist eine Welt, von der wir noch nie gehört haben, von der wir nicht mal geträumt haben.«

»Warum sind da überall Zahlen?« Sie sind überall. Ich geh zurück zur zweiten Karte. »Das Ödland. Und das Raze und südlich von den Black Mountains.« Ich guck mich um. Von den Landkarten mit den winzigen ordentlichen Zahlen zum Tisch mit den Papier- und Bücherstapeln. »Auf den Papieren da sind auch Zahlen.«

»Karten mit Zahlen«, sagt Jack. »Papiere mit Zahlen. Auf

den Schränken da stehen auch Zahlen. Eine Zahl auf jedem Schrank. Ist dir aufgefallen, dass die Samengläser auch Zahlen haben? Das ist ein Plan, Saba. Zum Pflanzen.«
Ich steh ganz still da. Starre Jack an, ohne ihn zu sehen. Alle Haare auf meinem Kopf erschauern, die winzigen Härchen auf meinen Armen auch. »Um die Erde neu zu bepflanzen. Darum geht es hier.«
»Darum die Schlösser und die Wachen«, sagt Jack.
»Und der Umsiedlungstrupp. Deshalb haben die ins Raze gewollt. Das erklärt die neue Brücke an der Östlichen Klamm.«
»Das erklärt, warum DeMalo dabei gewesen ist«, sagt Jack. »Der abgewetzte Lederbeutel, den er umgehängt hatte. Ab und zu hat er ihn angefasst. Als ob er sich vergewissern will, dass er noch da ist.«
»Ich wette, er hat die Samen dabeigehabt«, sag ich. »Er hat sie bestimmt keinem anderen anvertrauen wollen.«
»Er hat bestimmt als Erster säen wollen«, sagt Jack. »Um den Verwesern beizubringen, wie sie das anpflanzen und pflegen sollen.«
Einen Grashalm nach dem anderen.
Er hat das wirklich ernst gemeint. Er kann das wirklich tun. Eine neue Welt. Eine geheilte Erde. Mit Gras und Bäumen und Getreide, damit es Essen für alle gibt. Aber eben nicht für alle. Nur für die, die er für würdig hält. Für seine Auserwählten.
Mir platzt gleich der Kopf von dem Versuch, mir einen Reim da drauf zu machen. Ich schlag ein Buch auf. Starr auf die Buchstaben, die ich nicht versteh. Die Worte ergeben, die DeMalo sagen, was er tun muss. »Wenn wir das nur lesen könnten. Tommo kann ein bisschen lesen. Wenn wir ihn herbringen, kann er vielleicht …«

»Das sind Einzelheiten«, sagt Jack. »Wir müssen nicht lesen können, um zu wissen, was das heißt. DeMalo baut die Brücke wieder auf und sät in ein paar Wochen Samen im Raze. Bestimmt fängt er erst mal mit Versuchsfeldern an. Um zu sehen, was geht und was nicht. Verdammt, womöglich hat er das schon getan. Er hat das richtig sorgfältig geplant. Mit seinem Samenlager und seinem Bücherwissen und der Angst und den Waffen, um seinen Plan durchzusetzen ...« – Jack deutet auf die vielen Karten –, »wird er es überall genauso wie in New Eden machen. Ein grünes Paradies mit Sklavenarbeit, alles von ihm beherrscht. Ja, Sir, ja, mein Herr, ja, mein Meister, mein König. Und keiner ist alt oder krank oder schwach oder nicht ganz perfekt. Er wird entscheiden, wer lebenstauglich ist.«

»Und der Bienenkorb spuckt endlos Verweserdrohnen aus, die arbeiten, arbeiten, arbeiten, arbeiten, arbeiten«, sag ich. »Seine Auserwählten. Was für eine Lüge. Sie sind auch Sklaven. Man kann ihre Ketten bloß nicht sehen.«

Eine Weile schweigen wir und gucken die Karten an.

»Und wir haben gedacht, es wär nur New Eden«, sag ich.

»Die Tyrannen, die ich kennengelernt hab, geben sich nicht mit Kleinkram zufrieden. Ihr Ehrgeiz ist normalerweise ihr Untergang. Aber keiner hat bisher auf so einem Arsenal gesessen. Wenn einer das schaffen kann, dann er.«

»Wir müssen ihn jetzt aufhalten«, sag ich. »Bevor uns das alles über den Kopf wächst. Die Zahlen sind überall auf den Karten. Also können wir dann nirgendwohin mehr flüchten. Keine Verstecke mehr. Nirgendwo, wo man frei leben oder was anderes tun kann als das, was DeMalo befiehlt.«

»Da wird auch keiner flüchten«, sagt Jack. »Angst ist eine machtvolle Waffe. Wenn die Leute Angst vor dir haben, hast

du sie in der Tasche. Die meisten von diesen New-Eden-Leuten kennen gar keine Freiheit. Und sie werden sie auch nie kennenlernen, wenn wir sie nicht für sie gewinnen.«
Ich greif nach Jacks Hand. Sie ist warm und stark. Eine Hand, an der man sich festhalten kann. Wir gucken die Wand an. Die Zukunft, die da so nüchtern angemalt ist. Eine zukünftige Erde, zukünftige Menschen, alles beherrscht von DeMalo.
»Du hast recht«, sag ich. »Er kann das schaffen. Er hat den Willen, den Glauben und die Macht.«
»Klare Sache. Wir töten ihn. Ich geh sofort wieder zu den Tonton.«
»Nein, nein, ich muss nachdenken.«
»Worüber denn?« Ungläubig guckt er mich an. »Wieso ist dir das noch immer nicht klar? DeMalo muss weg. Von wegen weg: Wir müssen gehen. Hier unten vergisst man leicht die Zeit. Die Wachablösung taucht bestimmt bei Morgengrauen zum Dienst auf. Dann sollten wir schon weit weg sein.«
Schweigend drehen wir das Rad und machen die große Tür zu. Wir drücken das kaputte Brett wieder an die Decke und scharren die runtergefallene Erde von der Rampe. Wenn wir DeMalo keinen Grund geben, nach oben zu gucken, fällt ihm der Schaden vielleicht gar nicht auf. Jack stellt die Zahlenscheibe vom Schloss wieder so ein, wie wir sie gefunden haben.
Jetzt ist das Licht, das von draußen rein auf die Treppe fällt, kein Mondlicht mehr. Es ist Frühmorgenlicht. Bleich und unsicher.
»Hab ich doch gesagt«, sagt Jack.
Als ich meine Fackel lösche, hör ich es. Ganz leise. Es

kommt aus dem Inneren vom Bunker. Mein Herz stolpert. Dann fängt es an zu rasen. Ich pack Jacks Hand und will zur Treppe laufen.
Er runzelt die Stirn und hält mich zurück. »Warte mal. Ich hör Musik.«
»Ich hör nichts. Wir müssen gehen«, sag ich.
Er achtet gar nicht auf mich. »Doch. Klingt, als ob es ... da aus dem Raum kommt. Das musst du doch hören. Hör mal. Da.«
Leise, aber unverkennbar. Es ist Musik. Mein Blick trifft seinen. »Es ist zu gefährlich«, sag ich. »Bitte, lass uns einfach gehen.«
Er starrt mich einen Augenblick an. Dann rennt er los. Auf DeMalos weißen Raum zu.

Ich jag hinter ihm her. Durch die Räume mit den Schlafkojen in der Wand. Ich kenn diese Musik. Ich hab sie schon mal gehört. Es ist der Klang von seinen Visionen. DeMalo. Er ist hier. In dem Raum da. Es gibt keine Wachen, die Tür vom Bunker steht offen. Jeder andere hätte nachgeguckt, warum. Er nicht. Er spielt mit uns. Zieht uns da rein.
Ich seh gerade noch, wie Jack die Tür erreicht. Den Griff packt. Den Bolzenschießer neben seinem Kopf hält.
»Jack! Nicht!«
Er lässt die Fackel fallen. Jetzt stehen wir im Dunkeln. Ich taste mich langsam an der Wand lang vor, die Waffe schussbereit. Die Ader an meinem Hals pocht vor Angst.

Er macht die Tür einen Spalt auf, und ein schmaler Lichtstreifen leuchtet auf. Dann wird er langsam, ganz langsam, breiter. Sanftes Licht dringt aus dem Raum. Licht und Vogelgesang und süße Wimmerholzmusik. Aber das ist alles. Kein Aufschrei, nichts.

»Saba!«, ruft Jack mich leise.

Ich lauf zu ihm, immer noch angespannt, immer noch wachsam. Aber unsere Bolzenschießer brauchen wir nicht. Wir sind allein. Jack guckt verwirrt. Ich auch, aber aus einem anderen Grund. Die Morgendämmerung glüht auf den Wänden, überall um uns rum. Und die Musik hat die vorhin noch tote Luft lebendig gemacht.

Das Licht wird immer heller und nimmt die goldene Farbe von einem frischen Morgen an. Die Musik wird lauter und schneller. Dann werden die Wände lebendig. Jack zuckt überrascht zusammen. Und genau wie ich es in Erinnerung hab, fliegen wir hoch über üppiges grünes Grasland und gucken uns die Welt wie Vögel von oben an.

»Was zum Teufel ist das?«, fragt Jack.

Große Tierherden donnern über die Ebenen, und in der Ferne sind schneebedeckte Berggipfel. Es ist zauberhaft. Unglaublich. Unvorstellbar schön. Beim letzten Mal hab ich geweint. Diesmal nicht. Es ist DeMalos Vision. Aber ohne DeMalo.

»Ich hab keine Ahnung«, sag ich.

Jack hat versucht, eins von den zotteligen Tieren mit den großen Hörnern zu berühren, während es von Felsspitze zu Felsspitze hüpft. Genau wie ich beim ersten Mal. Dann riecht er den Braten und guckt finster. »Von wegen Visionen! Das ist Abwrackerzeug. Dieser miese Schwindler.«

Adler fliegen unter seinen Händen, während er die Wände

abtastet. Um rauszufinden, wie sie das machen. Er ist nicht überwältigt so wie ich, kein bisschen, er achtet kaum auf diese Bilder aus einer lang vergangenen Welt. »Als ob die Wände Erinnerungen an die Vergangenheit bewahren«, murmelt er. »Irgendwas muss das ausgelöst haben. Bei den Lampen sind wir das gewesen, unsere Bewegungen. Aber das hier ist schon im Gang gewesen, also was hat es ausgelöst?«

Auslöser. Licht. Erinnerungen. Plötzlich erinner ich mich. Das winzige Lichtpünktchen an der Decke.

Als es zu einem schwachen Strahl wird, kann ich langsam DeMalo sehen. Er steht mitten im Raum, genau darunter. Er nimmt einen durchsichtigen, glasartigen Steinklumpen auf. Der Lichtstrahl fällt drauf. Der Stein fängt an, in einem hellrosa Licht zu glühen. Aber nicht nur der Stein. Der ganze Raum. Das Licht wird immer kräftiger. Vögel fangen an zu singen.

Jetzt ist DeMalo nicht hier. Und da ist auch kein Stein. Aber die Vögel singen trotzdem. Der Morgen dämmert trotzdem auf diesen Wänden. Ich steh in der Mitte vom Raum und guck mit zusammengekniffenen Augen zur Decke. Es ist schwer zu erkennen, jetzt, wo der ganze Raum so hell ist. Ich kann das Lichtpünktchen in der Kuppel über mir kaum sehen. Wenn man nicht wüsste, dass es da ist, würd man nicht auf die Idee kommen, danach zu suchen. Es würd einem nie auffallen.

»Jack, kann es sein, dass der Auslöser Licht ist, das von draußen kommt?«

Sofort steht er neben mir. Wir gucken nach oben. »Du Genie«, sagt er. »Das erste Tageslicht löst es aus. Irgendwie kommt es hier rein, vielleicht … durch ein Rohr oder so was. Ich kann es kaum sehen. Wie bist du drauf gekommen, da hochzugucken?«

»Ich weiß nicht. Ich hab einfach hochgeguckt, und da hab ich's gesehen.«

Die Musik spielt weiter. Die verschwundenen Tiere aus der untergegangenen Welt ziehen über die Wände um uns rum. Sie fliegen über den Himmel. Sie schwimmen durchs Wasser. Durch Seen und Flüsse und das Große Wasser. Das DeMalo Ozean und Meer genannt hat. Ich hätte nie gedacht, dass ich das alles noch mal seh. Das Herz geht mir ganz weit auf, will sich damit füllen. Gierig. Hungrig. Ich bin froh, dass ich meine Gefühle nicht verstecken muss. Immerhin seh ich das alles angeblich zum ersten Mal.

»Das ist so was von schön«, sag ich. »So was hätt ich mir nie vorstellen können.«

»Schön ist es, das stimmt«, sagt Jack. »Aber es hat nichts mit DeMalo zu tun. Wenn das von der Morgendämmerung ausgelöst wird, dann passiert das jeden Tag. Der ganze Wegbereiterquatsch. Der Mann ist bloß ein ganz ausgebuffter Hochstapler.«

»Er hat gelogen«, sag ich. »Bei allem.«

»Was klingst du so überrascht? Abgesehen davon, dass lügen wohl kaum seine schlimmste Sünde ist.«

Wir haben an jenem Morgen im Süßgras gesessen. Die Verweser, DeMalo und ich. Die frische Brise hat meine Tränen getrocknet, während er gesprochen hat. Von der Musik, die der Wind zu ihm getragen und die ihn zu diesem Raum geführt hat.

»Und dort hatte ich die Vision, als der neue Tag anbrach. Genauso wie ihr es heute gesehen habt. Mutter Erde hat mir und durch mich die unvorstellbaren Herrlichkeiten unserer

Welt offenbart, wie sie früher einmal war. Und sie hat mir mein Schicksal offenbart. Du bist der Wegbereiter, sagte sie mir. Ich habe dich auserwählt, mich zu heilen.«
Wir haben ihm alle so ganz und gar geglaubt. Weil er selbst dran glaubt. Er hat die Geschichte schon so oft erzählt, dass sie auch für ihn zur Wahrheit geworden ist. An welchem Punkt passiert so was, frag ich mich. Dass man anfängt, an die eigenen Lügen zu glauben.
»Eine schöne Scheinwelt hat er sich da zusammengedichtet«, sagt Jack. »Der Traum von der wiedergeborenen Mutter Erde. DeMalo, der große Held mit seinen Visionen.«
An den Wänden um uns rum gehen und rennen und tanzen Leute. Längst tot. Seit langem vergessen und längst nicht mehr betrauert. Die Abwracker. Aber in diesem Augenblick leben sie für Jack und mich. Ich denk an die zehn Skelette, die in ihren Schlafkojen gelegen haben. Wer sie auch gewesen sind – Mann, Frau, Kind –, eines Tages haben sie die Tür zu diesem Hügel zugemacht und sich selbst hier eingeschlossen. Obwohl sie gewusst haben müssen, dass ihr Zufluchtsort gut auch ihr Grab sein kann. Dass sie den Himmel zum letzten Mal gesehen haben.
Und plötzlich kapier ich. »Sie gehören zusammen.«
»Was gehört zusammen?«, fragt Jack.
»Das Samenlager und dieser Raum mit den Visionen. Sie haben sie für uns zurückgelassen. Für die, die vielleicht nach ihnen kommen. Als diese Leute sich zum letzten Mal in ihre Schlafkojen gelegt haben, sind sie mit Hoffnung gestorben. Dass jemand das hier eines Tages findet. Aber sie haben nicht gewollt, dass jemand wie DeMalo es findet. So ein Geschenk, ein Geschenk an die Zukunft, die Möglichkeit, mit den Samen da von vorn anzufangen … das ist für uns alle da. Nicht

nur für die Menschen, auch für die Erde selbst und jedes Tier. Es ist für das Allgemeinwohl. Für die vielen. Nicht für die wenigen. Sie haben gewollt, dass das gerecht und richtig benutzt wird. Diese Visionen sagen uns das. Guck doch!«

Auf den Wänden sind die Jungen und die Alten. Die Starken helfen den Schwachen. Die Gesunden kümmern sich um die Kranken. Alle möglichen Leute zusammen.

»Er hat diesen Bunker gestohlen«, sag ich. »Er ist kein Mann mit Visionen. Er ist ein Dieb. Er ist ein Lügner.«

»Saba. Lass uns lieber gehen.«

Jacks Stimme gleich hinter mir lässt mich zusammenzucken. »Der Morgen dämmert«, sagt er. »Die Wachablösung. Weißt du noch?« Er nimmt meine Hand, und wir rennen los.

Wir reiten in einen komischen Morgen. In einen unbeständigen Tag, geboren aus einer unbeständigen Nacht. Windböen schlagen uns entgegen und legen sich wieder. Wolken drohen, dann beruhigen sie sich in wässrigem Sonnenlicht. Schließlich plumpst uns ein klumpiger grauer Himmel auf den Kopf wie ein Deckel, und ein peitschender Regen beißt uns in die Haut. Dann beruhigt sich das Wetter zu einem schlechtgelaunten nasskalten Tag. Jack zieht sich den Hut tief ins Gesicht und wickelt sich bis oben hin in seinen Umhang. Nero kriecht schnell zu ihm unter den Umhang und reitet mit ihm. Ich, tja, ich hab meine Jacke und mein Shemag. Aber es dauert nicht lang, bis wir erbärmlich nass sind.

Auch in mir drin ist es bewölkt und regnerisch. Meine Gedanken klumpen zusammen und rumoren in mir. Gefühle piesacken mich und schlagen auf mich ein. Ich versuch, sie zu packen, wenn sie vorbeikommen. Versuch sie lang genug festzuhalten, um sie mir gut anzugucken.
Erstens: DeMalo hat keine wundersamen Visionen. Das ist ein Trick. Ein Schwindel. Er ist nicht der, der er angeblich ist. Er ist nicht das, was er angeblich ist. Er hat den Bunker und die Geheimnisse da drin zufällig entdeckt. Er hat behauptet, sie gehören ihm, und dann hat er angefangen, sie zu missbrauchen.
Zweitens: Er muss als Betrüger entlarvt werden. Alle müssen das mit den Visionen erfahren. Mit alle mein ich die Verweser und die Tonton. Und sie werden das nur glauben, wenn sie's selbst sehen. Meinen Free Hawks und Jacks Bande, denen werden wir einfach erzählen, was wir gefunden haben, und sie werden uns glauben.
Drittens: Wie sieht mein nächster Schritt aus? Mein nächster Zug in diesem Endspiel, das er ausgerufen hat? Was ich auch tu, ich muss das, was ich weiß, zu unserem größten Nutzen einsetzen. Ich muss klug sein, einen kühlen Kopf bewahren. Nachdenken, planen, dann handeln. Und zwar richtig und zur richtigen Zeit, wenn er am wenigsten damit rechnet. Aber ich hab so wenig Zeit, ich hab überhaupt keine Chance, ihn zu … stopp, hör auf. Bewahr einen kühlen Kopf. Bleib ganz ruhig.
Viertens: Viertens … Es ist unglaublich. Es ist peinlich. Aber es ist so. Der kalte Stein des Verrats brennt in mir. Ich fühl mich von ihm verraten. Von DeMalo. Ich fühl mich von ihm betrogen. Ich kenn diesen festen Klumpen, gleich rechts von meinem Herz. Ich hab ihn gefühlt, als ich ge-

dacht hab, Jack hätte mich verraten. Man fühlt sich nur dann verraten, wenn man jemand vertraut hat. Wenn man geglaubt hat, was er einem erzählt hat. Ich hab DeMalo geglaubt. Hab ihm geglaubt, als er gesagt hat, ich wär was Besonderes. Ich wär nicht wie alle anderen. Ich hab gedacht, das heißt, dass er mir – vor allen anderen – die Wahrheit sagt. Aber er spielt mit mir genauso wie mit allen anderen. Er wirft einen Köder aus und holt seine Beute ein: uns. Und was ist mein Köder gewesen? Meine Arroganz, die hohe Meinung, die ich von mir gehabt hab, und mein Körper, der schwach wird bei ihm. Ich schwöre, als DeMalo mich in jener Nacht aus dem Weeping Water gefischt hat, hat er mich auf Treibsand geworfen. Mich! Wo ich immer gedacht hab, ich würd auf felsenfestem Boden stehen.

Ich merk, dass Jack angehalten hat. Und ich auch, weil er sich rübergebeugt und Hermes' Zügel genommen hat. Schuldbewusste Hitze bricht auf meiner Haut aus. Als ob er meine Gedanken hören könnte. »Tut mir leid. Hast du was gesagt?«

»Ich hab gesagt, hier trennen sich unsere Wege«, sagt er.

Wir sind am HorseArch in der Mitte vom Geröllfeld. Die verwitterten Hinterbeine von einem Hengst ragen oben auf einem bröckeligen Steinbogen in die Luft.

Jack lehnt sich im Sattel nach hinten und lenkt Kell ein Stück weg. Legt Abstand zwischen uns. Sein Hut verbirgt seine Augen. Seit wir aus dem Bunker raus sind, hat er nur einen Satz gesagt. *Zum Glück für uns sind sie spät dran gewesen.* Da waren wir auf einem bewaldeten Kamm in Sicherheit und haben uns noch mal umgesehen, als gerade die Wachablösung gekommen ist. Seitdem kein Wort, und das ist komisch. Jack ist keine Plaudertasche, aber er ist gesellig.

Bei ihm gibt es immer ein bisschen Hin und Her. Sieht ihm nicht ähnlich, mich so lang in Ruhe nachdenken zu lassen.
»Du bist furchtbar still gewesen«, sag ich.
»Mir geht eine Menge durch den Kopf«, sagt er.
Sein kühler Ton schlägt mir die Tür vor der Nase zu.
»Ja«, sag ich, »das ändert alles, oder? Das Samenlager, die geschwindelten Visionen. Meinst du, ich soll Lugh und den anderen erzählen, was wir gefunden haben?«
»Noch nicht. Das ist viel zu groß. Wir behalten es erst mal für uns.«
»Okay. Hör mal, ich will heute dein Netzwerk treffen. Du und ich und sie. Kannst du sie später alle zusammentrommeln?«
»Ich hab gedacht, wir sind uns einig, dass es sicherer ist, wenn du sie nicht triffst.«
»Das ist vor alldem gewesen. Ich muss sofort mit ihnen reden.«
»Worüber?«
»Sag mir einfach, wo ich euch treffen soll.«
»Sektor vier. An der Wassermühle am Don River. Wir treffen uns da am späten Nachmittag. Das ist kurzfristig, aber ich geb so vielen wie möglich Bescheid.« Er schnalzt Kell zu, zieht an den Zügeln und wendet sich nach Norden.
»Hey«, sag ich.
Er guckt sich um.
»Du hast meine Krähe in deinem Umhang.«
»Hab ich vergessen. Er schläft.« Er steckt die Hand unter den Umhang. »Na komm, wach auf.«
Er zieht ihn raus. Nero schüttelt sich und krächzt und fliegt los. Regen hin oder her, er ist bestimmt froh zu fliegen. Er ist eine Ewigkeit da drin gewesen.

»Jack.«
Er wartet. Der Hut sitzt ihm immer noch über den Augen. Ich bin ausgeschlossen. Er schließt mich aus. Das sieht ihm gar nicht ähnlich. Unbehagen regt sich heiß in meinem Bauch. Schnürt mir die Kehle zu.
»Was ist los?«, frag ich schließlich.
»Nichts. Das ist nur so viel Neues auf einmal gewesen. Ich werd ein bisschen schlafen. Solltest du auch. Wir sehen uns nachher.«
»Ich bin froh, dass du dabei gewesen bist. Dass das wir zwei gewesen sind. Wir arbeiten immer gut zusammen. Ich hätt das mit keinem anderen machen wollen.«
Zur Antwort tippt er sich an den Hut. Dann lässt er die Zügel knallen und reitet los. Ich versuch, ihn mit Willenskraft dazu zu bringen, dass er sich umguckt. Guck dich um, guck dich um, verdammt, Jack. Ich sehn mich nach einem Lächeln. Oder einem Winken.
»Jack!«, ruf ich. Der Nebel dämpft meine Stimme. Jack und Kell sind schon mit dem Nebel zu geräuschlosen Schatten verschmolzen. Wahrscheinlich hat er mich nicht mal gehört. Nero hockt sich auf den HorseArch, krächzt und zeigt mir damit seine Ungeduld. Er hat recht. Ich hab viel größere Probleme. Nachdenklich reit ich zurück nach Starlight Lanes. Ich sortier und sieb und denk nach. All die Worte, die ich gehört und gesagt hab. Was ich gesehen und gedacht und gefühlt hab.
»Was hältst du von diesem Land, Mercy? Von New Eden?«
»Die Dinge sind nicht immer das, wonach sie aussehen. Die Menschen auch nicht. Die Auserwählten von New Eden, die versuchen alle, so zu sein, wie DeMalo sie haben will. Verstehst du? Nicht ganz echt.«

DeMalo und seine Visionen. Der Bunker. Das Samenlager. Das ist der Magnet. Er ist der Magnet. Brüder und Schwestern und Väter und Mütter. Verweser, die ihren Familien geraubt worden sind.

»Du wirst mit einem Jungen verheiratet, den du nicht kennst. Wirst mit diesem Fremden losgeschickt, um das Land zu bestellen und gesunde Kinder für New Eden zu bekommen. Wie würdest du das finden?«

Natürliche Gefühle gehören da nicht hin.

»Die können und wissen nichts, zwischen denen herrscht kein Vertrauen. Sie kennen sich kaum. Es braucht bestimmt nicht viel, um ihr Haus zum Einsturz zu bringen. Es hat keine festen Grundmauern.«

Feste Grundmauern. Familie. Blutsbande. Säuglinge, die den Verwesern weggenommen werden.

»Keine will, dass man ihr das Kind wegnimmt. Sie versuchen zu verbergen, was sie fühlen, aber ich hab es in ihren Augen gesehen, in ihren Gesichtern, jedes Mal.«

Schwache Grundmauern. DeMalos Schwäche. Unsere Stärke. Denken wie ich. Wie ich, nicht wie er.

Jack und ich in Irontree. Er hatte mich schon fast ausgezogen, bevor ich's auch nur gemerkt hab.

»Du arbeitest schnell.« »Du bist ein bewegliches Ziel, da bleibt mir nichts anderes übrig. Da, ich helf dir.« Ich knöpf zu, er knöpft auf. Ich steck rein, er zieht raus.

Tun. Rückgängig machen. Wenn man anfängt, es auseinanderzunehmen, dann wird ihr Haus einstürzen. Es rückgängig machen. Schnell. Fix.

»Was glaubst du, Saba?«

»Ingesamt würd ich sagen, ich bin stärker durch die Liebe.«

Dann denk ich also wie ich. Nicht wie er.

Das Starlight-Lanes-Schild taucht zwischen den Baumwipfeln auf. Mit seinem Komet und den Sternen und den Worten, die irgendjemand was bedeutet haben, irgendwann. Dann entdeck ich Molly. Ein Stück vor mir schlüpft sie aus dem Wald auf den Weg. Sie glüht ganz rosig, und ihre Kleider sind ein bisschen verrutscht. Der Tag hat es sich seit dem Morgennieseln anders überlegt. Jetzt sickert eine Frühmorgensonne durch die Baumwipfel, lässt Mollys Haare golden glänzen. Sie fallen ihr bis auf die Hüfte, sind wie immer zu einem zerzausten Pferdeschwanz zurückgebunden. Sieht aus, als hätte sie den halben Wald drinstecken. An ihrer Hand schaukelt ein zerbeulter Eimer. Sie selbst schaukelt selbstvergessen verhalten mit den Hüften.

»Morgen!«, ruf ich.

Sie fährt fast aus der Haut. Wirbelt zu mir rum. Der Schreck weicht einem breiten Willkommenslächeln. »Ich hab Pilze gesammelt«, ruft sie und hält den Eimer hoch. »Oh!« Nero ist gerade auf ihrer Schulter gelandet. »Und dir auch einen schönen guten Morgen.« Behutsam zupft er ihr ein Stück Moos aus den Haaren. Gibt es ihr. »Tja«, sagt sie, »danke.« Gefolgt von einem Blatt, dann einem Zweig, dann noch einem Blatt. Mittlerweile hab ich sie eingeholt. Sie ist ganz rosig im Gesicht und ziemlich fahrig. »Du hast Glück«, sagt sie, »dass du kurze Haare hast, das kann ich dir sagen. In meinen verfängt sich alles. Moos und Zweige und …«

»Männer?«, frag ich. »Oder soll ich Jungs sagen?« Ich schwing mich von Hermes runter.

Ihr Lächeln zerbröselt, jetzt guckt sie zerknirscht. »O Gott,

ich schwör dir, Saba, ich hab das nicht gewollt. Ich hab das nicht geahnt. Er …«
»Hey, beruhig dich, es ist okay.«
»Ist es das?«
»Ich bin's, weißt du noch? Grade du musst doch wissen, dass ich kein Recht hab, dir eine Predigt zu halten. Wie könnt ich dich verurteilen, wo du so freundlich zu mir gewesen bist? Und … er sieht gut aus und ist charmant und kann sehr überzeugend sein, das wissen wir alle …«
»Na ja, es ist weniger das, als …«
»… als dass er hinter dir her ist, seit er dich zum ersten Mal gesehen hat. Du bist auch nur ein Mensch, Molly. Du bist eine so liebe, so großartige Frau. Du bist schon lang allein. Und ich muss dir sagen, es kommt nicht gerade überraschend.«
»Ach?« Sie klingt und guckt überrascht und ein bisschen argwöhnisch.
»Ich hab dich gesehen.«
»Ach?«
»Auf Ems Feier. Du hast seine Hand berührt.«
»Seine Hand berührt«, sagt sie.
»Als er rausgegangen ist, weil er Wache gehabt hat. Du hast mit Mercy am Tisch mit dem Essen gestanden, und er ist an dir vorbeigegangen, und du hast seine Hand berührt.«
»Stimmt«, sagt sie. »Und das hast du gesehen.«
»Ich bin die Einzige, der das aufgefallen ist. Ich hab keinem was gesagt, und das werd ich auch nicht. Molly, du hast es so verdient, glücklich zu sein. Von allen, die ich kenn, verdienst du es am meisten. Für eine Nacht, eine Woche, für den Rest von deinem Leben. Das einzige Problem ist … Du musst zugeben, es ist schon ziemlich stürmisch zwischen

euch beiden, und ich will einfach nicht … ich weiß nicht, einen Streit zwischen Liebenden oder so was, was noch mehr Probleme macht.«

»Sag nichts, ich versteh voll und ganz. Ich würd nie was tun, was unseren Kampf gefährdet. Ich werd mit ihm reden, mit Creed. Er ist sowieso eigentlich nicht mein Fall.«

»O nein, ich hab nicht gemeint, dass du …«

»Schon gut.« Sie drückt meine Hand und lächelt. »Mach dir keine Sorgen.«

Ach Molly. Deine wunderschönen, müden braunen Augen. In denen die Hoffnung so verblasst und dünn ist, dass ich weinen möcht. Heute hab ich sie gesehen, Molly. Nur ganz kurz. Die Morgensonne hat sie ganz kurz in ihrem Licht eingefangen. Barfuß, die Haare ein goldener Fluss, der sich über ihren Rücken ergossen hat. Die Wangen gerötet, die Augen strahlend vor Hoffnung. Das bist du gewesen. Das ist sie gewesen. Das Mädchen, das du mal gewesen bist. Wenn ich bloß ein bisschen früher hier lang gekommen wär. Oder ein bisschen später. Dann hätte sie ein bisschen länger in der Sonne laufen können. Es tut mir leid.

Ich küss sie auf die Wange. Ihre Haut ist weich wie Tau. Sie duftet warm nach Moschus, nach Liebe im Wald. »Lass dir lieber von Nero die Haare in Ordnung bringen«, sag ich. »Aber bleibt nicht zu lang weg. Ich muss mit euch allen über was reden.«

Ich find die anderen alle auf Pegs Flugfeld. Tracker führt mich den Hügel hinter dem Schrottplatz rauf zu dem langen struppigen Grasstreifen auf dem Gipfel. Von hier aus versucht Peg, es wie die Vögel zu machen. Heute Morgen geben sie alle mit Hilfe von Moses und Bean und viel zu vielen Seilen ihr schweißtreibendes Bestes, um Pegs neuesten Schrottflieger in den Himmel zu werfen. Ich ruf sie zur Ordnung, aber sie sind so kindisch aufgeregt, dass sie sich nicht bremsen lassen. Die ganze Sache ist albern und zum Scheitern verurteilt. Ich geb auf. Es dauert bestimmt nicht lang.

Slim ruft von seinem sicheren Klappstuhl aus Ratschläge. Ich setz mich und starr zu Boden und überleg mir, was ich sagen will. Als Molly ohne Blätter in den Haaren mit Nero und Mercy auftaucht, die sie unterwegs getroffen hat, haben die anderen es geschafft, die Luftschraube, das Kamel, das Maultier und sich selbst gleich mit in einer Wagenladung Knoten zu verheddern.

Sie haben einfach mal ein bisschen Spaß. Der Tag ist doch ganz schön geworden. Wie gern würd ich mitmachen dabei. Ausnahmsweise mal sorgenfrei sein. Aber mir läuft die Zeit weg. Ich hab einen Tyrann zu stürzen.

Das ist ein Witz, oder?« Von Creeds gewohntem Lächeln ist heute nichts zu sehen. Von seinem mürrischen Mund bis zu den Stiefeln, die es sichtlich juckt, was zu treten, strotzt er vor sturer Unzufriedenheit.

»Ein Witz?«, frag ich. »Ganz und gar nicht. Es ist die einzige Möglichkeit, wie wir gewinnen können.«

»Gewinnen?« Er guckt sich um, mit einem halben Lächeln, das mehr aussieht wie eine Grimasse. »Hört ihr das, Leute?«, fragt er. »Keine Bolzenschießer, keine Bögen, keine Sprengpakete, keine Messer. Wir bekämpfen den Mann mit – wie hast du das genannt? O ja – mit schlechten Manieren.«

»Ungehorsam«, sag ich.

Wir stehen oder sitzen oder liegen alle mehr oder weniger im Kreis. Je nach Laune. Ich steh und vertret nach Kräften meinen Standpunkt. Wir sind immer noch oben auf dem Hügel auf Pegs Flugfeld. Sie kümmert sich um ihren kostbaren Schrottflieger. Murmelt und gackert vor sich hin, während sie ihn aus dem Seilwirrwarr rausschält und irgendwas mit Schrauben und Schraubenschlüsseln anstellt. Nero spielt eins von seinen Lieblingsspielen. Sie legt was hin, er saust runter und klaut es. Sie ist so beschäftigt, dass sie überhaupt nicht auf unsere Unterhaltung achtet.

Ich sag: »Es ist genau, wie ich gesagt hab. DeMalo hat New Eden auf Verwerfungen gebaut. Jede Menge davon, und er weiß es nicht mal. Die Hauptverwerfung ist, dass er die Familien auseinanderreißt. Das ist gegen die Natur. Es ist gegen alle Gefühle und Blutsbande. Er glaubt, dass so was schwach macht, aber er irrt sich. Gefühle und Blutsbande sind stark und halten, und wir können sie benutzen, um ihn zu schlagen. Mercy hat euch doch von den Säuglingshäusern erzählt – wie's den Müttern geht, wenn man ihnen die Kinder wegnimmt. Das ist eine Verwerfung. Heute Nacht will ich es da ein bisschen rumpeln lassen. Wenn das klappt, wenn ich recht hab, dann wird diese Verwerfung aufbrechen. Danach machen wir uns dran, die anderen Verwerfungen aufbrechen zu lassen. Die Sklaventrupps. Und Edenhome. Wir machen das direkt vor ihren Nasen. Sie werden nicht merken, was wir vorhaben, bis es zu spät ist. Wenn wir erst mal genug Brüche haben, sorgen wir im richtigen Augenblick für ein mordsmäßig großes Rumpeln, und dann bricht das ganze Ding weit auf. New Eden wird in sich zusammenfallen.«

Schweigen. Und zwar ohrenbetäubend. Slim zupft an seinen Koteletten. Ash bohrt ihren Stiefelabsatz in die Erde. Bei den anderen – Lugh, Tommo, Creed und Molly – seh ich Grimassen und hochgezogene Augenbrauen und Blicke undsoweiter. Mercy, die auf einem Felsen sitzt, schenkt mir ein kleines Lächeln.

»Ein mordsmäßig großes Rumpeln«, sagt Ash. »Von was für einem Rumpeln redest du?«

»Kann ich noch nicht sagen.«

»Du weißt es nicht«, sagt Creed. »Du hast doch keine Ahnung, oder?«

»Ein guter Anführer reagiert und passt sich der Lage an«, sag ich.

Und da lächelt er doch. Endlich. Und sagt: »Du bist kein guter Anführer.«

»Es ist viel verlangt, ich weiß«, sag ich. »Das ist eine ganz neue Idee. Aber lehnt sie nicht gleich ab.«

Creed lacht. »Warum nicht? Wir haben ein ganzes Waffenlager, das nur auf uns wartet. He, Slim, da sind doch jede Menge Waffen in diesem geheimen Lager von dir, oder?«
»Reichlich«, sagt Slim.
»Warum sollen wir die nicht benutzen?« Creed breitet die Arme aus und lädt alle ein, ihm zuzustimmen. »Wir sind Kämpfer. Das ist das, was wir können, wo wir gut drin sind. Im offenen Kampf haben wir die Tonton immer wieder besiegt. Das hier ist auch nicht anders.«
»Warum kämpfen, wenn wir nicht müssen?«, frag ich.
Er sagt: »Dieser Knall da an der Brücke muss was mit deinem Kopf gemacht haben. Der ist dir eindeutig an die Nerven gegangen. Seitdem heißt es bei dir nur noch: Du sollst nicht töten. Ich sag dir was, das ist schwer zu schlucken, ausgerechnet von dir. Die haben dich nicht umsonst den Todesengel genannt. Wie viele Tote stehen auf deiner Rechnung, Herzchen?«
Wir gucken uns in die Augen. Er hat sich auf die offene Wunde gestürzt. In mir drin hebt die Wut den Kopf. Knurrt tief in meiner Kehle. Ich bring sie mit einem Handzucken zum Schweigen.
»Wenn's sein muss, kämpf ich auch. Aber es ist nicht schlau, diesen Kampf mit Bögen und Bolzenschießern und Sprengpaketen zu führen. Aus drei Gründen«, sag ich. »Nummer eins: Guckt euch doch an, wie viele die sind und wie wenige wir. Wie wenige richtige Kämpfer, mein ich, nicht nur Leute – nichts für ungut.«
Slim guckt Mercy und Molly an. »Sie meint uns, meine Damen. Die Alten, die Lahmen und die Langsamen.«
»Ach, ich bin nicht immer langsam«, sagt Molly. Sie hat einen Ellbogen aufgestützt, die Beine ausgestreckt und be-

guckt sich schläfrig und zufrieden ihre nackten Füße. Sie sind klein und wohlgeformt und für Füße bemerkenswert hübsch. Creed beäugt sie wie ein hungriger Hund. »Red weiter, Saba. Wir sind nicht beleidigt.«

»Wenn wir das weiter als bewaffneten Kampf machen«, sag ich, »haben die anderen im Nu die Oberhand, und wir sind tot. Grund Nummer zwei: Auch wenn wir sie ein Weilchen auf Trab halten können, ist das Gelände in New Eden nicht gut für Partisanenkampf. Alles ist zu nah zusammen, und wir haben nicht genug Plätze, wo wir uns zurückziehen können. Die werden bald alle unsere Schlupflöcher kennen, und dann können wir uns nirgends mehr verstecken.«

Ich guck sie die ganze Zeit an, einen nach dem anderen. Versuch, in ihren Gesichtern, ihren Augen zu lesen, während sich in ihren Köpfen die Gedanken drehen und jagen. Ich überleg mir meine Worte ganz genau. Zwing mich, langsamer zu reden, wenn ich zu schnell werd.

»Grund Nummer drei: Ich hab eine Menge über New Eden erfahren. Von Mercy und aus anderen Quellen. Ich hab Informationen über DeMalo gekriegt. Ich darf euch im Augenblick nicht viel sagen, aber das eine kann ich euch sagen: Nach allem, was ich weiß, ist es am klügsten, ihn zu besiegen, ohne dass ein einziger Schuss fällt. Und ich glaube, dass das geht. Dass wir das schaffen können.«

»Ich nicht«, sagt Creed. »Und ich glaub auch nicht, dass du das glaubst. Beim ersten Anzeichen von Problemen greifst du doch zu Bolzenschießer und Bogen. So bist du einfach. Dein Bruder hier sagt, du bist mit dem Bogen in der Hand zur Welt gekommen. Ich hab dich nur einmal in Aktion sehen müssen, um das zu wissen.«

Ash sagt: »Tut mir leid, Saba. Ich hab bis jetzt immer zu dir gehalten, aber ich seh einfach nicht, wie das klappen soll. Ich meine, du redest sogar davon, die Verweser auf unsere Seite zu ziehen …« Sie schüttelt den Kopf. »Es ist eine hübsche Idee, aber du träumst.«

»Von so was hab ich noch nie gehört – ein Kampf ohne Kämpfen –, und ich bin tausend Jahre alt«, sagt Slim. »Tut mir leid, Schwester, in dieser Sache bin ich bei Ash.«

»Ich auch«, sagt Tommo.

»Was ist mit euch anderen? Mercy?«, frag ich. »Molly, wo stehst du? Lugh, was ist mit dir?«

Lugh sagt: »Tut mir leid, aber ich bin bei den Zweiflern. Selbst wenn das klappt, würde das eine Ewigkeit dauern.«

»Da wär ich mir nicht so sicher«, sag ich. »Wenn wir es nicht ausprobieren, werden wir's nie wissen. Eine Gelegenheit zu beweisen, dass es klappen kann. Mehr will ich nicht. Heute Nacht im Säuglingshaus. Und wenn es klappt, dann tragt ihr das alle mit. Wir dehnen das ganz schnell aus. Säuglingshäuser, Sklaven, Edenhome, alles. Na komm, Lugh. Nur eine Gelegenheit.«

Er guckt mich lange an. Dann: »In Ordnung. Eine Gelegenheit. Em und ich unterstützen dich so weit. Stimmt doch, Em?«

Ich danke ihm mit den Augen. Emmi nickt. Seit ich wieder da bin, hält sie Abstand zu mir. Jetzt benutzt sie Tracker als Schild zwischen sich und mir. Sie hat ihn zu sich gelockt, und jetzt liegt er quer über ihrem Schoß. Sie umarmt seinen Hals und hat das Gesicht halb in seinem Fell vergraben. Sie schämt sich wegen Nero. Nach all ihren Versprechen und Schwüren, sich zu bessern. Aber ich werd sie nicht zusammenstauchen. Ich werf ihr nicht mal einen strengen Blick zu. Ich lass sie einfach in Ruh und warte ab, was passiert.

Creed guckt Lugh voller Verachtung an. »Ja, klar, natürlich machst du dabei mit. Selbst wenn es die hirnverbrannteste Idee aller Zeiten wär. Was es ja auch ist.«

»Da wär ich nicht so sicher.« Plötzlich setzt Molly sich auf. »Wenn es eins gibt, was man lernt, wenn man eine Schnapsbude betreibt, dann, dass es mehr als eine Art gibt, einen Kampf zu entscheiden. Bis jetzt hat der hier den üblichen trostlosen Lauf genommen. Ike ist tot, Jack ist tot, und Bram und Maev und eure anderen Freunde sind es auch. Ich bin noch nicht so weit, mich zu ihnen zu gesellen.« Sie zuckt die Achseln. »Wir sollten das ausprobieren. Wir wären dumm, wenn wir's nicht tun.«

»Gut gesprochen«, sagt Mercy. »Ich bin bei dir, Saba.«

»Ich werd heute Nacht deine Hilfe brauchen, Mercy«, sag ich.

»Nur wenn ich dich nicht behindere. Keine Schuldgefühle auf deiner Seite, keine Vorwürfe von meiner.«

»Vier zu vier.« Slim wühlt in seiner Tasche. »Ich glaub, ich hab hier irgendwo eine Münze.«

Ich sag: »Das ist zu wichtig, um es von Kopf oder Zahl abhängig zu machen. Ich will alle auf meiner Seite haben. Wenn das klappt und wir das ausdehnen wollen, dann müssen wir alle mitmachen, müssen alle dran glauben, müssen wir uns alle dran halten. Nicht nur ein, zwei von uns, während die anderen weiter mit ihren Waffen losziehen. Ich bin nicht verrückt, ich versprech's euch. Und das ist nicht irgend so eine verrückte Idee, auf die ich gekommen bin, weil ich die Nerven verloren hab. Es ist das Einzige, was Sinn macht. Es ist riskant. Wir werden dafür bessere Nerven und mehr Köpfchen brauchen als für alles andere, was wir bis jetzt angestellt haben. Wenn ich recht hab, können wir gewinnen, ohne dass irgendjemand verletzt wird. Bitte. Nur eine Gelegenheit, das ist alles, worum ich euch bitte. Heute Nacht. Eine Aktion. Keine Waffen. Lasst mich diese Verwerfung aufbrechen, dann sehen wir ja, was passiert. Was sagt ihr?«

Slim klopft sich auf die Knie. »Ich sag, helft eurem Onkel Slim hoch.« Tommo und Ash ziehen ihn aus seinem Klappstuhl. Er nimmt meine Hand, reißt mich an seinen massigen Körper und fixiert mich mit seinem einäugigen Blick. »Wir haben damals mit den Tonton gespielt, wer zuerst den Schwanz einzieht, und wir haben die Nerven behalten, du und ich. Mit deinen Nerven ist also alles in Ordnung, Miss Tod. Also, dann mach. Zeig mir was, was ich noch nie gesehen hab. Beweis mir, dass ich falschlieg. Was mich angeht, sollst du deine Gelegenheit haben.« Er lässt mich los. »Das sind dann fünf zu drei.«

»Sechs zu zwei«, sagt Tommo. »Ich glaub an dich, Saba.«

Mein Gesicht verzieht sich zu einem Lächeln für ihn. »Danke, Tommo.« Das Atmen fällt mir wieder leichter.

Ash starrt mich an. Mit einem leichten Stirnrunzeln, was heißt, ich bin ein Rätsel, das sie nicht gelöst bekommt.

»Du hast mich überhaupt erst auf diese Idee gebracht«, sag ich zu ihr. »Damals, als wir Resurrection zum ersten Mal gesehen haben. Diese riesige Festung, die sich da vor uns aufgetürmt hat. Mit einer Garnison Tonton und ihrem Waffenlager drin. Die alle gegen uns fünf. Es hat so hoffnungslos ausgesehen, dass wir fast den Mut verloren hätten. Aber nicht du. Winzige Sachen können eine Menge Ärger machen, das hast du gesagt. Und das haben wir auch. Und wir können es wieder tun.«

Sie fängt an zu nicken. »Moskitostiche bringen Fieber«, sagt

sie. »Der kleine Stachel steckt in dir, und dein Blut wird schlecht. Na gut. Lasst uns sehen, wie du das durchziehst. Damit hältst du als Einziger dagegen, Creed.«
Slim sagt: »Spring mit uns von der Klippe, mein Sohn. Man kann nie wissen, vielleicht wachsen uns Flügel, und wir fliegen.«
Creed hat bis jetzt zu Boden gestarrt, die Arme vor der Brust verschränkt, und immer mal wieder den Kopf geschüttelt. »Ich glaub das nicht«, sagt er. »Ihr alle. Das ist die reine Zeitverschwendung. Aber macht, was ihr wollt.« Er geht davon. Dann sagt er lauter, aber ohne sich umzugucken: »Wenn ihr abstürzt, kommt mich suchen, und dann reden wir über einen richtigen Kampf. Falls ich dann noch in der Gegend bin.«
»Creed!«, ruf ich ihm hinterher. »Eine Gelegenheit! Komm schon!«
Er winkt ab und verschwindet über den Hügel.
»Ich hab's!«, ruft Peg. Wir drehen uns alle um. Sie hat die Luftschraube an der Schnauze von ihrer Luftkutsche gepackt und hängt sich mit ihrem ganzen Gewicht dran, um sie rumzudrehen. Sie dreht sich. Ein Mal. Ganz langsam. Und dann bricht ganz langsam das ganze Ding in sich zusammen.

Ich geh gerade den Hügel runter, um mir ein ruhiges Fleckchen zum Nachdenken zu suchen, da kommt Ash mir hinterhergelaufen. »Warte!«, ruft sie.

Auf dem schmalen Zickzackweg ist nur Platz für eine, deshalb muss sie hinter mir bleiben. Während wir uns zwischen den Felsen einen Weg nach unten suchen, sagt sie: »Ziemlich verrückte Idee. Das sind ja ganz neue Töne von dir.«

»Alles, was nötig ist, Ash. Ich bin mir da ganz sicher. Wie gesagt, es ist das Einzige, was Sinn macht.«

Hinter uns scharren Füße über die Steine. Wir drehen uns um und sehen Emmi mit Tracker auf den Fersen. Er stürmt an uns vorbei, springt wie eine Bergziege über die Felsen und ist weg.

»'tschuldigung, ich muss da durch!« Als Emmi sich an Ash vorbeidrängt, rutscht sie aus. »Huch!«

»Holla!« Ash packt sie am Kragen und bewahrt sie vor dem Sturz. »Wohin denn so eilig, Ma'am?«

Em zieht sich an meinem Arm hoch und guckt mich an. Mit ihren klaren Sommerregentropfenaugen. »Ich werd dich nie wieder enttäuschen, nie wieder«, sagt sie. »Ich werd mich bessern, ich schwör's. Du wirst sehen.«

Dann windet sie sich an mir vorbei und stürzt Hals über Kopf weiter.

»He!«, ruf ich. »Komm zurück, damit ich dich anschreien kann. Glaub nicht, du wärst nicht in Schwierigkeiten, Emmi!«

»Der reinste Wirbelwind, das Mädchen«, sagt Ash. »Was ist denn los?«

»Sie hat Nero wegfliegen lassen, obwohl ich ihr gesagt hab, sie soll ihn bei sich behalten. Em, die Unzuverlässige, hat wieder zugeschlagen.« Ich schüttel den Kopf, und wir gehen weiter.

»Hey, Saba? Hast du noch mal über das nachgedacht, was ich dir gesagt hab?«

»Über was nachgedacht?«
»Nero«, sagt sie. »Wer das gewesen sein kann, der ihn gefangen hat. Das muss dir doch aufgefallen sein. Bei uns Frauen ist er normal – sogar bei Peg, und die kennt er gar nicht. Aber bei den Jungs … Männern … was auch immer … ist er immer noch nervös. Er traut ihnen nicht übern Weg. Das sagt doch einiges.«
Das Stückchen Schnur, das Emmi mir gegeben hat. Es ist immer noch in meiner Tasche. Hab gar nicht mehr dran gedacht.
Ich bleib stehen. Dreh mich zu Ash um. »Wen beschuldigst du also, Ash, hm? Meinen Bruder? Tommo? Slim? Im Leben nicht. Niemals. Und Creed und ich, wir haben vielleicht unsere Meinungsverschiedenheiten, aber ich vertrau ihm mein Leben an, genau wie dir. Genau wie euch allen, und ihr habt mich noch nie im Stich gelassen. Ich hab keinen Grund, einen von euch zu verdächtigen.«
»Wer hat es dann getan?«
Sie wird keine Ruhe geben, das seh ich ihr an. Und ich kann ihr auf keinen Fall sagen, dass es ein Tonton gewesen ist, im Auftrag von DeMalo. Das würd nur zu noch mehr Fragen führen. Es sind nur noch fünf Nächte bis zum Blutmond. Ich könnt sie anschreien, weil sie mir damit die Zeit stiehlt.
»Schau«, sag ich. »Ich hab eine ziemlich gute Vorstellung davon, wer das getan hat und warum.« Ihr bleibt vor Überraschung der Mund offen stehen. »Mehr kann ich dir im Augenblick nicht sagen.« Ich guck hoch zu Nero, der über uns kreist. »Nero ist nichts passiert, und das ist die Hauptsache. Ich will da nicht noch mal drüber reden, Ash. Ich hab eine Menge zu tun, eine Menge nachzudenken.«
Sie guckt mich an, als wär mir gerade ein zweiter Kopf ge-

wachsen. »Na gut, wenn du meinst. Du hast wichtige Sachen um die Ohren. Kein Problem.«
Ich kenn sie. Ich weiß, wie ihr Kopf arbeitet. »Ash, ich verbiet dir, da rumzustochern. Da gibt es nichts zu entdecken, glaub mir. Und ich will nicht, dass du mit jemand anders drüber redest, und da will ich dein Wort drauf.« Ich streck ihr die Hand hin. »Na komm, versprich's mir, jetzt gleich.«
»Du bist in dieser Sache total verbohrt.« Aber ich starr sie so lang an, bis sie widerwillig die Achseln zuckt. »Na gut, auf deinen verbohrten Schädel.« Sie verpasst mir ihren üblichen Handschlag: ein schneller grober Ruck, als ob meine Hand ein klemmender Pumpschwengel wär.
Ashs Wort gilt. Nachdem ich ihren Handschlag hab, gehen wir weiter.

Ich brauch Mercy bei mir im Säuglingshaus. Wie ich das da genau anfang, weiß ich erst, wenn ich mich nachher mit Jack und seinen New-Eden-Rebellen treff. Aber wenn wir Babys stehlen wollen, brauchen wir jemand, der sich mit Babys auskennt. Wer wär da besser als Mercy? Sie weiß außerdem, wie es in diesen Säuglingshäusern zugeht.
Also muss ich ihr von Jack erzählen. Sie kennt ihn nicht, und sie ist erst seit kurzem bei uns, also hat sie noch keine Vorurteile, weder für noch gegen ihn. Ihr kann ich dieses Geheimnis im Gegensatz zu allen anderen anvertrauen, glaub ich.
Unterwegs zum Treffpunkt, der Wassermühle im Sektor

vier, erzähl ich ihr von Jack und seinen New-Eden-Rebellen. Dass Bram mit Hilfe von seiner Frau Cassie vorsichtig und langsam eine kleine Truppe aufgebaut hat. Dass sie kaum angefangen hatten, als er schon im Kampf getötet worden ist. Dass Jack die Truppe übernommen hat. Dass er und ich zusammenarbeiten.

Mercy sagt nicht viel. Ab und zu nickt sie. Als ich fertig bin, sagt sie: »Der Herzstein brennt für diesen Mann. Hab ich recht?«

»Tja«, sag ich, »du hast nicht unrecht.«

Die Mühle liegt unten in einem kleinen Tal, an einem lärmenden Flüsschen namens Don. Das alte Wasserrad dreht sich knarrend, wie eine alte Frau mit Knochenproblemen. Die Mühle ist grünlich-feucht und uralt. Drinnen rumpelt der Mahlstein. Aus einem Fenster quillt eine weiße Mehlwolke.

Jack führt Mercy die steile Steintreppe hoch. Generationen von Füßen haben freundliche Mulden in die Stufen getreten. Mercy hält sich am Seilgeländer fest. Ich geh hinter ihr und guck auf den Fluss unter uns runter. Er ist so klar, dass ich die Steine in seinem Bett sehen kann. Sie glänzen hell und rund wie Gesichter. Lange Wasserpflanzensträhnen wiegen sich wie Haare.

Mein Herz fängt an zu rasen. Ich pack das Geländer. Beug mich drüber und guck. Da. Im Wasser. Auf dem Boden vom Fluss.

Die Strömung kämmt Wasserpflanzen durch ihre langen unbändigen Haare.
Meine Mutter.
Im Wasser.

Tot.
Sie liegt totenblass auf ihrem Bett aus bleichen Steinen.
Mit geschlossenen Augen.
Ein Lächeln auf den Lippen.
Als wär sie eingefroren, während sie von Rosen geträumt hat.
Und ich lieg bei ihr.
Ich.
Ich bin da unten.
In ihre Arme gebettet,
schlafend.
Rosig vor Leben,
ein Lächeln auf den Lippen,
umschlungen von den Armen meiner toten Mutter.

Ich zuck zurück. Mir stockt der Atem.
Jack ist schon halb durch die Tür. Er winkt mich zu sich, fragt sich, warum ich trödel. »Kommst du dann bitte?« Dann sieht er mein Gesicht. »Was ist los?«
Ich guck noch mal hin und schnapp nach Luft. Helle runde Steine pflastern das Flussbett. Wasserpflanzensträhnen wiegen und schlängeln sich. Sie ist weg. Ich bin weg. Nicht nur weg, nie da gewesen.
»Alles okay bei dir?«, fragt er.
Ich nicke.
Wenn die Toten mich nicht nur nachts, sondern auch am Tag besuchen, zeigt das, wie unruhig meine Seele ist. Andererseits … vielleicht bin ich auch bloß müde. Ich hab nicht geschlafen. Das wird's sein. Mehr ist das nicht.
»Saba«, sagt Jack. »Sie warten.«
Ich richte mich auf. Probier ein Lächeln. »Ich komm.«

Die großen Mühlsteine haben ächzend angehalten. Ihr Rumpeln lässt immer noch die Luft erzittern. Drinnen schwebt ein dichter weißer Mehlnebel zu Boden. Als wir durch den Mühlenraum gehen, wirbeln wir ihn auf, lassen ihn tanzen. Jack geht vor, eine Leiter in der Ecke rauf, durch eine Luke in einen Raum unterm Dach von der Mühle. Er ist klein und bis oben hin voll mit Leuten, so kommt es mir vor. Dabei sind es nur sechs. Mit uns dreien sind es dann neun. Die Bodenbretter sind über Kreuz verlegt, damit das Mehl nicht durch die Ritzen kommt. Eine schwache Brise weht durch ein offenes Fenster.

Da ist Vain Ed, der Müller. Von den Locken bis zu den Stiefeln mit Mehl bestäubt. Gutaussehend wie nur was und nicht allzu helle. Ein mausgraues Verweserpärchen, Manuel und Bo, mit den viergeteilten Kreisen auf der Stirn. Skeet, ein entlaufener Sklave mit einem Gesicht voller Narben. Sein Blick fliegt zu dem hellen Hautstreifen, der wie ein Halsband um Mercys Hals liegt. Er spürt die langen Doppel-X-Brandmale an ihren Armen auf. Durch ihre fadenscheinigen Ärmel kann man sie so gerade eben erkennen. Skeet und Juneberry – kurz JB – scheinen zusammen zu sein. Ich würd sagen, sie sind in Mercys Alter. Mager und zäh mit langen Haaren, die zu Strängen verfilzt sind, riechen sie nach Schweiß und Erde, nach den Wäldern, durch die sie heimlich streifen.

Von Jack weiß ich, dass JB zu den Letzten gehört hat, die sich gegen die Räumung gewehrt haben. Ein paar sind geflohen wie die Leute im Lager am Snake River. Ein paar sind im Kampf um ihr Fleckchen Land getötet worden. Ein paar sind wie JB in die Wälder gegangen. Baumhunde werden sie genannt. Sie leben hoch oben zwischen den Ästen, bewegen sich auf flinken Füßen und machen den Verwesern, die ihnen ihr Land geraubt haben, Ärger. Die meisten sind geschnappt worden. Wie Slims Freund Billy Six, den man an einen Pfosten genagelt hat.

Und da ist Cassie. Davor hat es mir gegraut. Sie zu treffen. Ich hätt das längst tun sollen. Gleich nachdem Bram getötet worden ist. Stattdessen hab ich mich davor gedrückt, feige, wie ich bin. Ich wag nicht, zu ihr hinzugucken. Sie sitzt mit verschränkten Armen an einem offenen Fenster. Aber ich spür, wie ihr Blick sich in mich reinbrennt.

Ich halt meine kleine Rede. Ungefähr dasselbe, was ich auch meinen Free Hawks gesagt hab. Dass New Eden auf Verwerfungen aufgebaut ist. Dass DeMalos ganzer Plan in sich zusammenfällt, wenn wir diese Verwerfungen aufbrechen können.

»Töte DeMalo, dann fällt sein ganzer Plan in sich zusammen«, sagt Jack.

»Jack und ich haben da verschiedene Meinungen«, sag ich. »Ich sag nicht, dass er nicht recht hat. Aber so wird Blut vergossen. Nicht nur das von DeMalo, sondern wahrscheinlich das von uns allen und noch mehr. Hört mal, was ich meine, ist … im Augenblick tun wir so, als ob DeMalos Macht was Festes ist, wie ein Berg, von dem man mit Bolzenschießern und Sprengpaketen Splitter abschlagen kann. Aber in Wirklichkeit sind alle in New Eden der Berg. Er steht obendrauf.«

»Erklär das«, sagt Jack.

»Okay«, sag ich. »Was braucht DeMalo, um seinen Plan,

die Erde zu heilen, durchzuführen? Erstens: Er braucht Arbeiter. Die Verweser müssen das Land bestellen. Die Sklaven müssen die Straßen bauen und die Arbeit tun, die einem den Rücken bricht. Zweitens: Es ist ein Plan für viele Generationen, nicht nur für ein paar Jahre. Dafür braucht er ständig Nachschub an Arbeitern. Also müssen die Verweser Kinder kriegen und immer weiter welche kriegen. Drittens: Seine Sklaven und Verweser müssen hierbleiben und tun, was er anordnet, ohne Fragen zu stellen, also braucht er die Tonton, damit sie seinen Willen durchsetzen. Er braucht verdammt viele Leute. Der Berg besteht aus all den Leuten. Seine Macht hängt vollständig von ihnen ab. Wenn sie beschließen, dass sie nicht mehr sein Berg sein wollen, hat er nichts mehr, wo er draufstehen kann. Dann fällt er. Wenn auch nur ein einzelner Teil vom Berg sich verschiebt, wird das ganze Ding geschwächt.«

Jack hört zu. Er nimmt alles auf, jedes Wort. Ich kann nicht sagen, ob er überrascht drüber ist, dass meine Gedanken und Gefühle mich dahin geführt haben. Dass sich das alles so zusammengefügt hat, während ich allein vom Bunker zurück nach Starlight Lanes geritten bin. So klar und deutlich, dass ich glaub, es hat schon seit einer ganzen Weile in mir geflüstert, bloß bin ich zu beschäftigt mit kämpfen gewesen, um es zu hören. Ich kann nicht sagen, was er denkt. Es ist was ganz anderes als ein Plan, um DeMalo zu töten.

Was die anderen angeht, die stehen an den Wänden und gucken mich nicht ein einziges Mal an. Mit verschlossenen Gesichtern und wahrscheinlich auch verschlossenen Ohren. Deutlicher können sie es mir kaum zeigen. Sie sind nur Jack zuliebe hier. Ihre Treue gilt Cassie. Ihr Mann Bram – ihr Freund und Anführer – ist wegen mir tot.

Wenn ich Cassie nicht auf meine Seite ziehen kann, hab ich keine Chance bei den anderen. Und ich brauch ihr Wissen aus erster Hand über die Verweser. Aber im Augenblick sieht es nicht gut aus. Überhaupt nicht gut.

Cassie starrt mich mit unverblümter Verachtung an. Im Gegensatz zu den anderen hat sie mich nicht aus den Augen gelassen. Keine Sekunde lang. Ihr blanker Hass liegt so dick in der Luft, dass ich das Gefühl hab, er schließt mich ein. Während ich spreche, merk ich, dass ich rot und immer röter im Gesicht werd. Dann denk ich, dass ich bestimmt dumm klinge. Dass ich bestimmt dumm ausseh. Mein Mund trocknet aus, und ich werd immer nervöser, bis ich rumstotter und alles durcheinanderbring. Und nicht nur ich bin nervös. Alle sind zappelig und fühlen sich nicht wohl in ihrer Haut. Vain Ed stößt mit dem Ellbogen noch ein Fenster auf. Jack hat mich vorgewarnt, dass Cassie schroff zu mir sein würde. Damit hab ich gerechnet. Ich hab sogar gedacht, dass ich das verdient hab. Aber trotzdem. So eine Feindseligkeit ist mir noch nie entgegengeschlagen. Und ich bin entsetzt drüber, wie sehr sie sich verändert hat. Die Trauer hat sich in ihr weiches rundes Gesicht gegraben. Hat das Lächeln von ihren Lippen genagt. Früher hat sie die hübschen braunen Haare in offenen Locken getragen. Jetzt sind sie zu einem straffen Knoten gebunden, wie zur Bestrafung. Das Brandzeichen auf ihrer Stirn hebt sich krass von der bleichen Haut ab.

»Ihr habt die Macht«, sag ich. »Er kann nur herrschen, wenn ihr ihn lasst. Wenn ihr tut, was er sagt. Wenn ihr gehorsam bleibt. Versteht ihr?«, komm ich stotternd zum Ende. In drückendem Schweigen.

Cassie verzieht verächtlich den Mund. »Verwerfungen«, sagt

sie. »Berge. Der Berg bricht zusammen, DeMalo bricht zusammen, und wir fassen uns alle an den Händen und tanzen in der Sonne. Wer hätte gedacht, dass es so einfach sein kann?«

»Na gut«, sag ich. »Sag mir eins. Was ist das eine hier, was die Verweser am meisten stört? Eine von DeMalos Regeln, die die Leute nicht verstehen oder für ungerecht halten. Sie sagen es vielleicht nicht laut, aber sie denken es, sie fühlen es in ihren Herzen, dass es ungerecht ist.«

Schweigen. Mercys Blick wandert durch den Raum. Er bleibt an Bo hängen, dem Verwesermädchen mit dem unscheinbaren Gesicht. Sie wirft ihrem Mann einen verstohlenen Blick zu. Manuel mit dem Bartflaum. Sie haben sich aneinandergedrängt und beäugen mich, als ob ich ein wildes Tier wär, vor dem man sie gewarnt hat. Und erst jetzt fällt mir auf, dass Bo schon einen ganz kleinen Babybauch hat. Sie guckt mich an.

»Sie nehmen ihnen die Babys weg«, flüstert sie.

»Die Bindung zwischen Eltern und Kind ist machtvoll«, sagt Mercy.

»Wenn du also … dir dein Baby vom Wegbereiter, vom Säuglingshaus zurückholen würdest«, sag ich, »das wär eine machtvolle Tat. Die würde den Berg erzittern lassen. Jede Mutter, die das tut, und jeder Vater, der das tut, ist ungehorsam gegenüber dem Wegbereiter und New Eden. Sie gehen ein Risiko ein. Ein großes. Jeder, der das tut, wird Angst haben. Aber die Sehnsucht nach dem eigenen Kind wird größer sein als die Angst. Wenn sie erst ihr Kind haben und einmal ihre Angst besiegt haben, werden sie nach und nach aufhören, Angst zu haben. Er beherrscht sie durch Angst. Wenn die Leute ihn nicht mehr fürchten, schwindet seine Macht.«

Ich wart einen Augenblick. Damit es auf sie wirken kann. Um in ihren Gesichtern zu lesen. Hab ich sie? Hab ich sie gerührt?
»Mercy und ich wollen heute Nacht das Säuglingshaus auskundschaften«, sag ich. »Wenn es geht, holen wir da ein Kind raus. Ich bitt euch um eure Hilfe. Ihr kennt die Mädchen hier. Wir brauchen euer Wissen aus erster Hand.«
Cassie lacht. Ein trockenes Schnauben, mehr nicht. »Wir? Dir helfen? Mit dir zusammenarbeiten? Was denn, meinst du etwa, so wie Bram? Weil das ja so gut ausgegangen ist, ja?«
»Es tut mir leid, Cassie. Es tut mir ehrlich furchtbar leid.«
»Es tut dir ehrlich furchtbar leid«, sagt sie, »und er ist ehrlich furchtbar tot, und seine Leiche liegt immer noch unter dem Stein, wo ihr sie gelassen habt. Und mich haben sie mit einem neuen Mann verheiratet, mit einem Fremden, der in meinem Bett schläft und mich mit Adleraugen beobachtet, und so läuft das in New Eden.«
Vain Ed sagt: »Eine Frau, deren Mann ohne Grund verschwindet, ist verdächtig.«
Cassie spricht angespannt und bedächtig. Mit ihrem Rock, ihren Ärmeln. Ordnet ihre schon völlig ordentlichen Kleider. »Du hast mir alles genommen, und jetzt willst du noch mehr. Du hast alles gekriegt, was du je von mir kriegen wirst. Ich hab Bram mit euch gehen lassen, um deine Schwester zu retten. Er ist nicht zurückgekommen. Und du hast nicht mal den Anstand gehabt, zu mir zu kommen und mir zu sagen, dass er tot ist. Ich hab es von einem Fremden erfahren müssen. Von Jack. Er weiß wenigstens, wie man anständig mit den Menschen umgeht.«
Cassie hat mich nie gemocht, hat mir nie vertraut, und sie

hat auch keinen Hehl draus gemacht. Jetzt hasst sie mich. Inbrünstig. Ich hab ihre peitschende Zunge schon mal zu spüren bekommen, aber von diesem Angriff ist mir ein bisschen übel. Ich guck zu Jack. Sein Blick sagt: Was kann ich tun? Mercy hat die Hände im Schoss gefaltet, die Knöchel zeichnen sich weiß ab. Sie kann nicht an meiner Stelle sprechen, ich muss das einstecken. Aber ihr Blick macht mir Mut.

»Das ist falsch gewesen von mir«, sag ich. »Ich hätte kommen müssen. Und ich hab auch kommen wollen, aber …«

»Aber was?« Cassie springt auf. Pflanzt sich vor mir auf. »Was? Du hast was Besseres zu tun gehabt?«

»Nein, natürlich nicht. Es tut mir leid, Cassie, ich hätte so schnell wie möglich zu dir kommen müssen.«

»Tja, bist du aber nicht. Deine Entschuldigungen kannst du dir sparen und sie mit in die Hölle nehmen.«

»An deiner Stelle würd ich mich wahrscheinlich auch hassen«, sag ich. »Aber wenn du dich da dran klammerst, bringt ihn das auch nicht zurück. Das ist keine Art, sein Opfer zu ehren.«

»Opfer!«, faucht sie. »Du wagst es, mir was über Opfer zu erzählen!« Sie stürzt vor und knallt mir eine. Ohrfeigt mich so fest, dass es meinen Kopf nach hinten reißt.

Jack tritt vor. Mercy steht halb auf. Ich heb die Hand, um sie aufzuhalten. Cassie guckt bestürzt, die Augen weit aufgerissen. Das hat sie nicht tun wollen. Vain Ed legt ihr den Arm um die Schultern und reckt das Kinn vor: Ich soll bloß nicht wagen, sie anzurühren. Meine Wange brennt. Ich seh Sternchen. Aber der Schlag und der Schmerz sind mir willkommen. Ich zieh sie jederzeit dem Messer in ihrem Blick vor.

»Ich bin froh, dass ich dir nicht im Käfig gegenübergestanden hab. Das hab ich verdient. Bitte, können wir nicht versuchen zusammenzuarbeiten?« Ich streck ihr die Hand hin. Sie guckt drauf. Dann guckt sie mich an. Ihr Gesicht ist wieder verschlossen.
»Es tut mir leid«, sag ich. »Ich kann niemals zurückzahlen, was ich dir schulde. Ich kann deinen Verlust nie wiedergutmachen, so gern ich das möchte. Ich kann nur versuchen, die Chance, die Bram uns gegeben hat, nicht zu verschwenden. Dafür brauch ich deine Hilfe. Bitte, Cassie. Lass uns das versuchen. Wenn es so klappt, wie ich hoff, dann könnt ihr allein damit weitermachen. Dann braucht ihr mich nicht.«
Sie setzt sich wieder ans Fenster und starrt raus, ohne was anzusehen. Sie ist hier fertig. Fertig mit mir. Das heißt, die anderen sind auch fertig mit mir. In Jacks Gesicht les ich, was sowieso klar ist. Meine früheren Fehler verdammen mich hoffnungslos. Wie bin ich bloß drauf gekommen, dass ich Cassie auf meine Seite ziehen kann? Hierherzukommen ist ein Fehler gewesen. Und vielleicht sogar ein gefährlicher. Wenn ihr Hass heiß genug brennt, um mich zu verraten.
»DeMalo ist schwach, aber er glaubt, er ist stark. Ihr seid stark, aber ihr glaubt, ihr seid schwach.« Ich nicke ihnen zum Abschied zu. »Gehen wir«, sag ich zu Mercy.
Als Jack die Falltür anhebt, steht Mercy von ihrem Hocker auf. Sie zögert, dann hält sie Skeet die Hand hin. Nach einem Augenblick nimmt er sie. »Wir sind uns gar nicht vorgestellt worden«, sagt Mercy. »Ich heiß Mercy. Mein Zuhause ist Crosscreek. Ein schönes grünes Tal, das in der Sonne schläft.«
Ihre Worte stupsen seinen Blick in die Erinnerung. Er sagt – leise, als ob er im Dunkeln auf einer Schlafstelle in einer

Sklavenhütte liegt und nicht will, dass die Wachen ihn hören, wie ein Singsang, den er nur im Stillen spricht, immer wieder – er sagt: »Ich heiß Skeet. Mein Zuhause ist ein Wagen. Er hat gelbe Räder, und ein Pferd namens Otis zieht ihn.«

Das gemeinsame Leid schmiedet sofort ein Band zwischen ihnen. Mercy legt die andere Hand auf ihre verschränkten Hände. Er tut das Gleiche.

»Das Mädchen ist nicht fehlerfrei, mein Freund«, sagt Mercy. »Aber sie ist aus seltenem Holz geschnitzt. Ich bekenn mich zu ihr, komme, was da wolle.«

Er sagt: »JB hier lebt seit ungefähr einem Jahr als Baumhund. Ich bin seit ein paar Monaten mit ihr zusammen. Wir verschmutzen hier einen Brunnen, fackeln da eine Scheune ab, aber sie suchen immer nach uns, streifen mit Hunden durch den Wald. Manchmal finden sie einen von unseren Haken und fällen den Baum. Wir werden auch nicht schneller, was, Junie B? Eines Tages, schon bald vielleicht, verlässt uns das Glück. Und die bringen bloß den Schaden in Ordnung und machen weiter … komisch, irgendwie hab ich mich nie gefragt, ob es nicht einen anderen … vielleicht besseren Weg gibt.«

Als er fertig ist, herrscht betretenes Schweigen. Das alles ist aus ihm rausgeströmt, als ob er und Mercy sich schon ewig kennen. Als ob sie gerade mitten in einer langen Unterhaltung wären.

»Vielleicht ist es Zeit, dass du das mal tust«, sagt Mercy. »Vielleicht ist es Zeit, dass wir das alle mal tun.«

Ihre Hände lösen sich voneinander. Ich geh auf die Leiter zu. Ich werd zuerst runterklettern und dann Mercy helfen.

»Hey, Bo, ist da nicht vor ein paar Tagen ein Mädchen ins

Säuglingshaus gegangen?« Manuel spricht hastig und ein bisschen zu laut. »Du weißt, wen ich mein. Ich glaub, sie wohnt in der Nähe von dem neuen Schlagbaum.«
Ich bleib stehen.
»Du meinst diese – ach, wie heißt sie noch gleich?« Bo runzelt die Stirn und schnippt mit den Fingern. »Dian, so heißt sie.«
Vain Ed kratzt sich am Kopf. »Nee«, sagt er, »das klingt nicht richtig. Cherry?«
»Weißt du, wenn ich so drüber nachdenk, könnt es Eula sein«, sagt Manuel.
»Ihr drei könnt nicht mal ein Kind täuschen mit eurer hoffnungslosen Schauspielerei.« Cassie wendet sich vom Fenster ab. Ihr Blick bietet mir einen zerbrechlichen Waffenstillstand an. »Sie heißt Rae. Sie ist fünfzehn. Hat schon einen Monat vor ihrer Zeit Wehen gehabt. Ich könnt mir vorstellen, dass sie mitmacht. Ich komm mit euch.«
»Danke«, sag ich.
»Was ist mit Hunter?«, fragt Bo. »Du wirst nachts nicht rauskommen, ohne dass er's merkt.«
Cassies Lippen werden schmal. »Er trinkt gern ein Gläschen oder fünf«, sagt sie. »Hauptsache, ich bin bis zum Morgengrauen zurück.«
Mein Herz schlägt wieder beherzter. Die Luft atmet auf. Ich wag es nicht, Cassie die Hand hinzuhalten, aber ich nicke ihr knapp zu. Vielleicht wird sie mir niemals verzeihen. Vielleicht werden wir nie Freundinnen. Vielleicht wird sie mir nie ganz vertrauen. Damit könnt ich leben. Das Einzige, was zählt, ist, dass sie versuchen will, mit mir zusammenzuarbeiten.
»Wir ziehen los, sobald es dunkel ist«, sag ich. »Du und ich und Mercy und Jack.«

Nacht fünf

Es ist wieder eine Krawallnacht. Die Sterne jagen in feurigem Durcheinander über den Himmel. Wir haben die Feldwege genommen, immer an den Rändern lang, immer hübsch im Schattenland. Aber wahrscheinlich hätten wir auch die Straßen nehmen können, mit Kontrollposten und allem. In der Sternschnuppenzeit verriegeln die meisten Leute bei Einbruch der Dunkelheit die Türen. Wenn es klopft, machen sie nicht auf aus Angst vor Schatten auf Wanderschaft. Wie wir hier hinter den Ställen lauern mit bleichen Gesichtern und dunklen Kleidern, könnt man uns gut für Gespenster halten. Die im Leben vielleicht geköpft worden sind und jetzt nach ihren verlorenen Körpern suchen. Bloß dass Gespenster in frostigen Nächten keine Atemwölkchen machen.

»Da links, ganz vorn«, flüstert Jack. »Da wohnen die Frauen. Der Geburtsraum ist auch auf der Seite. In der Mitte ist ein Gang, direkt von der Eingangs- zur Hintertür.«

»Das Säuglingszimmer ist auf der rechten Seite«, sagt Mercy. »Und Betten für die Hebamme und die Ammen. An der Rückseite sind die Tonton-Quartiere und eine Küche. Draußen sind ein Brunnen, ein Abtritt und ein Holzschuppen. Sie bekommen wahrscheinlich jeden zweiten Tag eine Essenslieferung. Das ist alles.«

»Woher weißt du das alles?«, frag ich. »Du hast doch hier nicht als Hebamme gearbeitet.«

»Sie bauen alle Säuglingshäuser genau gleich«, sagt Jack. »Und es haben immer vier Mann Wache. Ein Kommandant und drei Mann Fußvolk. Hier stehen vier Pferde im Stall. Also sind alle drin.«

Unsere eigenen Pferde haben wir in einer gestrüppüberwucherten Bodensenke stehenlassen. Mir wär wohler, wenn sie in der Nähe wären, aber uns ist keine Wahl geblieben. Hier in der Nähe gibt es keine Deckung für sie.

Das Säuglingshaus steht allein an einer ebenen Kreuzung. An drei Seiten stehen kleine Pappelschösslinge. Aber es dauert noch Jahre, bis die hoch genug für einen Windschutz sind. Geschweige denn bis einer dick genug ist, um sich drin zu verstecken. Dieses Säuglingshaus ist noch ganz neu. Erst vor ein paar Monaten gebaut, meint Jack. Es ist niedrig, hat nur ein Stockwerk, ein Dach aus Rinde und Grassoden und niedrige lange Wände aus Brettern, Lehm und Strohballen. In der Mitte ist eine stabile, verriegelte Tür. Zwei Fenster an beiden Seiten davon, mit Eisenstangen davor. Drin haben sie die Holzfensterläden zugemacht, aber durch die Ritzen sickert Licht raus. Ich guck sie mir durch den Weitgucker an, aber ich kann nichts erkennen. Hier hinter den Ställen sind wir vielleicht fünfzehn Meter vom Haus weg.

»Säuglingshaus«, sagt Cassie. »Schon eher Säuglingsgefängnis. Glaubst du wirklich, du kannst uns da reinbluffen, Jack?«

»Ach, das ist kein Problem«, sagt er. »Um das, was danach kommt, mach ich mir Sorgen. Da wir ja keine Ahnung haben, was danach kommt.« Er guckt mich mit seinem schiefen Lächeln an.

Heute Abend ist er wieder mehr wie sonst. Ich bin mächtig erleichtert, wenn auch kein Stückchen schlauer. Ich glaub, noch mehr von seiner kühlen Zurückhaltung hätt ich nicht ertragen. Heute Abend trägt er im Gegensatz zu gestern Nacht seine Tonton-Kleider. Und zum ersten Mal bin ich froh drum, ihn da drin zu sehen. Als ich ihm das gesagt hab, hat er nur eine Augenbraue hochgezogen. Tatsache ist: Er ist unsere einzige Möglichkeit, in dieses Haus reinzukommen. Mercy hat Cassie einen ganz anständigen Halbzeitbabybauch ausgestopft. Im Augenblick besteht unser Plan – und wenn man den grob nennt, dann ist das noch untertrieben – darin, dass Jack an diese verrammelte Tür klopft und sagt, dass er eine schwangere Frau dabeihat, der es nicht gutgeht. Mercy hat Cassie üben lassen, wie man falsche Wehen vorspielt und was sie wann tun muss. Und es hat sich rausgestellt, dass Cassie richtig gut darin ist, die Hysterische zu spielen. Wenn sie erst mal drin sind, sagt Mercy, übergeben die Tonton Cassie der Hebamme. Und die Aussichten stehen gut, dass die nicht Alarm schlägt, wenn sie Cassies Täuschung durchschaut. Die Hebammen hassen ihr Sklavenleben, sie hassen, was sie tun müssen, und vor allem hassen sie die Tonton. Von da an sind Jack und Cassie auf sich allein gestellt. Hauptsache, sie setzen keine Waffen ein und keiner wird verletzt.

»Ich vertrau euch«, sag ich.

»Dein Vertrauen schmeichelt mir«, sagt Jack. »Und wie du weißt, lass ich mir gern auf die Schnelle was einfallen. Aber das hier ist sogar für mich ein ziemlich grober Plan. Bist du sicher, dass du das tun willst?«

»Cassie hat das letzte Wort«, sag ich.

»Gehen wir näher ran«, sagt sie. »Lasst uns mal durch die Fensterläden da gucken. Mal sehen, was drinnen los ist.«

Gebückt laufen wir über den Hof. Neben dem linken Fens-

ter drücken wir uns an die Hauswand. Dann schieben wir uns vors Fenster und spähen durch die Ritzen. Es ist ein langer, von Wandlaternen erhellter Raum. Zwei ordentliche Reihen mit Betten. Nur zwei Mädchen. Das eine, ein großes rosiges Mädel, hochschwanger, liegt mit einem Kissen im Rücken im Bett. Das andere ist ein kleiner Hänfling von einem Mädchen mit einem lieben, erschöpften, verängstigten Gesicht. Sie ist nicht schwanger. Sie läuft hin und her. Bleibt stehen und läuft weiter. Trampelt einen Pfad in den Boden, neben einem Bett, das wohl ihrs ist. Auf dem Bett liegt ein kleines Stoffbündel, als wär sie abmarschbereit. Die Hände hält sie vor dem Bauch verschränkt. Versucht vergeblich, ihre Finger ruhig zu halten, die gequält nach irgendwas greifen wollen. Sie starrt zur Tür.
»Das ist Rae«, flüstert Cassie. »Anscheinend hat sie ihr Baby schon bekommen.«
Auf der anderen Seite vom Säuglingshaus hören wir kraftloses Weinen. Emmi hat früher auch so geweint. Schwach wie eine neugeborene Maus, und keine Muttermilch, um sie damit zu füttern. Es ist mehr als ein Wunder, dass sie überlebt hat.
Mercy schüttelt den Kopf. »Vor der Zeit geboren, das arme Ding«, sagt sie.
Eine Sklavin mit einem Halsband sitzt mit ausdruckslosem Gesicht auf einem Stuhl an der Tür. Sie ist ein großes Zugpferd von einer Frau. Darum haben sie sie auch ausgesucht. Darum ist sie hier. Um die Mädchen auf dieser Seite von der Tür festzuhalten. Rae geht zu ihr, spricht mit ihr, fleht sie an. Die Frau schüttelt den Kopf. Nein, Rae darf nicht zu ihrem Baby.
Rae wendet sich ab. Man kann sehen, dass sie versucht, sich

zusammenzureißen, aber sie kann fast nicht mehr. Das andere Mädchen streckt ihr die Hand hin, sagt ihren Namen. Rae läuft zu ihr und vergräbt den Kopf an ihrer Schulter. Sie weint, während das andere Mädchen sie im Arm hält. Ihr über den Rücken streicht, leise mit ihr spricht. Sie bringt Rae dazu, sich aufzusetzen und sich die Tränen abzuwischen.
Die Fensterläden dämpfen ihre Stimmen. Im flackernden Licht der Binsenlampen sieht ihr Kummer weicher, verschwommener aus.
»Gucken wir uns die andere Seite an«, sag ich.
Wir huschen an der Tür vorbei zum Fenster vom Säuglingsraum. Langsam und vorsichtig riskieren wir einen Blick. Der Raum sieht genau wie der andere aus. Bloß stehen hier statt Betten hoffnungsvolle Reihen von kleinen Wiegen. Zeigen DeMalos Glauben an die Zukunft von New Eden. Von hier aus können wir nicht sehen, wie viele belegt sind. Aber zwischen etwa der Hälfte davon geht eine Verweserin hin und her und guckt nach den Babys da drin.
»Die Hebamme«, flüstert Mercy.
Das klägliche Weinen kommt von einem Baby in Windeln, das eine andere Verweserin sich an die Brust hält. Sie sitzt auf einem Stuhl und ermuntert es, zu trinken. Aber es will nicht andocken. Sein Kopf fällt zur Seite, und es schreit sich das Leben aus dem Hals: ein hauchdünnes Wimmern. Raes Baby, einen Monat zu früh gekommen.
»Die Amme«, sagt Mercy. »Dafür nehmen sie nur Frauen, bei denen die eigenen Babys gestorben oder zu schwach gewesen und ausgesetzt worden sind.«
Die Mütter der Toten, gefangen gehalten. Sie haben nicht mal Zeit, um zu trauern. Ob sie den Kummer besser ertragen können, wenn sie sehen, dass ein anderes Kind mit ihrer

Milch gesund wächst? Die, bei denen die Babys ganz natürlich gestorben sind, vielleicht. Da könnt ich mir vorstellen, dass es hilft. Aber Frauen mit schwachen Babys wie dem da? Die das Schicksal von ihrem Kind kennen? Das muss ihnen tief in der Seele weh tun.
Die Amme knöpft sich das Hemd zu und legt sich Raes Baby an die Schulter. Reibt ihm über den Rücken und versucht, es mit ihren Händen und ihrer Stimme zu beruhigen. Sie hat lockige kupferfarbige Haare, ein bisschen wie Maevs. Ich würd sagen, sie ist so alt wie ich. Wenn sie ein Baby gekriegt hat, das gestorben ist, dann ist das bestimmt ihr erstes gewesen. Sogar in meinen Augen sieht sie unerfahren aus. Ihr Blick zuckt nervös zu den beiden Tonton, die gerade reingekommen sind. Der ältere Mann, dunkelhäutig, auf eine müde Art gutaussehend, hat das Kommando. Der andere ist ein rotbäckiger Junge von etwa zwanzig. Er sieht zu jung für die Bluttätowierung aus, aber er muss sie haben. Er steht an der Tür Wache, während sein Kommandant mit der Amme und der Hebamme spricht. Wir können nicht hören, was sie sagen, aber es ist klar, dass sie über Raes Kind reden. Er lässt sie das Baby aus den Windeln auswickeln, damit er es sich richtig und gründlich angucken kann.
Es ist ein Mädchen. Ein klägliches rotes Fetzchen. Winzige Spatzenarme. Beine, die man zwischen zwei Fingern zerbrechen könnt. Jetzt hat es aufgehört zu weinen. Liegt einfach da. In meinem Kopf hör ich DeMalo.
»Wessen Kinder werden der Erde am besten dienen? Die des Abschaums von Hopetown? Schwache Kinder von schwachen Menschen? Oder die Kinder dieser Leute?«
Manchmal bekommen starke Menschen schwache Kinder. Und manchmal werden Schwache später stark.

»Genauso ist Emmi auch gewesen«, sagt Mercy.
Emmi, zu früh geboren, ohne Mutterliebe, die sie in der Welt verankert hätte, hat die ersten paar Wochen nur so gerade eben überlebt. Dann ist, dank Mercys Fürsorge, in ihr drin irgendwas erwacht, und sie hat angefangen, um ihr Leben zu kämpfen. Der Kommandant untersucht das Kind noch mal. Spricht noch ein bisschen mit den Frauen. Dann dreht er sich zu dem jungen Tonton um und schnippt mit den Fingern. Der Junge verlässt das Zimmer.
Die kupferhaarige Amme will das Baby wieder wickeln. Der Kommandant hält sie auf. Bedrückt reden sie auf ihn ein, sie und die Hebamme. Sie sind laut geworden, deshalb versteh ich: »Noch ein paar Tage, bitte, Sir.« Er schneidet ihnen mit erhobener Hand das Wort ab.
»Er hat entschieden«, sagt Mercy. »Keine Hoffnung für die hier.«
Der Kommandant sagt noch was und geht dann raus. An der Tür kommt ihm der junge Tonton entgegen, und sie nicken sich zu. Der Junge geht rüber zu den Frauen. Die Amme zögert, drückt Raes Baby an sich. Dann küsst sie es sanft auf den Kopf und gibt es ihm, nackt, wie es ist.
Mir fällt auf, wie behutsam der Tonton es nimmt. Wie er ihren Kopf mit der Hand stützt. Wie er sie ganz unbefangen, ganz natürlich im Arm hält.
Und ich denk bei mir: Er hat das schon mal gemacht. Vielleicht hat er selbst eine kleine Schwester. Bei der er immer gern geholfen, die er liebgehabt hat. Nicht wie ich. Zu meiner Schande hab ich Em nicht mal angerührt. Ich hab ihr die Schuld an Mas Tod gegeben. Lugh ist der gewesen, der Pa mit ihr geholfen hat.
Plötzlich hören wir donnernde Schritte und schmeißen uns

zu Boden. Eine Sekunde später tauchen zwei Tonton hinter dem Säuglingshaus auf und steuern auf die Ställe zu. Sobald sie außer Sicht sind, krabbeln wir um die Ecke hinters Haus. Wir halten den Atem an. Und warten.

Die rote Hitze zittert in mir, will sich losreißen. Meine Hand liegt auf dem Waffengürtel – ist automatisch dahin geflogen, als ich die Schritte gehört hab. Bloß trag ich den gar nicht. Zum ersten Mal, seit ich vom Silverlake weg bin, hab ich keine Waffen dabei. Wir alle nicht. Keine Bögen, keine Bolzenschießer, kein Messer in der Scheide in meinem Stiefel. Es fühlt sich nicht richtig an. Ich fühl mich nicht richtig an. Mir fällt auf, dass auch Jacks Hand da liegt, wo sein Bolzenschießer nicht ist.

Die Tonton zerren einen Pferdewagen mit zwei Sitzbänken aus dem Stall. Einer läuft zurück und holt ein Pferd raus, und das bugsieren sie vor den Wagen und schirren es an. Das alles ist ratzfatz erledigt.

»Sie bringen Rae nach Hause«, flüstert Mercy.

»Weißt du, wo sie lebt?«, frag ich Cassie.

Sie nickt. Sie ist ganz ruhig. Ich erinner mich an die Nacht, als ich sie kennengelernt hab, wie nervenstark sie da gewesen ist. Als Jack Emmi geschnappt hat. Ich hab's nur ihrem und Brams kühlen Köpfen zu verdanken, dass wir nicht alle gleich da gestorben sind.

Während die Tonton den Pferdewagen zur Eingangstür bringen, klirren Schlösser, Balken knarren, und die Tür geht weit auf. Der Kommandant kommt mit Rae raus. Er führt Rae am Ellbogen. Sie drückt ihr kleines Bündel an die Brust. Keine Spur von Tränen mehr. Sie wagt es nicht, vor ihm ein Getue zu machen. Trägt den Kopf hocherhoben. Gibt sich alle Mühe, sich wie eine Verweserin zu benehmen.

Der Kommandant hilft ihr auf die Rückbank. Er lächelt und beugt den Kopf. Sie schafft es fast, zurückzulächeln. Sie ist aus hartem Holz geschnitzt, diese Rae. Ob uns das was nutzt, wird sich noch zeigen. Die beiden Tonton klettern auf den Wagen und setzen sich auf die vordere Bank. Der Beifahrer legt sich den Feuerstab auf die Knie. Mit einem Zügelklaps und einem plötzlichen Ruck rumpelt der Wagen vom Hof und auf den silbernen Mondlichtpfad, der auf die Straße nach Norden fällt.

Während die Eingangstür wieder zugeht, Schlösser klirren und Balken knarren, gucken wir Raes dunkler Gestalt auf der Rückbank vom Pferdewagen hinterher. Sie dreht sich um und wirft einen langen letzten Blick zurück. Dann dreht sie das Gesicht zur Straße vor sich.

»Keine Angst, Mädchen«, sag ich. »Du siehst dein Baby bald wieder.« Dann sag ich zu Cassie: »Jetzt musst du doch nicht schauspielern. Wir haben uns genau die richtige Nacht ausgesucht. Du und Mercy, ihr holt die Pferde. Wartet an der ersten Kurve an der Nordstraße auf uns. Da gibt's Felsen, wo ihr Deckung habt. Jack, du kommst mit mir. Holen wir uns dieses magere kleine Baby.«

Der junge Tonton ist leicht zu entdecken. Leicht zu verfolgen. Die Nacht ist hell und das Land flach, und er ist das Einzige, was sich da außer uns noch bewegt. Und die leichte Brise trägt Fetzen von dünnem Babyweinen zu uns. Also halten wir Abstand und laufen gebückt für den

Fall, dass er sich mal umguckt. Nero segelt über uns, aber bei einer Krähe, die durch die Nacht fliegt, denkt sich keiner was. Falls sie überhaupt jemand sieht.

Bei dem Vorsprung, den der Tonton hat, muss er schon ein gutes Stück vom Weg zu der Stelle geschafft haben, wo er das Baby aussetzen soll. Wird bestimmt ein gutes Stück vom Säuglingshaus weg sein. Weit außer Hörweite. Keiner kann das Weinen von einem Baby draußen die ganze Nacht ertragen. Nicht mal die Tonton. So schnell, wie der hier geht, so eine Art Laufgehen, hat er's eilig, die Sache hinter sich zu bringen. Man sieht an seiner Haltung, dass er sich über das Baby beugt und es dicht an die Brust gedrückt trägt. Wahrscheinlich hat er die Kleine unter seinen Umhang gesteckt. Was für ein grausiger Auftrag. Er muss ganz unten in der Hackordnung sein. Wir folgen ihm ungefähr eineinhalb Meilen weit auf einem Pfad durch das niedrige Gestrüpp. Es ist kein richtiger Weg, aber das Gestrüpp ist so runtergetrampelt, dass man gut vorankommt. Dann ist er verschwunden. Einfach so. Einfach weg.

Jack schnappt sich den Weitgucker, den er um den Hals hängen hat. »Wo ist der hin?«, murmelt er und sucht die Nacht ab. »Verdammt. Komm!«

Wir stürmen über die Ebene und purzeln fast auf ihn drauf. Er sitzt im Schneidersitz unten in einem trockenen Flussbett mit dem Baby im Schoß. Wir ducken uns hinter einen Felsblock und gucken dahinter vor. Das Baby wimmert jetzt, aber die steilen Flussbettwände fangen bestimmt jedes Geräusch ab. Der Tonton hat sein Shemag abgenommen und das Baby drin eingewickelt. Das soll er eigentlich nicht tun. Er hat es außerdem sehr ordentlich gemacht. Sein Feuerstab liegt auf dem Boden neben ihm.

Er sagt: »Guck mich nicht so an. Das ist nicht meine Schuld. Du bist zu klein, und wer hat die Schuld dran? Du, jawohl. Du hättest in deiner Ma bleiben sollen, bis du groß genug bist. Aber, o nein, du hast es ja eilig gehabt. Und wozu? Guck dir doch an, was du dir damit eingebrockt hast.«
Er redet mit ihr, wie man mit jedem reden würd. Einfach eine normale Unterhaltung. Nur so schafft er das. Jack und ich gucken uns an. Und für einen ganz kurzen Augenblick in dieser Sternschnuppennacht seh ich den Vater, der er für eine ganz kurze Zeit gewesen ist. Gracies Vater. Ein kleines Töchterchen genau wie das hier. Ich vergess immer, dass Jack ein Kind gehabt hat. Erst jetzt komm ich drauf, dass das für ihn vielleicht schwer ist.
»Okay, du bist fertig.« Der Tonton nimmt das Baby in die Arme und steht auf. »Ich muss dich irgendwo hinlegen, wo kein Wind drankommt. Und wir wollen nicht, dass die Kojoten Wind von dir bekommen. Da drüben? Gute Idee.« Er legt sie in eine Nische zwischen den Steinen. »Na bitte, guck dir das an. Da hast du's kuschelig. Jetzt hör mir zu, das ist ganz wichtig, okay? Du darfst nicht weinen, keinen Pieps, und das mein ich ernst. Wenn ein Kojote dich findet …« In seiner Kehle arbeitet es, er kämpft gegen die Tränen an. Plötzlich dreht er sich um und krabbelt auf der anderen Seite aus dem Flussbett. Er stürmt davon in die Nacht.
Jack und ich zählen an unseren Fingern stumm bis zehn. Dann steht Jack langsam auf und guckt durch den Weitgucker. »Er geht weg«, flüstert er.
»Du bleibst hier«, sag ich.
Ich kletter zwischen den Steinen runter und pass bei jedem Schritt oder Griff auf. Ich darf kein Geräusch machen. Aber

mein letzter Schritt löst eine Kiesellawine aus. Ich erstarr. Guck zu Jack hoch. Er guckt durch den Weitgucker.
»Er ist nicht mehr zu sehen«, sagt er. »Geh weiter.«
Die Kleine hat wieder angefangen zu maunzen. Ich lauf schnell durch das Flussbett zu ihr. Als ich versuch, sie aus der Nische zwischen den Steinen rauszuziehen, protestiert sie schwach. Ich weiß nicht genau, wie ich das anstellen soll. Ich will ihr nicht aus Versehen weh tun. »Schsch«, sag ich zu ihr. Meine Hände kommen mir plump vor. Ungefähr so nützlich bei meinem Vorhaben wie Füße. Das Shemag von dem Tonton scheint sich an irgendwas verfangen zu haben. Nero kreist über mir, krächz-krächz-krächzend. Wahrscheinlich mag er das schrille Babyweinen nicht. Da ist er nicht der Einzige. Klingt das arme Ding noch schwächer, oder bild ich mir das nur ein? Egal, wir müssen die Kleine so schnell wie möglich zu Rae bringen.
Ich zupf am Shemag, und Stück für Stück krieg ich sie frei. Ich hol sie aus der Nische. Sie wiegt fast nichts. Besteht fast nur aus Windeln. Ich mach kehrt und will zurückgehen.
Und da steht er. Der Tonton. Im Flussbett. Nur fünf, sechs Meter weg. Den Bolzenschießer auf mein Herz gerichtet. Dann sieht er meine Geburtsmondtätowierung und schnappt nach Luft. Der Todesengel. Angst zersplittert sein Gesicht. Hastig weicht er zurück. Aber seine Waffe bleibt auf mich gerichtet. Wie hat er sich an mich anschleichen können, ohne dass Jack ihn gesehen hat? Ohne dass ich ihn gehört hab? Er kennt diese Gegend, und wir nicht, deshalb.
Ich sag ganz laut: »Ich bin allein. Ich bin unbewaffnet.«
Hörst du mich, Jack? Lass dich nicht blicken. Tu nichts.
Der Tonton reißt die Augen auf. Sein Atem geht stockend. Er hat die Geschichten gehört, die Gerüchte. Der Geist vom

Todesengel. Der durch New Eden streift. Auf Rache aus.
»Ich weiß, was du denkst, aber ich bin kein Gespenst. Ich bin verdammt echt. Da.« Ich streck ihm die Hand hin. »Na los. Fühl mal. Ich bin warm.«
Nach kurzem Zögern tappt er zu mir. Seine Fingerspitzen berühren meine. Ein knappes Nicken. »Zeig mir, dass du unbewaffnet bist«, sagt er.
Ich lass ihn nicht aus den Augen und beweg mich langsam und ruhig. Ich will nicht, dass er nervös wird. Ich leg das Baby auf die Erde. Zieh die Jacke aus und werf sie auf die Steine. Dann breit ich die Arme aus und dreh mich um.
Er tastet mich schnell ab und zielt dabei weiter mit dem Bolzenschießer auf mich. Guckt mich die ganze Zeit an. Als ob er immer noch nicht sicher wär, dass das nicht doch irgendein Gespenstertrick ist. Er hat ein weiches Jungengesicht. Seine Rasierklinge schabt noch über Flaum, nicht über Stoppeln. Er tritt zurück. »Ich hab die Krähe gesehen«, sagt er. »Ich hab gedacht, womöglich will sie ihr weh tun.«
»Die Krähe gehört mir, die tut nichts.« Wir gucken uns an, der Tonton und ich. »Ich hab dich gesehen. Ich hab dich mit ihr reden gehört. Ich werd sie jetzt wiederaufnehmen, okay? Ich will nicht, dass ihr da unten auf der Erde kalt wird.« Ich geh in die Hocke und nehm das Baby in die Arme.
»Du hältst sie falsch«, sagt der Tonton. »Du musst ihren Kopf stützen, weiß du denn gar nichts?«
»Nicht viel«, sag ich. Er hat die Waffe schon weggesteckt und legt mir das Baby richtig in die Arme.
»Du weißt genau, wie du mit ihr umgehen musst. Hast du selbst eine kleine Schwester?« Sein Kiefer verkrampft sich. Sein Mund auch. Das sagt mir alles. Ja. Aber ob tot oder

lebendig, weiß ich nicht. Er vielleicht auch nicht. Das tut bestimmt weh.

»Ich hab eine Schwester«, sag ich. »Sie ist schwach geboren worden, genau wie sie hier. Aber sie ist gewachsen und gediehen und … sie ist was Besonderes.«

»Wo bringst du sie hin?«, fragt er. Als ich nicht antworte, sprudelt er los: »Ich werd dich nicht verpfeifen, ich schwör's.« Abbitte – nein, mehr als das – Scham malt sich in seinem Gesicht ab. Dieser Junge, der wegen einem Baby, das ihm nichts bedeutet, geweint hat.

»Ich bring sie zurück zu ihrer Mutter«, sag ich.

»Beeil dich. Es geht ihr nicht gut. Sie ist schrecklich klein.« Er streichelt dem Baby mit einem Finger über die Wange.

»Es muss nicht so sein«, sag ich. »Dass alle Blutsbande durchgeschnitten werden. Die Mutter vom Kind getrennt wird. Der Bruder von der Schwester. Haben sie sie nach Edenhome gebracht, deine Schwester?«

»Ich weiß nicht. Vielleicht.«

»Wie heißt sie?«

Da scheint er mit einem Mal zu merken, dass er hier mit dem Todesengel steht, dem Volksfeind, und mit ihm redet wie mit jedem anderem auch. Sein Gesicht verschließt sich. Er geht ein Stück von mir weg. Hebt den Kopf, steht ganz gerade und hält sich die geballte rechte Faust ans Herz. »Lang lebe der Wegbereiter«, sagt er.

Ich leg auch die geballte Faust aufs Herz. Spreiz Zeige- und Mittelfinger zu einem V. »Freiheit, Bruder«, sag ich sanft.

Brennende Sehnsucht flackert in seinen Augen auf. Wie ein Funke an einem Docht. Seine Faust lockert sich. Sein Mund geht auf. Omeingott, er tut's. Er wird's sagen. *Sag es. Na los. Freiheit.* Am Himmel über uns wirft sich ein Stern in

die Dunkelheit. Hoffnung huscht über sein Gesicht und schlüpft zurück in die Schatten.
Ich sag: »Der Wegbereiter ist nicht das, was er behauptet.«
Sie sollten ihn wirklich nicht allein rauslassen. Sein Gesicht verrät jeden Gedanken. Er weiß, er dürfte solchen wie mir nicht glauben. Aber. Er faltet meine Worte zusammen, bis sie ganz klein sind, und verwahrt sie irgendwo im Geheimen. Um sie später vorzuholen und drüber nachzudenken.
»Ich werd dich nicht verraten«, sagt er. »Ich versprech's.«
Dann verduftet er. Klettert die steinige Böschung rauf und rennt los, um zurück zum Säuglingshaus zu kommen, bevor sie sich fragen, warum er so lang braucht.
Und Jack schlüpft hinter dem Felsen vor und klettert runter, um mir die Böschung raufzuhelfen. Seine Augen funkeln, neue Möglichkeiten brauen sich da zusammen. Kuscheln sich in die Ecken von seinem Lächeln. Als er mir die Hand gibt, sagt er: »Tja.«
Als ich sie nehm, sag ich: »Tjaja.«
»Meine Hand hat sich verdammt nach einer Waffe gesehnt«, sagt er. »Aber dann hat es sich ja interessant entwickelt.«
»Hoffen wir, dass es noch viel mehr gibt so wie ihn.« Das Baby fängt wieder an zu quengeln. »Nimm du sie. Ich bin nicht gut mit Babys.«
Jack bindet sein Shemag zu seiner Schlinge und hängt sie sich um. Dann, als das Baby kuschelig an seiner Brust liegt, machen wir uns in einem schnellen Trab auf den Weg nach Norden übers struppige Land. Dahin, wo Mercy und Cassie auf uns warten. Wo die Nordstraße ihre erste Kurve hat.

Während der Ausgangssperre. Mitten in der Nacht. Sterne toben über den Himmel. Und alles ist ruhig im Sektor drei. Außer uns ist keiner unterwegs. Der kühle Wind dreht sich ruhelos, mal kommt er von Norden, mal von Osten. Ich erschauere. Vielleicht ist eine gefallene Seele vorbeigekommen. Die Leute glauben, dass die in Sternschnuppennächten auf dem Wind dahin reiten, wo Seelen eben hinwollen.

Ein Wildkater auf Mäusestreifzug bleibt stehen. Hebt den Kopf, wittert uns, hofft vielleicht mal auf eine größere Mahlzeit. Dann zieht er weiter. Tiere wie er können sich leicht ein ausgesetztes Baby holen. Es schläft jetzt, dank Tams sanftem Trab und Mercys Herzschlag. Es liegt sicher ins Shemag gebettet, das Mercy sich um die Brust gebunden hat.

Die Luft flüstert vom kommenden Winter. Murmelt die modrigen Maisstoppeln zurück in die Erde. Raunt auf unseren Nasen- und Fingerspitzen. Das wird der erste Winter in meinem Leben, den ich nicht am Silverlake verbring. Falls ich so lang durchhalt. Falls ich keinen Fehler mach und DeMalo mich zerschmettert. Aber wenn ich zerschmettert werd, dann auch meine Leute. Ich guck zum Mond hoch. Er scheint mit jeder Minute dicker zu werden. Ich flüster Cassie zu: »Was meinst du, wie lang ist es noch bis zum Blutmond?«

Sie sagt: »Mit heute Nacht? Ich würd sagen … noch fünf Nächte.«

Jack hört mich und runzelt die Stirn. Ich frag das immer

wieder. Als ob man die Zeit irgendwie zurückdrehen könnt. Ich muss damit aufhören. Er fragt sich garantiert, warum ich das wissen will.

Auf Raes Hof ist alles ruhig, genau wie auf dem Land drum rum. Die Tonton haben sie wahrscheinlich nur abgesetzt und sind gleich wieder umgekehrt. Sie und ihr Junge – Noble heißt der – bestellen vier Hektar. Ich seh eine Grassoden-Schrott-Hütte und zwei wackelige Schuppen. Die hohe Wetterfahne schlägt mit einem metallischen Klick-klick-Klick hin und her. Cassie sagt, die nächsten Nachbarn sind nicht nur weit außer Sicht, sondern auch gut außer Hörweite. Das Schreien von einem Baby werden die nicht hören.

Licht sickert unter der Hüttentür durch. Drinnen weint ein Mädchen. Laute, körperschüttelnde, untröstliche Schluchzer. Hier, wo nur ihr Junge dabei ist, kann Rae gefahrlos zusammenbrechen. Es klingt nicht schön, aber es wärmt die Hoffnung in mir.

Jack bleibt außer Sicht. Je weniger Leute von ihm wissen, desto besser. Auch Mercy und ich bleiben erst mal im Schatten.

Hermes wirft den Kopf hoch. Trappelt ein bisschen mit den Hufen: eine ruhelose Aufforderung zum Galopp. Er sehnt sich danach, ungebremst zu laufen, über endlose Ebenen mit weiten Himmeln drüber. Dafür ist er geboren worden. Nicht für dieses eingeschlossene Land. Nicht für dieses Gehen an schattigen Rändern, dieses Sich-zwischen-den-Bäumen-Durchtasten, mal hier lang, mal da lang, dann wieder hintenrum zurück.

Ja, ja, mein Süßer, ich weiß, ich weiß! Nicht mehr lang jetzt, mein Lieber.

Meine Hände beruhigen ihn, versprechen's ihm. Egal wie

das alles ausgeht, er kriegt seine Freiheit. Ich sorg dafür, dass er nicht als Sklave von irgendeinem Tonton endet.

Cassie steht mit dem ins Shemag vom Tonton gewickelten Baby im Arm vor der Tür. Mein Magen krampft. Mein Mund ist ausgetrocknet. Mercy drückt meine Schulter. Mein Blick begegnet dem von Jack. Wir gehen hier ein großes Risiko ein. Viel größer als da an dem ausgetrockneten Flussbett. Nicht nur, weil sich jetzt zeigt, ob ich recht hab oder nicht. Cassie riskiert hier ihr Leben. Sie legt ihre Maske ab. Kein Gehorsam mehr.

Sie richtet sich auf. Hebt den Kopf. Atmet einmal tief durch und klopft. Auf dem schweren Holz ist ihr leises Klopfen kaum zu hören.

»Wer ist da?«, lässt sich drin eine Männerstimme hören. Unfreundlich. Misstrauisch.

»Noble, hier ist Cassie. Verweserin Cassie vom Midway Rock.«

Schnelle schwere Schritte kommen an die Tür. »Cassie? Es ist mitten in der Nacht. Was tust du hier bei Ausgangssperre?«

»Mach bitte auf. Schnell. Bitte.«

Hastiges Rumgefummel. Der Riegel wird angehoben, und dann füllt ein großer stämmiger Bursche den Türrahmen aus. Er leuchtet mit einer Binsenlampe raus. Unter seinem Arm klemmt ein Feuerstab. »Lang lebe der Wegbereiter«, sagt er. »Was ist los? Was ist passiert?«

Cassie hält ihm das Baby hin.

Er versteift sich. »Was ist das?«

»Das ist deine Tochter, Noble.« Sie wird lauter. »Rae, ich hab dein Baby hier.«

Ein durchdringender Schrei, hastige Schritte, dann ist Rae

an der Tür. Ihre Arme strecken sich sehnsüchtig nach ihrem Kind aus. Aber Noble blockiert die Tür mit seinem Körper, deshalb kann sie nicht vorbei. Sie knurrt wütend und bearbeitet seinen Rücken mit den Fäusten. »Wie hast du …? Du hast sie gestohlen?«, fragt Noble.

»Gerettet«, sagt Cassie. »Sie haben sie in einem Flussbett ausgesetzt, damit die Nachttiere sie holen.«

»Gib sie mir!« Rae strampelt selbst wie ein wildes Tier, als sie versucht, sich an Noble vorbeizudrängen. Aber er rührt sich nicht, und er ist viel größer als sie.

»Du hättest sie nicht nehmen dürfen«, sagt er zu Cassie. »Sie muss ein Taugenichts sein, sonst hätten sie das nicht getan. Der Wegbereiter weiß, was am besten ist.«

»Mit diesem Baby ist alles in Ordnung«, sagt Cassie. »Da ist nichts, was gute Pflege und die Liebe von ihren Eltern nicht in Ordnung bringen können. Guck doch! Sie ist perfekt. Sie ist bloß zu früh gekommen.« Cassie zieht das Shemag weg und zeigt Noble die kleinen Glieder, aber er guckt gar nicht hin. Nicht mal ganz kurz. Die Kleine fängt an zu weinen, vom Tumult geweckt. Cassie deckt sie wieder zu und beruhigt sie.

»Wir wollen keinen Ärger«, sagt Noble. »Wir haben hier kein Baby. Unsere einzige Familie ist die Erde, das weißt du. Wenn sie das rausfinden, ich will gar nicht dran denken, was sie dann mit uns machen.« Er versucht, die Tür zuzumachen, aber Rae schreit »Nein!« und schiebt sich zwischen ihn und die Tür.

»Sie werden's nicht rausfinden«, sagt Cassie. »Ich werd euch helfen. Wir werden euch alle helfen. Wir helfen uns gegenseitig. Alles verändert sich, Noble. Wir leben nicht mehr unter der Knute. Wir können die Erde heilen, das Land be-

stellen, unsere Kinder großziehen, aber ohne vorgehaltene Waffe.«
»Das Gerede da bringt dich in die Sklaverei oder schlimmer. Jetzt bring sie weg, ich mein das ernst«, sagt er. »Rae, sei still, bitte! Siehst du denn nicht, dass ich nur versuch, das Richtige zu tun?«
Rae schubst ihn, zerrt an ihm. »Lass! Sie! Rein!«, sagt sie. Drei Wörter, jedes scharfkantig grimmig.
»Ich hab eine Ältere bei mir«, sagt Cassie. »Sie kennt sich mit Babys aus. Sie zeigt euch, wie man sich um sie kümmert, was sie braucht. Vor allem braucht sie euch. Ihren Vater und ihre Mutter.«
»Omeingott, was tut ihr?«, fragt Noble. »Was passiert hier?« Man kann sehen, dass er unsicher wird. Zum ersten Mal guckt er die Kleine an. »Na, so was? Sie hat die gleiche Nase wie meine Ma.« Er klingt zugleich erstaunt und besiegt.
»Sie ist dein eigenes Fleisch und Blut, Noble. Sie ist dein Kind«, sagt Cassie. »Ich hab ein paar Freunde dabei und möchte, dass du die kennenlernst.«
Jetzt kommen Mercy und ich aus den Schatten ins Lampenlicht. Noble entdeckt meine Tätowierung sofort. »Omeingott.« Er will den Feuerstab heben, muss aber gleichzeitig die Lampe halten, und er muss Rae und Cassie in Schach halten, und er war sowieso schon kurz davor, und so bricht seine letzte Abwehr zusammen.
Mit einem erleichterten Aufschrei nimmt Rae das Baby an sich, Cassie schlüpft an Noble vorbei, und die beiden verschwinden in der Hütte. Ich heb die Hände, und Mercy und ich gehen weiter auf ihn zu.
»Wir haben keine Waffen, Noble«, sag ich. »Wir sind unbewaffnet. Wir sind hier, um euch zu helfen.«

Er drückt sich an die Wand, um uns vorbeizulassen. Guckt völlig verwirrt. Seine Haare sind zerzaust. Ich lächel, möglichst freundlich. Versuch, normal auszusehen, nicht gespenstisch. Sein Blick zuckt zu Nero, der auf seinem Hof auf einem Baum hockt. Zum wildgewordenen Sternenhimmel und der Wetterfahne, die hin- und herschlägt. Dann guckt er wieder mich an, mit großen Augen.
»Ich bin auf dem Wind hergeritten«, sag ich.

Ich mach die Tür hinter mir zu. Ich lass zwei nervöse Leutchen mit einem Neugeborenen und Mercy zurück, die ihnen zeigt, wie's geht. Einen Augenblick lehn ich mich an die Tür. Atme tief und dankbar durch. Ein Kind. Ein winziger Riss. Es hat geklappt.
»Alles gutgegangen?« Jacks leise heisere Stimme trägt mühelos durch die Dunkelheit. Ich geh zu ihm. Er lehnt am Schuppen, in seinen Umhang gehüllt.
»Mir geht's gut, aber das Baby hat Probleme. Sie heißt Lucky Star.« Glücksstern. »Kurz Luck genannt.« Glück.
Er zuckt zusammen. »Ich kenn eine Spelunke namens Lucky Star. Das mieseste Drecksloch auf der ganzen Welt.«
Ich lad mich selbst in seinen Umhang ein. Wickel mich um seine Hitze, seinen Herzschlag. Seine Arme legen sich um meine Taille. Aber ich merk, er braucht ein bisschen länger dafür.
»Also«, sagt er. »Gnadenlose Killerin erkennt ihren Irrtum. Wie fühlt sich das an?«

»So.« Ich nehm sein Gesicht in die Hände und küss ihn. Erleichtert. Hoffnungsvoll. Ganz erfüllt von der Neuheit von diesem Tag, den ich noch nie gesehen hab. Mit einem Gefühl, für das meine staubgeborene Seele keinen Namen kennt.
»Ich will heute Nacht bei dir sein«, flüster ich. »Jack, ich …«
Er löst sich von mir. Seine Augen entziehen mir die Wärme, als er sagt: »Ich will nicht zu viel zu verlieren haben, hörst du?«
Der Stich geht mir bis in die Knochen. Schnell und kalt. Ich weiß sofort, was er meint. Er meint, er will mich nicht lieben. Er will mir nicht alles geben. Er hat schon mal alles verloren. Das, was er so sehr geliebt hat. Seine Tochter. Seine Gracie.
Trotz allem, was er mal zu mir gesagt hat, was er für mich fühlt, da zieht er die Grenze. Aber warum, warum, warum? Was bringt ihn dazu? Erst vorgestern Nacht haben wir zusammengelegen. In dem Bett, das er aus Fichtenzweigen gemacht hat. Vielleicht hab ich ihn nicht richtig verstanden. Vielleicht hat er …
Er schiebt mich von sich weg. Aus seinen Armen raus. »Da in dem weißen Raum, mit DeMalos falschen Visionen. Was hast du da mit den Leuten in ihren Schlafkojen gemeint?«
Ich witter Gefahr, und meine Kopfhaut kribbelt. »Da kann ich mich gar nicht dran erinnern.«
»Tja, das hast du aber gesagt. Du hast gesagt, als die Leute sich zum letzten Mal in ihre Schlafkojen gelegt haben, sind sie mit der Hoffnung gestorben, dass jemand eines Tages das Samenlager findet. Was für Leute? Woher weißt du, dass da Leute in den Schlafkojen gestorben sind?«

Aber warum? Darum. Omeingott, das ist mir rausgerutscht. Hat er den Verdacht, dass ich vorher schon mal im Visionenraum gewesen bin? Ein falsches Wort jetzt, und das könnt alles ans Licht kommen. Sei vorsichtig. Sei ganz vorsichtig.

»Ich kann mich wirklich nicht erinnern, dass ich das gesagt hab. Aber, ähm … ich weiß nicht, wahrscheinlich hab ich mir einfach vorgestellt, was da passiert sein könnte. Wie du gesagt hast, da ist so viel Neues auf einmal gewesen. Das Samenlager und die Landkarten und der Visionenraum, die Schlafkojen. Wahrscheinlich hab ich mir das irgendwie so erklärt, was wir da gesehen haben. Du nicht? Macht das nicht jeder?«

»Ich weiß nicht, sag du's mir«, sagt er.

Und ich denk, das klingt nicht so, als ob er mir glaubt. Würd ich mir selbst glauben an seiner Stelle? Ich überleg hin und her, versuch mich zu erinnern, ob mir sonst noch was rausgerutscht ist. Sieht ihm gar nicht ähnlich, nicht zu sagen, was er auf dem Herzen hat. Mich nicht sofort für meine Fehler auszuschimpfen. Aber dann kommt Cassie aus der Hütte, und Jack sagt ganz normal, so, als ob er mir nicht vielleicht, sehr gut möglich, gerade ein Messer ins Herz gestoßen hat: »Also, was kommt als Nächstes, Saba? Noch mehr Babys stehlen?«

»Ich … ähm … ja. Mercy hilft den beiden, die Nacht zu überstehen. Ihr werdet froh sein über ihre Erfahrung, also bleibt sie so lange bei euch, bis ihr sie nicht mehr braucht. Holt euch am besten alle Kinder, die sie aussetzen. Bringt sie zurück zu ihren Eltern, aber nur, wenn man denen vertrauen kann. Wenn nicht, müsst ihr die Babys versorgen.«

»Okay«, sagt er. »Aber so furchtbar viele werden das nicht

sein. Höchstens eine Handvoll. Du wirst viel mehr Babys brauchen, damit es vorangeht. Das dauert Wochen. Monate.«

»Nein, nein, darüber haben wir gerade gesprochen«, sagt Cassie. »Es liegt auf der Hand, was wir tun. Es war sogar Rae, die das gesagt hat. Wir brauchen die Hilfe von den Hebammen, um den Eltern ihre Babys zurückzugeben. Im Geburtsraum sind keine Tonton, nur die Hebamme. Mercy sagt, die Totgeborenen scheren sie nicht. Sie wollen sie gar nicht sehen. Die Hebamme kümmert sich um die Beerdigung. Also meldet sie eine Totgeburt, und wir nehmen das Baby.« Cassie guckt Jack an. »Kannst du Mercy wieder in ihr altes Säuglingshaus schmuggeln? Die andere Hebamme da hat die gleiche Einstellung wie Mercy. Sie ist sicher, dass die uns helfen wird.«

»Ich denk mir eine Tarngeschichte aus«, sagt Jack. »Die Tonton, die damals mit Mercy da gewesen sind, sind garantiert längst weg. Sie werden ständig ausgetauscht, damit sie keine Zeit haben, sich zu irgendwelchen Gruppen zusammenzuschließen.«

»Wir überlegen uns, wie wir die Kinder am besten rausschmuggeln«, sagt Cassie. »Wir müssen natürlich dafür sorgen, dass sie nicht weinen. Jedenfalls, das sind nur unsere ersten Ideen. Wenn wir uns mehr damit beschäftigen, fällt uns bestimmt noch was ein. Was ist, wenn uns was anderes einfällt?«

»Redet mit Jack«, sag ich. »Wenn er einverstanden ist, dann macht es. Das ist perfekt, Cassie. Genau das, was ich gewollt hab. Ihr habt die Idee, ihr macht den Plan, ihr führt ihn aus. Ihr arbeitet alle zusammen. Ich sag euch nicht, was ihr tun sollt. Ich bring euch nur auf den Weg, bring euch auf neue Gedanken. Dann gebt ihr das weiter, bringt es den anderen bei. Ihr seid eure eigenen Anführer, versteht ihr? Cassie, heute Nacht hast du dein Leben verändert. Rae auch, und Noble. Ein Schritt. Mehr hat es nicht gebraucht, und schon verändert ihr New Eden.«

Cassie lächelt, und ihre Augen strahlen. »Wir sind der Berg. Und wir bewegen uns. Als du das in der Mühle erklärt hast, hab ich es erst nicht verstanden. Ich hab zugehört, aber ich hab's nicht richtig verstanden. Ich hab es selbst sehen müssen. Hab es selbst tun müssen. Es ist so einfach.«

»Nicht alle sind wie du«, sagt Jack. »Oder auch nur wie Rae. Ihr müsst vorsichtig sein dabei.«

»Und denkt dran, keine Waffen«, sag ich. »Wenn ihr auch nur einmal Gewalt einsetzt, steht ihr als der Feind da.«

»Wir werden das nicht lang geheim halten können«, sagt Jack. »Irgendwann steht der Wind so, dass jemand das Weinen von einem Baby hört. Gerüchte verbreiten sich hier wie Funken auf trockenem Holz. Und es gibt immer einen Speichellecker, der sich beim örtlichen Kommandanten einschleimen will.«

»Wenn Rae und Noble verraten werden«, sagt Cassie, »wenn irgendjemand kommt und ihnen das Baby wegnehmen will, werden sie zur Waffe greifen. Sie werden es sich nicht kampflos wegnehmen lassen.«

»Dann müssen wir eben an allen Fronten schnell sein«, sag ich. »Bevor sich das rumsprechen kann.«

»Vor dem Blutmond offenbar«, sagt Jack. »Du fragst ja ständig, wann der ist. Warum ausgerechnet dann?«

Sei vorsichtig. Sei ganz vorsichtig.

»Fünf Nächte sind nicht zu lang und nicht zu kurz«, sag ich. »Länger können wir das wahrscheinlich gar nicht geheim halten. Also müssen wir wirklich Gas geben. Schnell handeln. Die Babys sind jetzt eure Sache. Ich bleib im Hintergrund, außer ihr wollt mich bei irgendwas dabeihaben. Für dich sind die Sklaven das Nächste, Jack. Du musst den Tonton-Kommandanten spielen und Skeet in ein paar Sklavengruppen reinschmuggeln. Einen Vormittag hier, einen Nachmittag da. Ganz schnell, rein und wieder raus. DeMalo hat bei den Sklaven keinen Rückhalt.«

»Ein paar von denen haben früher mal zu seinen Auserwählten gehört«, sagt Jack. »Vielleicht glauben die, sie können sich bei ihm wieder lieb Kind machen, wenn sie die Leute bespitzeln. Skeet wird aufpassen müssen, mit wem er redet.«

»Hauptsache, sie sind bereit, wenn sie das Signal kriegen.«

»Was für ein Signal«, fragt er. »Die Ketten abzuwerfen?«

»Genau.«

»Okay, und wie?«, fragt er. »Wann?«

»Das überleg ich mir noch.«

»Überleg lieber schnell.«

»Sie müssen den Kopf hoch tragen«, sag ich. »Den Tonton direkt in die Augen gucken. Höflich bleiben, tun, was die ihnen sagen, ihnen keinen Grund geben, sie hart zu bestrafen. Aber ihnen direkt in die Augen gucken. Von Mann zu Mann, von Frau zu Frau. Wenn man sich kleinmacht, glaubt man auch, man ist klein, und die glauben das dann auch.«

»Große Worte«, sagt er. »Ich geb's weiter.«

Cassie sagt: »Ich reit besser nach Haus, bevor Hunter zu sich kommt.« Sie guckt mich an. Mit einem warmen Lächeln. »Was wir heute Nacht getan haben, das ist machtvoll. Eine Sorte Macht, die ich mir nie hätte vorstellen können. Bram würde staunen. Er wär sehr erfreut.«

Mir schnürt's die Kehle zu. So eine goldene Brücke hätt sie mir nicht bauen müssen. Sie ist eine viel liebere Seele, als ich es an ihrer Stelle wär. Diesmal streckt sie mir die Hand hin. Ich nehm sie. Dann umarmt sie mich. »Danke«, sagt sie.

Als sie zu ihrem Pferd geht, sagt Jack: »Gute Nacht, Saba. Ich lass dich wissen, wie's läuft.«

Als ob ich irgendjemand wär. Als ob mein Kuss ihm nicht sagt, als ob mein Körper ihm nicht sagt, als ob wir nicht beide wissen, dass ich gerade zu ihm gesagt hab: Sei bei mir, Jack, brenn mit mir bis zum Morgengrauen. Sein Gesicht ist verriegelt und verrammelt. So ist es eigentlich nicht zwischen ihm und mir. So ist er eigentlich nicht. Fieberhaft kram ich in den Worten, die mir auf der Zunge liegen. Schnell, find das Richtige, damit alles wieder gut wird. Aber denk dran, Cassie kann dich hören.

»Gut gemacht heute Nacht«, sagt er.

Bitte, sag noch was anderes, bitte, Jack. Nein, nein, das kann er natürlich nicht. Cassie ist hier, und sie weiß nichts von uns, und sie darf's auch nicht wissen. Aber einen Blick, irgendwas könnt er doch zustande bringen. Oder ich könnt irgendwas Kleines zustande bringen.

»Geh nicht«, flüster ich.

Aber er sitzt schon auf Kell, und sie lassen schon ihre Pferde kehrtmachen, und dann reiten sie los am Feld lang, und ich steh da und guck ihnen hinterher. Cassie reitet zurück zu ihrem Mann, der nicht Bram ist, und zu ihrem geheimen Leben, das ihre Seele am Leben hält. Jack reitet weg von mir, obwohl er das nicht tun dürfte. Kann es sein, dass ich da was falsch versteh? Dass ich zu empfindlich bin? Niemand kann es immer gutgehen.

Dann fällt es mir ein. Sein Blick, als wir dem Tonton mit dem Baby zugehört haben. Wir haben alle Wunden, die nie verheilen werden. Jacks totes Kind ist eine von seinen. Die geht bestimmt tief. Und heute Nacht hat sie viel Druck abgekriegt. Vielleicht muss er nur ein Weilchen allein sein. Ich darf nicht immer gleich denken, dass es um mich geht. Ich weiß doch, dass es nicht immer um mich geht.
Und noch was weiß ich. Egal wozu ich abgesehen davon vielleicht stehen muss und egal was für eine Ausrede ich mir dafür ausdenken muss: Jack darf das von mir und DeMalo niemals rausfinden. Das könnt ich ihm nie erklären. Könnt es ihm nie verständlich machen. Manche Sachen sind einfach zu schlimm, um sie zu verzeihen.

Als ich mich dem Schrottplatz nähere, die Lider auf Halbmast, fällt mir ein, dass wir kein neues Treffen verabredet haben. Ich brauch Jack, ich will ihn beim Auskundschaften von Edenhome dabeihaben.
Ich pfeif Nero zu mir und lass Hermes anhalten, während ich in dem abgewetzten Lederbeutel an meiner Taille wühl. Ich find die Kirschrindenrolle, die ich gesucht hab. Ein Strichmännchenkind in einem Quadrat mit einem Mond drüber. Triff mich heute Nacht in Edenhome. Ein Pfeil geht mittendurch. Das heißt, mach dich drauf gefasst, zu handeln. Nero flattert mir auf den Kopf. Ich hol ihn da runter und bind ihm die Rolle ans Bein. »Find Jack«, sag ich zu ihm. Dann werf ich ihn wieder in die Luft. Er kurvt nach Nor-

den, und mit einem Krächz-krächz zum Abschied fliegt er mit starken, gleichmäßigen Flügelschlägen zu Jack.
Ich brauch ihn bei dieser Aktion. Aber – selbstsüchtig wie immer – jedes Mal, wenn ich ihn seh, hab ich außerdem Gelegenheit, es noch mal zu versuchen. Und endlich alles wieder in Ordnung zu bringen.
Und noch jemand anders brauch ich dringend. Ich brauch Auriel. Auriel Tai. Ich brauch sie und die besten von den Snake-River-Flüchtlingen. Wir brauchen Leute in New Eden. Wir müssen jede einzelne Verwerfung rumpeln lassen. Und zwar schnell. Der Blutmond kommt rasend schnell auf uns zu.

Als die erste Morgenröte den Himmel im Osten erhellt, reit ich durch das Tor nach Starlight Lanes. Slim sitzt auf seinem Klappstuhl und hält Wache. Allerdings ist das tapfere Möbelstück völlig begraben unter Slims Fleischmassen und dem blauen Kleid. Als Slim sich hochkämpft, kommt der Stuhl mit, weil er an seinem Hintern klemmt. Lugh sagt, irgendwann wird das Ding ganz in Slims Allerwertesten verschwinden, und er ist garantiert nicht der, der's da wieder rausholt.
»Verdammtes Ding«, sagt Slim. »Ich könnt schwören, dass es schrumpft.« Grunzend und fluchend windet er sich da raus. »Dieser Schuft Bobby French hat mich schon wieder reingelegt. Wenn ein Mann beim Besiegeln von einem Handel einen fahren lässt, dann weiß man, dass er nervös ist.

Ich hätt mich fragen sollen, warum. Wie ist die Höflichkeitsoffensive gelaufen?«

Er schlendert rüber und hält Hermes' Kopf, während ich absteig. Als ich auf dem Boden aufkomm, stolper ich. Bin wohl doch müder, als ich gedacht hab. Völlig betäubt von alldem.

»Holla!« Slim packt meinen Arm. »Wo ist Miz Mercy hin?«

»Sie ist dageblieben, um einem Verweserpärchen zu zeigen, wie man mit einem Baby umgeht.«

Sein Kotelettengesicht verzieht sich zu einem breiten Grinsen. »Hör dir das an, ganz beiläufig!« Er zieht mich mit einem Arm an sich. »Also, du warst ein Baby klauen! Haha!« Er gackert erfreut.

»Der Finder darf's behalten«, sag ich. »Jemand hat es rausgeworfen.«

»Du hast Nerven«, sagt er. »Und hat das Häschen das nicht wieder prima hinbekommen?« Er wedelt mit der vergammelten alten Kaninchenpfote. »Das wird dich lehren, dich lustig zu machen. Ich hab den alten Knaben kahlgerubbelt, um dir Glück zu schicken. Ich will alles hören, von A bis Z, aber später reicht auch. Geh, leg dich aufs Ohr. Du hast dir deinen Schönheitsschlaf heut Nacht verdient.« Er verbeugt sich und macht eine schnörkelige Handbewegung. »Ich kümmer mich derweil um dein Reittier, o große Heldin, wenngleich ich nur ein vergebener Diener bin. Darf ich den anderen den Vollzug melden?«

»Wenn sie wach werden, ist das früh genug. Aber ich muss mit Ash reden, jetzt gleich. Sagst du ihr bitte, dass ich im Wäldchen bin?« Ich geh los Richtung Waldgarten und Waschteich. »Ach«, sag ich noch und geh rückwärts. »Irgendwas zu vermelden?«

»Bloß eine Vorwarnung«, sagt er. »Creed will unbedingt, dass ich ihm das Waffenlager im Nass Camp zeig. Er will genau wissen, wie viel Feuerkraft wir haben. Der Junge brütet Ärger aus. Am besten, du gibst ihm gleich was Gefährliches zu tun.«

»Danke. Ich denk mir was aus.«

»Das hast du gut gemacht heute Nacht, Engel«, sagt er. »Mach so weiter, zeig mir, dass ich falschlieg. Wer weiß? Vielleicht gefällt's mir sogar, ein Friedensbewegter zu sein.«

Wir lächeln uns an. Dann tret ich mit der Ferse auf einen Stein und taumel.

»Hoppla! Pass auf, wo du hintrittst.« Er grüßt und trottet mit Hermes davon.

Ich geh in den Schuppen, wo ich meine Ausrüstung gelassen hab, nehm meinen Bogen und geh zum Wäldchen.

Ich lass die Pfeile schwirren. So schnell ich kann. Keine Zeit zum Nachdenken. Nächster Pfeil, auf die Kerbe damit, Bogen gespannt, ab die Post. Ich spick das Ziel mit Pfeilen. Einen nach dem anderen. Ich bin müde. Aus dem Gleichgewicht. Wackelig.

Lugh hat diese große Mooszielscheibe für Emmi zum Üben aufgestellt. Versteckt in Pegs Nusswäldchen, um Em die ganzen Besserwissereien zu ersparen. Aber alle haben sich draufgestürzt, weil sie unbedingt in Übung bleiben wollen. Und jedes Mal, wenn Em einen Finger gekrümmt hat, hat sie zu hören gekriegt, tu dies nicht, tu das, nein, tu dies

nicht, tu das, bis sie genervt das Feld geräumt hat. Jetzt schießt sie auf wurmstichige Äpfel und hat ihren Frieden.
Ach, was für eine Erleichterung, meinen Bogen in Händen zu halten. Wie gut sich mein Weißeichenbogen anfühlt. Er schmiegt sich an mich wie mein eigenes Fleisch. Das Geschenk von einem toten Mann, von Namid, dem Sternentänzer. Krieger und Schamane. Auriels Großvater, der in meinen Träumen lebt.
Pfeil für Pfeil wird meine Hand sicherer. Schuss für Schuss näher ich mich der Mitte. Ich fang mich wieder. Schieß mein Ich zurück zur Wahrheit. Meine Hände, meine Augen, meinen Körper, meinen Kopf. Dann hab ich's. Ich treff die Mitte. Ein ums andere Mal.
Und alles außer der Mitte fällt von mir ab. Und es ist ganz leicht. Perfekt. Kein Streit, keine Ausflüchte, keine Kompromisse. Keine Kälte bei Jack. Keine immer neuen Lügen, die mich womöglich verraten.
Jemand klatscht in die Hände. Hinter mir. Ich zuck zusammen, und mein Pfeil geht weit daneben.
Es ist Ash. Sie steht da und klatscht, steht knietief im morgendlichen Bodennebel. Auf ihren Lippen, in ihren Augen ist ein Lächeln. Sie ist groß und solide, verlässlich und vertraut, und plötzlich bin ich erschöpft. Einfach so. Der Bogen in meinen Händen wird schlaff. Sie kommt zu mir und umarmt mich. Feste. Kräftig. Ich lehn mich an sie. Es schnürt mir die Kehle zu. Schwächetränen drohen mit Salzbächen. Sie tritt zurück und mustert mich.
»Der Engel hat gesiegt«, sagt sie. »Das erste Mal, dass ich von diesen Worten geweckt werde. Tja. Ich bin stolz auf dich. Und Maev wär's auch. Sie hat mir gesagt, ich soll mich an dich halten, weißt du das? Hör auf meine Worte, Ash.

Wenn jemand einen neuen Weg durchsetzt, dann die da. Wenn du schlau bist, bleibst du bei ihr. Das hat sie gesagt. Sie hat recht gehabt.«
Unbeholfen-zärtlich wischt sie mir mit den Daumen die Augen trocken.
»Es hat geklappt. Ich glaub, so kann's wirklich hinhauen. Aber war das schwer, Ash. Viel schwerer als Kämpfen. Hätt ich nie gedacht.«
»Du hast mich rufen lassen. Hier bin ich, und ich bin bereit. Wie lautet der Auftrag?«
Erst jetzt fällt mir auf, dass sie für die Straße angezogen ist. Sie hat auch ihr Bündel mitgebracht.
»Du musst so schnell reiten, wie du noch nie geritten bist. Du musst für mich …«
»Saba! Saba! Komm schnell!« Emmi stürzt in heller Aufregung auf uns zu. »Lugh und Creed! Die bringen sich gleich gegenseitig um! Beeil dich!«
Ausgiebig fluchend stürmt Ash los, und ich hinterher.

Es ist eine handfeste Prügelei. Ein Straßenköterkampf im Morgengrauen. Wir hören den Radau schon von weitem. Alle brüllen durcheinander, Tracker bellt, Moses brüllt auch. Dazu kracht laut Metall auf Metall. Sie kämpfen auf einem Schrotthaufen. Ringen und raufen. Schlagen mit den Fäusten, aber meistens daneben. Creed hat Lugh eine aufgeplatzte Lippe verpasst und Lugh Creed eine blutige Nase.

»Mach, dass sie aufhören!«, schreit Emmi. »Lugh! Pass auf!« Creed hat ihn um die Taille gepackt und zerrt ihn zu Boden. Stahl und Eisen. Platten und Bleche. Balken und Träger. Scharfe Kanten. Knochenbrecherklötze. Tausendfach bescheuert.

Ash brüllt: »Verdammte Idioten! Geht von dem Haufen da runter!«

Slim steht da und schreit die beiden an, und Tommo versucht, einen Arm oder ein Bein zu packen, um die beiden zu trennen, aber die Rauferei ist zu wild, drum bringen sie sich lieber in Sicherheit.

»Was zum Teufel ist hier los? Worum streiten die sich?«, frag ich.

»Wer weiß?« Slim wischt sich mit einem Tuch übern Kopf. »Ich bin im Stall, und auf einmal hör ich den Radau. Verdammt, ich bin zu alt für so was.«

»Ich hab geschlafen«, sagt Tommo.

Creed ist der gerissenere Kämpfer, hat schon einige Keilereien für sich entschieden. Für Lugh ist es die erste, das weiß ich ganz sicher. Aber er ist größer und schwerer, und er ist kein schlechter Ringer. Außerdem trägt er Stiefel. Barfuß auf einem Schrotthaufen ist Creed auf verlorenem Posten. Das muss er wissen, aber er kämpft, als ob er gewinnen will. Beide atmen schwer. Funkeln sich heißwütig an.

»Creed! Ich näh dich nie wieder! Hör auf damit! Lugh! Verdammt, ihr zwei, hört sofort damit auf!«, brüllt Molly, hektische Röte im Gesicht. Ihr Pilzeimer steht neben ihr. Offenbar wieder ein Frühmorgenspaziergang im Wald.

»Da kann jeden Augenblick Blut fließen«, sagt Slim. »Einer von beiden wird sich den Schädel aufschlagen. Besser, du gehst dazwischen und machst dem ein Ende, Engel.«

Ich bin schon unterwegs und brüll: »Okay, das reicht! Stopp!«
Tommo und Ash helfen mir, und zu dritt zerren wir die beiden irgendwie vom Schrotthaufen. Creed ist blind vor Wut und stürzt auf mich zu. Ich tret zur Seite, stell ihm ein Bein, und er geht zu Boden. Knallt aufs Gesicht und bleibt liegen, völlig erschöpft.
»So, wer hat damit angefangen? Lugh?«, frag ich.
Keine Antwort. Er guckt mich nicht mal an. Guckt keinen an. Er wischt sich mit dem Ärmel über den blutigen Mund und keucht schwer. Sie haben sich gegenseitig hübsch zugerichtet. Lughs Hemd ist zerrissen. Die Hose auch. Er ist zerkratzt, zerschlagen und trieft vor Schweiß. Creed genauso. Tracker leckt ihm winselnd durchs Gesicht.
Stöhnend schiebt Creed ihn weg. Dreht sich auf den Rücken. Tommo hilft ihm hoch. Er beugt sich vor, stützt die Hände auf die Knie, schüttelt den Kopf. Ein Wunder, dass die Naht an seiner Schulter nicht wieder aufgeplatzt ist.
»Creed«, sag ich. »Dann sag du's mir, wenn Lugh nicht will. Worum geht's hier? Wer hat damit angefangen?«
Er guckt finster und tupft sich mit seinem dreckigen Hemdsaum die Nase ab. Auch bei ihm nur bockiges Schweigen.
»Na gut«, sag ich. »Für so was hab ich keine Zeit. Es ist ein Unentschieden. Gebt euch die Hände, und dann ist gut.«
Sie rühren sich nicht. »Gottverdammt«, brüll ich, »benehmt euch wie Männer und gebt euch die Hände!«
Sie gehorchen. Ein kurzes Händeschütteln, ohne sich anzugucken.
»Creed«, sag ich dann, »du reitest mit Ash los. Wasch dich und mach dich reisefertig.«

Er sticht mit dem Finger nach mir. Fuchsteufelswild. »Ich tu nicht, was du mir sagst«, sagt er.
»Ich bitte dich drum«, sag ich. »Bitte.«
»Warum schickst du nicht deinen heißgeliebten Bruder?«
»Ich will dich bei dieser Sache bei Ash haben. Sie wird deine Hilfe brauchen, okay?«
»Komm schon, Mann«, sagt Ash. »Sei kein größerer Esel, als du's sowieso schon bist.« Im Vorbeigehen klopft sie ihm auf die Schulter. »Bis nachher am Stall«, sagt sie dann zu mir. »Wir warten da auf deine Befehle.«
Creed zögert. Sein Blick zuckt von mir zu Lugh. Er überlegt wohl, ob er das Gesicht verloren hat oder nicht.
»Komm schon, Creed«, sag ich. »Bitte und danke.«
Fluchend geht er Ash hinterher.
Ich pack Lugh am Hemd und zerr ihn außer Hörweite. Er hält sich die Faust. Weicht meinem Blick aus.
»Das ist peinlich gewesen. Wenn du böses Blut machst zwischen uns, verlieren wir diesen Kampf. Und dann kommen wir nicht mit einer blutigen Nase davon. Dann stecken unsere Köpfe auf Spießen. Denk da mal drüber nach, und damit ist die Laus, die dir da heute Morgen über die Leber gelaufen ist, gefälligst geknackt.« Er nickt. »Tut mir leid«, sag ich.
»Ich …«
»Fall abgeschlossen, jetzt geh.« Ich wend mich ab.
»Saba.«
Ich dreh mich zu ihm um.
»Ich brauch was zu tun«, sagt er. »Ich dreh hier Däumchen seit der Brücke, das macht mich wahnsinnig. Bitte. Lass mich das wiedergutmachen. Gib mir was zu tun.«
Ich kann kaum denken, so müde bin ich. Ich weiß gar nicht

mehr, wann ich zuletzt geschlafen hab. Ich bin die ganze Nacht auf den Beinen gewesen. Dann der ganze Ärger vorhin, und jetzt will Lugh auch noch eine Aufgabe.

»Komm schon, Saba.«

»Na gut. Ich will heute Nacht was auskundschaften. Komm mit.«

Er geht mit Emmi davon, damit sie ihm seine Verletzungen säubert und versorgt. Molly und Slim sind schon verschwunden. Nur Peg und ich sind übrig. »Du weißt nicht zufällig, wer damit angefangen hat?«, frag ich sie.

»Wer hat angefangen, was ist das, warum kämpfen Böcke nur?« Peg gackert und zwinkert mir zu. Sie hat die ganze Zeit auf einem Blech gehockt, hat sich mit einem Messer die knubbeligen Krallen geschnitten und dem Kampf zugeguckt wie einer Schaustellervorführung. »Huch! Danach hab ich gesucht!« Sie hechtet auf den eingestürzten Schrotthaufen, schnappt sich eine rostige Kurbel und macht sich davon Richtung Werkstatt.

Warum kämpfen Böcke? Warum nur? Gute Frage.

Ich steh mit Ash und Creed am Stall. Nachdem ich genug Proviant für ein paar Tage aufgetrieben hab, füll ich ihre Wasserschläuche und helf ihnen, die Pferde zu beladen. Dabei erklär ich ihnen den Weg zum Snake River. Übers Yann Gap und den Geisterweg. Und was sie Auriel über das erzählen sollen, was wir hier tun. »Wahrscheinlich braucht ihr das gar nicht. Sie ist eine Sternendeuterin, sie

weiß alles. Ich will sechzig von ihren Leuten, die stärksten und besten, die sie hat. Bringt sie zum Nass Camp. Wisst ihr, wo das ist?«
»Slim hat's mir erzählt«, sagt Creed.
»Ihr zwei müsst reiten wie der Wind. Ihr dürft euch von nichts aufhalten lassen.«
»Vergiss den Wind, wir sind der Blitz«, sagt Ash. »Sobald wir New Eden hinter uns haben. Was meinst du ... vier Tage insgesamt? Bis zum Snake River und dann mit den sechzig Leuten zurück zum Nass Camp?«
»Zwei. Mehr nicht.«
Sie zuckt nicht mal mit der Wimper. »Wir stehlen unterwegs frische Pferde.«
»Schickt mir Nachricht, wenn ihr zurück übers Gap kommt«, sag ich. »Dann reit ich zum Nass Camp und treff euch da.«
»Was ist, wenn sie nicht am Snake River sind?«, fragt Ash.
»Schaufelt mir ein Grab mit einer schönen Aussicht.«
Verdutzt guckt sie mich an.
»Vergiss es. Schlechter Scherz. Wenn ihr sie nicht findet, kommt so schnell es geht zurück.«
Vielleicht hat Creed bei der Keilerei ein bisschen Dampf abgelassen, vielleicht hat Ash ihm auch die Ohren langgezogen, ich weiß es nicht. Jedenfalls ist da ein Waffenstillstandsangebot in Creeds Tonfall – wenn nicht sogar in seinem Blick –, als er sagt: »Slim hat mir erzählt, was du da bei dem Säuglingshaus getan hast. Ich glaub immer noch, dass das Ganze verrückt ist, ich glaub immer noch nicht, dass es klappt, aber ich bin ... überredet worden, es auszuprobieren.«
»Ich hab ihm in den Hintern getreten«, sagt Ash.

»Mehr will ich ja gar nicht«, sag ich. »Nur dass du's ausprobierst.« Er streckt mir die Hand hin. Ich schüttel sie.

»Machen wir uns auf die Socken«, sagt er.

Er will aufsteigen, aber Ash hält ihn fest. »He, he, nicht so eilig. Du siehst furchtbar aus, herrgottnochmal. Soll ich mir die blutige Schweinerei etwa den ganzen Weg dahin und wieder zurück angucken?«

Er will aufbrausen. Hat schon was Schroffes auf der Zunge. Dann zieht er seinen kostbaren Gehrock aus, gibt ihn ihr, geht zum Pferdetrog, springt rein, taucht unter und klettert mit einem Schwall Wasser wieder raus. Er nimmt seine Jacke, zieht sie wieder an und schwingt sich so tropfnass aufs Pferd. »Ich bin fertig, Ma.«

»So schnell ihr könnt«, sag ich noch mal.

»Wir werden dich nicht enttäuschen«, sagt Ash. »Wünsch uns Glück.«

Ich wink ihnen zum Abschied. »Wünscht uns allen Glück«, flüster ich.

Wieder alles klar auf der Andrea Doria?«, fragt Slim. Er führt Moses. Aber was für ein Anblick. Armer alter Moses. Er ist mit einem flotten Glöckchengeschirr und einem Strohhut rausgeputzt und muss auf Pegs Rundfahrt ihre Schrottwanne ziehen. Als er versucht, sein Hütchen abzuschütteln, klingeln die Glöckchen, und das Geschirr klimpert. Er stöhnt vor Verzweiflung. Der König vom Pillawalla-Kamelrennen ist tief gesunken.

»Also, das ist einfach grausam«, sag ich.
»Hör bloß auf«, sagt Slim. »Es ist ein Verbrechen gegen die Kameligkeit, schlicht und einfach. Also, jetzt sag mir, worum ist es bei diesem Straßenköterkampf gegangen?«
»Ich weiß nicht mehr als du«, sag ich. »Sie halten dicht.«
»Tja«, sagt er, »ich schätz, es liegt daran, dass die beiden jungen Böcke sich nicht aus dem Weg gehen können. Ich red von Hormonstau. Vielleicht sollte man sich nicht wundern, dass sie überhaupt gekämpft haben, sondern dass sie ihre kleine Keilerei nicht schon viel früher gehabt haben.«
»Da hast du vielleicht recht. Creed und Lugh sind von Anfang an nicht grade die besten Freunde gewesen. Irgendwie passen sie einfach nicht zusammen. Sie verstehen sich ständig absichtlich falsch oder tun was, was den anderen ärgert.« Ich seufze. »So ein Zoff ist das Letzte, was ich jetzt brauch.«
»Wer hat behauptet, dass Anführer sein leicht wär? Gib ihnen was zu tun, Engel. Sorg dafür, dass sie beschäftigt sind. Wir müssen hier alle unsere Rolle spielen. Wir sind alle genauso mit Herz und Seele dabei wie du, jeder aus seinen eigenen guten Gründen. Du musst uns einbeziehen. Wir müssen selbst sehen, was da läuft. Übrigens denk dran: Ein paar von uns haben schon mit Bram zusammen bis zum Hals da dringesteckt, lang bevor du dahergekommen bist. Jawohl, Molly und ich.«
»Und Cassie, ich weiß«, sag ich.
Da horcht er auf. Als ob er plötzlich eine unerwartete Witterung aufgenommen hat. »Cassie? Willst du damit sagen, sie ist gestern dabei gewesen?«
Ich nicke.
»Die ist ein Ausnahmemensch, die Frau«, sagt er. »Ich bin froh, dass es ihr gutgeht. Und du machst besser mal die

Augen zu. Nichts für ungut, aber offen gesagt siehst du furchtbar aus. Und Schlafmangel sorgt für schlechte Entscheidungen. Ende der Lehrstunde, amen.«
»Amen. Danke, Slim.«

Wir müssen hier alle unsere Rolle spielen.
Gib mir was zu tun, Saba.

In der Ecke vom Schuppen, wo noch ein Echo vom Streit in den Staubsonnenstrahlen hängt, mach ich mir ein Nest auf dem Haufen mit unseren Bündeln und roll mich drin zusammen, eingehüllt in Auriels blutroten Schal. Endlich zur Ruh gekommen im stillen Halbdunkel, werden meine Knochen ganz schwer. Meine Haut wird schlaff vor Müdigkeit, und ich schwank am Klippenrand vom Schlaf. Gedanken und Sorgen, meine ruhelosen Tage und die Sternentrubelnächte fallen von mir ab ins gierige dunkle Vergessen.
In ihrem dunklen Zelt sitzt Auriel in ihren Schal gehüllt am Feuer. Ihre hellen Wolfshundaugen wenden sich mir zu. »Wir müssen alle unsere Rolle spielen«, sagt sie. »Jack. Deine Schwester. Dein Bruder. Du und ich. Der Wolfshund und die Krähe. Lange vor deiner Geburt, Saba, ist eine Kette von Ereignissen in Gang gesetzt worden. Für dich führen alle Straßen an denselben Ort.«
Bunker und Samenlager und Visionen in Hügeln. Fallen von mir ab, fallen von mir ab in die Dunkelheit.

Ich werd wach, weil mein Körper sich beschwert. Er nörgelt über mein klumpiges, hartes Bett. Steifer Nacken, verkrampfter Arm, und irgendwas bohrt sich in meinen Rücken. Und irgendwas Schweres klemmt meine Füße ein.
Ein Traum streckt die Hände nach mir aus, will mich zurückholen. Ein Traum von Pegs Vögeln. Nero hat ihre Käfigtüren aufgemacht. Ich bin ihren Himmelsliedern gefolgt, bin ihnen hinterhergejagt zum Samenlager, wo sie sich mit den Samen aus den umgefallenen Gläsern vollgestopft haben. DeMalo hat uns entdeckt. Er hat mich alle Vögel einfangen und in den Gläsern einsperren lassen. Sogar Nero. Ich hab geweint, als ich die Deckel über ihren Liedern zugemacht hab. Er hat mich im Arm gehalten, bis alles still gewesen ist im Raum.
Ich blinzel durch verklebte Lider. Die Sonne hat sich bewegt, aber durch die Fensterschlitze oben kommt immer noch Tageslicht. Ich hab keine Ahnung, wie lang ich weg gewesen bin. Mein benommener Kopf sagt mir, zu lang und nicht lang genug.
Das schwere Gewicht auf meinen Füßen ist Tracker. Als ich mich aufsetz, zieh ich sie ihm weg, und er rappelt sich hoch. Im nächsten Augenblick schlabbert mir seine Zunge durchs Gesicht. »Schon gut, das reicht, danke.« Ich schieb ihn von mir weg. »Guck dir das Durcheinander da an«, sag ich zu ihm.
Mein behelfsmäßiges Bett ist auseinandergefallen. Wahrscheinlich weil ich im Traum gestrampelt hab, und dann sind auch noch Trackers große Pfoten dazugekommen, das

hat ihm dann den Rest gegeben. Das oberste Bündel ist aufgegangen, und ein Teil vom Inhalt ist rausgefallen. Es ist Tommos Bündel. Er ist der Einzige von uns, der sich die Mühe macht, ein abgetragenes braunes Hemd so ordentlich zusammenzulegen. Ich steck es wieder rein, und die anderen Sachen auch: den leeren Tauschwarenbeutel, Feuerstein und Feuerstahl, ein Knäuel Nesselschnur.
Nesselschnur. Meine Hand zögert. Ich starr die Schnur lange an. Keine zwei Schnüre sind genau gleich. Jede zeigt die Hand von ihrem Macher. Was Ash gesagt hat, was ich so schnell abgetan hab, jetzt zischelt es unheilvoll in mir.
»Ich will nicht glauben, dass es einer von unseren gewesen ist. Aber ich wüsst nicht, wie ich mir das sonst erklären soll. Wenn es einer von uns ist, müssen wir wissen, wer. Und warum.«
Ich hab mir die Schnur gar nicht genau angeguckt. Es ist dunkel gewesen. Seitdem hab ich sie nicht mehr rausgeholt. Wahrscheinlich irr ich mich. Ich sollte trotzdem nachgucken. Ich will nicht, aber ich muss. Ich brauch mehr Licht.
Tracker folgt mir, als ich mit dem Knäuel nach draußen geh. Es ist keiner in der Nähe. Ich zieh den Strick aus meiner Jackentasche und halt beides nebeneinander. Das Knäuel und den Strick. Sie sind gleich. Mein Herzschlag stolpert. Ich vergleich die Enden. Sie passen. Genau. Ein und dieselbe Hand hat beide gemacht. Kälte lähmt meine Haut.
Eine Schnur verrät ihren Macher so sicher, wie die Linien in der Handfläche ein Leben erzählen. Von der zu locker gedrehten ersten Kinderschnur bis zu einer ungleichmäßigen Schnur, die zeigt, dass sie zu hastig gemacht worden ist. Pa hat uns früh alles über Schnüre beigebracht, Lugh und mir. Wie man sie dreht. Wie man sie deutet.

Mein Herz verneint es, mein Kopf bedauert es, aber meine Augen verkünden, dass sie wissen, wer diese Schnur gemacht hat. Ich hab ihm oft dabei zugeguckt, wenn er Schnüre gedreht oder geflickt hat.
Tommo. Es ist Tommos Schnur.

Wie betäubt lauf ich zum Nusswäldchen. Tracker rennt voraus. Mir ist schwindelig, duselig, benebelt. Wie wenn ich zu viel Whisky getrunken hab. Alles wirkt wie ein Traum und ganz weit weg.
Tommo würd Nero nie was tun. Das könnte er gar nicht. Abgesehen von ein paar wenigen Menschen richtet sich seine Zuneigung auf Tiere. Logisch. Sie werden niemals ausnutzen, dass er taub ist, wie seine Mitmenschen es getan haben. Er hat immer ein sanftes Wort, eine gütige Hand für die Pferde und Tracker und Nero. Herrgottnochmal, er dankt sogar den Tieren, die er zum Essen töten muss. Er dankt ihnen und nennt sie Brüder. Aber ich hab ihm mit meiner Unehrlichkeit weh getan. Hab ich ihm so weh getan, dass er mir jetzt auch weh tun will? Dadurch?
Als ich Peg frage, ob sie Slim gesehen hat, wedelt sie mit einer knorrigen Klaue in Richtung Wäldchen. Zu beschäftigt damit, ausgewählte Stückchen Schrott auf ihre Schrottwanne zu laden, um Worte an mich zu verschwenden. Unterwegs versuch ich mich zu beruhigen, zu beschwichtigen. Ich will erst mal für mich behalten, dass da was nicht in Ordnung ist. Bestimmt irr ich mich. Das ist ein Irrtum. Ich

muss mich irren. Deshalb muss ich zuallererst mit Slim sprechen.

Als ich ihn finde, hilft er gerade Em bei ihren Übungen mit Pfeil und Bogen. Sie sind ein friedlicher Anblick, der alte Mann und das Mädchen. In weiches goldenes Nachmittagssonnenlicht getaucht. Eine Erinnerung wird in mir wach, lässt mich mitten im Schritt stocken. An einen eigenen goldenen Augenblick, genau wie der hier. Halt … nein. Keine Erinnerung an meine Vergangenheit. Es ist eine Erinnerung von den Wänden in DeMalos weißem Raum. Ein alter Mann und ein Mädchen, die an einem milden Nachmittag zusammen lachen, in einer Welt, die längst untergegangen ist.

Trotzdem. Wenn ich mein eigenes fadenscheiniges Leben heimlich mit diesem kleinen, ungewollten Fetzchen Erinnerung flicken würde, könnt keiner merken, dass es nicht meine ist. Ich geh zu den beiden und sag: »Gut geschossen, Emmi.«

Sie lächelt, scheu, aber erfreut. »Ich wünschte, Jack wär hier und hätte das gesehen«, sagt sie. »Er hat immer gesagt, ich kann gut zielen. Ich muss noch viel lernen. Aber ich hab den besten Lehrer auf der Welt.« Sie lehnt den Kopf an Slims Arm. Er zerzaust ihr liebevoll die Haare.

Offenbar hilft er ihr schon seit einer ganzen Weile. Davon hab ich nichts gewusst. Und es gibt mir einen Stich ins Herz, dass nicht ich die bin, die ihr das beibringt. Tja, Pech für mich. Ich hab jede Gelegenheit gehabt und mir nie die Mühe gemacht. Ich geb ihr das Schnurstück. »Ist das der Strick aus dem Kaninchenloch?«

»Das musst du doch wissen. Ich hab ihn dir gegeben, und du hast ihn gleich in die Tasche gesteckt. Warum fragst du?«

»Das braucht dich nicht zu kümmern. Bist du sicher, dass es der Strick ist? Guck gut hin, Em.«
Sie guckt ihn sich genau an und runzelt die Stirn. »Tja, dreckig genug ist er jedenfalls. Er ist an was festgebunden gewesen. Er ist ziemlich abgewetzt. Ich bin so sicher, wie man sein kann, glaub ich. Es ist dunkel gewesen, weißt du.«
Ich nehm ihn ihr wieder ab. »Okay. Dann üb mal weiter. Wenn du so weitermachst, bist du bald besser als ich.«
»Noch nicht. Eines Tages vielleicht.« Sie stellt sich sehr sorgfältig auf und fängt wieder an, auf die Mooszielscheibe zu schießen. Sie hat jetzt viel mehr Kraft in den Armen, den Handgelenken und der Brust. Jack hat recht. Sie kann gut zielen. Und sie trifft das Ziel bemerkenswert verlässlich. Das ist erstaunlich bei einem Mädchen, das aus Luft gemacht ist.
Ich muss Slim nicht zunicken. Er weiß auch so, dass ich mit ihm reden will. Er kommt zu mir, und zusammen gehen wir zwischen die Bäume, bis Em uns garantiert nicht mehr hören kann. Ich mach das Knäuel Nesselschnur von meinem Gürtel ab und geb es ihm, zusammen mit dem Strick. »Sag mir, was du siehst.«
Er lässt sich Zeit, vergleicht die beiden. Unsere Blicke treffen und verschränken sich. »Ich seh, dass Neros Strick von diesem Knäuel abgeschnitten worden ist. Und wenn ich mir dein Gesicht so anseh, dann weißt du, wer die Schnur gemacht hat.«
Slim würde Tommos Handarbeit nie erkennen. Ich glaub nicht, dass er sie je aus nächster Nähe gesehen hat. Und Em ist nichts aufgefallen, sie ist zu aufgeregt gewesen.
»Ich weiß es«, sag ich. »Ich will nicht, aber ich weiß es.«
Er gibt mir beides zurück. »Ich würd da nichts übereilen.

Wie du ja mittlerweile weißt, sind die Dinge nicht immer das, wonach sie aussehen. Was wie Schuld aussieht, könnte was anderes sein.«

»Und zwar?«

Er zuckt die Achseln. »Vielleicht hat jemand sich die Schnur ausgeborgt. Vielleicht versucht der Schuldige, dem Schnurmacher die Schuld zuzuschieben. Guck mich nicht so an, als ob ich verrückt wär. Du bist grundanständig, Miss Tod, aber das ist nicht jeder. Eigentlich dürftest du gar nicht mit mir da drüber reden. Wer weiß? Viellcicht bin ich's ja gewesen.«

»Das Risiko geh ich ein. Was soll ich tun, Slim? Hilf mir, bitte.«

Er beguckt sich den Haselnusszweig über uns und fährt sich mit der Hand über die buschigen Wangen. Dann sagt er: »Okay, ich spiel mal den Teufelsanwalt. Wie wichtig ist das eigentlich? Unser gefiederter Bruder ist heil und gesund, es ist nichts passiert, und du hast sowieso schon genug um die Ohren.«

»Wenn wir unter uns jemand haben, der das getan hat, dann müssen wir wissen, wer und warum. Er könnte hinter unserm Rücken alles Mögliche aushecken. Das könnte ein Problem sein, Slim. Ein großes.«

Ein Verräter unter uns. Einer von uns. Das sind die einzigen Menschen, die ich auf der Welt hab. Das Gift, das ich versprüh, verbrennt mir den Mund.

»Ich seh das nicht so, aber okay, dann pass auf. Unternimm was deswegen, nur eins. Ich sag dir nicht, was, das ist deine Entscheidung. Tu diese eine Sache, kurz und schmerzlos, und dann lass es dabei, wart ab, was passiert. Irgendwas wird passieren. Auf jede Aktion gibt es eine Reaktion, denk dran.«

»Okay.«
»Aber zieh keine voreiligen Schlussfolgerungen, und klag nicht gleich jemand an, egal, wie es im Augenblick aussieht. Lass dir Zeit.«
»Wir haben keine Zeit.«
Die Worte lassen los. Fallen unheilvoll von meinen Lippen. Wir-haben-keine-Zeit. Sie landen leichtfüßig und sind weg. Vier Wörter, die in vier Richtungen rennen. Norden, Süden, Osten, Westen. Weg. Nicht mehr einzufangen.
Slim ist totenstill. Er schnuppert die Luft, die freundliche Wärme dieses Tags. »Ergraute alte Tiere, mit allen Wassern gewaschen, riechen den aufziehenden Sturm, während die Kinder noch spielen. Ich hab mir das schon gedacht. Wie lang noch?«
»Bis zum Blutmond. Frag nicht weiter.«
»Der Blutmond. Das ist von jetzt an in vier Nächten. An deiner Stelle, Engel, würd ich mir was zu tun geben, aber pronto.«
»Ich hab Ash und Creed losgeschickt, Auriel zu holen und zum Nass Camp zu bringen. Ich zähl drauf, dass sie mit ihren Flüchtlingen noch am Snake River ist. Wahrscheinlich kennst du ein paar von denen.«
»Die meisten. Bin ja schon mein ganzes Leben hier.«
»Wir brauchen die Stärksten von ihnen sofort wieder hier.«
»Das Nass Camp ist eine gute Wahl. Das ist weit abgelegen.«
»Wenn du und Molly da hinreiten und alles vorbereiten könntet …«, sag ich. »Unterwegs ein paar Vorräte besorgen könntet. Sie werden müde und hungrig sein, und vielleicht ist auch dein Medizinwissen gefragt.«
»Und wenn sie dann da sind, wie geht's weiter?«

»DeMalo meint, sie sind nicht gut genug, um in New Eden zu leben. Wir meinen das nicht. Wir werden sie wieder hier reinschmuggeln. Wenn sie sich erst über ganz New Eden verteilt haben, haben wir alle da, wo wir sie brauchen. Mütter und Väter, Brüder und Schwestern, kleine Babys, alte Nachbarn und Freunde …«
»Und dann lassen wir es mordsmäßig rumpeln«, sagt Slim. »Genau wie du gesagt hast. Ich geh mal davon aus, dass du weißt, wie's dann weitergeht.«
Angst durchzuckt mich. Ich pack seine Hand. Drück sie fest an meine Brust. Er ist warm. Verlässlich. Weise. Ich guck ihn an. Und plötzlich seh ich alles verschwommen vor Tränen.
»Na, na«, sagt er. »Was ist denn?«
»Ich weiß es nicht«, flüster ich. »Slim, ich weiß nicht, was als Nächstes kommt. Deshalb brauch ich ja Auriel, ich brauch sie jetzt sofort. Sie wird wissen, was ich tun muss, sie wird es in den Sternen sehen. Wir haben nicht viel Zeit, und es muss klappen, sonst …«
Ich beiß mir auf die Zunge, bevor ich mich völlig auflöse. Lass seine Hand los. Reib mir die Augen, wisch mir die Nase ab, bring meinen Atem unter Kontrolle.
In seinem Gesicht seh ich solche Sorge, solches Mitleid. Er will mich umarmen, aber ich weich zurück. »Ach je«, sagt er. »Was für eine schwere Bürde du trägst.«
»Bitte sei nicht so lieb, das ertrag ich jetzt nicht. Sag mir bloß, dass ich keinen schrecklichen Fehler gemacht hab. Sag mir, dass wir das schaffen können.«
Er nimmt meine Hand in seine beiden Hände. »Wir werden es schaffen. Wir sind auf dem besten Weg. Alles fügt sich. Ich hab Vertrauen in dich, Engel. Hab ich immer gehabt.

Und ich bin kein Narr, auch wenn es so aussieht.« Er küsst mir die Hand. »Ich und Molly, wir machen uns besser auf den Weg.«
»Beeilt euch, Slim, bitte.«
Er ist schon unterwegs zum Schrottplatz. Er dreht den Kopf zu mir, winkt und ruft lächelnd: »Wir sind schon halb da!«

Das Spiel ist bald zu Ende. Das Endspiel. Ich weiß, ich weiß, ich kann das keinen Augenblick vergessen. Der Blutmond ist schon in vier Nächten. Morgen ist heute schon gestern. Das Morgen geht mir rasend schnell aus.
Und wir haben vielleicht einen Verräter unter uns.
Tracker und ich finden Tommo am Kaltwasserteich. Er badet, mit dem Rücken zu uns. Das Sonnenlicht zersplittert auf dem Wasser um ihn rum, tanzt auf seinem blauschwarzen Haar. Lässt seine glatte Haut golden glänzen. An einem Tag wie heute bekommt das Herz Sehnsucht. So eine unerträgliche Schönheit auf der Haut des Lebens.
Ich knie mich am Rand vom Teich ins Gras und schick Tommo eine Welle. Als er sie spürt, dreht er sich hastig rum. Reißt die Augen auf und taucht bis zum Hals unter. »He, was soll das?«, fragt er.
Er ist bis zu den Ohrläppchen dunkelrot geworden. Sein Tonfall ist so empört, dass ich trotz meinen Sorgen lächeln muss. Als ob ich ihn nicht schon oft ohne Hemd gesehen hätte. Übrigens auch seine Kehrseite. Er hat mich bestimmt auch schon so gesehen. Wir leben ja seit Monaten eng zu-

sammen. Aber ich heb entschuldigend die Hände. »Tut mir leid.«
»Was willst du?«
Ich sprech langsam und beweg dabei deutlich die Lippen. Damit ihm kein Wort entgeht. »Ich möchte, dass du heute Nacht mit mir kommst. Wir müssen Edenhome auskundschaften.«
»Okay. Gern.«
Ich komm mir mies vor. Wie der letzte Abschaum. Dass ich Tommo überhaupt verdächtige, ob mit oder ohne Schnur im Bündel. Er ist lieb. Sanft. Einer von den guten Jungs im Leben. Und tapfer und treu bis zuletzt. Dazugehören, das ist alles, was Tommo will. Er würd nie was tun, was uns auseinandertreibt. Sogar mir gegenüber nicht, und ich hab ihn wirklich schlecht behandelt.
Erst als Tommo vor ein paar Jahren Ike kennengelernt hat, hat er mit seinem leiblichen Vater gebrochen. Mit dem Mann, der seinen kleinen Sohn im Lager zurückgelassen und ihm gesagt hat, er soll sich nicht vom Fleck rühren, er würd bald mit Fleisch für den Kochtopf wieder da sein. Dem irgendwas passiert sein muss, was ihn das Leben gekostet hat. Das alles wissen wir natürlich nicht von Tommo. Ike hat es uns erzählt. Und mehr hat der auch nicht gewusst. Ike hat geglaubt, dass Tommo sich irgendwie durchgeschlagen hat, bis er eines Nachts im Stall vom One-eyed Man aufgetaucht ist. Ike hat ihn halbverhungert im Stroh gefunden, und von da an hat Tommo zu Ike Twelvetrees gehört. Jetzt gehört er zu uns.
Ich merk, dass er was gesagt hat. »'tschuldige«, sag ich, »das hab ich nicht gehört.«
Sein Mund verzieht sich zu einem schmalen Lächeln. »Ist … noch was?«

Ich werd knallrot. Ich starr ihn die ganze Zeit an, und dabei ist er halbnackt. Das bekommt er bestimmt in den falschen Hals.
»Nein. Ähm … nein, nein, das ist alles. Bis nachher.«
Ich steh auf und geh zurück zum Schrottplatz. Mir ist klar, dass er mir hinterherguckt. Wenn das jemand anders wär, würd ich sagen, er schäkert mit mir. Wenn auch auf eine schüchterne, unsichere Art. Aber Tommo schäkert nicht. Dafür ist er viel zu ernsthaft.
Und er würd uns nie so einen gemeinen Streich spielen. Trotzdem. Ich muss meinen Kopf benutzen, nicht nur mein Herz und meinen Bauch. Heute Nacht reiten wir nach Edenhome. Ich werd ihn beobachten. Ein paar Anspielungen fallen lassen. Mal sehen, was passiert.

Ich hör Gehämmer, geh dem Geräusch nach und find Peg, die irgendein Autoteil zu einer Waschwanne zurechtklopft. Sie blafft mich an, sie wär beschäftigt, sie hätt irgendeinem Verweser versprochen, die Wanne schnell zu liefern. Aber ich frag sie trotzdem. Ob sie ihre Schrottrundfahrt um ein, zwei Tage verschieben und bei Emmi bleiben kann, während wir anderen unterwegs sind? Ich bin kaum fertig, da schnattert sie: »Ja, ja, warum hast du mich nicht gleich gefragt?« Was totaler Quatsch ist, aber das ist normal bei Peg. Und wie der Blitz hat sie ihr Werkzeug weggelegt und stürzt davon zu einem Feld auf dem Gipfel vom Hügel. Ihr ist jeder Vorwand recht, um an ihrer Flugmaschine zu basteln.

Ich füll mir meinen Essnapf aus Slims unerschöpflichem Kochtopf, setz mich damit zwischen die Vogelkäfige und guck auf die Starlight Lanes. Ich hab Heißhunger und fang an zu schlingen. Aber trotz meinem Hunger bin ich nach ein paar Löffeln fertig. Ich bin zu aufgeregt, um zu essen.

Ich weiß, dass sich nicht immer alles um mich dreht. Aber unterm Strich bin ich eine knifflige Sonne für alle, die drum kreisen. Vor allem für die, von denen ich am meisten abhängig bin. Creed. Ash. Tommo. Molly. Mercy. Slim. Sogar für Emmi und Lugh. Auf die eine oder andere Weise hab ich mit meinen Taten jeden von ihnen in der Seele verletzt. Bis jetzt hab ich's irgendwie geschafft, sie bei mir zu halten. Aber vielleicht nicht mehr lang.

Tommo und ein Stück Nesselschnur.

»Ich würd da nichts übereilen. Die Dinge sind nicht immer das, wonach sie aussehen. Vielleicht hat sich jemand die Schnur ausgeborgt. Vielleicht versucht der Schuldige, dem Schnurmacher die Schuld zuzuschieben.«

Wer könnte Tommo die Schuld zuschieben wollen? Wer ist schon lange feindselig zu mir? Wer würd gern sehen, wie ich versag? Wer glaubt, wir wären alle besser dran, wenn er das Kommando hätte?

»Sei die, die wir brauchen, oder tritt zurück.«

Creed. Und Creed ist es ja auch gewesen, den ich auf die Suche nach Nero geschickt hab. Creed, der behauptet hat, er hätt ihn nicht finden können, obwohl Emmi ihn ein paar Minuten später in dem Kaninchenbau gefunden hat. Creed hätte das ganz leicht planen und Tommos Schnur ohne sein Wissen benutzen können. Und dieser Blick, den er mir hinterher zugeworfen hat. Nur ganz kurz. Als ob er mir ein Messer an die Kehle hält.

Wen kenn ich von allen am wenigsten? Creed. Wem würd ich am wenigsten vertrauen? Creed. Zu wem geht Nero am seltensten? Creed, Creed, Creed.

Meine Gedanken kreiseln und drehen sich. Ich steck ein Stück Esswurzel durch die Stäbe vom Käfig neben mir. Der kleine Wallafinkgefangene flattert und zwitschert.

Falls Pegs Vögel ihr Gefängnisleben schlimm finden, merkt man nichts davon. Sie singen trotzdem. Ich hab den starken Wunsch, sie einfach freizulassen, wie in meinem Traum. Aber dann wirft Peg uns aus Starlight Lanes raus, und dann hätten wir unsere letzte Zuflucht verloren. Der Fink will das Essen nicht. Ich heb den Riegel hoch und mach die Tür auf. Nur ein Vogel. Den Anpfiff riskier ich.

»Ab mit dir«, sag ich zu ihm. Das merkt sie gar nicht.

Er hüpft zur Tür, dann wieder weg, dann wieder hin. Legt das Köpfchen auf eine und dann auf die andere Seite. Mit glänzenden schwarzen Augen guckt er sich die neuen Möglichkeiten vor sich an.

»Na los«, sag ich. »Ich tu dir einen Gefallen. Tu's. Los.«

Mit einem Zwitschern fliegt er auf quecksilbrigen Flügeln davon. Um sein Lebensfeuer auflodern zu lassen. Ein Vogel weiß, was man mit der Freiheit anfängt. Er ist mit dem Wissen geboren. Ich guck ihm hinterher, bis ich ihn nicht mehr sehen kann. Dann steh ich auf und werf sein Metallgefängnis in die Luft. Schleuder es mit der ganzen Kraft weg, die mir mein Hass auf Käfige gibt. Ich guck zu, wie es purzelt, sich dreht und mit einem Knall auf dem nächsten Schrotthaufen landet.

Ein einzelner Vogel. Ein Käfig. Das ist noch lang nicht genug. Aber es ist immerhin was. Es ist besser als nichts.

Nacht vier

Ich lass Emmi unsere Waffen putzen und einölen. Es ist eigentlich nicht nötig. Wir halten unsere Ausrüstung tipptopp. Das tut man einfach. Jeder tut das, außer im Oberstübchen ist es leer. Aber ich hab nicht vergessen, was Slim gesagt hat. Es ist gut, wenn Em sich gebraucht fühlt. Mehr als das kann man ihr jedenfalls nicht anvertrauen. Ich sag ihr, sie soll unsere Vorräte zählen, die Bolzenschießer einölen, notfalls auch ein paar neue Pfeile machen. Wenn's nach mir geht, werden wir die nicht benutzen, aber besser, wir sind vorbereitet.

Ich überlass sie ihren Aufgaben, und sie macht sich fröhlich an die Arbeit. Peg leistet ihr Gesellschaft, wärmt sich die knorrigen Zehen am Ofen und pafft eine lange Tonpfeife. Tracker will unbedingt mit uns kommen, aber er ist die beste Wache für Starlight Lanes, solang wir alle weg sind. Slim und Molly sind längst los Richtung Nass Camp.

Als die Nacht kommt, machen Lugh, Tommo und ich uns für den Ritt nach Edenhome fertig.

Ich bin jetzt überzeugt davon, dass Creed für den Streich mit Nero verantwortlich ist. Er ist wütend auf mich gewesen wegen dem Chaos an der Brücke. Hat das Vertrauen der anderen bestimmt noch einen Tacken mehr erschüttern wollen. Guckt doch, sie lässt die Zügel schleifen, sie hat zugelassen, dass ihre Schwester ihren Wachtposten verlässt, und darum sind die Tonton so nah an uns rangekommen,

dass wir alle tot sein könnten. Sie ist keine Anführerin. Aber ich.
Das find ich einleuchtend. Es passt alles. Aber ich werd Tommo testen. Nur ein Mal, nur ein bisschen. Damit ich sagen kann, ich hab's getan, wenn Slim fragt. Ich unternehm was und dann guck ich, was passiert. Aktion. Reaktion.
Ich tu so, als hätt ich meine Schnur verlegt. Dann frag ich Tommo, ob er mir seine borgt. Er gibt sie mir lächelnd. Genau die Schnur, von der der Strick abgeschnitten worden ist, um Nero festzubinden. Ich steck sie gleich wieder in sein Bündel. Tommo kann nie verbergen, was er fühlt. Seine großen dunklen Augen verraten ihn immer. Als er mir die Schnur gibt, verraten sie mir, dass er ehrlich ist. Dass er nichts zu verbergen hat. Tommo hat das nicht getan.
Creed hat es getan.

Wir sind erst eineinhalb Meilen weit gekommen, da zerreißt ein Krächz-krächz die Dämmerung. Nero. Er ist ein schwarzer Fleck mit breiten Flügeln, der auf mich zugesegelt kommt. Das Herz rutscht mir in die Hose. Daran hab ich gar nicht mehr gedacht. Ich hab ihn doch mit einer Nachricht zu Jack geschickt, er soll sich heute Nacht mit mir treffen. Da grübel und denk ich die ganze Zeit drüber nach, wer ihn festgebunden hat, aber an Nero selbst denk ich überhaupt nicht. Es ist so viel los gewesen in letzter Zeit, die Kämpfe und alles, und ich bin so dran gewöhnt, ihn um mich zu haben, ohne ihn immer zu sehen, dass es

mir ganz durchgegangen ist. Er ist eine Ewigkeit weg gewesen.
Er landet auf meiner Schulter, und ich nehm ihn hastig in die Arme. Zieh ihm schnell die Rindenrolle vom Bein und schieb sie unters Hemd, ohne sie anzugucken. Brauch ich auch nicht. Jack hat mir dieselbe Rolle, die ich ihm geschickt hab, zurückgeschickt, aber an Neros linkes Bein gebunden. Das heißt, er wird da sein. In Edenhome.
Mein dummer, dummer Kopf. Nicht zu fassen. Ich hab Lugh und Tommo dabei, und Jack wird auch auftauchen. Alle drei zusammen. Mit mir. In Edenhome. Das geht nicht, nein, nein, nein. Sie dürfen das mit Jack nicht rausfinden. Slim hat recht gehabt. Ich bin zu müde gewesen. Bin ich offenbar immer noch. Kein Schlaf heißt, ich mach Fehler. Schlimme Fehler.
Am liebsten würd ich sofort haltmachen und die Jungs zurückschicken, aber dann würden sie misstrauisch, und es gäb Krach. Was tun, was tun, was zur Hölle tu ich jetzt?
Es drauf ankommen lassen. Das tu ich. Oder wie Jack sagen würd, ich muss mir auf die Schnelle was einfallen lassen.

Emmi musste sich beeilen, sonst würden die Lieder, die sie im Vorbeigehen hinterließen, verklingen, und sie würde ihre Spur verlieren. Sie würde ihnen folgen. Sie hatte keinen Plan, noch nicht. Aber ihr würde schon noch einer einfallen.
Bis jetzt hatte sie ihnen nichts als Ärger gemacht und sie

enttäuscht. Ein Kind, wo sie eine Kriegerin benötigt hatten. Sie wollte Saba unbedingt eine würdige Schwester sein. Und sie musste Pas, Maevs und Eponas Opfer ehren. Ikes, Brams und Jacks. Auriels Großvater Namid, der Sternentänzer, war ein Krieger und Schamane gewesen. Das wollte sie auch sein.

Krieger bewiesen sich im Kampf. Sie hatte sich noch überhaupt nicht bewiesen. Sie hatte mit dem Bogen geübt, bis sie vor Müdigkeit die Arme nicht mehr heben konnte. Mit Hilfe dieser Übung und der Erdlieder, die ihr Bodenhaftung gaben, war sie auf dem besten Weg, eine gute Bogenschützin zu werden. Doch Saba sagte, sie sollten nicht mehr mit Waffen kämpfen. Nun kämpften sie mit einem kühlen Kopf. Erst denken, dann planen, dann handeln. Es musste doch etwas geben, was außer ihr niemand sonst tun konnte. Dann würde sie erhobenen Kopfes unter ihnen stehen können, unter den Lebenden wie den Toten.

Sie und Peg saßen gemütlich am Ofen, neben sich den Haufen mit den Bolzenschießern und allem anderen, was Saba ihr aufgetragen hatte. Genügend Arbeit, um sie bis zum Sankt-Nimmerleins-Tag beschäftigt zu halten, sagte Peg. »Wir hören ein Lied, mit einem Lied geht's leichter.«

Sie drehte den Schlüssel am magischen Musikkäfig. Sie schauten und hörten zu, wie der kleine Fink sang. Dann sagte sie Peg, sie könne den Käfig nicht behalten. Achselzuckend gab Peg ihr zurück, was Tommo dafür eingetauscht hatte. Er würde verletzt sein, aber nicht überrascht. Sie hatten viel darüber gestritten seit ihrem Geburtstagsfest. Er wusste, was sie dachte, und sie hatte recht. Er konnte etwas so Kostbares nicht weggeben. Eines Tages würde er ihr dankbar sein.

Sie begann zu gähnen. Nicht zu viel, gerade genug. Bald sagte Peg: »Schlaf schön, mein Vögelchen.« Das alte Mädchen gähnte selbst. Mit etwas Glück würde sie bald eindösen. Zu ihrer Überraschung gab sie ihr eine Gutenachtumarmung.

Emmi ging zur Schlafhütte der Jungen und legte Tommos Armband in sein Bündel. Ganz obenauf, wo er es bestimmt finden würde. Er hatte es viel zu lange verborgen, ebenso wie seine Erinnerungen. Er sollte es tragen. Wenn man eine Verletzung ans Licht bringt, lässt das Licht sie mit der Zeit verblassen.

Dann eilte sie zur Hütte der Mädchen. Ihre wenigen Vorbereitungen hatte sie vorhin schon getroffen. Sobald sie gehört hatte, dass Lugh und Tommo mit Saba nach Edenhome reiten würden. Sie glaubte nicht, dass Peg nach ihr sehen würde, aber dennoch. In der Dunkelheit würde die Decke über ihrem Bündel wie ein Mädchen aussehen, das sich im Schlaf zusammengerollt hatte. Sie hatte nur das Allernötigste in ihre Jackentaschen gesteckt, mehr nicht. Feuerstein und Feuerstahl, das rote Messer, ihren Geburtstagskamm von Molly und ein Stück Nesselkuchen. Sie nahm die Jacke und rannte zum Stall.

Wenn sie herausfanden, dass sie fortgelaufen war, würde sie ernsthaft Ärger bekommen. Deshalb musste sie zeigen, was in ihr steckte. Sie durfte nicht versagen.

Tracker blieb an ihrer Seite. Er witterte das Abenteuer und wollte unbedingt mitkommen. Aber da alle anderen fort waren, musste er in Starlight Lanes bleiben und Wache halten.

Sie weckte Bean, legte ihm einen Seilzügel um, und dann ritten sie über den verlassenen Schrottplatz. Dank der Lieder bewegten sie sich jetzt lautlos. Die Lieder wiesen ihr einen lautlosen Weg. Tracker sah ihnen hinterher, von der Schnauze bis zum Schwanz vor Sehnsucht bebend.

Sobald sie durchs Tor hindurch waren, ließ sie Bean anhalten und lauschte. Dort, wo sie vorbeigeritten waren, summte der Boden noch. Gut. Sie hatten eine deutliche Spur für sie hinterlassen. Mit sicherer Hand lenkte sie Bean an dieser Spur entlang.

Sie lernte viel von den Liedern, den Erd- und Steinliedern. Sie verbrachte ihre Tage mit ihnen, lauschend und lernend, doch es gab noch so vieles, was sie nicht verstand. Sie musste ihren Lehrer finden. Nach all den Botschaften, die sie Auriel gesandt hatte, würde diese sicher bald kommen. Nur Auriel konnte ihr helfen.

Die erste Sternschnuppe der Nacht erregte ihre Aufmerksamkeit. Sie leuchtete hell, irgendeine Sternenseele, die in dringenden Angelegenheiten zurück zur Erde raste. Oder vielleicht war es auch Auriel. Vielleicht reiste sie auf dem schnellsten Weg zu ihr. Indem sie auf einer Sternschnuppe mitritt. Raste über den Himmel, um in blendend hellem Licht in New Eden zu landen.

Niemand konnte eine Sternschnuppe aufhalten. Niemand. Nicht einmal der Wegbereiter oder die Tonton.

Wir lassen die Pferde in einer moosigen Bodensenke stehen und laufen zu Fuß weiter bis Edenhome. Während wir übers weiche Moos zwischen den Bäumen tappen, lausch ich mit dem ganzen Körper auf ein Flüstern von Jack.

Meine Haut und mein Blut und meine Knochen horchen. Auf einen knarrenden Ast. Eine vorbeiziehende Brise. Ein Seufzen im Boden unter meinen Füßen. Ist er in der Nähe? Ist der Herzstein ein kleines bisschen warm? Nein, nur Wunschdenken.

Den ganzen Hinweg über hab ich zwei Rindenrollen in der Faust gehabt. In der Hoffnung, dass ich eine Gelegenheit find, Nero damit loszuschicken. Eine davon haben wir noch nie eingesetzt. Auf der ist nur ein X eingeritzt. Was heißt, wir müssen unser Treffen streichen. Die andere sagt ihm, er soll mich am Mittag an der High-River-Schlucht im Sektor sechs treffen. Das ist von Starlight Lanes aus unser nächster Treffpunkt. Ein V mit Wellen unten drin. Oben am rechten Bein vom V hockt ein kleines Quadrat. Volle Sonne mitten drüber. Aber Nero ist nicht zu mir runtergekommen. Er bleibt am Himmel. Und ich kann ihn nicht rufen, ohne dass es verdächtig wirkt.

Ich würd so gern wissen, wie's bei Jacks Bande läuft. Ob sich alles so schnell entwickelt, wie es sein muss. Nicht etwa, weil ich ihm nicht zutrau, dass er die Stellung hält. Das wird er. Er wird das Richtige tun, er wird nichts verpatzen. Ich vertrau ihm also, und ich glaub wirklich, dass wir nur so gewinnen können, aber …

Aber. Die ganze Sache geht gegen meine Natur. So wenig, was ich unter Kontrolle hab. So viel, was schiefgehen kann. So viel zu verlieren. Und alles ohne Bögen und Bolzenschießer. Wir leben nun mal in einer rabiaten Welt. Was anderes kennen wir ja nicht. Ich hab Angst, dass doch einer anfängt zu schießen, wenn wir unter Druck geraten, und das ist es dann. Endspiel vorbei.

Nero tobt sich am Nachthimmel über den Baumwipfeln

aus. Er steigt auf, legt sich in die Kurve, nutzt die kühlen Winde aus, fliegt im Kreis immer wieder zurück, um nach uns zu gucken.
»Saba!«, zischt Lugh.
Eine grimmige Einzäunung aus Stacheldraht hält uns auf. Sie schließt das Gelände und die Gebäude von Edenhome ein. Ein hoher, biegsamer Zaun. Die schlimmste Sorte Zaun. Man kann nicht drüberklettern, selbst wenn man sich die Hände zum Schutz gegen die Stacheln umwickelt. Da kann man sich nur durchschneiden.
Lugh sucht die Gegend mit dem Weitgucker ab. »Wachen«, sagt er lautlos und hält zwei Finger hoch. Schon kommen zwei Wachen in Sicht. Aus entgegengesetzten Richtungen. Sie laufen wohl immer im Kreis am Zaun lang. Jeder hat einen gepanzerten Saupackerhund dabei, der an seiner kurzen Leine zerrt. Mit einem Nicken gehen sie aneinander vorbei und setzen ihren Rundgang fort. Wir gucken uns an. Die Augen der Jungs leuchten weiß in ihren Nachtgesichtern. Hier kommen wir nicht rein. Zaun, Wachen und Hunde, die drauf abgerichtet sind, mit ihren Schnappfangkiefern zu töten. Wir sitzen auf unserer Seite fest.
»Lauft den Zaun ab«, sag ich. »Überprüft ihn. Trefft mich wieder hier. Passt auf, dass die Wachhunde euch nicht wittern.«
Lugh verschwindet nach rechts ins laubschattige Dunkel und Tommo nach links. Ich schleich ein bisschen am Mittelstück lang, hin und her, guck mir an, wo die Hauptgebäude, Schuppen, Werkstätten, kleinen Scheunen undsoweiter liegen. Alles ist ordentlich und sauber und gut in Schuss. Die Kinder, die hier leben – jedes einzelne seiner Familie geraubt –, werden mit vierzehn Verweser der Erde. Hier ler-

nen sie, sich nicht dran zu erinnern, wo sie herkommen. Lernen zu glauben, dass ihre einzige Familie die Erde ist, dass der Wegbereiter sie ausgewählt hat, damit sie die Erde heilen. Hier wird der Fluss ihrer Herkunft gestaut und umgeleitet. Und wer sie mal gewesen sind, versiegt erst zu einem dünnen Rinnsal und trocknet irgendwann ganz aus.

Hier bringt man ihnen Sachen bei wie die, die Pa uns beigebracht hat. Wie man was baut und in Ordnung bringt und zusammenflickt, wie man was pflanzt und pflegt, damit es wächst. Und den ganzen anderen Alltagskram, den man braucht, um über die Runden zu kommen. Ich seh eine halbfertige Schrottscheune. Das stille Glitzern von einem Ententeich. Ein paar Fleckchen Erde, auf denen was angebaut werden soll. Ich frag mich, ob sie Samen aus dem Samenlager benutzen oder ob DeMalo die alle für die vielen, vielen Zahlen auf seinen großen Landkarten aufspart. Wenn er von New Eden aus weiter vordringt und weiter und noch weiter. In dem Wald hier müsste man einen Waldgarten anlegen, aber dann hätten sie die Kinder nicht unter Kontrolle. Einmal geblinzelt, und schon wären sie in den Schatten verschwunden.

Gottverdammt, Jack, wo bleibst du? Ungeduldig wart ich auf den Ruf von einem Nachtpieper. Wenn er jetzt kommt, genau jetzt, kann ich schnell zu ihm flitzen, mit ihm reden und wieder hier sein, bevor die Jungs wieder auftauchen.

Ich versteck mich hinter einem Baum und starr durch den Zaun auf das stille, dunkle Edenhome. Diese Frau aus dem Lager am Snake River. Hab den Namen vergessen. Die Frau, die halb verrückt gewesen ist vor Trauer, die die Leiche von ihrem toten Kind nicht hat hergeben wollen, damit es verbrannt werden kann. Ihre ältere Tochter Nell, die

Zehnjährige, die von den Tonton geraubt worden ist, die könnt jetzt in einer von diesen Hütten schlafen. Ich weiß noch, wie ich zu der Frau gesagt hab, zu Ruth – so heißt sie nämlich –, wie ich zu ihr gesagt hab, dass Nell, egal wo sie ist, garantiert nur auf eine Gelegenheit wartet, um da wegzukommen. Zurück zu ihrer Familie zu kommen. Und dass sie bestimmt nicht aufgibt, bis sie das geschafft hat. Ich hoffe, ich hab recht.
Komm schon, Jack, komm schon, komm schon. Wo bist du?
Plötzlich riech ich DeMalo. Panisch guck ich mich um, halt den Atem an. Mein Herz setzt kurz aus. Wo ist er? Wo? Ich drück mich an den Baum und halt die Luft an. Dann merk ich, was für ein unglaublicher Trottel ich bin. Ich steh an einem Wacholder. Und DeMalos Hemd und seine Haut riechen auch so. Ich hab Wacholderzweige in der Truhe gesehen, wo er seine Kleider verwahrt. Ich zerdrück einen nadeligen Zweig, und der kühle dunkle Geruch erfüllt mich. Aber ohne die Wärme von seinem Körper, die ihm was von seiner Schärfe nehmen würde.
Die Jungen kommen wieder angeschlichen. Lugh zuerst, dann Tommo. Immer noch kein Jack, und heute Nacht können wir hier nichts mehr tun. Die Kinder hier aus Edenhome rauszuholen ist kniffliger, als Babys zu stehlen oder Skeet in einen Sklaventrupp zu schmuggeln. Die Lage hier mit Zaun und Hunden und Wachen ist eine härtere Nuss, die wir noch knacken müssen. Und wir haben nicht viel Zeit. Wir müssen bei Tageslicht noch mal herkommen.
Jetzt müssen wir erst mal zurück. Der kühle Wind hat die ganze Zeit so geweht, dass er uns genutzt hat, aber jetzt ist er ruhelos, zappelig, wird gleich drehen. Dann wittern uns

die Saupackerhunde, und mit denen möcht ich mich lieber nicht anlegen. Wir machen kehrt und steuern wieder auf unsere Pferde zu. Wenn wir erst mal in Starlight Lanes sind, besprechen wir das. Lugh ist gut darin, verzwickte Probleme aufzudröseln.

Nero ist die ganze Zeit über dem Wald Wache geflogen. Plötzlich taucht er ab. Verschwindet in den Bäumen. Gleich danach ruft ein Vogel. Es ist das Krik von einem Nachtpieper. Mir bleibt das Herz stehen.

Jack. Endlich. Lugh dreht den Kopf in die Richtung, aus der der Vogelruf gekommen ist, zehn, zwölf Meter links von uns. Der Herzstein ist lauwarm. Ich geb Tommo ein Zeichen, dass es nur ein Vogel ist, und wir gehen weiter. Ein Nachtpieper, der in der Nacht ruft, ist nichts Besonderes. Nichts worüber man länger nachdenkt.

Jack ruft noch zweimal. Nero krächzt und macht ein großes Getue. Gut. Das klingt, als ob er versucht, einen kleineren Vogel aus der Deckung zu scheuchen, um sich eine Mahlzeit draus zu machen. Auch das ist nicht verdächtig. Also. Jack sieht Nero, er weiß, ich bin hier, aber ich geb keine Antwort. Mittlerweile hat er bestimmt kapiert, dass was nicht stimmt. Hoffentlich glaubt er nicht, ich wär in Schwierigkeiten, und will mir helfen. Kann ich die Jungs loswerden? Ich brauch bloß ein paar Minuten. Nur so lang, dass ich zu ihm laufen und ein neues Treffen abmachen kann.

Nero landet auf einem Zweig über mir. Eine Rindenrolle hängt an seinem rechten Bein. Ich schnalz, um Lugh auf mich aufmerksam zu machen. Als er sich umguckt, tut Tommo das auch. Ich knie mich hin und tu so, als müsst ich meinen Stiefel neu zubinden. Ich geb ihnen ein Zeichen, sie sollen schon mal weitergehen, ich komm gleich nach.

Ich warte, bis sie außer Sicht sind. Dann schnapp ich mir Nero und guck mir Jacks Nachricht an. Er hat zwei Rollen geschickt. Eine mit einem X, um das Treffen zu streichen. Die andere sagt, ich soll ihn am Deepwell Tower treffen. Das ist von hier aus unser nächster Treffpunkt. Nicht weit, nur ein bisschen mehr als sechs Meilen nach Nordosten. Und er hat es als dringend gekennzeichnet. Dringend. Das hat er noch nie gemacht. Mein Herz stolpert über all die möglichen Dringlichkeiten, während ich schnell beide Rollen wieder an Neros linkem Bein festmach. Das ist meine Antwort. Verstanden. Ich komm so schnell wie möglich. Dann werf ich Nero in die Luft, und er fliegt los, um sie zu überbringen. Ich zieh die unbenutzten Rindenrollen aus der Tasche und stopf sie in meinen kleinen Lederbeutel. Die brauch ich jetzt nicht. Ich hätt meinen Nerven den ganzen Stress ersparen können. Ich hätt doch wissen müssen, dass ich keine Angst haben muss, dass Jack sich den Jungs aus Versehen zeigt. Er ist ein viel zu gewitzter Fisch, um einfach treudoof in ein Netz zu schwimmen.

Seit dem Tag an der Brücke hatte er gewartet und beobachtet. Hatte gehofft, sie werde einen Fehler machen. Aber bei all ihren nächtlichen Ausflügen, ihrem Kommen und Gehen und den Geheimnissen, die sie Nacht für Nacht aufrieben, war ihr kein Ausrutscher unterlaufen, nicht ein einziger. Bis heute. Als Nero aufgetaucht war, kurz nachdem sie Starlight Lanes verlassen hatten, war sie überrascht zu-

sammengezuckt. Kaum merklich. Aber er hatte einen Ruck an seiner Angelschnur gespürt. Sie hatte Nero in die Arme genommen, hatte ihn einen Augenblick lang an sich gedrückt und dann wieder freigelassen. Nichts Ungewöhnliches soweit. Abgesehen von einem verräterischen Fummeln mit einer Hand. Sie war schnell gewesen dabei. Die meisten Menschen hätten es wohl gar nicht bemerkt. Aber er schon, da er ja gewartet und sie beobachtet hatte.

Im Wald war sie nervös. Ihre innere Anspannung ließ die Luft um sie herum förmlich knistern. Dann der plötzliche Aufruhr der Vögel in den Bäumen. Und bald darauf ihr Manöver mit dem neu zu schnürenden Stiefel, ihre Anweisung, nicht auf sie zu warten, als Nero gerade auf dem Ast über ihr landete.

In seinen Ohren rauschte das Blut. Sie hatte irgendetwas vor. War Jack hier? Er musste es herausfinden. Die Zeit war knapp. Eine weitere Gelegenheit würde er womöglich nicht bekommen. Als sie weitergingen zu ihren Pferden in der moosbewachsenen Bodensenke, brach er Zweige ab, um den Weg zu markieren.

Sie waren aufgestiegen und wollten gerade losreiten. Er stieg nochmals ab und suchte am Boden, in seinen Hosentaschen, seinem Beutel. O nein, es musste ihm hingefallen sein. Er glaube zu wissen, wo. Er müsse es finden, dürfe es nicht zurücklassen, er sei gleich wieder zurück.

Dann eilte er den Weg zurück, den sie gerade gekommen waren.

Er lief schnell, geräuschlos, folgte dem Weg, den er markiert hatte. Zu der Fichte, an der sie gekniet hatte, um den Stiefel zuzuschnüren. Der verwachsene, verkrüppelte Stamm, der in der Dunkelheit hell hervortrat, war zwischen den übrigen, geraderen Bäumen leicht zu finden. Er wusste nicht, wonach er suchte. Er rechnete nicht damit, wirklich etwas zu finden. Doch er konnte nicht fortreiten, ohne sich die Stelle anzusehen. Sicherheitshalber. Für den unwahrscheinlichen Fall, dass sie dort einen Hinweis hinterlassen hatte. Irgendetwas. Dass ihr ein Ausrutscher unterlaufen war, ein Fehler.

Er ging in die Hocke. Wagte sogar, einen kleinen Holzspan zu entzünden. Riskant. Aber nur für einen Augenblick, nur so lange, bis er den Boden dort abgeleuchtet hatte, wo sie gekniet hatte. Sicherheitshalber. Für den unwahrscheinlichen Fall, dass. Und da war es. Ein zusammengerolltes Stück Kirschrinde, das auf dem Waldboden schimmerte. In diesem Wald gab es keine Kirschen.

Es war geschehen. Ihr war ein Ausrutscher unterlaufen.

Während sein Herz eine Warnung vor neuer Finsternis trommelte, rollte er die Rinde auseinander. Es waren Zeichen darauf eingeritzt. Ein V. Ein kleines Quadrat. Eine volle Sonne. Er hatte es vermutet. Jetzt hatte er den Beweis. Sie benutzten Nero als Nachrichtenüberbringer. Dieser kleine Lederbeutel, den sie neuerdings immer an der Taille trug und nie abnahm. Er war perfekt geeignet, um darin einen Stapel Nachrichten aufzubewahren.

Er löschte den Span. Dann verstaute er die Rolle in seiner

Tasche. Sorgsam, ganz sicher, ganz tief in seiner Tasche. Als er aufstand, überkam ihn unvermittelt Angst. Schwächte ihn. Er musste sich an einen Baum lehnen, bis sie vorüberging. Dann eilte er zurück zu den anderen. Er würde später über die Nachricht nachdenken und ihre Geheimsprache entschlüsseln. Dann würde er das gegen Jack einsetzen. Und damit seinen Teil der Abmachung für eine bessere Zukunft erfüllen.

Von der Spitze einer hohen Tanne aus beobachtete Emmi das Kommen und Gehen. Sie hatte ihre Stiefel zusammengebunden und sich um den Hals gehängt und war wie eine Katze bis zu den höchsten Ästen geklettert, um einen guten Überblick zu haben. Dabei hatte sie die raue Rinde des Baums mit den Füßen gelesen, wie Creed es tun würde. Nero hatte sie sofort gefunden, aber sie hatte ihn davongescheucht. Als er mehrfach in die Baumwipfel eintauchte und wieder daraus hervorkam, rückte sie noch ein Stückchen höher, um herauszufinden, warum. Sie schlug sich die Hände auf den Mund. Ihr Schrei hätte den Himmel zersplittern lassen. Als er den Kopf hob und der Mond seine silbrigen Augen aufleuchten ließ, entfuhr ihr unwillkürlich sein Name. Jack! Doch nicht tot, sondern in New Eden. Er musste ihnen insgeheim die ganze Zeit geholfen haben. Wahrscheinlich wusste außer Saba niemand von ihm. Sie würde kein Sterbenswörtchen darüber verlieren. Mit ihm auf ihrer Seite mussten sie gewinnen. Jack brachte immer alles in Ordnung.

Oh, wenn sie nur zu ihm laufen und ihn umarmen könnte. Sie umarmte sich selbst. Tränen brannten in ihren Augen, und grimmige Freude ließ ihr Herz schmerzen. Nur zu wissen, dass er lebte, genügte ihr.

Und noch etwas wusste sie nun. Dies war der Ort. Der Ort des gewissen Etwas, das nur sie und sonst niemand tun konnte. Das ihr erlauben würde, erhobenen Kopfes unter den Lebenden und den Toten zu stehen. Am Morgen würde sie herausfinden, was es war. Sie würde es herausfinden. Dann würde sie es tun.

Als alle wieder fort waren, zog sie ihre Jacke eng um sich und kuschelte sich in ihre Wiege aus freundlichen Ästen. »Schlaf schön, mein Vögelchen.« Sie flüsterte ihrer Mutter und ihrem Vater ein »Gute Nacht« zu. Den beiden hellen Sternen über dem Schwert des Jägers. Seite an Seite würden sie leuchten und bis zum Morgen über sie wachen. Dann überließ sie sich den Nachtliedern des Waldes. Dem wirrwurzeligen, tiefbraunen Murmeln einer weit zurückreichenden Erinnerung. Das Summen der Lieder ließ ihre Augen zufallen, wob sie in den Schlaf und trug sie durch die Nacht bis zum Morgengrauen.

Wir haben den Slabway fast hinter uns. Eine flache, zum Himmel offene Granitebene. Plötzlich wiehern und scheuen unsere Pferde. Nero stößt kreischend zu uns runter. Etwas sticht mich ins Gesicht. Dann noch was. Ein Salzregen zieht auf.

Im Nu sind wir von den Pferden runter. Das ist ein gut eingeübtes Manöver. Die Sturmplane raus, ausschütteln und werfen. Das Pferd von den Nüstern bis zum Schwanz damit zudecken, Schnüre durch die Schlaufen ziehen, anziehen und festbinden. »Nero, komm her!« Er fliegt zu mir, und wir schlüpfen unter die Plane. Ich pack den Zügel. »Halt durch, ich bin bei dir«, sag ich zu Hermes. Ich vergrab das Gesicht an seinem Hals. Und wappne mich für den Aufschlag.

Bei einem Salzregen gibt es keine große Vorwarnung. Mit einem Kreischen wie aus dem Bauch der Hölle ist er über uns. Die Welt um uns rum zerspringt. Er ist die Verkörperung der Wut, das weiße Herz der Raserei. Ein kreischender Wahnsinn aus peitschenden Winden. Sie schlagen auf unser Sturmzelt ein. Packen es und zerren dran. Im Nu sind wir klatschnass. Trotz unserem Schutzzelt, durch und durch nass. Meine Kleider hängen schwer an mir, salzverklebt. Hermes zittert. Ich reib meine Wange an seinem Hals, um ihn zu beruhigen, um mich zu beruhigen. Nero zittert an meinem Herz.

Ein Salzregen dauert nie lang. Innerhalb von Minuten ist er wieder vorbei. So schnell, wie er gekommen ist. Wir kriechen unter unseren Planen vor, bleich und atemlos und verwundert. Die Hölle hat so was wie einen Himmel hinterlassen. Ganz klar bis zum Mond und noch weiter. Sterne aus Salz, Millionen und noch mehr Millionen, glitzern auf dem kalten Granitboden. Wie ein Teppich aus Tränen, der von einem Rand zum andern über die Nachterde geworfen ist. Unsere Füße knirschen drauf, als wir uns um und um drehen. Und stumm gucken und gucken. Ein warmer Wind streicht über unsere Haut.

Dann reiten wir weiter. An der Shingle-Cut-Kreuzung trenn ich mich kurz vor Mitternacht von den Jungs. Sie sind dran gewöhnt, dass ich zu jeder Tages- und Nachtzeit komm und geh. Trotzdem erklär ich ihnen, dass ich noch irgendwohin muss. Dass wir uns später in Starlight Lanes sehen.

Ab hier reiten wir getrennt, jeder seinen eigenen Weg. Sie nach Westen und ich nach Nordosten. Bis zum Deepwell Tower sind es von hier aus eineinhalb Meilen.

Sie traf sich mit Jack. Sie war mit der Eile einer heimlichen Liebe davongeritten. Er hatte sich nur knapp davon abhalten können, ihr hinterherzureiten. Seine Hände an den Zügeln zuckten. Sein Pferd reagierte. Er musste so tun, als ob die Stute gestrauchelt wäre.

Er würde nicht mehr folgen. Von nun an würde er führen. Mit Hilfe der Rolle in seiner Tasche würde er Jack direkt zu DeMalo führen.

Er ritt weiter. Und dachte nach. Und schmiedete einen Plan.

Hier haben Jack und ich uns noch nie getroffen. Der Deepwell Tower ragt einsam und allein aus einem Geröllfeld auf. Ein zerbröckelter Ziegelfinger, der zum Himmel zeigt. Als ich näher komm, krampft sich mein Magen zusammen vor Sorge. Wir sind gestern Nacht so ungut auseinandergegangen. Mit so vielem, was ungesagt geblieben ist zwischen uns. Ist das wirklich erst gestern Nacht gewesen? Im Augenblick kommt mir jeder Tag wie ein ganzes Leben vor.

Nero krächzt, um uns anzukündigen. Jacks Pony steht geduldig an der Ruine einer Türöffnung. Ich lass Hermes bei Kell und duck mich unter dem kaputten Bogen durch in einen runden Raum. Er ist gut drei mal drei Meter groß, mehr nicht. Moosige Ziegelwände ragen in die Nacht auf. Klaffen dem Himmel wie ein offener Mund entgegen. Lassen sich vom Mond in sanftes Licht tauchen.

»Pass auf, wo du hintrittst«, sagt Jack.

In der Mitte vom Raum ist ein Brunnenloch. Ein Mondstrahl fällt drauf, und es gähnt breit und finstertief. Jack lehnt auf der anderen Seite an der Wand. Und sieht ausnahmsweise mal aus wie er selbst. Die eigenen abgetragenen Kleider am Leib, den ramponierten alten Hut auf dem Kopf, die ausgelatschten Stiefel an den Füßen.

»In deiner Nachricht hat dringend gestanden«, sag ich.

Manchmal ist der Körper von einem Menschen auf eine ganz bestimmte Art reglos. Auf eine Weise angespannt, die unverkennbar daher kommt, dass man wieder einmal gesehen hat, wie alle unsere Geschichten enden. Da weiß man gleich, dass jemand tot ist. Und Jack hat mich kaum angeguckt. Er starrt in den dunklen Brunnen.

»Wer?«, frag ich. Ich bring es kaum raus.

»Skeet.«

Ein kurzer Funken von Dankbarkeit. Ich bin drauf gefasst gewesen, dass er Mercy sagt. »Skeet. Wie?«

»Er hat einem Tonton direkt in die Augen geguckt«, sagt Jack. »Von Mann zu Mann. Stolz und mit erhobenem Kopf.«

»Wie ich es ihm gesagt hab.«

»Sie haben ihn erschossen.«

Ich sack gegen die Wand hinter mir. Skeet. Tot. Blitzartig seh ich ihn vor mir in der Mühle neulich. Als er und Mercy sich an den Händen gefasst haben und sein Narbengesicht, diese furchterregende Maske, sich zu einem Lächeln verzogen hat, während er ihr von seinem früheren Leben erzählt hat. Von dem Wagen mit den gelben Rädern und einem Pferd namens Otis. Wieder ein Leben – seins –, das ich auf dem Kerbholz hab. Wie viele macht das jetzt? Ich verlier den Überblick.

»Das ist meine Schuld«, sag ich.

Jetzt, endlich, guckt Jack mich doch an. In seinen Silbermondaugen fängt sich das Mondlicht. »Hör auf, dir die Schuld zu geben, das tust du jedes Mal. Trau uns mal was zu. Wir kennen alle das Risiko, und wir haben uns entschieden, es einzugehen. Skeet hat schon lange sehr gefährlich gelebt. Es ist traurig. Man wird ihn vermissen. Er ist ein guter Mann gewesen, und wir brauchen gute Leute. Aber entweder hat er einen Fehler gemacht, oder das Glück hat ihn im Stich gelassen. So läuft das eben. Wir nehmen das alle in Kauf.«

Ich schüttel den Kopf.

»Doch«, sagt Jack, »und wenn er könnte, würde er dir sagen, dass es das wert gewesen ist, das weiß ich. Hör zu, ich hab ihn in zwei Sklaventrupps reinschmuggeln können. Er hat das Gerücht in die Welt gesetzt, dass sich bald was ändert. Dass der Todesengel wieder da ist und sie drauf gefasst sein sollen, zu handeln, wenn deine Nachricht kommt. Und was die Babysache angeht ... ein paar sind einfach zu schwach gewesen, die haben es nicht geschafft. Aber beim Rest sind wir wirklich vorsichtig gewesen, und bis jetzt ist es gut gelaufen.«

»Ah«, sag ich. »Wie viele?«

»Sieben. Wir haben alle geholt, die sie ausgesetzt haben.«

»Das reicht nicht. Hast du Mercy wieder in das Säuglingshaus geschmuggelt, wo sie früher gewesen ist? Was ist da passiert?«

»Der Plan, den sie und Cassie ausgebrütet haben«, sagt Jack. »Kinder rausschmuggeln, die sie als totgeboren melden? Mercy hat zwei geschafft. Wir finden, mehr hätten wir in der kurzen Zeit nicht machen können, ohne dass es auffällt.«

»Wir brauchen aber mehr. Wir müssen das schnell auf die anderen Säuglingshäuser ausdehnen. Du musst sie in ein anderes reinschmuggeln.«

Er will was sagen, dann zögert er. Als ob er nicht sagen will, was gesagt werden muss.

Ich richte mich auf, die Haut an meinen Händen kribbelt: Probleme. »Was? Was ist los?« Ich lauf um den Brunnen rum und pack seinen Ärmel. »Komm schon, Jack, sag's mir.«

Meine drängenden Worte wecken das alte Echo in den Steinen. Jack wartet, bis es verklingt.

»Mercy hat Skeets Platz eingenommen.«

»Das hättest du verhindern müssen.«

»Warum? Weil sie deine Freundin ist?«

»Sie hinkt, Jack. Sie ist geschwächt.«

»Sie hat es so gewollt. Sie hat drauf bestanden. Sie hat gesagt, jetzt, wo Skeet weg ist, ist sie die Einzige, die das tun kann, und sie hat recht.«

»Wir brauchen sie für die Säuglingshäuser.«

»Da haben wir alles im Griff. Die Hebamme, die mit Mercy gearbeitet hat, hab ich jetzt in den Sektor sieben gebracht. Es entwickelt sich genauso, wie du das gewollt hast.«

Ich lehn mich an die Wand. Lehn den Kopf an die kalten Steine. Bin blind für den Nachthimmel über mir. Ich seh nur Mercys armen Rücken vor mir. Mit seinem glänzenden weißen Schal aus Peitschennarben. »Ich will nicht, dass sie in die Sklaventrupps geht.«

»Pech, jetzt ist sie da, und sie bleibt auch da. Wir sind alle von deinem Plan überzeugt. So sieht es eben aus. Verluste und Gewinne und das eigene Leben riskieren für das, wo man dran glaubt.«

»Ich weiß. Tja, ich kann nicht sagen, dass ich überrascht wär. Ich wär überraschter, wenn sie das nicht getan hätte. Gut, dass sie den zerlumpten alten Kittel behalten hat.«

»Apropos zerlumpt, was ist denn mit dir passiert?« Er befühlt meine salzschwere nasse Jacke. »Du bist klatschnass.«

»Ach ja«, sag ich. »Ein Salzregen hat uns draußen auf dem Slabway erwischt. Bis hier ist er dann wohl nicht gekommen.«

Ein Schauder läuft mir übern Rücken. Mit einem Mal ist mir kalt.

»Komm, zieh die aus. Hier, nimm meine.« Er zieht seine Jacke aus und wickelt mich drin ein. Sie ist warm von seinem Körper. Und sie riecht nach ihm. »Na bitte«, sagt er, »schon besser.«

»Vorhin …«, sag ich, »in Edenhome, ich … tut mir leid, es ist meine Schuld, das die Jungs dabei gewesen sind. Ich bin müde, ich kann nicht mehr klar denken. Das hätt schiefgehen können.«

»Ist ja nichts passiert.«

»Ich brauch deine Hilfe«, sag ich. »Ich weiß nicht, wie ich da reinkommen soll oder ob wir das überhaupt machen sollen. Falls du da eine Idee hast, ich könnt sie brauchen.«

»Später. Du siehst wirklich müde aus.«

»Das ist dieses Land, New Eden. Es schließt mich ein. Ich spür's. Es kreist mich ein, immer enger. Die ganzen Bäume und Wurzeln und ordentlichen Fleckchen Land und die ordentlichen Stückchen Himmel. Man kann nicht weit gucken. Das ist das Schlimmste, glaub ich.«

»Manche von uns setzen ihren Kurs nach dem Horizont fest.«

»Lugh gefällt's hier.« Einen Augenblick lang bin ich still. Dann sag ich: »Wenn du irgendwo hingehen könntest, Jack, gleich jetzt, wo würdest du hingehen?«

»Irgendwohin, wo ich noch nicht gewesen bin. Ich hab genug Land gesehen, das sag ich dir. Ist dir das Blaue ganz oben auf dieser Landkarte im Samenlager aufgefallen? Nur offenes Wasser, eine Riesenfläche. Bis ganz zum Rand. Da ist ein Fluss eingezeichnet gewesen. Der ist nach Norden und dann da reingeflossen. Ich würde diesen Fluss suchen und ihm folgen, bis ich auf diese große Wasserfläche stoß. Und dann würde ich mir ein Boot suchen und einfach weiterfahren.«

Er zieht den Jackenkragen um meinen Hals zu. Seine Hand trödelt, will nicht da weg. Dann streunert sie meine Kehle hoch und wandert über mein Gesicht. Ich beobachte ihn, wie er mich beobachtet, während er mich berührt. Während wir im bleichen Licht von Mondgnaden stehen. Während ich tief in seine Silberseeaugen eintauch.

»Guck mich nicht so an«, sagt er.
»Fass mich nicht so an«, sag ich.
»Ich hab dir gesagt, wie's steht«, sagt er.
»Das hast du«, sag ich. »Ich erinner mich.«
Ich dräng ihn an die Wand, sanft. Ich knöpf sein Hemd auf und schieb es zur Seite. Und ich drück meine Lippen auf sein Herz. Auf die rote aufgehende Sonne, die da grob in seine Haut tätowiert ist. Seine Tonton-Bluttätowierung, die er sich verdient hat, weil er zwei bösen Männern ihre gerechte Strafe gegeben hat. Meine Lippen kriechen über die Narbenstraße auf seiner Brust, schwer verdient im Dienst an der Freundschaft. Er ist schon in Sicherheit gewesen, aber er hat kehrtgemacht, um Ike zu retten. Wär fast von Höllenwurmklauen zerfetzt worden. Die Tätowierung, die Narben, in meinen Augen sind sie schön. Sie zeigen, was für ein Mann er ist. Die Wunden in ihm drin kann ich nicht sehen. Also ehr ich die, die ich sehen kann.
Seine Haut bebt und zuckt unter meinem Mund. »Hör auf, du bringst mich noch um«, flüstert er.
»Ich hab nicht mal angefangen.« Ich werd ihn nicht fragen, warum er bleibt, warum er mich berührt. Warum er seine Meinung geändert hat, nachdem er gestern Nacht so kühl gewesen ist. Ich kann nicht riskieren, mich mit meiner Scham und meinen Lügen auseinanderzusetzen. Ich werd das hier einfach als den Augenblick, das Geschenk nehmen, das es ist. Der Herzstein brennt für ihn, stark und heiß. Wie er es von Anfang an getan hat. Als er ihn mit seiner sengenden Hitze für immer an den Menschen gebunden hat, der ich bin.
Unsere Schatten bewegen sich zusammen in dieser Sternenfeuernacht. Aber wir selbst sind woanders, sind ins Sonnen-

licht gegangen, er und ich. Auf süßes Grasland hinter dem Horizont. Zu hohen Himmeln und gnädigen Tagen aus Gold. Wo ich für einen strahlenden Augenblick wirklich das bin, was er mal über mich gesagt hat: was Gutes und Starkes und Wahres.
Wir sind Haut an Haut. Atem an Atem. Meine Schandtaten fallen im Takt mit seinem Herzschlag von mir ab.
Es gibt das Jetzt. Es gibt das Hier. Es gibt ihn und mich. In dieser kaputten Welt ist das genug.

Als aus einem Streifen Morgendämmerung Rot ins Blau vom Nachthimmel sickert, lässt Jack Hermes am verdorrten Dornstrauch anhalten. Hier sind wir in sicherer Entfernung von Starlight Lanes. Ich drück mich fest an seinen Rücken. Kell ist hinten angebunden und steht reglos da. In einem Birkenwäldchen in der Nähe zwitschert eine Amsel dem Licht aus voller Kehle einen Gruß zu. Irgendwie weiß sie, dass jeder Morgen ein Wunder ist, das man feiern muss. Das ist das einzige Geräusch. Stille wohnt tief in den Knochen der Welt.
Wir rühren uns nicht. Eine Bewegung würd dieses Schimmern auf dem Rand der Zeit zerstören. Ich lass mein Herz mit Jacks zusammen schlagen. Ich atme zusammen mit ihm. Der Morgen dämmert langsam, lautlos um uns rum.
Er spricht. Leise. »Siehe, ich gehe heute dahin wie alle Welt.«
Seit dem Turm haben wir kein einziges Wort gesprochen.

Als ob wir so vielleicht unbemerkt an unserem Leben vorbeischleichen könnten.
»Die Frau, die mich aufgezogen hat«, sagt er. »Manchmal hat sie Nachtwache bei Sterbenden gehalten. Und immer wenn sie ihnen die Augen zugemacht hat, hat sie das gesagt.«
»Es ist wunderschön«, flüster ich. »Sag's noch mal.«
»Siehe, ich gehe heute dahin wie alle Welt. Das wär ein guter Augenblick, um zu gehen.«
Wir hören der Amsel zu. Die Luft schmeckt süß, wie ein Kiefernwaldbach. Nero krächzt auf dem Dornstrauch. Ein schlichtes Krähenlied für den Sonnenaufgang. Aber darum nicht weniger tief gefühlt.
Der Tag macht sich dran, uns einzuhüllen. Jack rutscht von Hermes runter und bindet Kell los. Ich zieh seine Jacke aus und geb sie ihm. Unser Augenblick außerhalb von der Zeit ist vorbei.
Das ist das erste Mal, dass er seine Kindheit erwähnt hat. Ich wüsste gern mehr über die Frau, die ihn aufgezogen hat. Ihren Namen, ob sie noch lebt, ob sie gut zu ihm gewesen ist. Ich wüsste gern, was aus seinen Leuten geworden ist. Er weiß so viel über mich. Ich weiß so wenig über ihn. Egal. Was würde das ändern? Er legt einen Finger auf den Herzstein an meinem Hals. Lächelt sein schiefes Lächeln. Bei dem mir die Knie weich werden. »Ich wundere mich, dass er sich nicht selbst verbrannt hat«, sagt er. »Also. Edenhome? Heute Nacht?«
»Ich glaub schon. Ich schick Nero.« Ich streck die Hand nach unten. Wozu, weiß ich auch nicht. Eine letzte Berührung, einen letzten Kuss, ein letztes Wort.
Er nimmt sie. Beugt den Kopf drüber und drückt die Lip-

pen in meine Handfläche. »Wiedersehen, Saba«, sagt er. Dann schwingt er sich auf Kell und wendet sich nach Norden. Und ich steuer auf Starlight Lanes zu, wo die Zeit auf mich wartet.

N*och vor dem ersten Licht kletterte Emmi auf die hohe Gelbkiefer neben dem Zaun. Gleich auf der anderen Seite war ein Fleckchen Garten. Sie versteckte sich tief in den Zweigen der Kiefer, drückte sich eng an den Stamm. Sie würde beobachten und horchen. Um herauszufinden, was das Etwas war, das nur sie tun konnte. Dann würde sie auf ihre Gelegenheit warten, auf den richtigen Augenblick. Sie beobachtete die Jungen und Mädchen, die aus den Schlafhütten strömten und im Gänsemarsch zu dem langen, niedrigen Gebäude gingen. Sie zählte mindestens fünfzig Kinder. Jeden Alters. Die kleinsten schienen etwa vier zu sein. Die größten zwölf oder dreizehn. Einige der Mädchen hatten schon Brüste. Noch nie hatte sie so viele Kinder auf einmal gesehen. Jedes von ihnen war seiner Familie geraubt worden. Sie wusste, wie sich das anfühlte. Sie hörte Löffel auf Essnäpfen klirren. Frühstückszeit. Während sie auf das Ende des Frühstücks wartete, aß sie ihren kleinen Nesselkuchen. Dann kamen sie wieder heraus, und ein Mann – kein Tonton – blies schrill auf einer Blechpfeife. Er schrie ihnen zu, sie sollten sich in ihren Arbeitsgruppen zusammenstellen. Nachdem sie das getan und gerufen hatten: »Lang lebe der Wegbereiter!«, waren sie im Nu mit ihren Aufgaben be-*

schäftigt. Kümmerten sich um die Tiere, kletterten auf Leitern, um Dächer zu reparieren, suchten im Hühnerhaus am Teich nach Eiern, füllten am Brunnen Eimer mit Wasser, um Böden zu wischen, arbeiteten an der halb fertiggestellten Scheune. Es waren auch schwarzgewandete Tonton auf dem Gelände, aber sie sah nicht allzu viele von ihnen. Es gab auch andere Erwachsene wie den Mann mit der Pfeife. Sie arbeiteten mit den Kindern, zeigten ihnen, wie man das alles richtig machte.

Eine Gruppe ging zu dem Gartenfleckchen unter ihr. Die Kinder trugen Hacken und Schaufeln, Harken und Eimer. Wortlos machten sie sich an die Arbeit. Sie hackten den Boden und jäteten Unkraut. Sie gruben die Erde um und harkten sie glatt.

Nach einer Weile beobachtete sie vor allem ein Mädchen. Ganz genau. Sie war etwa in ihrem Alter, stark und robust, und wie bei den anderen auch waren Zahlen auf ihren Arm tätowiert. Feuerrote Haare in einem langen ordentlichen Zopf und dunkle Augen, mit denen sie sich bei der Arbeit immer wieder umsah. Wonach suchte sie? Vielleicht nach ihrer Gelegenheit?

Das Mädchen hielt in ihrer Arbeit inne und runzelte die Stirn. Ihr Kopf drehte sich zum Wald um, und sie schien die Bäume abzusuchen. Als ob sie wüsste, dass sie beobachtet wurde. Langsam jätete sie sich in Richtung Zaun vor. Sie vergewisserte sich, dass niemand hersah, dann nahm sie eine Queckensode aus ihrem Unkrauteimer und warf sie durch den Stacheldraht.

Sie landete mit einem dumpfen Aufprall neben der Gelbkiefer. In ihrem sicheren Versteck zwischen den Zweigen hielt Emmi den Atem an. War dies der richtige Augenblick? Oder eine Falle? Sie pflückte einen Kiefernzapfen und drückte ihn an die Brust, an ihr wild schlagendes Herz. Was würde die Hopetown-Emmi tun? Jenes kluge Mädchen, das harte Schläge und Angst überstanden hatte? Sie warf den Zapfen dem Mädchen vor die Füße.

Das Mädchen starrte den Zapfen an. Dann zuckte ihr Blick zum Baum hoch. Emmi warf einen weiteren Zapfen.

»Wer ist da?«, flüsterte das Mädchen.

»Ich. Ich heiß Emmi. Ich bin hier, um dir zu helfen.«

»Ich bin Nell.« Das Mädchen jätete weiter und sprach dabei schnell und leise. »Es guckt keiner her. Wenn wir leise sind, hören sie uns nicht. Ich muss hier raus, Emmi. Ich muss versuchen, meine Leute zu finden. Kannst du mir wirklich helfen?«

»Ich werd euch allen helfen«, sagte Emmi.

Sie sah zum Zaun. Ein Käfig für die Kinder, das war er. Hoch und engmaschig und mit fiesen Stacheln gespickt, die jedem, der darüberstieg, die Haut aufrissen. In Hopetown war Saba an den Käfigstangen emporgeklettert, um zu fliehen. Sie hatte sich von innen nach außen gekämpft.

»Die Tätowierung an deinem Arm«, sagte Emmi. »Hat das weh getan?«

»Nicht so schlimm, dass ich's nicht ausgehalten hätt«, sagte Nell.

»Okay. Spuck den Teufel an und schwör, dass du die Wahrheit sagst. Dass du niemand was verrätst. Egal was passiert.«

Nell spuckte. »Ich schwör's. Was hast du vor?«

»Wirst du schon sehen.«

Emmi kletterte zurück auf den Boden und schlüpfte geräuschlos zwischen den Bäumen hindurch. Sie lief dicht am Zaun entlang, blieb aber außer Sicht. So gelangte sie zur

Straße und folgte deren freudlosem Lied zum Eingangstor von Edenhome.

Dort blieb sie stehen. Ihre Stiefel hingen ihr noch um den Hals. Der Tonton, der Wache hatte, lief gerade den Zaun ab und entfernte sich von ihr. Sie packte die Stäbe des Tors und rüttelte daran. Als er angerannt kam, sie anschrie und mit dem Feuerstab auf sie deutete, hob sie die Hände in die Luft. Sie zitterten ein wenig. Ihr Magen hatte sich zusammengekrampft. Sie war nur ein Kind, sie würden erwarten, dass sie Angst hatte. Sie hatte keine Angst. Sie war nervös. Und aufgeregt.

In Hopetown war sie die Gefangene der Pinchs gewesen. In Resurrection die Gefangene der Tonton. Sie hatte überlebt, war stärker geworden und geflohen, beide Male. Sie war nicht nur die Schwester des Todesengels. Sie war eine Free Hawk. Eine Kämpferin für Freiheit und Gerechtigkeit. Als der Wach-Tonton das Tor aufzog, legte sie die geballte Faust aufs Herz. »Lang lebe der Wegbereiter«, sagte sie.

Und schon war sie drin. Sie war drin. Sie tat etwas, was niemand sonst tun konnte.

Es würde bald ein weiteres Etwas geben. Das mordsmäßig große Rumpeln. Saba hatte es versprochen. Sie würde zuhören und lernen. Sie würde beobachten und warten. Und wenn Saba das Zeichen gab, würde sie bereit sein zu handeln.

In Starlight Lanes ist alles merkwürdig still. Tracker kommt angelaufen, um mich zu begrüßen. Aber keine Menschenseele antwortet auf meine Hallos. Alle Hütten sind leer. Keine Spur von Peg. Nur ihre Vogelgefangenen zwitschern in den Käfigen. »Lugh!«, ruf ich. »Emmi!«

Keiner kommt über die Wege zwischen den Schrotthügeln zu mir gelaufen. Die Schrotthaufen sehen natürlich alles kommen und gehen, aber sie haben keine Lust, mir zu sagen, was sie wissen.

»Wo sind die alle hin?«, frag ich Tracker. »Emmi!«, brüll ich. »Lugh! Gottverdammt, Lugh!«

Ich rüttel am Seil von der Schrottplatzglocke. Sie erwacht zu einem weiß-rasselnden Getöse. Nero segelt rum und guckt sich das Ganze von oben an. Er krächz-krächzt gerade, als Lugh pfeifend angeschlendert kommt, einen überlaufenden Wassereimer in der Hand. »Was soll das Geschrei?«, fragt er.

»Ich ruf schon ewig nach euch«, sag ich. »Wo sind die alle?«

»Von den anderen weiß ich nichts. Ich hab mich um die Pferde gekümmert. Du hast bestimmt einen Mordshunger. Ich koch dir einen großen Topf Wurzelgemüsebrei. Heiß und bekömmlich, genau wie meine Wenigkeit.«

»Ich hab gedacht, du hast dein Verbrecherleben aufgegeben.«

Schwer vorstellbar, dass es noch schlechtere Köche gibt als Molly. Aber Lugh ist einer. Den lässt man nur auf eigene Gefahr in die Nähe von einem Kochfeuer. Und sein Wurzelgemüsebrei ist besonders scheußlich.

»Undankbare Göre. Du wirst ihn brav essen und hübsch danke sagen.« Er grinst fies und küsst mich im Vorbeigehen auf die Wange. »Wir können uns einen Plan für Edenhome überlegen. Ich hab da ein paar Ideen.«
»Du bist ja so fröhlich«, sag ich. »Wo ist Em?«
Er geht rückwärts weiter. »Sie ist schon weg gewesen, als ich aufgestanden bin. Hat sich wohl früh zu einer von ihren Waldwanderungen aufgemacht. Wenn sie Hunger hat, taucht sie wieder auf. Steck die Jacke da lieber ins Wasser und wasch das Salz raus. Das hab ich als Erstes gemacht. Heute ist ein guter Tag zum Wäschetrocknen.«
»Ja, Mutter.«
»Schnell wie der Wind gibt's Brei für das Kind. Ich läut die Glocke, wenn er fertig ist.«
»Erspar mir die Folter, bring mich einfach gleich um«, murr ich.
Er steuert auf das Kochhaus zu und stolpert fast über Tracker. Wenn Tracker Leckerbissen ahnt, windet er sich wie eine Schlingpflanze um die Beine vom Koch. Aber ein Bissen von Lughs Wurzelgemüsebrei kuriert ihn davon garantiert.
Nero und ich machen uns auf den Weg zum Waschteich. Auf halbem Weg seh ich Tommo auf uns zukommen. Er ist auf dem Rückweg zum Schrottplatz, die Augen fest auf den Boden gerichtet, die Hände in die Taschen gestopft. Die Stirn gerunzelt, als ob ihm was richtig Sorgen macht. Nero schwirrt um ihn rum, um ihn auf uns aufmerksam zu machen. Er zuckt zusammen, als er mich sieht. Kriegt rote Flecken auf den Wangen. Wir bleiben stehen, ein paar Schritt auseinander.
»Du bist ja ganz in Gedanken versunken«, sag ich.

»Ich hab Em gesucht.«
»Sie ist bestimmt nicht weit.«
Nach jener furchtbaren Nacht in Resurrection hat Tommo drauf geachtet, dass er und ich nie allein sind. So verletzt und wütend ist er gewesen. Und ich hab mich so geschämt, dass ich ihm auch aus dem Weg gegangen bin. Aber jetzt haben wir uns schon zum zweiten Mal in zwei Tagen allein getroffen. Und bei ihm hat sich was geändert. Genau genommen hat die Veränderung an der Brücke angefangen.
Jetzt steht er vor mir und behauptet sich. Sein Blick hält meinem stand. Keine Unsicherheit. Kein Groll.
Ich schuld ihm seit jener Nacht eine richtige Entschuldigung. Schon viel zu lange. So eine Gelegenheit krieg ich vielleicht nicht noch mal. Ich hab mir überlegt und vorgesagt, was ich sagen würde. Jetzt hol ich tief Luft und leg los. »In der Nacht in Resurrection. Dich so zu küssen. Ich hab gewusst, was du dann denkst. Dass es bedeutet, dass du mir so wichtig bist wie ich dir. Das ist selbstsüchtig und gemein gewesen. So bin ich manchmal. Ich bin da nicht stolz drauf, und ich versuch auch, mich zu bessern. Ich möcht mich dafür entschuldigen, Tommo. Du bist ein feiner Mensch. Ich hätt das nie tun dürfen. Ich bitt dich aufrichtig um Entschuldigung.«
»Du hast dich damals schon entschuldigt«, sagt er.
»Das ist zu früh gewesen. Die Verletzung ist noch zu frisch gewesen. Die Sache hat die ganze Zeit zwischen uns geschwelt. Ich würd das gern beilegen. Ich schäm mich, dass ich dir weh getan hab. Dass ich dich angelogen hab. Du bist mir wichtig.«
»Lass mich raten. Wie ein Bruder.«
»Wie ein sehr geliebter Bruder.«

»Ich lieb dich, wie ein Mann eine Frau liebt«, sagt er. Sagt es einfach so. So einfach. Als ob er die Wörter in der Tasche gehabt hätt, zusammen mit einem Taschenmesser, einer Schnur und anderem Krimskrams. Darauf bin ich nicht vorbereitet. Eine Hitzewelle kriecht mir über den Hals.

»Bitte verschwend deine Liebe nicht an mich. Ich hab dich angelogen, Tommo, ich hab dich schlecht behandelt. Du glaubst nur, dass du mich liebst. Ich bin das einzige Mädchen, das du kennst. Wenn du andere kennenlernen würdest, würdest du deine Meinung ändern, bestimmt. Du musst nur andere Mädchen kennenlernen.«

»Denk, was du willst«, sagt er. »Ich kenn mein Herz.«

Er tritt ganz dicht vor mich, und bevor ich merk, was er vorhat, liegen seine Lippen warm auf meinen. Er küsst mich. Ein langsames, zärtliches Schmelzen von einem Kuss. Überhaupt nicht linkisch oder unsicher. Nicht wie die beiden Male, die er mich früher geküsst hat. Wenn ich ihn begehren würde, mich nach ihm sehnen würde, müsste so ein Kuss mich umhauen. Sogar so nimmt er mir den Atem. Unsere Lippen trennen sich.

»Jack ist weg aus unserm Leben«, sagt er. »Er ist nie gut für dich gewesen. Du hast das alles nur getan, weil er dir so schlimm weh getan hat. Ich bin verlässlich. Ich geh nicht weg.«

Einen Augenblick lang bin ich wie betäubt. Dann stolper ich weiter mit meiner kläglichen kleinen Ansprache, weil mir nichts Besseres einfällt. »Wenn ich noch mal zurückgehen könnte, würd ich alles anders machen. Ich schäm mich jedes Mal, wenn ich an die Nacht da denk.«

Eine Spur von Lächeln hebt seine Augenwinkel. Seine Mundwinkel. »Bist du fertig?«, fragt er.

»Ja.«
»Was willst du von mir, Saba?« Er fragt es geduldig. Als ob ich ein störrisches Kind wär.
»Ich will, dass du mich nicht liebst.«
»So geht das nicht mit der Liebe.«
»Na gut, dann Verzeihung.«
Er zuckt die Achseln. »Ich verzeih dir.«
Drei Worte. Ich hab drum gebeten. Und sie drücken mich zu Boden wie ein schwerer Stein, der einen unter Wasser zieht. Geschieht mir recht, weil ich mich für ach so schlau gehalten hab. Weil ich gedacht hab, dass ich alles haben kann, zu meinen Bedingungen. Das ist nur Tommo, das hab ich gedacht. Ich sag einfach die richtigen Worte, ich entschuldige mich, und dann ist zwischen uns alles wieder so, wie ich's haben will. Freundschaftlich und einfach. Aber mit ihm hab ich nicht gerechnet. Damit, dass er sich verändert hat, mein ich. Mit dieser neuen Entschlossenheit, dieser neuen Stärke. Mit dieser Zähigkeit, die vorher nicht da gewesen ist. Vorher haben Tommos Augen immer nach innen geguckt in seine Vergangenheit. Düster, getrübt von allem, worüber er nicht sprechen kann oder will. Aber jetzt liegt eine Schärfe in seinem Blick, eine Klarheit.
Er sagt: »Eines Tages siehst du mich vielleicht mit freundlicheren Augen. Wir werden nicht noch mal drüber reden. Außer du änderst deine Meinung.«
Der Junge, der er mal gewesen ist, ist weg, das ist mal sicher. Seine Würde ist wie eine Ohrfeige für mich mit meiner Miesigkeit. Er beugt kurz den Kopf und geht weiter, an mir vorbei.
Da steh ich jetzt, bin entlassen und komm mir mieser denn je vor. Ich wünschte, ich hätt die Klappe gehalten. Das ist

richtig in die Hose gegangen. *Ich will, dass du mich nicht liebst.* Ich bin ein störrisches Kind. Dumm und unbeholfen. Wenn es um Tommo geht, krieg ich nichts richtig hin.

»Verdammt, verdammt, verdammt«, sag ich leise. Ich will seine Liebe nicht. Sie ist eine Bürde, drückt mich noch tiefer zu Boden, als mein eigenes Schuldgefühl es je könnte. Ich wünschte, Molly wär hier. Sie kennt sich mit Männern aus. Sie würd mir sagen, was ich tun muss.

Da zischt Tommo: »Saba!«, und wie aus dem Nichts ist Tracker da und umkreist mich, stumm und mit nackter Wolfsdringlichkeit. Er warnt mich, irgendwas Schlimmes droht. Er rennt zurück Richtung Schrottplatz, und aus dem Stand rennen wir los, Tommo und ich, rasen hinter Tracker her. Die rote Hitze springt an und macht meine Füße schneller. Lugh. Das muss Lugh sein. Er ist in Schwierigkeiten.

Ich pack Trackers Halsband, und wir ducken uns hinter einen Schrotthaufen in der Nähe vom Kochhaus. Versuchen wieder zu Atem zu kommen. Heiße Angst brennt in unseren Körpern.

Ein Tonton zielt mit einer Waffe auf einen Mann am Boden. Er liegt mit dem Gesicht im Dreck, die Hände hinterm Kopf. Schwarze Haare, stämmig, bedeckt vom roten Staub der New-Eden-Straßen. Da ist ein fremdes Pferd, auch staubig, muss ihm gehören. Mir kommt so eine Ahnung. Kenn ich diesen Mann? Zwei Pferde, das Geschirr auf Hochglanz poliert. Tonton-Pferde. Wo ist also der andere Tonton? Da

kommt Lugh aus dem Kochhaus, mit erhobenen Händen. Hinter ihm geht der andere Tonton und stößt Lugh einen Feuerstab in den Rücken. Zwei Tonton. Hier und so weit ich seh. Was zur Hölle wollen die hier?
Dann wird der Mann am Boden auf die Füße gerissen. Der Schreck ist wie ein Tritt in den Magen. Das ist Manuel. Der Verweser, den ich in der Mühle kennengelernt hab. Er will garantiert zu mir. Irgendwas so Wichtiges, dass er sich nachts trotz Ausgangssperre auf die Straßen gewagt hat. Die Tonton-Streife hat ihn wohl entdeckt und ist ihm hierher gefolgt.
Ich guck Tommo an, die Hände offen, ratlos und wie gelähmt vor Schreck. Ich hab keine Waffe. Er schüttelt den Kopf. Er auch nicht. Denk nach, Saba, denk nach. Jeden Augenblick können sie Lughs Ärmel hochreißen und nach einer Tätowierung suchen, die nicht da ist. Und wenn sie die nicht finden, dann erschießen sie ihn, ohne groß zu fragen. Ich guck mich um. Schrott. Nichts als Schrott. Nutzlos, wertlos – ich guck auf den Haufen neben meinem Kopf. Nein, taugt nichts, der andere da auch nicht – ja! Das geht. Ich nehm ein zerbeultes Blech, irgendein Autoteil, glaub ich. Ich geb Tommo ein Zeichen, er soll sich auch eins nehmen. Sie sind grade eben groß genug, um uns anständig Deckung zu geben. Wir beeilen uns, drehen schnell, aber lautlos Drähte zu groben Griffen. Für jeden einen Schild.
Wir haben die Überraschung auf unserer Seite. Sonst nichts. Ich zeig Tommo seinen Mann, den bei Manuel. Wir heben unsere schäbigen Schilde. Ich zähl stumm. Eins. Zwei. Drei. Dann stürmen wir los, kreischen wild und machen Radau. Schrill und verrückt. Ich stürz mich direkt auf den Tonton bei Lugh. Er ist aus dem Gleichgewicht vor Schreck über

den Radau. Tracker saust an mir vorbei, springt und wirft ihn um. Seine Waffe fliegt in hohem Bogen durch die Luft. Als er sich wieder hochrappelt, ramm ich ihn aus vollem Lauf. Er fliegt rückwärts, und ich land auf ihm, mit dem Schild voran. Das erledigt ihn. Er ist außer Gefecht.

Lugh hat die Waffe genommen. »Hilf Tommo!«, brüll ich ihn an. Am Boden wird chaotisch gerangelt. Tommo, Manuel und der andere Tonton schlagen und treten um sich. Der Tonton hält verbissen seine Waffe fest. Dann schafft er es irgendwie, sich loszureißen und aufzustehen. Seine Waffe schwingt auf Manuel zu. Gerade als ich brüll: »Pass auf!«, kommt Peg aus dem Nichts angeflitzt. Sie saust hinter den Tonton, schwingt die Schrottplatzglocke an ihrem Seil und verpasst ihm damit so einen Donnerschlag auf den Rücken, dass er sich einmal um sich selbst dreht. Dann schickt sie ihn mit einem Rums an den Kopf ins Vergessen. Er geht zu Boden wie ein gefällter Baum.

Ich geb Manuel die Hand und helf ihm hoch. Er ist ein bisschen benommen und ganz schön außer Atem.

»Was ist los?«, frag ich.

»Ich hab eine Nachricht«, japst er. »Für dich.« Er wühlt in dem Beutel an seinem Gürtel. »Das ist in einem von unseren geheimen Nachrichtenverstecken gewesen. Einer von uns hat es spät gestern Abend gefunden.«

»Für mich«, sag ich. »Woher weißt du das?«

Er gibt mir ein zusammengefaltetes Stück Stoff, auf das mit Holzkohle eine Sternschnuppe gemalt ist. »Das bist du.«

»Der Krawall am Himmel liegt also an mir, was?«

»So sagt man«, sagt er.

Ich falt den Stoff auseinander, ein abgerissenes Stück Hemdschoß oder so was. Da drauf sind ein einzelner Stern und

ein Kreis mit einem kleinen Kreis obendrauf. Ich guck mir das genau an. Dann steck ich das Tuch in die Tasche.
»Okay, es geht los«, sag ich. »Lugh, Tommo. Nehmt den beiden Spaßvögeln die Klamotten ab und zieht sie an. Ich brauch eine Tonton-Eskorte. Wir nehmen die Straße.«

Peg und Tracker müssen die Stellung halten. Egal wo Em hin ist, sie ist bestimmt nicht weit weg. Ihre ganzen Sachen sind hier. Und zwar in einem hübschen Durcheinander. Tracker hat sich da durchgewühlt. Er ist hinter einem muffigen Stück Dörrfleisch her gewesen, das sie da aufgehoben hat, aber er hat es nach ein paarmal Kauen wieder rausgewürgt. Sie hat sich ein großes Stück von Pegs Nesselkuchen genommen, also hat sie bestimmt vor, lange wegzubleiben. Garantiert strolcht sie wieder durch die Wälder und singt vor sich hin wie neuerdings oft. Molly schiebt ihre Schrullen auf Wachstumsschmerzen.
Manuel ist immer noch dabei, Peg seinen ewigen, ergebenen, tiefgefühlten Dank zuzurufen, weil sie ihm das Leben gerettet hat, als wir schon durchs Tor von Starlight Lanes fahren.
Die beiden Tonton laden wir ein Stück weiter an der Straße ab und kippen ein Fässchen von Mollys Schnaps über ihnen aus. Die beste Verwendung aller Zeiten für das widerliche Zeug. Wenn sie Glück haben, werden sie wach und machen sich aus dem Staub, bevor einer von ihren Kameraden über sie stolpert. Würd ihnen schwerfallen, das zu erklären. Zum

einen, wo ihre Pferde und ihre Ausrüstung hin sind. Zum anderen – noch verdammt viel peinlicher –, wie es kommt, dass sie sich in den Armen liegen, nur Frauenkleider tragen und nach miesem Fusel stinken.
Ich werd mir von Slim wahrscheinlich was anhören müssen, weil ich die Kleider von seiner Mutter geklaut hab. Aber nach dem, was er uns erzählt hat, hat Big Doe es zu ihrer Zeit faustdick hinter den Ohren gehabt. Ich glaub, sie hätt es sogar gut gefunden.
Wir wagen es also, tagsüber auf den Straßen zu reisen. Das ist der schnellste Weg dahin, wo wir hinmüssen. In die nordwestliche Ecke von New Eden. Slim hat die Nachricht geschickt. Der Kreis mit dem kleinen Kreis obendrauf, das ist eins von den tödlichen Bällchen mit den Stiften dran, mit denen wir den Damm und Resurrection in die Luft gejagt haben. Die sind aus dem Waffenlager im Nass Camp gewesen. Der einzelne Stern ist Auriel Tai, die Sternendeuterin. Auriel ist da, im Nass Camp. Wenn Ash und Creed sie so schnell gefunden haben, muss sie schon fast vor der Tür nach New Eden gestanden haben. Die Frage ist nur: Ist sie allein gekommen? Oder hat sie ihre Leute vom Snake River mitgebracht? Und wenn sie sie mitgebracht hat, wie viele?

Sie stellten Emmi viele Fragen. Wo sie geboren war und wann. Wer ihre Eltern waren, wie sie gestorben waren. Solche Dinge. Da musste sie meist nur ein bisschen lügen. Hatte sie einen Bruder? Nein. Eine Schwester? Nein. In ei-

nem kleinen Zimmer, in dem sie allein waren, nannte eine Frau, die sie an Mercy erinnerte, sie Liebes und untersuchte sie genau. Zähne, Ohren, Augen. Hände, Füße, Haar und Haut, Kraft und Form ihrer Glieder. Ihre Größe wurde an einer Markierung an der Wand gemessen. Sie musste sagen, ob sie jemals dieses Fieber oder jene Krankheit gehabt hatte; eine ganz hübsche Liste.

Dann tätowierten sie ihr die Zahlen auf den Arm. Es tat weh. Es dauerte lange und brannte wie Feuer, es blutete und tat sehr weh. Doch sie weinte nicht. Sie gestattete es sich nicht. Sie biss die Zähne zusammen und dachte an Saba, die niemals mehr geweint hatte, nachdem man sie zum ersten Mal gezwungen hatte, im Käfig zu kämpfen. Niemals, ganz gleich, wie sehr sie ihr weh getan hatten. Die nicht geweint hatte, als der Höllenwurm ihr die Schulter aufgerissen und Jack sie genäht hatte. Das hier war nichts im Vergleich zu alledem. Auch nur eine Träne zu vergießen wäre beschämend. Also tat sie es nicht. Keine einzige Träne.

Heute kommen wir mit unserer Frechheit durch. Morgen vielleicht nicht mehr. Heute ist das Wetter zermürbend. Aus beunruhigenden Nächten werden beunruhigende Tage. Als die Sonne aufgeht, hängt sie düsterrot am Himmel. Bald nachdem wir Starlight Lanes verlassen haben, zieht von Norden ein kalter Nebel auf. Aber die Sonne lässt sich ihre Macht nicht wegnehmen und färbt den Nebel rot, wie eine dünne Decke aus Feuer.

Es sind nur ein paar Fuhrwerke unterwegs. Sonst ist das Land still, während wir nordwärts ziehen. Tommo und Lugh reiten vorneweg. Manuel und ich folgen dahinter. Er fährt einen kleinen Wagen von Peg, und Hermes ist hinten angebunden. Ich sitz auf der Bank neben ihm, in Auriels Schal gehüllt. Unter Mollys grünem Kleid bauscht sich mein Maishülsenkissenbauch. Wir sind Verweser der Erde. Unsere Tonton-Eskorte ist vom Wegbereiter selbst damit beauftragt, uns so schnell wie möglich nach Hause zu bringen. Ich bin eine kostbare Ladung, schwanger mit den beiden ersten Zwillingen in New Eden. Keiner wird es wagen, uns querzukommen.

Plötzlich schießt mir ein Gedanke durch den Kopf, und ich pack Manuels Arm. »Sag kein Wort von Jack«, flüster ich. »Zu niemand, okay? Das ist wichtig.«

Er wirft mir einen scharfen Blick aus dunklen Augen zu. »Ich bin kein Schwätzer.«

Das Reisen auf der Straße ist zwar riskant, aber es ist um Längen besser als auf den abgelegenen Wegen. Wir kommen gut voran, so gut, wie die Vorsicht und das Wetter es erlauben. Eigentlich müsst ich vor Ungeduld fast platzen, weil es nicht noch schneller geht, aber wir werden bald genug da sein. Zu bald. An ein paar Kontrollpunkten sind die Tonton pingelig und wollen das richtige Passwort. Lugh hat es parat, alles dank Jacks Netzwerk. Wenn Lugh das wüsste. Aber die meisten macht der Tag nachlässig. Sie brennen nicht grade drauf, den warmen Ofen im Wachhaus zu verlassen. Einzelne Wachen kommen im letzten Augenblick rausgelaufen. Ein schneller Blick auf das Brandzeichen auf Manuels Stirn, dann ziehen sie das Tor hoch und winken uns durch. Merkwürdige Nächte und Sternschnuppen und

Gespensterangst, gefolgt von Tagen mit merkwürdigem Wetter, führen dazu, dass die Leute an ihren Feuern kleben. Sogar DeMalos Tonton. Was mich noch mal dran erinnert, dass man nur so stark ist wie das schwächste Glied.

Und ich denk an den jungen Tonton im Säuglingshaus. Wie betrübt er gewesen ist, weil er das Baby zum Sterben aussetzen musste. *Freiheit, Bruder.* Das offene Aufflackern von Hoffnung in seinen Augen. *Ich werd dich nicht verraten, ich versprech's.* Er kann nicht der Einzige mit einem Gewissen sein. Es muss noch mehr Tonton geben, die so fühlen. Aber ob es genug sind, damit sich das auswirkt, wenn der Zeitpunkt kommt?

Bloß welcher Zeitpunkt? Wann? Und wo? Auriel wird es mir sagen. Auriel wird es wissen.

Für mich führen alle Straßen an denselben Ort, hat sie gesagt. So ist es mir vorbestimmt. Das hat sie gesagt. Tja, seit jenem furchtbaren Tag am Silverlake bin ich auf den Straßen meinen Weg gegangen, hab immer einen Schritt nach dem anderen getan. Und ich bin immer noch unterwegs, und ich weiß immer noch nicht, wo das alles mich hinführt. Die Babys, die Sklaven, das Samenlager. DeMalos falsche Visionen. Der Blutmond. Ich muss das irgendwie zu Ende bringen. Wenn ich einen falschen Schritt tu, ist das für uns alle das Ende. Aber ich weiß nicht, was ich als Nächstes tu. Ich bin nicht sicher. Ich werd erst sicher sein können, wenn ich mit Auriel sprech.

Die Vorsehung. Ist es das, was mir bestimmt ist? Was ich hier tu? Ich hab mir das nicht ausgesucht, aber so ist das mit der Vorsehung auch nicht. Auriel hat gesagt, lange vor meiner Geburt ist eine Kette von Ereignissen in Gang gesetzt worden. Auriel hat gesagt … Auriel hat gesagt. Vorsehung oder nicht, ein Schritt nach dem anderen hat mich hierhergeführt und wird mich weiter führen. Und das hier passiert und wird sein, und was es auch sein wird, ich darf keine Angst davor haben. Genau wie Pa es mir gesagt hat.

»Sie werden dich brauchen, Saba. Lugh und Emmi. Und da werden noch andere sein. Viele andere. Gib der Angst nicht nach. Sei stark, ich weiß ja, dass du stark bist.«

Plötzlich fehlt er mir so sehr, dass es sich wie ein Messer in meiner Brust anfühlt. Nicht der ausgemergelte Mann, der er nach Mas Tod gewesen ist. Sondern mein gutaussehender junger Vater, so stark und verlässlich. Wenn es dunkel geworden ist, bin ich in seine Arme gekrochen. Und hab seinem Herzschlag gelauscht und hab ihn atmen gespürt und hab gewusst, dass ich sicher bin auf der Welt. Jetzt kann ich mich nur noch an seine Worte klammern. Mich an mich selbst klammern. Und weitergehen, Schritt für Schritt, auf dieser Straße, auf der nur ich gehen kann.

Egal was kommt. Was sein wird. Meine Zeit läuft ab. Nur noch drei Nächte.

Nacht drei

Die Dunkelheit fällt früh über uns her. Sie überrumpelt uns. Der Nebel hat sich den ganzen Tag nicht verzogen. Er macht unsere Reise beschwerlich. Irgendwann nachmittags erlischt die trübe rote Sonne. Von da an sind wir in neblige Dunkelheit gehüllt.
Selbst wenn es nicht zu gefährlich wär, in dieser Finsternis weiterzufahren, in New Eden bedeutet der Einbruch der Dunkelheit Ausgangssperre. Wir verlassen die Straße und schlagen unter Bäumen ein Lager auf.
Ich übernehm die erste Wache, während die Jungs schlafen. Meine Gedanken schwimmen durch einen Morast aus banalen Ängsten. Ich hör Geflüster im Nebel. Bewegungen im schwarzen Herz der Nacht. Als meine Wache um ist, löst Lugh mich ab.
Ich leg mich hin, mach die Augen zu und versuch zu schlafen. Aber der Schlaf will nicht zu mir kommen. Stattdessen hör ich ganz leise in der Ferne ein Kind schluchzen.
Das trockene Rascheln von Knochen, die in Bäumen aufgehängt sind.
Ich wart drauf, dass die Nacht vorbeigeht.

An der Kreuzung, wo wir Slim entführt haben, halten wir an. Da, wo die Sauerfruchtbäume stehen. Wir sind jetzt mitten im öden Nichts. Das bedeutet wenig Gefahr, entdeckt zu werden. Die Jungs ziehen ihre Tonton-Sachen aus, ich zieh Mollys Kleid aus und werf den Maishülsenbauch weg. Seit Peg mir geholfen hat, mich damit auszustaffieren, hab ich mich nicht mehr wie ich selbst gefühlt. Das ist schon gestern Morgen gewesen. Manuel klettert vom Wagen und vertritt sich die Beine. Wir lassen Wasserschläuche rumgehen und befeuchten uns die trockenen Kehlen.

Die Gegend hier ist auf schroffe Art schön. Sie sieht aus wie irgendwo in einem Traum. Ein weißer Himmel und ein Heißwind, der einem die Haut versengt. Der große Wald mit den Rotkiefern, die zu Stein erstarrt sind, und die festgebackene, rissige rote Erde. Die verstreuten Überreste von Lichtmasten. Ein diesiger Schimmer von Bergen weit im Norden.

Ich bild mir ein, dass unsere Stimmen an diesem Ort noch in der Luft hängen. Dass jener Augenblick der Entscheidung immer noch im Staub murmelt, von den erstarrten Kiefernästen widerhallt. Wir sind alle erhitzt und streitlustig gewesen. Haben drüber gestritten, in welche Richtung wir gehen sollen. Ich hab sofort weiter zum Lost Cause gewollt, mit nichts anderem im Kopf, als Jack zu finden. Und Lugh hat in die andere Richtung gezerrt. Er wär am liebsten umgekehrt und nach Westen zum Großen Wasser gezogen. Wenn wir getan hätten, was er gewollt hat, dann wär Maev vielleicht noch am Leben. Ich wär nicht DeMalo in die Arme gesunken.

Wir würden jetzt nicht so schnell wie möglich nach Norden hetzen auf das spitze Ende von unserem Leben zu.
Was soll ich mir selbst zuflüstern? Hier am Kreuzweg der Vergangenheit? Was soll ich mir selbst raten? Hör auf Lugh und kehr um? Oder: Presch weiter, auch wenn ich jetzt weiß, was mich erwartet?
Ich fang Lughs Blick auf. Ich seh ihm an, dass er unsere Stimmen auch gehört hat. Aber haben wir wirklich eine Wahl gehabt? Hat man das je? Mir kommt es so vor, als ob unser Kurs lang vor jenem Augenblick an diesem Kreuzweg festgestanden hat.
»Sie werden dich brauchen, Saba. Lugh und Emmi. Und da werden noch andere sein. Viele andere. Gib der Angst nicht nach. Sei stark, ich weiß ja, dass du stark bist. Und gib niemals auf, hörst du? Niemals. Egal was passiert.«
»Werd ich nicht. Ich bin kein Schisser, Pa.«
Ich zieh meine Weste und die Armbänder an. Bind mir Auriels Schal wie eine Schärpe um. Ich bin kein Schisser. Einen Schritt nach dem anderen, so werd ich diese Sache zu Ende bringen. Um mich selbst hab ich keine Angst. Aber um die, die ich liebhab, hab ich große Angst. Wenn mich das zu einer schlechten Anführerin macht, dann ist das eben so. Ich guck Lugh und Tommo an und sag: »Ihr wisst, dass ihr nicht mit mir kommen müsst?«
Aber die beiden schwingen sich auf ihre Pferde, und Manuel sitzt schon wieder im Wagen, die Zügel in der Hand, bereit, auf mein Wort hin weiterzufahren.
»Na los, komm«, sagt Tommo.
»Fahren wir weiter«, sagt Lugh.
Also schwing ich mich auf Hermes. Und dann führ ich uns nach Norden zum Nass Camp.

Unser Orientierungspunkt kommt in Sicht. Der verrostete Stummel von einem einzelnen Lichtmastbein. Ash hockt auf der obersten Strebe. Sobald sie uns entdeckt, schreit sie irgendwas, dann saust sie über die Strebe runter zum Boden. Nero fliegt los, um sie zu begrüßen. Als wir anhalten, ist auch Creed aufgetaucht. Während die Jungs und ich absteigen und Manuel vom Wagen klettert, kommt er mit einem großen Strahlegrinsen auf uns zu. Die Ohrringe klimpern, die Schöße von seinem Gehrock flattern, seine wilde Mähne weht im Wind.

»Dein Lächeln heißt hoffentlich, dass sie hier sind«, sag ich.

»Du befiehlst, und der Zauberer macht es wahr.« Er nimmt meine Hand und führt mich weiter.

»Glaub ihm kein Wort«, sagt Ash. »Sie sind schon in New Eden gewesen. Wir haben sie getroffen, kurz nachdem sie das Yann Gap überquert hatten.«

Creed breitet die Arme aus. »Siehe. Deine Armee!«

Wir gucken von einem sanften Abhang runter ins Nass Camp. Ich weiß nicht, was ich erwartet hab, aber das jedenfalls nicht. Ein trockenes plattes Tal mit weißen Felsen, hell in der Mittagssonne. Die merkwürdigsten Felsen, die ich je gesehen hab. Eine dichtgedrängte Ansammlung von Kegeln, Säulen, Pilzen und Schornsteinen. Klein, groß und alles dazwischen. Ein paar davon ragen viele Meter in die Luft. Sie sind von Menschenhänden gemeißelt worden zu Waben mit Höhlen, Nischen und Löchern. Aber mir klappt der Unterkiefer nicht wegen den Felsen runter. Sondern wegen dem, was dazwischen lagert.

»Liebe Güte«, sagt Lugh. Er klingt so betäubt, wie ich mich fühl.
»Das sind ja alle«, sag ich.
»Jeder Einzelne«, sagt Creed.
Das Lager am Snake River hat zusammengepackt und ist hierhergezogen. Ihre zusammengewürfelten Unterstände, Tipis und Lumpenzelte stehen überall zwischen den Felsen verstreut. Ihre Wagen und Pferde und sonstigen Tiere. Auch ein paar von den Höhlen haben sie besetzt. Ich entdeck Auriels Flickenzelt. Hunde jagen sich. Kinder spielen. Ich hör Moses lauthals eine Beschwerde brüllen. Slim entdeck ich im selben Augenblick, als er mich entdeckt. Er hebt die Hand und schreit einen Gruß. Ein paar Kinder kommen auf uns zugelaufen. Dann kommen alle auf uns zu.
»Wie viele?«, fragt Tommo.
»Hundertdreiundzwanzig«, sagt Ash. »Jedenfalls nach Auriel. Und sie muss es wissen.«
Sofort ist mir übel. Wo ich sie alle so hier seh, alle zusammen, da wird mir was klar: Jetzt bin ich für sie verantwortlich.
»Übers Yann Gap«, sagt Tommo. »Aber die Brücke da haben wir zerstört.«
»Da ist eine neue«, sagt Ash. »Der Wegbereiter ist fleißig gewesen. Und nicht nur die Brücke. Sie haben auch den Geisterweg von deinen Kumpels, den Schädelsammlern, gereinigt. Wie findest du das, Saba? Da bist du baff, was?«
Baff. Erschüttert. Aber ich hör, was sie sagt. DeMalo hat seinen Brückenkopf nach Westen gebaut. Natürlich. Ich seh die Landkarten im Samenlager vor mir. Das Land und das Wasser, im Westen, im Osten, im Norden, im Süden. Das alles wird DeMalo beherrschen.
»Bringt mich zu Auriel«, sag ich.

Jetzt haben die Kinder uns erreicht. Schmuddelige Bälger, die schnattern und aufgeregt hüpfen, während sie uns mit den Pferden und dem Wagen helfen. Dann sind die anderen auch alle da. Wir werden von einer Welle aus warmen Körpern aufs Lager zugeschwemmt. Diese Leute, die vom Snake River hierhergezogen sind. Was für ein Unterschied zu unserer ersten Begegnung. Mit verängstigten Gesichtern und Waffen in den Händen hätten sie uns umgebracht, wenn Auriel sie nicht aufgehalten hätte. Sie sind vor DeMalo und den Tonton um ihr Leben geflüchtet. Und sie haben von mir gewusst, vom Todesengel, der Hopetown dem Erdboden gleichgemacht hat. In ihren Augen sind wir ein und dasselbe gewesen, er und ich: Wir haben Elend und Tod gebracht.

Jetzt wollen sie uns die Hände schütteln. Überall um mich rum seh ich Nicken und Lächeln und hör hoffnungsfrohes Geplapper. Ein paar erkenn ich wieder. Sie sind ein trockenes Völkchen, diese Leute, ausgedörrt an Körper und Geist. Wenn man sie neben die frischen grünen Verweser stellt, sehen sie wirklich armselig aus.

»Wer sind die besten Verweser der Erde? Die Alten und Schwachen? Die Kranken? Oder die Jungen und Starken? Es gibt nicht genügend sauberes Wasser oder gutes Land für alle. Das weißt du.«

DeMalos Worte zischeln in mir. Schlängeln sich in dunkle Ecken. Seid still, weg mit euch, ihr seid seine Gedanken, nicht meine.

»Platz da! Platz da!« Slim segelt durch die Menge, mit dem Bauch voran. Molly folgt in seinem Kielwasser. Sein Lückengrinsen geht von einem Ohr zum andern. »Was sagst du jetzt, Engel? Beruhigt dich das?«

»Ich kann's nicht fassen.«

»Wir waren selbst gerade erst hier angekommen, als sie aufgetaucht sind«, sagt Molly. »Sie haben uns überrumpelt. Aber sie haben sich einfach an die Arbeit gemacht, haben Latrinen gegraben und alles andere.«
Ein drahtiger kleiner Mann entschuldigt sich zu uns durch. Er hat eine Frau mit stumpfen roten Haaren an der Hand. Beide sind zerfurcht von lebenslangem Mangel. Sie haben ein Frühlingsalter, aber Wintergesichter. »Bestimmt erinnerst du dich nicht an uns«, sagt er.
»Du irrst dich«, sag ich. »Wie geht's dir, Ruth? Und …«
»Webb«, sagt er. »Webb Reno, Ma'am. Ruth hält sich tapfer, stimmt doch, Mädchen? Gibt nicht auf, genau wie du ihr gesagt hast. Du bist uns eine große Hilfe gewesen. Wir sind gekommen, um dir kämpfen zu helfen. Ich jedenfalls.«
»Ich bin froh, euch beide zu sehen«, sag ich. »Was ist mit Essen?«, frag ich Slim. »Und Wasser?«
»Das einzige Wasserloch ist eineinhalb Meilen weg«, sagt Slim. »Moses macht es nichts aus, den Wasserträger zu spielen.«
»Wir haben keine Zeit gehabt, viel Proviant zu besorgen«, sagt Molly. »Mit dem, was sie selbst mitgebracht haben, reicht es für ein paar Tage. Ich sag dir was.« Sie beugt sich dicht zu mir und spricht ganz leise. »Ein paar von den Leuten hier sind nicht in bester Verfassung, aber jeder Einzelne will unbedingt sein Teil beitragen.«
»Entschuldigung, Ma'am«, sagt Webb Reno. »Aber meinst du, es wär möglich, dass wir unser Mädchen finden, das sie uns weggenommen haben? Unsere Nell? Nur dafür lebt Ruth, und ich auch, dass wir sie wieder bei uns haben.«
Dieser Schalter in meinem Kopf. Er klickt wieder. Nell. Im selben Alter wie Emmi. Wenn sie noch lebt, ist sie in Eden-

home. Wir müssen einen Weg da rein finden. Vielleicht ist dieser Mann der Weg. »Ich kann nichts versprechen. Aber wir reden später drüber.«

Wenn man ausgehungert ist nach Hoffnung, können sogar karge Worte eine Mahlzeit ergeben. Ein Funke springt in ihre trüben erloschenen Augen.

»Ach, danke! Danke!« Bevor ich's verhindern kann, hat Ruth meine Hand gepackt und küsst sie.

So sanft ich kann, zieh ich ihr die Hand weg. »Wenn der Tag kommt, wo ich mir deinen Dank verdient hab, dann gib mir deine Hand. Es wird mir eine Ehre sein, sie zu nehmen.« Hand in Hand, Auge in Auge. So gehört sich das zwischen Menschen.

»Das mach ich auf jeden Fall«, sagt sie.

Die Menge schwemmt uns auf Auriel Tai zu. Ich kann sie vor ihrem Zelt warten sehen, das sie auf einer kleinen Anhöhe aufgeschlagen haben. Dasselbe hohe spitze Zelt aus Lumpen und Flicken, an das ich mich so gut vom Snake River erinner. Der Wind zupft an ihrem langen schwarzen Kleid.

Ich kenn zwar noch nicht jeden Menschen auf dieser Erde. Aber ich weiß trotzdem, dass es keine andere wie Auriel geben kann. Diese Sternendeuterin und Dienerin vom Licht. Sechzehn Jahre und zartknochig wie ein Spatz, mit einer Haut, so bleich wie ein wässriger Mond. Ihr Milchfeuerhaar hängt ihr offen bis auf die Taille, durchzogen mit Federn und Perlen. Eine dunkle Augenbinde bedeckt ihre Augen. Jeder Lichtschimmer – zum Beispiel die Sonne auf Wasser – kann bei ihr eine so heftige Vision auslösen, dass sie ohnmächtig wird.

Auriel kennt mein schwarzes Wasser. Sie kennt es wie kein anderer. An Nachthimmeln und in Blitzen hat sie mein

Schicksal gelesen. Vergangenheit und Zukunft. Kopf und Seele. Sie ist durch die grauen Ebenen in meinen Träumen gestreift. Ich hab gewusst, wie sie aussieht. Ich hab gewusst, dass sie sechzehn ist.

Aber ihre Macht ist so groß, dass meine Erinnerung sie seit dem Snake River zu jemand gemacht hat, der mehr Mercy ähnelt. Zu einer älteren Frau mit einem weit zurückreichenden Wissen von der Welt. Ein klitzekleiner Schreck durchfährt mich beim Anblick von diesem kleinen Mädchen.

Ich bleib gleich unterhalb von ihr auf dem Hang stehen. Nero landet auf meiner Schulter. Ich spür die Körper hinter mir gegen mich drücken. Alle meine Leute. Alle ihre Leute. Sie steht still da. Das Geschnatter erstirbt. Sie spricht laut, damit alle sie hören können. Ihre Worte fallen so rein wie ein Frühlingsregen auf einen See. Der Heißwind legt sich, als ob er von ihrer Stimme beschwichtigt worden wär.

»Die Sternenwelt ist in Aufruhr«, sagt sie. »Die Veränderung am Himmel kündigt die Veränderung hier auf der Erde an. Die Sterne haben uns gesagt, wir sollen unser Lager am Snake River abbrechen. Sie haben uns an diesen Ort geschickt. Sie haben uns geschickt, um Saba zu helfen. Meine Snake-River-Freunde kennen dieses Land gut. Es ist ihr Land gewesen, bevor der Wegbereiter gekommen ist. Bevor er es ihnen gestohlen und New Eden genannt hat. Er hat ihnen ihre Kinder geraubt, ihre Hoffnung für die Zukunft. Er hat ihre Lieben getötet und versklavt. Ihre Freunde und Nachbarn. Sie sind aus Angst um ihr Leben geflohen. Trotzdem sind sie jetzt hier, zurückgekehrt. Bereit, alles zu riskieren aus Hoffnung auf echte Freiheit. Die Sterne sagen, dass unsere Hoffnung auf Saba ruht. Wir warten auf ihren Befehl.«

Sie winkt mir, mit ihr zu gehen. Als ich den Hang raufgeh und Nero fliegen lass, sammeln sich meine Free Hawks hinter mir. Slim und Molly, Ash und Creed, Tommo und Lugh. Ich guck mich zu ihnen um. »Ich red allein mit ihr.«
Lugh sagt: »Aber ich kann doch bestimmt …«
»Allein, Lugh«, sag ich.
Stirnrunzelnd bleibt er stehen. Er hat eine eingefleischte Abneigung gegen Auriel, seiner Seele eingeprägt von unserer sternenverkratzten Kindheit. Von dem Augenblick an, als er sie zum ersten Mal am Snake River gesehen hat, hat er sie verachtet. Dank unserem verkorksten Vater spuckt er bei der kleinsten Erwähnung von Sterndeuten Gift und Galle. Auriel ist kein Blindgänger, anders als Pa. Aber obwohl sie ganz sicher bewiesen hat, dass sie keine Schwindlerin ist – oder vielleicht ja gerade deshalb –, glaubt Lugh ihr nicht. Er würd ihr auch dann nicht glauben, wenn sie vor seinen Augen unsere Mutter von den Toten aufstehen lässt.
Sie hält die Zeltklappe auf. Als ich schon reinschlüpfen will, legt sie mir eine kühle Hand auf den Arm. »Wo ist Emmi?«
»Nicht hier«, sag ich. »Sie ist in unserem Lager.«
Auriel wird ganz still. Nur ganz kurz. Als ob das nicht die Antwort wär, die sie erwartet hat. Dann: »Komm rein, Saba.«

Das Zelt von einer Schamanin ist nicht nur ihr Zuhause. Es ist auch der Ort, wo die Suchenden hinkommen. Um zu hören, welche Geheimnisse die Sterne ihr über ihr

Leben verraten haben. Um durch Rauschträume zu reisen, geboren aus fremdartigen Pulvern im Feuer. Es ist komisch, Auriels Zelt hier in New Eden zu sehen, genauso wie es auch am Snake River ausgesehen hat. Die Schlafstelle, den Hocker, die Truhe, den kleinen Tisch. Alles schlichtes, grobes Zeug. An der Feuergrube steht ihr Schaukelstuhl, daneben liegt eine Blechbüchse mit Traumpulvern. Ihr Geruch hängt dick in der Luft. Süß und scharf und fremd.

Sie lässt sich wie Distelwolle in ihrem Schaukelstuhl nieder. Ich zieh mir den Hocker ran und setz mich ihr gegenüber. Der Heißwind, den ihre Stimme im Zaum gehalten hat, weht wieder ungezügelt. Die Zeltwände bauschen sich und knattern. Hier drin, wo das grelle Mittagslicht gedämpft ist, kann Auriel gefahrlos ihre Augenbinde abnehmen. Ich weiß, was ich sehen werd, aber ein kleiner Schreck durchzuckt mich trotzdem. Sie hat Augen wie Tracker. Das ganz helle Blau von einem bleichen Winterhimmel. Unheimliche Wolfshundaugen.

Ich warte drauf, dass sie spricht. Aber sie sagt nichts. Sie hält mich bloß mit ihrem ruhigen Blick fest. Ich spür eine rote Wärme über meinen Hals wandern. Sie weiß von mir und DeMalo. Sie weiß von meinem Lügengewirr. Natürlich. Ich wünschte, sie würd es nicht wissen. Auriel ist ganz Luft. Sie schwebt über dem Boden. Die heiße Erde der Körper, ungewolltes Begehren, das an einem zerrt, das alles ist nicht ihrs.

Sie hat mir vorhergesagt, ich würd DeMalo treffen. Sie hat mir gesagt, ich soll mich vor ihm in Acht nehmen. Sie hat mich angefleht, länger bei ihr zu bleiben, um mich besser vorzubereiten. Sie hat noch andere Sachen gesagt, und ich hab nicht auf sie gehört. Ich hab nur dran denken können, dass ich Jack folgen muss.

»Ich hätt auf dich hören sollen«, sag ich. »Du hast mich vor ihm gewarnt. Du hast gesagt, er würd meine Schatten kennen. Er kennt sie. Ich … hab bei ihm gelegen, ich … warum sag ich das? Du weißt es doch schon.«
»Die Zeit ist knapp. Der Blutmond ist nah. Was sollen meine Leute für dich tun?«
Ich lach auf. »Was sie für mich tun sollen? Das weißt du sehr gut. Sie sollen auf die Höfe gehen, zurück aufs Land. Und ich muss die Kinder aus Edenhome rausholen – falls Webb Renos Tochter da ist, wird sie der Schlüssel sein –, aber du musst mir sagen, was ich danach tun soll. Ich hab lange überlegt, wie dieser letzte Schritt aussehen kann, der das alles zusammenfügt und DeMalo stürzt. Ich weiß, das muss passieren. Das Säuglingshaus, die Sklaven, dass ich die Leute vom Snake River brauch – das alles hab ich ziemlich schnell begriffen. Aber nach Edenhome kann ich nichts sehen. Es ist alles schwarz. Ich hab dich so unbedingt sehen müssen, Auriel. Sogar du ahnst wahrscheinlich nicht, wie sehr.«
Zu meinem Entsetzen zittert meine Stimme. Ich reiß mich zusammen und red weiter.
»Nur … bitte, ich möcht nur, dass du mir sagst, was ich tun muss, um das zu Ende zu bringen.«
»Tut mir leid«, sagt sie. »Das kann ich nicht.«
Ein eisiger Schauder läuft mir über die Haut. »Natürlich kannst du. Das ist mir vorherbestimmt. Du hast mir das selbst gesagt. Du hast gesagt, lange vor meiner Geburt ist eine Kette von Ereignissen in Gang gesetzt worden. Du hast gesagt, für mich führen alle Straßen zu DeMalo, und du hast recht gehabt, sie haben alle zu ihm geführt. Und du hast mir gesagt – und mein Pa hat mir das auch gesagt, und der

war kein besonders guter Sterndeuter –, ihr habt mir beide gesagt, alle diese Leute würden mich brauchen, und das tun sie. Und du hast gesagt, ich darf nicht aufgeben, und das tu ich nicht. Dein Großvater hat von mir gewusst. Er hat dir seinen Bogen gegeben, damit du ihn mir gibst. Darum versteh ich das nicht. Ich muss nur diese eine … letzte Sache wissen, weil ich das richtig machen muss. Drum musst du mir – bitte – sagen … was ich tun soll, Auriel. Wenn das meine Bestimmung ist, dann musst du das wissen.«

»Die Dinge sind nicht mehr so, wie sie mal gewesen sind«, sagt sie. »Deshalb auch der Aufruhr bei den Sternen. Du hast dich stark verändert, Saba. Du veränderst dich immer noch, pausenlos, sehr schnell. Du bist nicht mehr dasselbe Mädchen wie am Snake River. Du bist nicht mehr derselbe Mensch wie noch vor zwei Tagen, wie gestern, wie heute Morgen. Wer du bist, das ist deine Bestimmung. Wenn du dich veränderst, verändert sie sich auch. Verstehst du? Du machst dein Schicksal neu, du schreibst es neu, während du lebst, in jedem Augenblick an jedem Tag.«

»Wirklich?«

»Ja. Du musst deine Zukunft selbst gestalten.«

»Ich mach mein Schicksal selbst«, sag ich.

»Durch die Entscheidungen, die du triffst.«

»Aber – es steht so viel auf dem Spiel. So viele Leben. Ich weiß nicht, was DeMalo plant. Hier sind all diese Leute und … Woher soll ich wissen, ob ich das Richtige tu?«

»Das Richtige ist, das zu tun, was du tust. Einen Schritt nach dem anderen. Augenblick für Augenblick, Schritt für Schritt, so schaffst du das. Und bleib in jedem Augenblick, bei jeder Entscheidung, dir selbst treu. Der, die du wirklich bist. Dem, woran du glaubst. Du bist wie niemand sonst.«

Lange herrscht Schweigen zwischen uns.
Irgendwann sag ich: »Das ist alles, was du mir zu sagen hast. Wo ich dich um Hilfe bitt, wo ich wissen muss, wo …«
Ich brech ab. Heiße Angst schnürt mir die Kehle zu.
»Das ist nichts«, flüster ich.
»Es ist alles«, sagt sie.
Mein Kopf pocht. Der Heißwind umkreist das Zelt. Draußen hör ich Stimmen schnattern. Ich fühl mich weit weg von mir selbst. Als ob ich nicht in meinem Körper wär. Die Zeltwände toben und drohen. Bauschen sich nach innen, nach außen. Sie rücken mir immer näher. In meinen Ohren rauscht das Blut.
Ich steh auf. Sie auch. Sie hebt die Hand. Legt die Finger auf meine Geburtsmondtätowierung.
»Verlier nie aus den Augen, woran du glaubst«, sagt sie. »Nie, auf keinen Fall. Was ein einzelner Mensch tut, wirkt sich auf die vielen aus. Wir sind alle miteinander verbunden, Saba. Sind alle Fäden in einem einzigen Schicksalsgewebe.«

Als ich aus dem Zelt stolper, faucht der Wind mir heiß und sandig ins Gesicht. Ich bin benommen. Ich kann's nicht fassen. Auriel kann mir nicht helfen. Ich hab mich drauf verlassen, dass sie mir den Weg zeigt. Noch zwei Nächte bis zum Blutmond. Zwei Nächte.
Was jetzt?
Was mach ich jetzt nur?
Die Stimmen am Fuß vom Hügel schreien mir zu. All die

Leute, die dabei gewesen sind, als ich zu Auriel ins Zelt gegangen bin, warten da immer noch. Ihre Leute. Meine Free-Hawks-Bande. Alle warten, neugierig auf das, was jetzt kommt. Wo sie hingehen. Wie's weitergeht. Mein Herz fängt an, wie wild zu klopfen. Ich muss nachdenken. Ich geh weg, so schnell ich kann.
Sie stürzen hinter mir her, brüllen mir Fragen zu.
»Wann kämpfen wir?«, fragt ein Mann.
»Gar nicht«, sag ich laut. Ich dreh mich nicht um. Geh einfach weiter.
»Wir brauchen Waffen«, ruft ein anderer Mann. »Bögen und Pfeile.«
»Keine Waffen«, sag ich. »Das ist hier keine Blutrache.«
»Wir haben jede Menge Waffen.« Das ist Creeds Stimme. »Mehr als wir je brauchen können, gleich hier unter unseren Füßen. Ganze Tunnel voll damit.«
Ich dreh mich zu ihnen um. »Ich hab gesagt, keine Waffen!«, brüll ich.
Da bricht ein Tumult los. »Und warum sind wir dann hier? Wir machen es allein! Keine Waffen? Das ist verrückt.«
Ich muss schreien, um den Lärm zu übertönen. »Das ist die klügste und schnellste Art, diesen Kampf zu gewinnen!«
»Kletter da rauf, wo sie dich sehen können. Da!«, sagt Slim. »Auf den Wagen!«
Pegs kleiner Wagen steht ganz in der Nähe. Der, in dem ich mit Manuel hierhergefahren bin. Ich zöger einen Augenblick, aber Slim und Tommo haben mich schon an den Ellbogen gepackt und hieven mich hinten auf den Wagen. Im Nu hat die Menge sich um mich versammelt, und bevor ich's mir anders überlegen kann, stürz ich mich Hals über Kopf in eine Ansprache.

»Es wird keine Kämpfe geben«, sag ich. »Die brauchen wir nicht. Jedenfalls nicht die Sorte Kämpfe, an die ihr denkt. Die klügste und schnellste Weise, New Eden zu gewinnen, ist, überhaupt nicht zu kämpfen.«

Beim Sprechen dreh ich mich, damit alle mich hören können.

»DeMalo behauptet, er ist machtvoll. Unschlagbar. Ich bin hier, um euch zu sagen, dass das nicht stimmt. Er ist schwach und wird jeden Tag schwächer. Er weiß das nicht. Er kann das nicht sehen. Und dabei passiert es direkt vor seiner Nase.«

Ich guck mir das Gesichtermeer an. Sie sind still. Hören mir zu. Der Heißwind peitscht unsere Kleider und Haare. Ich spür, wie die rote Hitze in mir hochsteigt. Aber nicht um zu kämpfen. Um sie zu überzeugen.

»Die Menschen in New Eden sind Sklaven. Jeder Einzelne, vertut euch da nicht. Sie tragen vielleicht nicht alle Eisenhalsbänder und Eisenketten, auch wenn in New Eden viele diese Ungerechtigkeit ertragen müssen. Aber sie tragen alle die Sklavenfessel Angst. Solang wir in Angst vor diesem Tyrann leben, werden wir immer seine Sklaven sein. Gerade jetzt, in diesem Augenblick, werfen die Menschen von New Eden ihre Sklavenangstfesseln ab. Ja. Eure Kinder, eure Freunde und eure Nachbarn. DeMalo weiß das nicht. DeMalo kann das nicht sehen. Und dabei passiert es direkt vor seiner Nase.«

Ich sprech lauter. Ich sprech leiser. Ich sprech langsam, dann schnell. Meine Hände strecken sich nach ihnen aus. Alle Augen liegen auf mir.

»Wie machen sie das? Sie schließen sich wieder zusammen, so machen sie das. Still und schnell und stark, viel stärker, als sie vorher je gewesen sind. Sie bringen in Ordnung, was er zerbrochen hat. Was hat er zerbrochen? Die Familien. Freundschaften. Echte Gemeinschaft. Warum hat er die zerbrochen? Weil er Angst davor hat. Weil das stärker ist als alles, was er je zustande bringen kann. Stärker, als er je sein kann.

Hier in New Eden fassen die Leute sich wieder an den Händen. Friedlich und voll Hoffnung und stark. Mutter und Kind, Vater und Kind, Schwester und Bruder, Sklave und Sklavin, Nachbar und Nachbarin. Sie geben sich die Hände in echter Gemeinschaft. Weil man Hand in Hand Eisenfesseln zerbrechen kann. Aber sie brauchen noch mehr Hände. Eure Hände.

Sie brauchen jeden, der heute hier ist. Jeden Mann, jede Frau, jedes Kind. Euch alle. Und mich. Unser Schicksal hat uns hier zusammengeführt. Hier und jetzt. Um der Herrschaft von diesem Tyrann ein Ende zu machen. Um der Herrschaft von allen Tyrannen über uns ein Ende zu machen. Wir werfen unsere Angst ab. Wir werfen unsere Ketten ab. Wir gucken hoffnungsvoll und Hand in Hand nach vorn. Heute Nacht ziehen wir nach Osten. In die Freiheit. Und in die Zukunft!«

Gebrüll bricht los. Ein donnerndes gewaltiges Brüllen, das die Luft erschüttert. Dann jubeln sie alle und pfeifen und klatschen und strecken mir die Hände hin.

Ich steh da. Benommen von der Hitze und dem Lärm. Die rote Hitze in mir ist plötzlich weg, und ich bin völlig erledigt. Ich hab gerade erst aufgehört zu sprechen. Aber ich kann mich ums Leben nicht erinnern, was ich gesagt hab. Tommo und Manuel helfen mir vom Wagen runter.

»So eine Rede hab ich noch nie gehört«, sagt Manuel.

»Mitreißendes Zeug«, sagt Slim. »Ein bisschen knapp bei den Einzelheiten, aber …«
»Trommel die Gruppe zusammen, wir machen das jetzt«, sag ich.

Wir suchen uns ein ruhiges Fleckchen zwischen den Felsen. Ich bleib stehen. Im Stehen kann ich am besten denken.
Ich erzähl ihnen, was ich vorhab. Manuel, Creed, Ash und Slim arbeiten zusammen. Sie gehen mit sechzig von den Snake-River-Leuten, den stärksten Männern und Frauen, ins Herz von New Eden. Diese Leute sollen auf die Höfe geschmuggelt werden, und zwar dahin, wo sie garantiert sicher und willkommen sind. Nicht mehr als ein, zwei auf jedem Hof. Die Idee ist, sie so weit wie möglich über New Eden zu verteilen. Sie sollen arbeiten, den Verwesern helfen, Teil vom täglichen Leben werden. Weit weg von den Tonton oder neugierigen Nasen. Wir führen wieder zusammen, was DeMalo auseinandergerissen hat.
Sie hocken auf Felsen mit komischen Formen oder liegen auf dem verbrannten gelben Moos, das den Boden bedeckt. Alle gucken mich an. Hören mir zu. Ich seh keine Spur von Widerspruch.
»Die Einzelheiten überlass ich euch«, sag ich. »Aber ihr müsst schnell arbeiten.«
»Wie schnell?«, fragt Creed.
»Bis zum Blutmond müssen sie an Ort und Stelle sein.«

»Sportlich«, sagt Manuel. »Nicht unmöglich.«
Ash zieht ein letztes Mal an einem Rotkleeglimmstängel.
»Was tun wir, wenn alle untergebracht sind?«, fragt sie.
»Dafür sorgen, dass alles ruhig bleibt und es keinen Ärger gibt«, sag ich. »Ich geb euch so bald wie möglich Bescheid.«
»Wir warten auf das mordsmäßig große Rumpeln, richtig?«, fragt Slim.
»Ja«, sag ich. »Genau da drauf.«

Er saß mit den Übrigen da. Keiner hätte ihm angesehen, wie erschrocken er war. Er war so sicher gewesen, dass diese Idee zu nichts führte. Doch jetzt kam Schwung in die Sache. Sie wuchs, breitete sich aus, geriet außer Kontrolle. Wenn er nicht schnell handelte, würden seine Pläne zunichtegemacht.
Der Kurs, den sie da verfolgten, war gefährlich. Weitaus schlimmer als verwegen. Er wies Jacks Handschrift auf. Sie stand so sehr unter seinem Einfluss, dass sie seine Arbeit für ihn tat, während er im Hintergrund blieb. Es war an der Zeit, dass er seinen Zug machte. Dem hier ein Ende setzte. Jack ein Ende setzte.

Wo willst du hin, Saba?«, fragt Molly. Sie hakt sich bei mir unter und geht mit mir. Lugh und Tommo sind bei ihr. Ich schüttel sie ab.

»Wir müssen sofort los nach Edenhome«, sag ich. »Die Jungs hier und ich und … wie heißt der noch, dieser Mann? Wir müssen einen Weg da rein finden. Das ist das Letzte, was ich noch einfädeln muss. Seine kleine Tochter könnt da sein, sie ist in Emmis Alter. Webb Reno, so heißt er, er wird uns helfen. Ich muss mit ihm reden.«

»Wir geben ihm Bescheid«, sagt sie. »Jetzt musst du dich erst mal ausruhen. Du bist müde, meine Liebe.«

Und in diesem Augenblick erinnert mich die Sorge in ihrem lieben Gesicht so unvermittelt, so schmerzhaft an meine Mutter, dass mir schwindelig wird von den Erinnerungen, die da auf mich einstürmen. Meine Freunde hechten zu mir und stützen mich.

»Lasst mich.« Ich schüttel sie ab.

Molly sagt zu Lugh: »Du weißt doch, dass sie nicht geschlafen hat.«

»Wir haben zur Ausgangssperre haltgemacht. Ich könnt schwören, dass sie geschlafen hat«, sagt er.

»Saba«, sagt Molly, »hast du heute Nacht geschlafen?«

»Ja«, lüg ich.

»Sie lügt«, sagt Tommo.

Eine Frau steigt aus einer Grube im Boden. Gleich vor unseren Füßen. Sie hat lange blonde Haare. Ihr Name klingt in meinem Herzschlag mit. »Ma«, sag ich. Ich tu einen Schritt auf sie zu.

»Du weißt doch, dass du nicht da runtergehen darfst«, sagt sie. »Das ist jetzt das zweite Mal, Davy, jetzt setzt es was. Ich hoff, du hast da nichts angefasst.« Sie ist aus der Grube rausgeklettert und hat eine brennende Lampe auf den Boden gestellt. Jetzt fasst sie einen widerspenstigen kleinen Jungen unter den Armen und hebt ihn raus. Dann bemerkt sie uns und guckt ganz zerknirscht. »Tut mir leid«, sagt sie. »Er tut's nicht wieder.« Sie nimmt die Lampe, scheucht den Jungen vor sich her und schimpft ihn dabei hitzig aus.

Ich tu einen Schritt, steh am Rand von der Grube und guck runter, runter in die Schwärze da drin. Sie klafft *grob und eng und tief. Ich weiß, was da drin liegt. Die Leiche in der verrosteten Rüstung. Lang ausgestreckt liegt sie in der Grube. Den Kopf umwickelt mit einem blutroten Schal.*

Ein Windstoß trifft mich, schlingt den Schal um mich rum. Ich bück mich runter zur dunklen Grube. Lass meinen schweren Kopf auf die stille kühle Erde zusinken.

»Da drin ist Blut. Guckt doch«, sag ich.

Es steigt in einer Welle aus dem roten Herz der Erde auf. Wenn ich da reinkletter, wird es mich holen. Wird mich ertränken.

»Da ist kein Blut, das ist ein Waffenlager«, sagt Lugh.

Er und Tommo packen mich an den Armen und führen mich weg.

»Ich hab was, was dir hilft. Komm mit«, sagt Molly.

Nicht lang«, sagte sie immer wieder. »Ein paar Stunden. Mehr nicht.«

»So genau geht das nicht, weißt du«, sagte Molly. »Ich geb mir die größte Mühe.« Aus einem Steinfläschchen schüttelte sie eine winzige Tropfenträne. »Das ist reine Stille«, flüsterte sie.

»Keine Träume«, sagte Saba.

»Kein einziger, versprochen.«

Molly verdünnte das Mittel dreifach mit Wasser. Saba leerte den Becher, dann legte sie sich hin. Wenige Minuten später war sie eingeschlafen. Sie schlief wie ein Kind, zusammengerollt und auf der Seite, in mildes Lampenlicht getaucht. Ihre dunklen Wimpern lagen wie Fächer schwer auf ihren Wangen. Die kleine, aus dem Fels gehauene Höhle wurde still, war trocken und kühl.

»Das ist aber schnell gegangen«, sagte er.

»Und dabei hab ich ihr kaum was gegeben. Sie hat nicht geschlafen und nichts gegessen, es hat sie einfach umgehauen«, sagte Molly. »Wahrscheinlich schläft sie die Nacht durch.« Sie kniete sich neben sie und zog die Decke über ihren Schultern zurecht. Sie glättete die kleine Falte zwischen ihren Augen. »Das ist eine schwere Bürde, die sie da trägt. Nur wenige könnten das tun, was sie tut. Ich könnt's nicht. Und du garantiert auch nicht.«

Nero war ihnen in die kleine Höhle gefolgt. Er hüpfte um Saba herum, gab nervöse Krähenlaute von sich. Molly nahm ihn auf. »Ich weiß«, sagte sie. »Du willst nur helfen. Aber du musst sie jetzt in Ruh lassen, sie schläft.«

»Komm her, Nero.« Er nahm ihn ihr ab. Er strich ihm das Gefieder glatt, und Nero blieb ganz ruhig in seinen Armen. Nach dem Schreck am Painted Rock hatten sie große Mühe gehabt, Neros Vertrauen zurückzugewinnen. Die Männer, heißt das. Ganz behutsam war es ihnen schließlich gelungen. Mit einer Offensive aus Leckereien, Schmeicheleien und gutem Zureden. Sie hatten sich alle daran beteiligt, deshalb war er unter den anderen nicht aufgefallen. Nero schien noch immer nicht zu wissen, wer ihn gefangen hatte. Nur dass es ein Mann gewesen war. Er schämte sich noch immer, aber er war auch erleichtert.

»Du musst hungrig sein.« Molly lächelte ihn an. »Geh einfach den Essensgerüchen nach, dann füttert dich schon jemand. Ich bleib hier bei Saba.«

Das war seine Gelegenheit. Sein Herz schlug schneller. »Ich bleib nicht lang weg«, sagte er.

Eine Frau gab ihm ein bisschen Brot und Maisporridge. Er fand eine ruhige Ecke, fernab neugieriger Augen. Während Nero seinen Anteil fraß, holte er vier Dinge aus dem Beutel an seinem Gürtel. Ein Stück Schnur, ein dünnes Stück Holzkohle, die Kirschrindenrolle, die sie im Wald hatte fallen lassen, und eine kleine Rolle Ölhaut.

Molly hatte ihm ein Geschenk gemacht. Nicht nur ein paar Stunden Schlaf, sondern eine ganze Nacht. Es war später Nachmittag. Sobald Saba erwachte, würden sie sich wieder auf den Weg machen. Das würde wahrscheinlich gegen Mor-

gen sein. Er hatte also nicht viel Zeit. Doch er musste es versuchen. Alles hing davon ab, dass Nero schnell war und so schnell wie möglich zu Saba zurückkehrte. Zum Glück hatte sich der launische Heißwind gelegt und würde ihn nicht behindern.

Er dachte eine Weile nach. Dann malte er sorgfältig einige Zeichen auf die Rolle. Dieselben Zeichen malte er auch auf das Stück Papier in der Ölhaut, rollte die Ölhaut wieder zusammen, band sie mit Schnur zu und verwahrte sie in seinem Beutel.

Dann wartete er, bis Nero fertig war und sich den Schnabel an einem Grasbüschel säuberte. »Du hast was übersehen«, sagte er und zupfte ein Maisbröckchen von seinem Kopf. Als er die Rindenrolle an Neros Bein befestigte, merkte er, dass ihm die Finger zitterten. Er stand auf und barg Neros Wärme an seiner Brust.

»Find Jack. Nero, find Jack«, sagt er.

Dann warf er die Krähe in die Luft. Die großen schwarzen Schwingen begannen, regelmäßig zu rudern. Vorwärts, westwärts. Er sah ihr hinterher. Ihrer Zukunft, die auf die rot lodernde Sonne zuflog.

Nacht zwei

Sobald sie in ihren harten Betten lagen, tat Emmi das, was sie auch in der Nacht zuvor getan hatte, ehe der Schlaf sie überkam. In ihrer ersten Nacht in Edenhome. Sie sprach leise, aber deutlich, so dass jedes Mädchen im Schlafhaus sie hören konnte. Sie sagte:

»Ich heiß Emmi. Ich komm vom Silverlake. Meine Eltern sind Willem und Allis gewesen. Ich hab eine Schwester und einen Bruder. Er hat blaue Augen, genau wie ich.«

Sie machte den Anfang, dann folgten die anderen, die Bettreihen auf und ab, einmal durch und um den Raum, in strenger Reihenfolge. Ihre Namen, woher sie kamen, wer ihre Familien waren. Die Schüchterneren flüsterten so leise, dass man sie kaum hörte.

Es war das Gleiche, was Mercy bei den Sklavenarbeitern getan hatte. Emmi hatte sich ausgiebig mit Mercy unterhalten. Sie hatte ihr erzählt, welche Angst sie gehabt hatte, als die Pinchs sie gefangen hatten. Als Saba von ihr getrennt worden war, um im Käfig zu kämpfen. Als die Tonton sie als Gefangene nach Resurrection gebracht hatten. Mercy hatte gesagt, sie habe auch Angst gehabt, als man sie versklavte. Ihren Namen und ihre Herkunft zu verkünden habe ihr geholfen, sich daran zu erinnern, wer sie war. Und es habe auch den anderen Sklaven geholfen. Es habe geholfen, sie stark zu erhalten. Die Kinder hier waren ebenso Gefangene wie die Sklaven.

Als sie sich letzte Nacht zum Schlafen fertiggemacht hatten, hatte Emmi gewusst, dass sie das Gleiche tun musste. Auch wenn es verboten war. Sie hatten jetzt keine andere Familie mehr als Mutter Erde. Sie lebten nur, um ihr zu dienen. Emmi hatte keine Ahnung, ob man den Mädchen trauen konnte. Falls jemand sie verriet, würde man sie schlagen. Wie den Jungen gestern. Er konnte beim Abendessen vor Schmerzen nicht sitzen, konnte nicht essen. Sie ließen ihn an seinem Platz stehen, rotäugig vom Weinen, eine Warnung für die anderen. Daher war sie einfach ins kalte Wasser gesprungen und hatte es Mercy gleichgetan, ehe sie die Nerven verlieren konnte. Als sie geendet hatte, hatte lange Schweigen geherrscht. Dann hatte Nell im Bett unter ihr erzählt, wer sie war. Die Übrigen waren gefolgt.

Und niemand verriet etwas. Bis jetzt nicht jedenfalls. Doch Geheimnisse würden an diesem Ort schwer zu bewahren sein. Der einzig sichere Ort für ein Geheimnis war im eigenen Kopf, mit niemandem geteilt. Wenn die wüssten. Sie bewahrte in ihrem Kopf das größte Geheimnis von allen.

Bald würde Saba kommen. Der Todesengel kam, um sie zu befreien. Um sie zurück zu ihren Familien zu bringen.

Während die Mädchen im Dunkeln murmelten, fasste sie verstohlen danach. Just an diesem Nachmittag hatte man sie nach einem Hammer geschickt. Und da hatte er gelegen, in einer dunklen Ecke des Schuppens auf dem Boden. Er musste heruntergefallen sein, und niemand hatte es bemerkt. So schnell wie ein Herzschlag hatte er in ihrer Hand gelegen, und sie hatte ihn in ihre Unterwäsche gesteckt. Jetzt versteckte sie ihn, schob ihn in den Zwischenraum zwischen Bett und Wand. Ihren gestohlenen Schatz. Einen Drahtschneider.

Ein weiteres großes Geheimnis, von dem niemand wissen konnte.

Ich werd mit einem bleischweren Kopf wach. Schwerfällig und schwer von Begriff. Es dauert eine ganze Weile, bis ich wieder weiß, wo ich bin. Ich hör Regen rauschen. Hab einen kühl-feuchten Geruch in der Nase. Seh graues Morgenlicht auf glatten Steinwänden. Ich bin in der Höhle. Im Nass Camp. Ich krieg einen Schreck. Ich muss die ganze Nacht durchgeschlafen haben. Ich hab Molly doch klar gesagt, ein paar Stunden, mehr nicht. Sie ist noch hier. Sitzt auf dem Boden, mit geschlossenen Augen an die Wand gelehnt. Hat sie die ganze Zeit über mich gewacht? Als ich mich rühr, ist sie sofort wach.

»Es regnet«, sag ich.

»Hat gerade erst angefangen«, sagt sie.

»Du hast mir eins übergezogen.« Langsam und immer noch benommen, versuch ich, mich aufzusetzen.

»Nein, nein, nicht bewegen.« Sie lehnt mich an ihre Schulter. »Hier, trink das. Davon wird dein Kopf wieder klar.« Ich nipp an dem Becher, den sie mir an die Lippen hält. Es ist Wasser. Mit irgendwas ganz schwach Bitterem. »Ich hab dir fast nichts von dem Mittel gegeben. Aber du hast aus dem letzten Loch gepfiffen. Da hat's dich einfach umgehauen.«

Ich sag: »Ein Mittel zum Schlafen, ein anderes zum Wachwerden. Wie oft machst du das, Molly?«

Ich guck in ausdruckslose braune Augen. Den Blick kenn ich. Ich soll mich um meinen eigenen Kram kümmern. »Trink alles aus«, sagt sie.
Ich trink den Becher leer, zur Erleichterung von meiner ausgetrockneten Kehle. »Wie oft machst du das?«
»In letzter Zeit kaum noch«, sagt sie. »Ich spar's mir für die richtigen Katastrophen auf. Du weißt schon« – sie zuckt mit den Achseln –, »wenn das Leben einem einfach zu viel wird. Aber du siehst wirklich besser aus nach einer Nacht Schlafen.«
»Dafür dank ich dir vielleicht später, aber jetzt nicht«, sag ich. »Ich müsste schon längst unterwegs sein. Hilf mir hoch.«
Draußen regnet und regnet es auf eine kühle graue Welt. Stetig. Geduldig. Der Boden verwandelt sich in Morast. Ich find Nero halb eingeschlafen auf ein trockenes Sims gekuschelt. Webb Reno ist auch da. Hockt mit einem kleinen Stoffbündel da, mit seinem triefnassen Mantel als Regenschutz überm Kopf. Er springt auf. »Bereit zum Abmarsch, Ma'am.«
»Lass das Ma'am, bitte. Ich bin Saba. Hast du deine Frau zum Abschied geküsst, Webb?«
»Na ja, klar«, sagt er.
»Geh, küss sie noch mal. Ich hab noch ein, zwei Sachen zu erledigen.«
Ganz Nass Camp ist schon seit einer Weile wach, auch Lugh und Tommo. Ich hab ausnahmsweise mal Hunger. Sie bringen mich zu einem Unterstand, den sie zum Kochen aufgestellt haben. Ein sehniger alter Bursche macht mir einen Essnapf voll Maisporridge. Während ich den mit Nero teil, erzählen sie mir, dass die Einsatztrupps in der Nacht

einer nach dem anderen losgezogen sind. Slim und Creed, Ash und Manuel und ihre friedliche Sechzig-Seelen-Armee. Sie haben es kaum erwarten können, loszuziehen, sagt Lugh, so stark hab ich sie mitgerissen mit dem, was ich gesagt hab.

»Das ist aufrüttelndes Zeug gewesen«, sagt Molly.

Ich kann mich nur an Teile davon erinnern, an einzelne Augenblicke. Meine Erinnerung dran ist verschwommen, so, als ob ich das nur geträumt hätt. Ich bin noch nie eine gute Rednerin gewesen, aber es ist schon komisch, wozu man manchmal fähig ist. Jetzt tauchen die Ersten von ihnen bald auf den New-Eden-Höfen auf. Was würd ich drum geben, dabei zu sein. Sofort zu wissen, ob das klappt. Es muss klappen. Worauf kann ich mir was wünschen? Auf die Sterne, die Sonne? Vielleicht auf Slims alte Kaninchenpfote. Die reibt er bestimmt wieder für uns alle.

Kaum hab ich mich zum Essen hingesetzt, da versammelt sich eine Kinderschar um mich und starrt mich stumm an. Aus dem Augenwinkel kann ich sie so grade eben sehen. Ein flachshaariger Bengel ist mutiger als die anderen und rückt Stück für Stück näher an mich ran. Bis ich ihn atmen hören kann, flach und nervös, an meinem Ellbogen. Die vermiesen mir das Essen. Ich knurr, und sie laufen in alle Richtungen davon, kreischend vor Angst und Vergnügen.

Nach dem Essen und einem Salbeitee brenn ich drauf, mich auf den Weg zu machen. Mein Kopf wird langsam wieder klar, aber das Wetter eindeutig nicht. Ich wickel mir das Shemag um den Kopf und schlag den Kragen von meiner Jacke hoch. Während ich hin und her durch den Schlamm platsche und Hermes fertigmach, fällt mir auf, dass ich Auriel heute Morgen noch gar nicht gesehen hab. Ich sag ihr lieber auf Wiedersehen, bevor wir losreiten.

Lugh und Tommo führen ihre Pferde in meine Richtung und winken mir zu: Wir müssen los. Sie tragen ihre Tonton-Ausrüstung und sehen proper aus. Schwarze knielange Gewänder, polierte Stiefel und Ausrüstung. Webb kommt hinter ihnen auf einem Pony. Weil wir ihn dabeihaben, hab ich eigentlich auf Umwegen nach Edenhome reiten wollen. Viel sicherer. Aber ich hab nicht damit gerechnet, dass wir erst so spät loskommen. Sollen wir unser Glück also doch noch mal auf den Straßen versuchen?

Auf ihre geräuschlose Art taucht Auriel neben mir auf. Ein Flickenschirm hält den Regen ab. So düster, wie es heute ist, braucht sie ihre Augenbinde nicht. Ihre hellen Augen leuchten wie Eis im trüben Licht. »Ich will dir Glück wünschen«, sagt sie.

»Das kann ich auf jeden Fall brauchen«, sag ich.

»Ich hab volles Vertrauen in dich.« Sie zögert kurz, dann sagt sie: »Ohne Emmi wären wir nicht rechtzeitig hier gewesen. Ich glaub, das weißt du gar nicht.«

»Emmi«, sag ich.

»Die Sternschnuppen haben uns gesagt, dass wir kommen müssen«, sagt Auriel, »aber als ich ihre Nachrichten bekommen hab, haben wir uns besonders beeilt.«

»Was für Nachrichten?«

»Sie sind durch das Licht gekommen«, sagt sie. »Aber angefangen haben sie in der Erde.«

»Red Klartext. Für so was hab ich jetzt keine Zeit.«

»Deine Schwester hat den Ruf erhalten. Emmi ist eine Schamanin, Saba. Sie ist eine Erdsprecherin. Und ich würd sagen, eine machtvolle, wenn sie schon so anfängt, ohne einen Lehrer, der sie anleitet.«

Sprachlos starr ich sie an. Emmi, eine Schamanin.

»Saba«, ruft Lugh. »Wir müssen los.«
»Mach dir keine Sorgen und grübel nicht drüber nach«, sagt Auriel. »Das ist wunderbar. Ich werd ihr helfen. Hast du alles, was du im Augenblick brauchst?«
Erst jetzt fällt mir auf, was sie anhat. Dasselbe lange schwarze Kleid wie gestern. Ich bin so viel größer als sie, an mir würde es wie ein Gewand aussehen. Wie ein Tonton-Gewand.
»Eins könnt ich noch brauchen«, sag ich.

Bis hierher und nicht weiter. Die ersten vier Kontrollpunkte waren einfach. Wir haben angehalten, Lugh hat das Passwort gerufen, und nach einem zweiten Ruf, manchmal auch erst nach dem dritten, ist der unterste Fußsoldat aus der Wachhütte gelaufen gekommen, ist durch den kalten Regen und den Schlamm geplatscht und hat die Schranke hochgemacht. Dann hat er nass und mürrisch gewartet, bis wir durchgefahren sind. Drei Tonton mit einem Gefangenen, nämlich Webb, an den Handgelenken gefesselt. Sie haben uns kaum angeguckt.
Aber jetzt hat uns das Glück wohl verlassen. Am fünften Kontrollpunkt. Am Anfang von der Oststraße im Sektor acht. Der Mann, der hier angerannt kommt, ist scharfäugig und aufgeweckt. Und was seinen aufgeweckten Augen sofort auffällt, das bin ich. Und zwar besonders meine Stiefel. Sie sind kniehoch wie die, die Tommo und Lugh tragen. Und wir sind alle schlammbespritzt und klatschnass. Aber meine Stiefel sind braun und abgewetzt. Nicht wie ihre

schwarz und glänzend. Wie sich das für Tonton-Stiefel gehört. Keiner von uns hat drauf geachtet. Ich verfluch mich dafür, dass ich so ein kopfloser Trottel bin. Ein Frösteln läuft mir übern Rücken, während der Tonton mich von Kopf bis Fuß mustert. Ich umklammer die Zügel. Sowohl meine Kleider als auch Hermes' Geschirr sind viel schlechter als die von den Tonton.

Ich reit ganz hinten. Webb auf dem Pony vor mir beachtet der Tonton gar nicht. Er geht direkt zu Lugh und Tommo, die nebeneinander voranreiten. Vorsichtig, Jungs, seid vorsichtig, wir dürfen jetzt nicht patzen. An ihren Rücken, ihren Schultern kann ich sehen, wie angespannt sie sind, während der Tonton um sie rumgeht und sich ihre Pferde genau ansieht. Er lässt sich Zeit. Es macht ihm nichts aus, dass ihm der Regen vom Kinn tropft. Oder dass seine Haare ihm am Kopf kleben. Neben Lugh bleibt er stehen. Sagt was zu ihm. Lugh antwortet was. Dann geht er zu Tommo und überprüft ihn. Sagt was zu ihm. Tommo nickt.

Ich hab die Jungs Waffen tragen lassen müssen. Sonst wären sie nicht als Tonton durchgegangen. Bolzenschießer, Messer, Waffengürtel, das volle Programm. Ich will nicht, dass wir sie einsetzen müssen, aber …

Dann sack ich vor Erleichterung in mir zusammen. Der Tonton hebt die Schranke an und winkt uns durch. Ich nick, als ich an ihm vorbeireite, aber er guckt mich gar nicht an. Er guckt zur Wachhütte. Ich weiß ja nicht, was meine Jungs zu ihm gesagt haben, aber es hat ihn abgelenkt. Von meiner schlampigen Ausrüstung weg auf die Wärme am Ofen. Vielleicht ein heimliches Schlückchen, um sich aufzuwärmen. Wir sind durch. Jetzt gibt's kein Halten mehr bis Edenhome.

Als sie weiterritten, zitterte er am ganzen Körper. Er hatte es getan. Er konnte sein Glück kaum fassen. Als sie gesagt hatte, sie würden die Straße nehmen, hatte er gewusst, dass dies seine Chance war. Seine beste und vermutlich auch einzige Chance, DeMalo die Botschaft rechtzeitig zu übermitteln. Nachdem sie an den ersten vier Kontrollpunkten einfach durchgewunken worden waren, hatte er allmählich befürchtet, dass er es nicht schaffen würde. Dass der ganze Plan scheitern würde. Und zugleich hatte er den Augenblick gefürchtet, in dem sie angehalten würden und er am Zug war. So vieles konnte schiefgehen. Was wäre, wenn DeMalo nicht alles wie verabredet vorbereitet hätte?

Doch das hatte er. Es hatte funktioniert, genau wie sie es besprochen hatten.

Er hatte seine Haltung verändert, nur ein wenig, so dass der Tonton sehen konnte, was er sehen musste. Der hatte die Augen aufgerissen, hatte sofort gewusst, wer er war. Und als sie dann weiterritten, hatte er die kleine Ölhautrolle zu Boden fallen lassen. Wenn sie erst außer Sicht waren, würde der Tonton danach suchen und sie finden. Dann würde die Botschaft auf schnellstem Wege zu DeMalo gebracht werden.

Und Jack würde ein für alle Mal aus ihrem Leben verschwinden.

Wir sind wieder da, wo wir schon vor drei Nächten gewesen sind. Im Schutz vom Wald gucken wir durch den Zaundraht nach Edenhome. Unsere Pferde haben wir wieder in der moosigen Bodensenke stehenlassen. Beim ersten Mal, nachts, sind wir zu dritt gewesen. Jetzt, tagsüber, mit Webb, sind wir zu viert. Der Regen hat endlich aufgehört. Die Sonne kocht die Welt zu einer stickigen, feuchten Wärme. Als das Wasser verdampft, steigt Dunst von den Bäumen und unseren Kleidern auf. So ziemlich das Einzige, was nicht schwer vor Nässe ist, ist der Waldboden unter unseren Füßen.

Von Edenhome kann man das nicht sagen. Die Erde zwischen den Gebäuden ist ein einziger Morast. Eine unregelmäßige Spur aus knöcheltiefen Stiefelabdrücken zieht sich zur halbfertigen Schrottscheune. Eine paar ältere Jungen arbeiten mit einem Mann, der kein Tonton ist. Wir sehen ein paar Kinder und zwei Frauen, die über Bretter zwischen den Tierställen gehen. Die Enten beschweren sich quakend, weil Nero sie von seinem Platz auf ihrem Haus aus ärgert. Alle anderen sind offenbar drin. Aus einem offenen Fenster kommt Kindergesang. In einer Werkstatt lärmen Sägen und Hämmer. In den beiden Schlafhäusern tut sich auch was. Es gibt keine Wachen am Zaun, keine Spur von den gepanzerten Saupackerhunden. Die sind wohl nur für die Nachtwache da.

Neben mir hält Webb krampfhaft den Weitgucker umklammert. Immer wieder sucht er damit das Gelände ab, ganz zappelig vor Hoffnung, dass seine Tochter vielleicht auch da ist. Die Tür vom rechten Schlafhaus steht offen. Ein

Mädchen mit einem Eimer taucht auf. Langsam gießt sie ihn auf die schlammige Erde aus. Nach ihr kommt ein kleiner Aufmarsch von Mädchen. Sie kommen und gehen, trapsen raus, trapsen wieder rein. Entsorgen Schmutzwasser und Kehrschaufeldreck, schütteln Staubtücher aus. Sie haben Putzdienst. Insgesamt vier Mädchen. Aber keine Spur von Nell mit ihren kupferroten Haaren.

Nero ruft Beleidigungen. Die Enten quaken wütend. »Wir verschwenden Zeit«, sagt Webb. Er lässt den Weitgucker sinken und schüttelt den Kopf. »Lasst uns bei den Schuppen und Scheunen nachgucken.«

»Wart mal«, sag ich. Gerade ist ein Mädchen mit leuchtend roten Haaren in der Tür vom Schlafhaus aufgetaucht.

Hastig richtet Webb den Weitgucker auf sie. »Ja!«, flüstert er aufgeregt. »Das ist sie!«

Sie schüttelt Dreck von ihrer Kehrschaufel. Dann guckt sie nach, was der Aufstand im Ententeich soll, und verschwindet so stürmisch wieder im Haus, dass ihr langer roter Zopf fliegt.

Webb packt meinen Arm, helle Freude im Gesicht. »Das ist meine Nell! Das ist sie! Sie ist hier!«

Emmi!« Nell lachte. »Du hättest diese Krähe sehen sollen. Sitzt da draußen und macht die Enten verrückt.«

Die übrigen vier Mädchen erledigten weiter ihre Arbeiten. Wischten die Betten ab, schrubbten auf allen vieren den Boden. Emmi starrte Nell mit klopfendem Herzen an. Eine

Krähe. Konnte das sein? Sie ließ den Besen fallen und rannte zur Tür. Ja! Er war es. Es war Nero. Er kreiste über den Enten und ärgerte sie. Sie musste sich zusammenreißen, um nicht seinen Namen zu rufen.
Barfuß trat sie hinaus in den Schlamm und sah zum Wald auf der anderen Seite des Zauns. War Saba da? Die Bäume wuchsen dicht dort, und es war zu weit entfernt, um etwas zu erkennen. Doch sie hatte andere Möglichkeiten, das in Erfahrung zu bringen. Sie ging in die Hocke und drückte mit geschlossenen Augen die Hände durch den Schlamm bis zum festen Boden. Sie war bereits an die Erdlieder dieses Ortes gewöhnt. Ein leises, trauriges Murmeln. Immer das Gleiche, Tag und Nacht. Jetzt fanden ihre Hände und Füße ein anderes Lied. Dasselbe Lied, dem sie von Starlight Lanes aus gefolgt war. Sie waren hier. Saba und Lugh und Tommo. Das Lied kam aus dem Wald.
Das war es. Genau wie Saba es versprochen hatte. Das war das mordsmäßig große Rumpeln. Und sie war bereit. Sie war bereit zu handeln.

Wir ziehen uns ein Stück zurück in den Wald und besprechen uns flüsternd. Nell ist da drin. Das ist der erste Schritt. Ich hab Angst gehabt, dass Webb womöglich von der leicht erregbaren Sorte ist, dass ich ihn bremsen muss, aber wie sich rausstellt, ist er gelassen. Und er behauptet, seine Nell wär's auch. Ich will's hoffen. Das muss sie auch sein.

Lugh fängt an, uns von dem Plan zu erzählen, den er sich ausgedacht hat. Er ist viel zu kompliziert und wird niemals klappen. Aber ich halt den Mund. Lass ihn sagen, was er zu sagen hat. Das gibt mir ein bisschen Zeit, über alles nachzudenken. Ich guck zu Nero, der gerade auf einem Ast über uns gelandet ist. Als Nachrichtenüberbringer ist er mittlerweile so geübt, dass er vielleicht der Schlüssel ist. Aber erst mal werd ich im Auge behalten, was hier passiert. Man kann nie wissen, was sich vielleicht ergibt. Ich richte den Weitgucker auf den Hof.

Und seh grade noch, wie ein anderes Mädchen wieder im Schlafhaus verschwindet. Von der Größe her ist es eins, das wir noch nicht gesehen haben. Das macht dann vier Mädchen plus Nell und jetzt noch das hier, macht sechs.

Emmi rannte zurück ins Haus und kletterte auf ihr Bett. Die übrigen vier Mädchen beeilten sich, ihre Schlammspuren aufzuwischen, und schimpften wütend, aber im Flüsterton mit ihr. Nell fragte: »Emmi? Was ist? Was ist los?«

Jetzt hatte sie den Drahtschneider aus der Lücke zwischen Bett und Wand hervorgezogen. Sie sprang zu Boden. »Hört zu«, sagt sie. »Hört zu! Wir haben nicht viel Zeit!« Die Mädchen verstummten und sahen sie an. Starrten den Drahtschneider in ihrer Hand an.

»Hast du den geklaut?«, fragte Frankie.

»Was kümmert's mich, ob der geklaut ist?«, fragte sie. »Mein richtiger Name ist Emmi von den Free Hawks. Ich hab die

Tonton in Resurrection und Hopetown besiegt. Meine Schwester ist die große Kriegerin, die man den Todesengel nennt. Sie ist hier, genau jetzt, im Wald, mit unseren Kämpfern. Sie bringen euch zurück zu euren Familien. Und ich hol euch hier raus.« Sie hielt den Drahtschneider in die Höhe. »Wir hauen durch den Zaun ab.«

»Ich weiß!«, sagte Nell. »Die Eimer! Wir tun so, als ob wir Unkraut jäten.« Sie nahm den nächsten Eimer und goss das Wasser aus. »Hier!« Sie schob ihn Bly zu, die offenen Mundes dastand. »Na? Kommst du mit?«, fragte Nell.

»Ja«, sagte Bly.

»Ich auch!« Frankie sprang auf und leerte ihren Eimer.

»Der Todesengel!« Lin drückte ihre Scheuerbürste an die Brust. Sie war erst acht und ängstlich bis ins Mark, doch sie würde tun, was ihre Freundin Runa tat.

»Habt keine Angst, sie tut euch nichts«, sagte Emmi.

Runa goss ihrer beider Eimer aus und sagte: »Lin und ich kommen auch mit. Aber heute ist kein Tag für Gartenarbeit. Bei dem Matsch. Und Unkraut zum Jäten ist auch keins da.«

Nun, da der Moment gekommen war, war Emmi überrascht, wie kaltblütig sie war. Sie bewahrte einen kühlen Kopf. Genauso wie Saba es ihr gesagt hatte. »Wenn wir es so tun, als ob wir's ernst meinen«, sagte sie, »wird keiner was sagen. Alle werden denken, jemand anders hat uns befohlen zu jäten. Wir gehen im Gänsemarsch hin, wie immer. Nell geht als Erste. Ich als Letzte. Wenn wir da sind, bleibt dicht zusammen, dicht am Zaun. Wenn da kein Unkraut ist, hackt den Schlamm. Frankie, du hältst Wache. Ihr anderen gebt mir Deckung, während ich den Draht durchschneid. Bereitet euch drauf vor loszurennen, wenn ich es sag. Wenn

wir das schnell und leise machen, merken die nicht mal, dass wir weg sind. Keine Angst, ich bin schon oft geflüchtet. Alle fertig?«
Sie nickten alle. Mit großen Augen, aufgeregt und ängstlich. Emmi legte den Drahtschneider in ihren Eimer. »Dann mal los«, sagte sie.

Gerade als ich den Weitgucker wieder auf das Schlafhaus richt, kommt Nell mit dem Eimer in der Hand wieder raus. Ein paar Mädchen folgen ihr im Gänsemarsch, unterschiedlich alt und verschieden groß, und alle tragen Eimer. Sie steuern schnurstracks auf das Gartenfleckchen vor uns zu. Webb hat recht, seine Nell wirkt ziemlich entschlossen.
»Schnell, das ist vielleicht unsere einzige Gelegenheit«, sag ich.
Hastig hocken sie sich neben mich. »Guck mal da!«, sagt Tommo. »Ganz hinten!«
Ich richt den Weitgucker auf das letzte Mädchen in der Reihe. Mir bleibt das Herz stehen. Dieses sture Kinn. Diese Augen. So groß und blau wie der Himmel.
»Emmi!«, sagt Lugh. »Was tut sie hier?«
»Omeingott«, sag ich.
Dann geht mir ein Licht auf. Darum hat sie gestern keiner in Starlight Lanes gesehen. Sie ist gar nicht da gewesen. Sie ist schon hier gewesen.
»Sie ist uns gefolgt«, sag ich. »Letztes Mal. Seitdem ist sie hier. Kommt. Wir müssen näher ran.«

Wir schleichen zu einer großen Gelbkiefer, die dicht am Zaun vor dem Gartenfleckchen steht. Die Mädchen glucksen durch den Matsch zum Zaun und knien sich dicht zusammen hin. Sie fangen an, mit den Händen nasse Erde in ihre Eimer zu schaufeln. Zuerst starr ich sie verdutzt an. Dann kapier ich. Aus der Ferne sieht das aus, als ob sie Unkraut jäten. Das ist kein glücklicher Zufall. Em hat Nero gesehen. Sie hat einen Plan.

Lugh und Tommo drängen sich dicht an mich. »Sie wissen, dass wir hier sind«, flüster ich. Lugh gibt es an Webb weiter, der hinterm Baum neben uns hockt. Er nickt.

Ein Mädchen hält Wache. Sie guckt sich immer wieder um, ob jemand auf sie aufmerksam wird. Nein. Die Enten paddeln über den Teich. Der Arbeitstrupp an der Schrottscheune hämmert und klappert gut zwanzig Meter weiter weg. Emmi huscht dicht an den Zaun. Sie holt einen Drahtschneider aus ihrem Eimer und fängt an zu schneiden. Sie muss beide Hände benutzen.

»Emmi«, zisch ich, »ich bin's! Nein, nein, nicht zu mir gucken. Lass das sein und hör zu. Was zum Teufel hast du vor?«

Sie schneidet einfach weiter. »Was glaubst du denn? Ich schneid den Draht durch, damit die Mädchen hier abhauen können. Deshalb seid ihr doch hier. Ich hab's ihnen gesagt.«

»Emmi, hör auf! Wir müssen mehr als sechs hier rausholen. Hörst du mich, Em? Hör auf!«

Sie hört nicht auf mich. Schnippelt einfach weiter. »Immer noch alles in Ordnung, Frankie?«, fragt sie.

»Alles ruhig«, sagt das Mädchen, das Wache hält.

Webb sagt zu mir: »Ich weiß nicht, was ihr sonst noch vorhabt, aber mein Mädchen kommt da jetzt raus.«

Nells Kopf schießt in die Höhe. »Pa, bist du das?«
»Ja, aber sei leise, Mädchen. Bleib ganz ruhig.«
Sie unterhalten sich weiter, und Lugh flüstert mir zu: »Ich will Em da raushaben, Saba.«
»Hör zu«, sag ich, »es steht mehr auf dem Spiel als …«
»Fast fertig«, sagt Emmi. »Ich bin durch.« Sie wirft den Drahtschneider hin. »Hilf mir, den Draht auseinanderzuziehen«, sagt sie zu Nell. »Vorsicht, pass auf deine Finger auf.« Sie biegen ein Stück Draht zur Seite. Das Loch, das sie geschnitten hat, ist so groß, dass ein Kind durchschlüpfen kann. »Los, Nell, mach schnell!«
Dann passiert es. Alles auf einmal. Viel zu schnell.
Nell robbt auf dem Bauch durch das Loch im Zaun, Webb zieht sie in seine Arme, und Em sagt: »Jetzt du, Bly«, und das blonde Mädchen schlängelt sich durch das Loch, und Tommo zieht sie zu uns hinter den Baum.
Und da sagt Frankie, das Mädchen, das Wache hält: »Emmi! Er hat uns gesehen! Er kommt!«
Ein Junge, der an der Scheune arbeitet, hat gesehen, was hier passiert. So schnell er kann, rennt er auf die Mädchen zu. Sieht eher aus, als ob er mit ihnen abhauen statt sie aufhalten will. Der Mann, der die Aufsicht hat, schreit: »Wo willst du hin? Komm sofort zurück!«
Weitere Kinder, die an der Scheune arbeiten, rennen in unsere Richtung. Plötzlich kapiert der Mann. Da hauen Kinder durch den Zaun ab. Als er gerade den Mund aufklappt, um was zu brüllen, zieht Lugh Tommo hinterm Baum vor. Lugh hebt den Arm und ruft: »Schon gut! Wir haben sie!« Der Mann sieht, was er für zwei Tonton hält. Sie scheinen den Ärger unter Kontrolle zu haben. Er bleibt wie angewurzelt stehen, weiß nicht, was er tun soll.

In der Zwischenzeit sagt Emmi: »Lin! Runa! Kommt!«
Das kleinste Mädchen ist starr vor Angst. »Ich kann nicht!«, sagt sie. »Sie werden uns schnappen! Sie werden mich schlagen!« Und sie rennt davon, zurück zum Schlafhaus. »Lin!«, ruft ihre Freundin und rennt ihr hinterher.
Em sagt: »Frankie! Schnell!« Und Frankie krabbelt zum Zaun und durchs Loch. Mittlerweile hat der Junge von der Scheune Emmi fast erreicht, und sie ruft ihm zu: »Beeil dich!«
»Emmi, komm zu uns, das reicht«, sagt Lugh.
Aber sie winkt die anderen Kinder an der Scheune zu sich. »Schneller!«, zischt sie. »Los!«
Der Mann an der Scheune riecht den Braten und brüllt nach Hilfe. Rennt Hilfe holen.
»Geht!«, sag ich zu Webb und Tommo. »Wir sehen uns in Starlight Lanes.«
Webb stürzt davon in Richtung Bodensenke, wo wir die Pferde gelassen haben. Nell und Frankie sind ihm dicht auf den Fersen. Tommo packt meinen Arm. »Emmi!«, sagt er.
Unsere Arme schweben dicht vor unseren Gesichtern. Tommo hat ein dünnes Silberband am linken Handgelenk. Mit eingeritzten Zeichen drauf. Genau wie DeMalos Armband.
Wie betäubt guck ich Tommo an. Warum trägt er das? Wie ist er da drangekommen?
»Saba!« Er schüttelt mich. »Was ist mit Em?«
»Wir holen sie da raus«, sag ich. »Bring die anderen nach Starlight Lanes. Nimm das Mädchen mit. Wir kommen gleich nach.«
Da rennt er zu den Pferden, zieht das blonde Mädchen an der Hand mit.
Und Lugh sagt: »Emmi! Jetzt!«, aber sie winkt immer noch

die Kinder von der Scheune durch den Zaun. Sie rennen in den Wald und zerstreuen sich. Fünf, sechs, sieben sind es.
»Emmi, komm jetzt, das reicht«, sag ich.
Der Mann von der Scheune hat einen Tonton zu Hilfe geholt. Die beiden kommen auf uns zugerannt. Der Tonton hat einen Feuerstab. »Halt!«, schreit er. »Keine Bewegung!«
»Emmi!«, sagt Lugh.
Sie hechtet zum Loch. Lugh und ich ziehen sie durch. Wir drehen uns um und rennen los. »Ich hab's getan, Saba! Ich hab's wirklich getan!«, ruft sie.
»Gut gemacht, Em«, sag ich. »Du bist die Beste. Jetzt komm! Renn!«
Wir rennen und ziehen sie an den Händen mit. Lugh an einer Seite, ich an der anderen.
Dann ein Knall.
Ich spür, wie der Schuss sie trifft.
Es schleudert sie nach vorn. Ich halt ihre Hand fest. Sie wird schlaff zwischen uns. Wir stolpern.
»Lugh!«, schrei ich.
»Lauf weiter«, sagt er.
»Was hast du vor?«, frag ich.
Er schiebt sie mir in die Arme, zieht den Bolzenschießer und macht kehrt. »Renn!«, sagt er. »Renn, Saba, renn!«
Ich heb Emmi hoch und renn und renn, und sie ist so schwer, und ich wag nicht nachzudenken, ich renn und renn einfach, so schnell ich kann, und sie ist so schwer, und Nero fliegt über uns und kreischt und
hinter mir schießt Lugh, dann schießt er noch mal
dann rennt er hinter uns her, nimmt mir Emmi ab, und wir rennen zu den Pferden, und er hält sie immer noch an die Brust gedrückt

und ich renn neben ihm und halt ihre Hand und sag zu ihr: »Em, alles ist gut, es ist gut«, aber ihr Kopf hängt zur Seite, und ich weiß es, mein Körper weiß es, und ihre Augen sind leer, und ich weiß, unsere Em ist tot, aber das darf nicht sein, sie darf nicht tot sein

und … »Bitte«, sag ich, »bitte, ach bitte, ach bitte«, und Lugh sagt: »Halt die Klappe, halt die verdammte Klappe«, und dann sind wir bei den Pferden, Webb und Tommo wollen gerade los, mit den Kindern bei sich auf den Pferden, und Tommo sieht Emmi, und er weiß sofort Bescheid und schreit: »Nein!«, als ob er auch getroffen wär

und die Mädchen, ihre kleinen Freundinnen, die heulen los und Lugh ist irgendwie, ich weiß auch nicht wie, auf sein Pferd gekommen, ohne Em auch nur einen Augenblick loszulassen, und jetzt reitet er mit ihr los, reitet schnell zwischen den Bäumen durch, aber nicht in die richtige Richtung, nicht Richtung Starlight Lanes

und da sagt Tommo: »Wo will Lugh hin?«

und ich sag zu ihm: »Tommo, reit schnell, halt nicht an«

und er und Webb reiten mit den Mädchen los und ich spring auf Hermes und reit Lugh hinterher und

mein Herz schlägt Emmi

Emmi

sie ist tot

Emmi

Emmi

sie ist tot.

Lugh reitet wie der Teufel. Zuerst denk ich, er reitet einfach drauflos. Aber er will aus irgendeinem Grund irgendwohin. Ich folg ihm über Felder und Straßen. Jede Menge Leute sehen uns. Keiner hält uns auf. Zwei in dunklen Gewändern in vollem Galopp.

Ich mach meinen Körper steif. Wie Stein. Wenn meine Knochen, wenn mein Blut, wenn meine Haut es nicht weiß, dann wird es nicht, wird es nicht, wird es nicht wahr. Nicht Emmi, nicht sie, nein, das darf nicht sein. Sie ist unser Licht, sie ist unsere Hoffnung, Lughs und meine. Ich darf nichts fühlen. Fühl nichts. Will einfach nichts fühlen.

Der Himmel wird dunkel. Es regnet wieder. Stärker als beim letzten Mal. Die Straßen werden zu Flüssen. Die Felder zu Seen. Ich bin nass bis auf die Knochen. Ich spür nichts davon. Regne ruhig weiter. Regne mich weg aus diesem Leben.

Wir reiten eine Weile nach Süden. Dann merk ich, wo wir sind. Ich kenn das hier. Der High River. Ein Flüsschen in einer finsteren tiefen Schlucht. Mit einem kleinen Abwrackergebäude am Ufer. Jack und ich haben uns da mal getroffen. Ich hör das Tosen, bevor ich es seh. Das Flüsschen ist vom Regen angeschwollen, führt jetzt Hochwasser. Hoch und schnell strömt es dahin, braun vom Schlamm.

Lugh zögert nicht. Er wird nicht langsamer. Hier hat er hingewollt. Er galoppiert den Hang runter und ich hinterher.

Als Lugh sein Pferd zügelt und »DeMalo! DeMalo!« brüllt, überrumpeln uns vier bewaffnete Tonton. Sie kommen hinterm Haus vorgerannt, zwei zu mir, zwei zu Lugh.

»Warum sind wir hier?«, frag ich ihn.

Sie nehmen ihn nicht gefangen. Eine Wache packt die Zügel, während Lugh abspringt und Emmi auf die Arme nimmt. Der andere Tonton nimmt Lugh mit vorgehaltener Waffe den Waffengürtel ab, aber er muss es im Gehen tun, weil Lugh gar nicht auf ihn achtet. Er geht schon auf den Eingang zu und brüllt: »DeMalo! Wo bist du?«

»Lugh!«, schrei ich. »Warte! Halt!« Das Herz klopft mir bis zum Hals, wittert Gefahr. Er hat gewusst, dass DeMalo hier ist. Aber woher? Warum? Da stimmt was nicht. Ich steig ab, breite die Arme aus und sag zu den Tonton: »Keine Waffen, ich bin sauber.« Sie tasten mich kurz ab, dann renn ich Lugh hinterher.

Sie haben mir keinen Ärger gemacht. Sie haben Befehle gehabt. Das gefällt mir nicht. Überhaupt nicht. Zwei von den Tonton folgen uns. »Lugh! Was wollen wir hier? Lugh!«

Wir sind durch die Tür.

»DeMalo!«, brüllt Lugh.

Er rennt die rostige Eisentreppe rauf, immer zwei Stufen auf einmal. Der Raum oben ist nur noch ein Gerippe mit einem Dach aus Schrottmetall. Ein Geflecht aus groben Stützpfosten hält es aufrecht. Nackte Überreste von Wänden und Säulen bröckeln vom Eisenskelett ab. Der Boden ist übersät mit schwarzen Brandspuren. An einer Säule lehnt eine kaputte Leiter. Auf einer Leitersprosse hockt still Culan, DeMalos Falke, mit einer Haube auf dem Kopf. Vier große Löcher klaffen, wo mal Fenster waren. Nero landet in einem davon. Er entdeckt den Falken, seinen alten Feind. Er krächzt herausfordernd. Culan regt sich nervös.

DeMalo steht am anderen Ende vom Raum. Guckt raus in den Regen, auf den Fluss unten. Als wir reinkommen, dreht er sich um.

»Sie ist tot!«, brüllt Lugh. Er stürzt zu DeMalo, Emmi liegt schlaff auf seinen Armen. Er kocht vor Wut. Er ist rasend vor Trauer und Wut. Sieht nur DeMalo, sonst nichts. »Deine Männer haben sie erschossen. Ein kleines Mädchen! Guck sie dir an, verdammt! Sie ist tot!«

Ich zerr an seinem Arm. »Lugh, wir dürfen hier nicht sein. Komm, lass uns gehen.«

»Wenn meine Männer sie erschossen haben, müssen sie einen Grund gehabt haben«, sagt DeMalo.

»Du Arschloch, was für einen Grund?«, frag ich.

»Sie ist noch ein Kind«, sagt Lugh. »Was hätte sie dir schon tun können?« Er bricht ab, niedergeschmettert. Schnappt krampfhaft nach Luft. »So hat das nicht laufen sollen«, stößt er hervor.

»Für deine Schwester warst du verantwortlich«, sagt DeMalo. »Wenn du das Spiel mitspielst, musst du mit Verlusten rechnen. Das habe ich dir gesagt.«

Ich starr ihn an. Das Blut braust in meinen Ohren. »Du hast es ihm gesagt … Wann? Was für ein Spiel?« Ich dreh mich zu Lugh um. »Wir sind direkt hierhergeritten. Du hast gewusst, dass er hier ist. Was hast du mit diesem Mann zu schaffen? Lugh!« Ich schüttel ihn. »Sag's mir!«

Er reißt sich los. Geht zu einem rissigen Steintisch.

Ich guck DeMalo an. »Ich will das wissen, also sag du's mir, jetzt sofort.«
Mit einem Winken schickt er die Wachen weg. Sein Gesicht ist glatt und ausdruckslos, wie immer. »Dein Bruder und ich, wir sind uns begegnet. Kurz nachdem ihr meine Brücke gesprengt hattet. Wir haben festgestellt, dass wir ein gemeinsames Interesse an Verrätern haben. An einem ganz bestimmten Verräter. Dein Bruder sagte, er kann ihn mir ausliefern. Im Gegenzug für ein Stück bestes New-Eden-Ackerland.«
»Wovon redest du?«, sag ich.
»Von einem gewissen schwarzen Schaf in meiner Tonton-Herde. Einem Freund von dir, glaube ich«, sagt DeMalo.
Jack. Er meint Jack. Das kann nicht sein. Keiner weiß, dass Jack noch lebt.
Lugh hat Emmi auf den Tisch gelegt. Ganz behutsam. Als ob sie schläft und er sie nicht wecken will. Ich geh zu ihm. »Was bedeutet das? Was hast du getan?«
»Bis jetzt noch nichts«, sagt DeMalo. »Er hat sein Versprechen noch nicht eingelöst. Es ist Mittag, und ich bin hier«, sagt er zu Lugh, »wie in deiner Nachricht angewiesen. Also wo ist der Verräter? Ich sehe ihn nicht.«
»Bitte, Lugh«, sag ich, »sag, dass du mit diesem Mann keine Abmachung hast.«
»Sie ist nur wegen dir da gewesen.« Zittrig atmet Lugh aus, während er Emmi mit seinem Halstuch zärtlich den Dreck vom Gesicht abwischt. Von ihrem leeren, toten Gesicht. »Sie hat es dir so unbedingt recht machen wollen, sie hätt alles getan, um sich ein Lob von dir zu verdienen. Wir hätten nach Westen gehen sollen, wie ich gewollt hab. Warum hast du keine Rücksicht auf sie genommen?« Er streicht ihr

die regennassen Haare glatt. »Warum hast keine Rücksicht auf mich genommen? Wegen ihm, darum. Er hat dich so unter seiner Fuchtel, dass du nicht mehr selbst denkst, du tust nur noch, was er dir sagt. Glaub nicht, ich weiß nicht, wer hier das Sagen hat. Diese ganze Sache, das ist alles seine Idee gewesen. Tja, ich hab mich um ihn gekümmert. Ich hab mich um Jack gekümmert.«

»Jack ist tot«, sag ich matt.

Er guckt mich an. »Hör auf mit der Lüge. Ich hab die ganze Zeit Bescheid gewusst.«

Ich guck ihn an. Lugh. Meinen Bruder. Mein goldenes Herz. Er hat mich verraten. Wie ich ihn verraten hab. Meine Haut schrumpft um meine Knochen.

»Er muss jeden Augenblick hier sein.« Lugh spricht mit DeMalo, aber er lässt mich dabei nicht aus den Augen. »Sabas Nachricht hat ihn für Mittag herbestellt.«

»Du hast in meinem Namen eine Nachricht geschickt«, flüster ich. »Mit Nero.«

»Ich bin ein vielbeschäftigter Mann, ich kann nicht warten«, sagt DeMalo. »Kein Verräter, kein Land.«

»Ich will dein gottverdammtes Land nicht«, sagt Lugh. »Ich will ihn hängen sehen. Er hat unser Leben zerstört. Er kann mit seinem dafür bezahlen.«

Der Boden kommt mir ganz weit weg vor. Ich kann meine Hände und Füße nicht mehr spüren.

DeMalo steht wieder am Fenster. »Hoffen wir, dass es morgen Nacht nicht regnet. Ich freue mich immer darauf, den Blutmond zu sehen.« Mehr muss er nicht sagen.

»Wenn du weiter so handelst, werden noch mehr Menschen sterben. Menschen, die dir wichtig sind. Deine Schwester. Dein Bruder. Mein Angebot gilt bis zum Blutmond.«

Mich offiziell ergeben. Unsere Waffen aushändigen. Für Lugh und die anderen sichere Durchreise durchs Ödland bis zum Low China Pass. Garantiert mit einer kleinen Tonton-Armee als Begleitung und die ganze Zeit in Ketten. Aber dann werden sie frei in die Berge und weiter gehen können.

Wenn ich ihn heirate. Das passt. Das ist gerecht. Ich werd jeden Tag für Emmis Tod büßen. Ich tausch meine Freiheit gegen ihre. Das ist das Mindeste, was ich für sie tun kann. Seit dem Augenblick, als ich in Hopetown DeMalos Blick begegnet bin, hab ich es gewusst. Irgendwo, irgendwann, irgendwie würd es auf ihn und mich rauslaufen.

Ich hätt gedacht, mittlerweile wär die rote Hitze angesprungen. Emmi tot. Von Lugh verraten. DeMalo doch noch in die Falle gegangen. Aber ich bin ganz ruhig. Es kommt mir vor, als würd ich alles von ganz weit weg beobachten. Als ob ich nicht in meinem Körper wär. Ich weiß, das ist die freundliche Wirkung vom Schock. Ich hör mich selbst reden.

»Sichere Durchreise für Jack und die anderen«, sag ich.

DeMalo dreht den Kopf und guckt mich an. »Er soll mir als abschreckendes Beispiel dienen«, sagt er.

»Jack auch. Das sind meine Bedingungen.«

»Bedingungen?«, fragt Lugh. »Wovon redest du?«

Ich hör ihn und hör ihn doch nicht. Ich starr DeMalo an. Es ist mir erst jetzt aufgefallen. An der Art, wie er den Kopf gedreht hat. Genauso wie Tommo den Kopf dreht. Jetzt, wo ich so weit weg von mir selbst bin, kann ich das klar erkennen. Die Augen, so dunkel, dass sie fast schwarz sind. Die hohen Wangenknochen. Die vollen Lippen. Sie sind sich so ähnlich. Das Silberarmband an seinem Handgelenk.

Es ist das Gleiche wie Tommos, genau das Gleiche. Natürlich. Sie sind Vater und Sohn. Tommos toter Vater ist DeMalo.
Wie unmöglich. Wie unübersehbar. Vorher hab ich das nicht sehen können. Ich bin zu nah dran gewesen dafür.
»Saba«, sagt Lugh. »Was für Bedingungen?«
»Bedingungen, die dir das Leben retten«, sag ich.
»Einverstanden«, sagt DeMalo. »Sichere Durchreise für deine schmuddelige kleine Bande von Rebellen und für Jack.«
»Sichere Durchreise?«, fragt Lugh. »Er ist ein Verräter. Ein toter Mann. Wir haben eine Abmachung.«
DeMalo und ich lassen uns nicht aus den Augen. »Und ich bring sie selbst zum Pass«, sag ich.
»Nur kein Verrat auf irgendeiner abgelegenen Straße«, sagt er. »In Ordnung. Einverstanden.«
»Was zum Teufel soll das?«, fragt Lugh. »Saba, was geht hier vor?«
DeMalo will mich. Ich glaube, er will mich ungebrochen. Also wird er sein Versprechen halten. Egal, was sonst noch passiert, Lugh wird in Sicherheit sein. Und Tommo. Er hält seinen Vater für tot. Ich werd ihm nicht die Wahrheit sagen. Mercy und Molly. Ash und Creed. Slim. Jack. Ich werd dafür sorgen, dass sie ganz weit weggehen. Über die Berge und weiter. Dahin, wo sie Hoffnung auf ein anständiges Leben haben.
Aber Emmi nicht. Zu spät für sie. In dieser Welt endet immer alles in Blut. Das hätt ich mittlerweile wissen müssen.
»Wir ergeben uns«, sag ich.
»Ich akzeptiere«, sagt DeMalo.
»Ergeben?«, flüstert Lugh ungläubig. »Du willst was tun?« Er packt meine Schulter und dreht mich zu sich um. »Siche-

re Durchreise für Jack?« Er spuckt seinen Namen regelrecht aus, gräbt mir die Finger in den Arm. »Für Emmi gibt es keine sichere Durchreise. Sie geht nirgendwo mehr hin. Es ist seine Schuld, dass sie tot ist, und du bist so von ihm geblendet, dass du das nicht siehst. Ohne Jack wären wir längst nach Westen gegangen. Wir hätten uns irgendwo niedergelassen, und sie wär nicht tot. Er hat uns unsere Zukunft gestohlen. Er hat dich hier festgehalten, und er hat uns unsere Zukunft gestohlen, und er hat uns vernichtet. Wir sind in dem Augenblick vernichtet gewesen, als du ihn in dein Leben gelassen hast. Glaubst du, ich hab das gern getan? Eine Abmachung mit diesem Mann getroffen? Ich hab das nur getan, um dich zu retten, um unsere Familie zu retten. Alles, mein ganzes Leben lang, alles, was ich je getan hab, hab ich nur für dich und Emmi getan. Und du willst Jack eine sichere Durchreise verschaffen, wo unsere Schwester tot hier liegt? Du sollst verdammt sein, Saba. Zur Hölle mit dir!« Er gibt mir einen kräftigen Schubs. Ich stolper und fall. Nero kommt zu mir geflogen.
Lugh stürmt zur Tür und brüllt: »Ich kümmer mich selbst um ihn!«
Da taucht Jack auf. Wird von zwei Wachen raufgebracht. Seine Hände sind hinterm Rücken gefesselt. Er erfasst die Lage auf den ersten Blick.
»Hier ist der Verräter«, sagt einer von den Tonton. Er gibt ihm einen Schubs.
Jack stolpert vor, und Lugh stürzt sich auf ihn. Jack dreht sich zur Seite und stößt gegen die Leiter. Als sie umfällt, erschreckt sich der Falke, der immer noch seine Haube trägt. Er flattert mit seinen großen Flügeln. Schlägt mit den Krallen nach den Wachen. Sie ducken sich, schreien auf,

schlagen um sich. Ein panischer Schuss trifft das Dach. Schutt regnet runter.

»Aufhören!« DeMalo rennt los, um Culan einzufangen. »Aufhören! Ihr werdet ihn noch treffen, ihr Idioten!«

Jetzt steh ich wieder. Ich schnapp mir Nero. »Los!«, sag ich zu ihm. Ich werf ihn auf das Gerangel zu, und er kreischt, schwört dem Falken Rache.

Lugh hat Jack am Hals gepackt und würgt ihn. Jack hängt rücklings halb aus dem Fenster. Aber er kämpft. Er wehrt sich, strampelt, aber er kann das Gleichgewicht nicht halten mit hinterm Rücken gefesselten Händen. Regen strömt auf die beiden runter. Lugh ist rasend vor Wut. Er ist viel stärker, als er eigentlich ist.

Ich zerr an Lughs Armen. An seiner Jacke. Versuch ihn von Jack wegzuziehen. Ich hak ein Bein bei ihm ein, und er taumelt zur Seite. Jack kippt. Ich will ihn packen. Zu spät. »Nein!«, brüll ich. Ich beug mich aus dem Fenster. Er landet im Fluss. Und der wirbelt rasend schnell mit ihm davon.

»Was hast du getan?«, schrei ich Lugh an.

Er steht wieder und guckt benommen.

Eine Waffe geht los. Ein Bolzen trifft ihn in den Rücken.

»Nein!«, kreisch ich,
und seine Arme fliegen in die Luft,
und er dreht sich
und fällt
in meine Arme.
Dann kippen wir,
stürzen
aus dem Fenster
runter in den Fluss.

Wir stürzen ins Wasser. Lugh auf mich drauf. Wir sinken weiter runter
runter
runter.
Ich halt sein Hemd gepackt. Die Strömung zieht und zerrt an uns. Reißt uns auseinander und wirbelt uns weg.
Ich werd an die Oberfläche geworfen. Schnapp nach Luft im Regen. Such nach ihm. Kreisch seinen Namen: »Lugh!« Es geht im Tosen vom Fluss unter. Sein Name, meine Stimme, mein Schrei. Die Strömung packt mich. Schwemmt mich weiter. Ein stämmiger Ast wirbelt vorbei. Ich schnapp ihn mir. Immer wieder rettet er mir die Knochen, wenn ich auf die Felsen am Ufer zugeschleudert werd. Dann schieß ich über Stromschnellen weg. Aus der Schlucht raus in ein bewaldetes Tal.
Nero kreischt über mir. Hektisch guck ich mich um. Ich entdeck Lugh in der Nähe vom Ufer. Er hat sich in den Wurzeln von einem umgefallenen Baum verfangen. Der Länge nach, mit dem Gesicht im Wasser. Jack ist auch da. Er zieht sich gerade aus dem Fluss. »Lugh!«, brüll ich. Jetzt endlich springt die rote Hitze an. Sie treibt mich an, verbrennt mich, während ich mich auf ihn zukämpf. Mich aus der Strömung freikämpf.
Dann bin ich da. Such nach Halt. Zieh mich aus dem Wasser. Jack versucht, Lugh freizukriegen.
»Rühr ihn nicht an!«, brüll ich. »Lugh!« Ich kletter und krabbel durch den Wurzelwirrwarr. »Gib ihn mir!« Ich greif nach Lugh. »Ich bin hier, ich bin hier, jetzt ist alles gut.«

Ich beguck ihn, berühr ihn, untersuch ihn. Da ist ein bisschen Blut, wo er getroffen worden ist, aber nicht viel. Und Jack hilft mir. Dreht ihn so in meinen Armen, dass er mit dem Rücken an mir lehnt.

»Du wirst wieder gesund«, sag ich zu ihm. Und er ist so tapfer, er gibt keinen Mucks von sich. Ich halt ihn in den Armen, drück ihn fest an mich. Keine Verletzung in seinem schönen Gesicht. Ich küss seine Geburtsmondtätowierung, die gleiche wie meine. »Jetzt guck dich mal an«, sag ich, »du bist perfekt.« Ich verschränk unsere Finger miteinander. Ich leg die Wange an seine. »Es geht ihm gut«, sag ich zu Jack. »Es geht ihm gut.«

Ich halt ihn ganz fest. Drück ihn ganz fest an mein Herz. Ich zittere. Es schüttelt mich regelrecht.

»Da kommst du nie drauf«, sag ich. »Wir gehen zum Großen Wasser. Du und Em und ich, es ist alles vorbereitet. Wir können sofort los. Wenn ich nicht so stur gewesen wär, wenn ich auf dich gehört hätt, wären wir schon da. Aber wir kommen da noch hin, ich versprech's dir, wir kommen da hin.«

Ich muss kurz Pause machen.

»Ich brauch deine Hilfe«, flüster ich. »Siehst du ... ich hab da ein paar Fehler gemacht und ... du weißt doch immer, was zu tun ist. Du hast dich immer um mich gekümmert. Ich hätt dir das schon früher sagen sollen, ich hätt ... bitte verlass mich nicht. Bitte. Ich kann ohne dich nicht sein. Ich weiß nicht, wie ich in dieser Welt ohne dich sein soll.«

»Saba.« Jack hockt sich neben uns.

»Er schläft«, sag ich.

Jack küsst mich auf die Schläfe. »Er schläft nicht.«

»Emmi ist tot.«

»Ich weiß.«

Ich starr in den Fluss. Braunes Wasser steigt, zupft an meinen Füßen. Ertrinken ist leicht. Heißt es. Wenn man nicht dagegen kämpft. Ich könnt mich reinrutschen lassen, mit Lugh in den Armen. Bevor der Schmerz kommt. Bevor er mich überwältigt.

Er ist tot. Tot.

Mein goldenes Herz ist tot.

Ich hör Geschrei, gedämpft durch den Regen.

»Sie kommen«, sagt Jack. »Saba, wir müssen weg. Wir können ihn nicht mitnehmen.«

Ich guck Jack an. Er ist triefnass und dreckig. Seine Augen leuchten wie Sterne in seinem schlammbespritzten Gesicht. Der Regen strömt auf unsere Köpfe runter.

»Such den Fluss da, von dem du geredet hast«, sag ich. »Diese Wasserfläche oben auf der Landkarte. Such dir ein Boot, wie du gesagt hast, und fahr weiter. Ich trau ihm nicht, dass er sein Wort auch bei dir hält. Bei den anderen schon, aber nicht bei dir.«

»Saba!« DeMalos Stimme und die Stimmen seiner Männer rücken näher. »Saba!« Alle rufen sie meinen Namen.

»Du hast eine Abmachung mit ihm«, sagt Jack.

»Er will mich. Nur mich. Er gewinnt immer.«

Jack ist zurückgewichen. Ich seh, wie sein Blick sich verändert. Als ihm was dämmert.

»Er hat nicht mal einen Finger rühren müssen«, sag ich. »Er hat nur warten müssen. Ich hab das allein gemacht. Hab uns allen das angetan.«

»Was für eine Abmachung habt ihr?«

»Dass ich ihn heirate.«

Sein Blick wird hart und eisig. »Du hast unsere Freiheit in

seinem Bett erkauft. Du musst schon entschuldigen, wenn ich dafür nicht danke sag. Du hättest auf deinen Bruder hören sollen. Oder auf mich. Du hättest von hier weggehen sollen, wie wir's dir gesagt haben. Ich hab immer gewusst, dass du bei der ersten tiefen Verletzung den Schwanz einziehst. Aber ich hätt nie gedacht, dass du uns verrätst.«
»Ich tu das, um euch zu retten.«
»Ich hab nicht drum gebeten, gerettet zu werden. Keiner von uns hat drum gebeten. Ich hab gedacht, du verstehst das«, sagt er. »Was wir hier machen, ist wichtiger als unser Leben.«
»Es ist vorbei, Jack.«
»Was vorbei ist«, sagt er, »ist das zwischen dir und mir.«
Dann ist er weg. Im Regen verschwunden.
»Saba!« Das ist DeMalos Stimme. Drängend. »Da ist sie!«
Ich drück Lugh fest an mein Herz. Lass mich mit ihm in den Fluss rutschen.
Dann der Schmerz
... jäher
... rauschhafter
... Schmerz.

Danach

Als ich die Augen aufmach, seh ich Tageslicht. Ich lieg in einem Bett. In einem Raum, den ich nicht kenn.

DeMalo ist das Erste, was ich seh. Er sitzt auf einem Stuhl am Fenster, ganz in Weiß, und liest ein Buch. Draußen ist blauer Himmel.

Lugh, Lugh mit deinen Augen, so blau,
ich könnt davonsegeln auf deinen Augen.

Ich dreh das Gesicht zur Wand.

»Du bist wach«, sagt DeMalo. »Endlich.« Ich hör ihn aufstehen. Hör ihn durch den Raum gehen.

Eine Tür geht auf. Er sagt was. Die Tür geht zu. Dann wieder Schritte.

Der Boden ist aus Holz. Die Tür ist geölt. Seine Schritte und seine Stimme sind sanft.

Er stellt seinen Stuhl an mein Bett. Ein leises Knarren, als er sich hinsetzt. »Wie fühlst du dich?«, fragt er.

Sie ist aus geweißtem Stein. Die Wand.

»Erinnerst du dich an das, was passiert ist?«, fragt er.

Der Raum kommt mir warm vor. Mein Mund fühlt sich trocken an.

»Ich kam gerade noch rechtzeitig«, sagt er. »Der Fluss hatte dich beinahe. Du hast stark geblutet. Hattest schlimme Schmerzen.«

Die Tür geht auf und wieder zu. Jemand ist reingekommen. Er steht auf. Geht weg. »Sie ist wach«, sagt er.

Feste Schritte. Arbeitsraue Finger heben mein Handgelenk. Fühlen mir den Puls. Ich dreh den Kopf. Es ist Mercy. Ihr Blick warnt mich, sie nicht zu verraten. Sie legt mir die Hand auf die Stirn. »Das Fieber ist weg«, sagt sie. »Ihr Puls ist gut.«

»Das ist Mercy. Sie hat sich um dich gekümmert«, sagt DeMalo. Er weiß nicht, dass ich sie kenn.

»Du hast eine Fehlgeburt gehabt, Lady«, sagt Mercy. »Ich hab gehört, du hast was Schlimmes erlebt. Darum wahrscheinlich. Trotzdem, das kommt oft vor beim Ersten. Manchmal merkt man nicht mal, dass man schwanger ist.«

Fehlgeburt. Schwanger. Nur Wörter.

Sie richtet sich auf und sagt zu DeMalo: »Wie gesagt, Herr, deine Lady braucht etwas Fleisch auf den Knochen. Jede Menge Ruhe und vernünftiges Essen, dann geht es ihr bald wieder gut. Aber ich sollt sie untersuchen, jetzt wo sie wach ist.«

Sie steht mit gefalteten Händen und gesenktem Blick da.

»Selbstverständlich«, sagt DeMalo. »Ich lasse euch allein. Schlaf«, sagt er zu mir. »Wir sehen uns heute Abend.«

Mercy setzt sich aufs Bett. Sie nimmt mich in die Arme. Hält mich fest. »Es tut mir leid«, sagt sie. »So leid.«

DeMalo hat Leute losgeschickt. Um die beste Hebamme in New Eden zu finden. Die Tonton sind durch Mundpropaganda auf sie gestoßen und haben sie im Eiltempo hergebracht. Sie muss immer entweder in diesem Zimmer oder in ihrem eigenen Zimmer oder in einem Wäschezimmer oder in der Küche bleiben. Egal wo sie ist, immer ist ein Tonton bei ihr. Keiner darf mit ihr reden, außer es geht um meine Pflege. Es ist ein schönes Haus, eins von mehreren, zwischen denen DeMalo hin und her zieht. Einfach, aber gemütlich.

Mercy kennt New Eden nicht gut. Sie weiß nur, dass es irgendwo im Südwesten ist. Das Haus steht auf Grasland mit Blick auf nichts. Am Ende von einem langen Weg, der von der Straße abgeht.

DeMalo ist in den Fluss gesprungen, um mich zu retten. Ich bin jetzt fünf Nächte und fünf Tage hier. Zuerst hat sie Angst gehabt, dass ich keinen Lebenswillen mehr hab. DeMalo ist kaum hier gewesen. Sie glaubt, dass es woanders Ärger gegeben hat und er weggerufen worden ist, um sich drum zu kümmern. Sie fragt sich, ob unsere Arbeit entdeckt worden ist. Sie hat Angst um unsere Leute.

Nero ist in der Nähe. Er kommt und geht durchs Fenster. Mercy hat ihm beigebracht, den Riegel aufzumachen. Tracker hat den Weg von Starlight Lanes hierher gefunden. Am Tag ist er nicht zu sehen, aber nachts heult er.

Mein Bruder und meine Schwester liegen nebeneinander in zwei Gräbern. DeMalo hat Steine über ihnen aufgehäuft.

Das ist das, was sie mir erzählt. Mehr nicht. Noch nicht. Sie sagt die Wörter nicht noch mal. Schwanger. Fehlgeburt. Sie stellt mir keine Fragen.

Ich sag nichts. Ich wein nicht.

Ich bin weiß. Ich bin Knochen.

Ganz und gar nackt.

Ich wach auf. Es ist dunkel. Im Kamin brennt ein Feuer. Das Zimmer wird von Binsenlampen beleuchtet. DeMalo sitzt am Fenster auf seinem Stuhl. Er starrt in die Sternschnuppennacht. Ein Glas mit dunkelblutrotem Wein in der Hand.

Ich kann einen Wolfshund heulen hören. Tracker, nicht weit weg.

»Die Jahreszeit der Sterne«, sagt er. »Abergläubisches Volk. Sie glauben, du seist schuld an dem ganzen Tumult da oben. Der Todesengel.« Er dreht den Kopf nicht. Er muss gehört haben, wie ich mich bewegt hab. »Der Wolfshund heult schon seit Stunden«, sagt er.

Ich setz mich auf und schieb die Decke weg. Ich trag ein langes Hemd. Es ist dick und weich. Er kommt zu mir ans Bett. Streckt mir die Hand hin. Ich guck sie an. Dann nehm ich sie. Ich bin wackelig auf den Beinen, und er hilft mir, mich auf eine Sitzbank am Feuer zu setzen.

Zugedeckte Teller werden auf dem Kamin warm gehalten. Er stellt einen davon auf einen niedrigen Tisch. Gibt mir eine Gabel. »Iss«, sagt er. »Du musst hungrig sein.«

Es ist Rührei. Ich ess einen kleinen Bissen. Er setzt sich in eine Ecke von der Sitzbank. Ein Knie hoch, ein Fuß am Boden. Er hat mir ein bisschen Wein eingegossen. Beobachtet, wie ich dran nipp.

»Du bist zu dünn«, sagt er. »Zu blass. Unsere Hochzeit wird das erste große Ereignis in der Geschichte New Edens. Ich möchte, dass du dabei wie das blühende Leben aussiehst. Ich werde mit dieser Frau sprechen, mit Mercy. Sie

kennt sicher den einen oder anderen Kniff.« Er hält sein Glas ins Licht vom Feuer. Guckt auf die blutrote Üppigkeit. »Ich lasse ganz New Eden nach der fähigsten Hebamme durchkämmen, und wo findet man sie? In einem Sklaventrupp. Nicht zu fassen. Jetzt wo die Säuglingshäuser immer bis oben hin voll sind, brauchen wir jede Hebamme, die wir finden können.«
Das Säuglingshaus, das ich gesehen hab, ist nur halbvoll gewesen.
»Während du dich erholt hast, war ich sehr beschäftigt«, sagt er. »Eine Hochzeit wie diese erfordert gute Planung und Vorbereitung. Sie wird außergewöhnlich sein. Prachtvoll. Sie wird uns alle miteinander verbinden. Eine Familie, die dient und die Erde heilt. Das wird der wahre Beginn von New Eden sein. Die Geschichte wird man sich noch generationenlang erzählen.«
Er nimmt meine Hand. Er sieht erschöpft aus. Aber schön. Im Licht von Feuer und Lampe ist er poliertes Gold. Wie Tommo im Sonnenlicht neulich.
»Ich habe auf dich gewartet. Nun habe ich dich«, sagt er. »Sag meinen Namen.«
»Seth«, sag ich.
Er zieht mich an sich. Eng an sich. »Nein«, sagt er. »So wie du ihn damals gesagt hast.«
Damals. Als ich mich ihm hingegeben hab. Ich guck ihm in die Schwarzwasseraugen. Und ich flüster seinen Namen so, wie er's haben will.
Er will mich küssen. Ich dreh den Kopf, nur ein bisschen. Er legt einen Finger unter mein Kinn und dreht mich wieder zu sich um. Und wieder erleb ich seinen Mund, dieses dunkle Land. Die berauschende Berührung seiner Hände.

Die Hitze in seinem Körper. Er lässt mich kalt. Er hört auf.
»So kleinlich, Saba«, sagt er. »Ich vergebe dir. Diesmal.«
Er rückt zurück in die Ecke von der Sitzbank. Ich guck stur gradeaus, während er mich anguckt. »Du wirst dir die Haare lang wachsen lassen«, sagt er. »Ich will sie auf deiner Haut liegen sehen. Jetzt iss. Ich lasse nicht zu, dass Essen vergeudet wird.«
Ich heb die Gabel. Zwing mich, noch einen Bissen zu essen. Er trinkt seinen Wein und guckt mir zu.
»Meine Männer haben deine Rebellenbande aufgestöbert«, sagt er. »Das, was von ihnen übrig war. Drei Menschen auf einem Schrottplatz. Eine ist die verrückte alte Schrottsammlerin, hat man mir gesagt. Das Verweserpärchen war leicht zu finden. Mit den beiden wurde kurzer Prozess gemacht. Wir wenigen, wir wenigen Glücklichen, wir Gemeinschaft von Brüdern. Kein Wunder, dass du bereit warst, dich zu ergeben. Und bevor du fragst, nein, du darfst sie nicht sehen. Sie bleiben bis nach der Hochzeit an einem sicheren Ort. Keine Angst, ich beabsichtige, mein Wort zu halten. Ich möchte nicht, dass meine Frau mir grollt. Wie sagt man doch gleich? Ein wenig Freundlichkeit zahlt sich immer aus.«
Er hebt sein Glas.
»Also … wie beurteile ich deine Leistung?«, fragt er. »In unserem kleinen Endspiel? Du hättest ohnehin verloren, ganz gleich, was du tust. War es ein unfairer Vorteil, dass ich deinen Bruder gegen dich eingesetzt habe? Ich habe immer eine Absicherung, musst du wissen. Leider muss ich dir sagen, dass du … schlecht abschneidest. Ich hatte viel mehr erwartet. Ich gebe dir eine Woche Zeit, und das Beste, was dir einfällt, ist, einige wenige Kinder von ihrem unerträgli-

chen Leben mit drei Mahlzeiten am Tag, einem warmen Bett und einer sinnvollen Zukunft zu befreien. Übrigens sind sie alle wieder in Edenhome. Und was den rührseligen Trick anbetrifft, Säuglinge ihren Eltern zurückzubringen – ich glaube nicht, dass sie dir jetzt noch danken werden.« Er guckt mich lange an. Zwischen seinen Augen bildet sich eine kleine Falte. »Enttäuschend, Saba«, sagt er. »Und erstaunlich. Du hast mir einige … Unannehmlichkeiten bereitet, das war alles. Und du hast dein eigenes Blut auf deinen Kopf niederregnen lassen. Dein Liebhaber, der Verräter, ist der Einzige, über den wir nichts wissen. Falls er ertrunken ist, wird er flussabwärts an Land gespült werden. Falls nicht, wird man ihn finden und sich um ihn kümmern.«

Er zieht etwas aus der Tasche. Zeigt es mir. Es ist meine kleine Ledertasche mit den Rindenrollennachrichten. Er sagt: »Nero als Nachrichtenüberbringer, vermute ich. Das geht schon eher in die richtige Richtung.« Er wirft die Tasche ins Feuer.

»Eine sichere Durchreise auch für Jack«, sag ich. »Das hast du versprochen.«

»Was denn?«, fragt er. »Du nimmst in Kauf, dass dein Bruder vergeblich gestorben ist?«

Zu meiner Schande läuft mir eine einzelne Träne über die Wange.

Er beobachtet mich, während er trinkt. »Was ist das?«, fragt er. »Selbstmitleid? Schuldgefühle? Oder ist es Trauer?«

Es ist die Art, wie er das fragt. Er will mich nicht verhöhnen. Er will es wirklich wissen. Und dann begreif ich es endlich. Seine undeutbaren Augen. Sein glattes, ausdrucksloses Gesicht. Nicht ausdruckslos, weil er verbirgt, was er fühlt. Ausdruckslos, weil er nichts fühlt. Freundlichkeit.

Schuldgefühle. Trauer. Selbstmitleid. Das sind nur Worte für ihn. Er hat gelernt, sie zur richtigen Zeit zu sagen.
»Wir heiraten in zwei Nächten und einem Tag«, sagt er. »Bis dahin magst du weinen, wenn es sein muss, aber danach nicht mehr.« Er leert sein Glas. »Ich werde keine Braut mit roten Augen haben. Wir sind nicht aus gewöhnlichem Staub gemacht wie die Übrigen. Wir haben ein Schicksal, du und ich. Gemeinsam. Es gibt noch viel zu tun. Ich habe Pläne.«
Er küsst mich noch mal. Ein harter Kuss, als ob ich ihm gehör. »Nächstes Mal werden wir wissen, wer der Vater ist«, sagt er.
Er steht auf. Geht zur Tür. Sie geht auf und wieder zu. Er schließt hinter sich ab. Und ist weg.

Ich sitz da. Starre ins Feuer. Plötzlich rappelt was am Fenster. Ich zuck zusammen. Durch die Scheibe seh ich schwarze Federn im Lampenlicht glänzen. Mein Herz klopft schneller.
»Nero«, sag ich.
Er hat den Riegel aufgemacht, wie Mercy es ihm beigebracht hat. Lautlos, vorsichtig – sie dürfen nicht wissen, dass er hier ist – mach ich das Fenster auf und hol ihn rein. Tracker kann ich immer noch irgendwo in der Nähe heulen hören. Ich beug mich raus in die Nacht. Keiner zu sehen. Ich pfeif leise. Einmal. Zweimal. Ich warte. Und warte. Dann seh ich ihn im Mondlicht. Einen silbergrauen Streifen, der übers Feld aufs Haus zurennt. Er springt unter mir ge-

gen die Wand. Stellt sich auf die Hinterbeine. Versucht an mich dranzukommen. Aber zwischen uns liegen drei knochenbrecherhohe Stockwerke. Ich kann ihm nur zuflüstern. »Mir geht's gut, ist gut, ich bin ja hier.« Ich sag ihm, was für ein braver Junge er ist. Er winselt, aber er weiß, dass er nicht bellen darf. Dann schick ich ihn weg. Er darf nicht in der Nähe vom Haus gesehen werden. DeMalo würd ihm nie was tun. Er ist die Freundlichkeit selbst zu allen Wesen, die keine Menschen sind. Aber den Tonton ist zuzutrauen, dass sie ihm was tun.

Ich mach das Fenster zu und nehm Nero in die Arme. Geh mit ihm zu meinem Stuhl am Feuer. Ich drück seinen warmen Körper an mich. Atme seinen Geruch ein. Er reibt den Schnabel an meinem Hals. »Jetzt sind nur noch du und ich übrig«, sag ich zu ihm. »Sie sind tot. Nur du und ich.«

Ich sag die Worte. Aber das, was sie bedeuten, fühl ich immer noch nicht. Eine ganze Weile sitzen wir so da. Und ich komm ins Grübeln.

Die beiden Tonton, die wir an der Straße abgeladen haben. Die müssen denen den Weg nach Starlight Lanes gezeigt haben. Drei auf dem Schrottplatz. Peg und Tommo und Webb. DeMalo hat gesagt, mit dem Verweserpärchen haben sie kurzen Prozess gemacht. Die Tonton müssen Manuel auf die Spur gekommen sein. Und seine Frau Bo haben sie wohl gleich mit abgeurteilt. Aber nur diese beiden aus Jacks Rebellentruppe. Also haben sie nicht geredet, bevor sie gestorben sind. Bevor sie gestorben sind. Damit bleiben nur Molly und Auriel im Nass Camp übrig. Slim und Ash und Creed sind immer noch irgendwo in New Eden. Jack, der mich hasst, ist auf der Flucht. Vielleicht hassen sie mich alle.

Die Snake-River-Leute haben sie noch nicht entdeckt.

Er hat Pläne für unsere Hochzeit gemacht. Vorbereitungen. Außergewöhnlich. Prachtvoll.
Ich guck zum Feuer. Mein Lederbeutel liegt in der Asche. Ich hol ihn raus. Er ist angesengt und geschwärzt. Aber die Rollen da drin sind nicht verbrannt.
Ich ess die Eier. Ein bisschen Maisbrot. Eine Scheibe Entenbrust. Ich trink ein bisschen Wein.
Ich geb Nero frei an die Nacht. Dann geh ich ins Bett. Und ich schlaf.

Als ich wach werd, macht Mercy sich im Zimmer zu schaffen. Füllt eine Blechwanne mit heißem Wasser. Tropft Thymianöl rein. Nachdem sie mich abgeschrubbt hat, wäscht sie mir die Haare mit Seifenwurz. Als sie mir grade Wasser übern Kopf gießt, um die Seife rauszuwaschen, kommt DeMalo rein.
Innen an der Tür steht ein Tonton. Soll garantiert dafür sorgen, dass Mercy und ich nichts aushecken. Aber wir sind hinter einem niedrigen Wandschirm, damit wir ungestört sind.
DeMalo kommt drum rum. Ohne ein Nicken oder einen Blick oder ein Mitverlaub sagt er zu Mercy: »Ich will, dass sie morgen blühend aussieht. Rosige Wangen. Strahlende Augen. Verstehst du?«
Sie nickt. »Ein Absud aus Engelwurz. Heilt Schwermut. Den braucht sie. Dafür muss ich Engelwurz sammeln.«
»Tu das«, sagt er. »Weißt du, wo du suchen musst?«

»Ich glaub schon«, sagt sie.
»Meine Männer bringen dich jetzt gleich hin.«
»Ich will sehen, wo du sie begraben hast«, sag ich.
Er guckt mich an.
»Bitte.«
»Übermorgen«, sagt er. »Das ist früh genug. Wobei mir einfällt.« DeMalo greift in die Tasche und holt was raus. »Die hier hat er um den Hals getragen.«
Er wirft sie mir zu, und ich fang sie auf. Lughs Halskette. Der kleine Ring aus grünem Glas an der Lederschnur. Die hab ich ihm zu unserem letzten Geburtstag geschenkt. Der achtzehnte ist das gewesen.
»Ich verbringe die Nacht anderswo«, sagt DeMalo. »Vor der Hochzeit sehe ich dich also nicht mehr.«
Er geht. Mercy und ich gucken uns an. Ich steig aus der Wanne, und als sie mich mit einem Stück Sackleinen trockenreibt, sag ich zu dem Tonton: »Bitte gieß das Wasser aus, ja?« Als er zögert, sag ich: »Du hast deinen Herrn gehört. Sie muss sofort los.«
Ich geh zur Seite, in das Sackleinen gewickelt. Der Tonton kommt hastig rüber, ohne mich anzugucken. Er nimmt die Wanne und geht damit raus, um sie auszugießen. Ich geh zu meinem Bett. Zieh meinen Lederbeutel unter der Strohmatratze vor und schüttel die Rollen da drin raus. Ich durchsuch sie und flüster dabei Mercy zu: »In der Nähe von der Wassermühle ist ein geheimes Nachrichtenversteck. Am Don River, wo wir uns neulich getroffen haben. Weißt du, was ich mein?«
»Ja. Da in der Gegend find ich auch ein bisschen Engelwurz. Die findet man fast überall. Zum Glück weiß er das anscheinend nicht.«

Ich hab die Rolle gefunden, nach der ich gesucht hab. Ich drück sie ihr in die Hand. »Kann sein, dass sie die nicht rechtzeitig finden. Ich weiß ja nicht mal, ob sie die Nachrichtenplätze noch benutzen. Oder sie finden sie und … machen nichts draus, ich weiß nicht. Ich weiß eigentlich gar nicht, was ich da tu, ich hab bloß so eine Idee. Ich kann mich irren, aber …«

»Ich kümmer mich drum. Keine Sorge.« Sie steckt die Rolle in ihren Ausschnitt. »Ich bin froh, endlich wieder deine Stimme zu hören. Ich hab schon gedacht, du hast sie verloren.«

»Bitte sei vorsichtig«, sag ich.

»Ich bin nicht so weit gekommen, weil ich unvorsichtig gewesen bin.«

Sie lächelt, nickt mir beruhigend zu und schlüpft aus dem Raum. Sie wird eine Weile weg sein.

Es ist still im Haus. Keiner kommt, keiner geht. Ich guck aus dem Fenster. Setz mich hin und denk nach.

In einer Hand halt ich Lughs Halskette, in der anderen den Herzstein.

Ich darf mir nicht erlauben, was zu fühlen. Noch nicht. Also tu ich das, was ich in meiner Hopetown-Zelle jede Nacht getan hab. Wenn die Träume mich geweckt haben. Wenn die Ängste mich gepackt haben. Ich stell mir vor, dass die ganze Welt um mich rum dunkel ist. Ich geh tief in mich selbst rein. Mach mich ganz klein, bis ich nur ein Lichtpunkt bin. Wo ich sicher bin. Wo ich stark bin.

Ich bin ein Lichtpunkt, und ich frag:

Wer bin ich?

Was glaub ich?

Nie aus den Augen verlieren, woran ich glaub. Nie, auf keinen Fall.

Was ein einzelner Mensch tut, wirkt sich auf uns alle aus. Wir sind alle miteinander verbunden. Wir sind alle Fäden in einem einzigen Schicksalsgewebe.
Ich mach mein Schicksal selbst.
Durch die Entscheidungen, die ich treff.

Mercy kommt nicht zurück. Mehr sagen sie mir nicht. Sie müssen sie erwischt haben, als sie die Nachricht am Nachrichtenplatz hinterlegen wollte. Ich weiß nicht, ob sie lebt oder tot ist.
Aber irgendjemand, vielleicht sie, hat Engelwurz gesammelt. Sie haben die Kräuter aufgebrüht und mir in Wein verdünnt gebracht. Ich rühr das nicht an.
Morgen heirat ich DeMalo.

Eine fremde Sklavenfrau weckt mich in der grauen Zeit. Wenn die Nacht langsam zum Morgen wird. Sie haben sie geschickt, damit sie mich für die Hochzeit anzieht. Während sie alle Lampen im Zimmer anzündet, seh ich das Kleid, das unten auf meinem Bett liegt. Sie haben es da hingelegt, als ich geschlafen hab.
Es ist seltsam. Wunderschön. Außergewöhnlich, wie er gesagt hat. Ein Königinkleid. Bodenlang. Schmale Ärmel bis

zum Handgelenk. Am Rücken geschnürt. In einem tiefen Weinrot. Aus schwerem weichem Stoff. Es ist alt. Abwrackeralt. Sie haben es mit frischen Blumen und echten Blättern geschmückt. Mit Federn und polierten Steinen. Da ist auch ein Reifen aus gedrehtem Gold für meinen Kopf. Keine Stiefel. Also will er, dass ich barfuß geh.
Nero klopft ans Fenster. Ich lass ihn rein. Ich wasch mir Gesicht und Hände. Die Frau kämmt mir die Haare. Sie ist scheu. Will mir nicht in die Augen sehen. Sie sagt, sie heißt Fan.
Schweigend schnürt sie mir das Kleid zu. Es passt mir perfekt. Natürlich. Dafür hat er gesorgt. Fan hat Rosenblätter in Öl gebracht. Sie verreibt sie mir auf den Wangen und Lippen. Ich soll blühen. Soll rosig sein vor Freude. So will er's haben. Heute geht es nur ums Äußere. In New Eden geht es nur ums Äußere. Die als Wahrheit verkleidete Lüge. Die als Freiheit verkleidete Sklaverei. Ich, verkleidet als DeMalos Braut. Der, der das Kleid gebracht hat, hat auch einen hohen Spiegel an die Wand gelehnt. Als ich fertig bin, kommt Nero an und hockt sich auf meine Schulter. Wir gucken die Fremde an, die uns anguckt. Im Lampenlicht glitzert der goldene Reifen auf ihren schwarzen Haaren. Ihre Augen glänzen groß und dunkel. Das Kleid passt ihr wie angegossen. Es hat einen tiefen Ausschnitt. Der Rock schleift mit einem Rascheln hinter ihr her. Die Steine fangen das Licht ein. Die Federn glänzen.
»Wunderschön«, sagt Fan. »Wie ein Waldgeist.«
Nero fängt an zu krächzen. Er schimpft und piesackt mich, wippt auf und ab. Er hat recht. Das bin ich nicht, diese Fremde. Ich bin nicht sie. Sie ist nicht echt. Sie ist irgendeine Idee von DeMalo, die in seinen großen Plan passt, in seine

große Geschichte. Mit ihm, dem mächtigen, weisen Vater von New Eden. Und mit ihr, der Erdmutter. Und der Todesengel ist endlich tot. Von ihm getötet. Wie ihre Schwester und ihr Bruder.
Tot bin ich vielleicht am Ende von diesem Tag. Aber jetzt noch nicht. Ich schmeiß den Goldreifen weg. Zieh meine Stiefel an und meine Rüstung übers Kleid. Die Weste mit den Metallplättchen und die Armbänder. Das bringt die arme Fan ins Schwitzen.
»Wenn das Ärger gibt, nehm ich den auf meine Kappe«, sag ich.
Sie flattert um mich rum, hat den Herzstein in der Hand, will ihn mir unbedingt um den Hals hängen.
»Den nicht«, sag ich. »Das grüne Glas.« Ich trag die Halskette, die ich Lugh geschenkt hab.
Dann gehen wir nach draußen. Nero fliegt davon. Es ist kühl und klar und windig. Der Himmel ist noch drei Schattenstufen von der Morgendämmerung weg. Ich find eine Wache aus acht Tonton, die sich aufgestellt haben, um mich zu begleiten. Hermes wartet in der Mitte. Er sieht herrlich aus. Sie haben ihn gestriegelt wie noch nie in seinem Leben. Er strahlt und glänzt von den Ohren bis zu den Hufen. Als er mich sieht, wirft er den Kopf hoch.
Ich zöger. Mein Kleid ist eng. Ich werd seitlich reiten müssen. Auch da hat DeMalo dran gedacht. Ein Tonton kommt zu mir, um mich raufzuheben. Ich bück mich und pack den Saum. Der alte Stoff lässt sich gut einreißen. Ich reiß das Kleid bis zum Oberschenkel auf. Dann schwing ich mich allein auf Hermes.
Wir machen uns auf den Weg. Nero fliegt über mir. Dann taucht Tracker auf den Feldern neben dem Weg auf. Die

Tonton-Pferde scheuen, die Tonton greifen nach ihren Waffen.
»Er gehört zu mir«, sag ich. »Er wird niemand was tun.«
Ich pfeif ihn zu mir, und er läuft neben Hermes her.
Als wir zur Straße kommen, reiten wir nach Osten. Nach Osten in den Sonnenaufgang. Nach Osten zum Weeping Water. Nach Osten zum Bunker im Hügel. Und zu DeMalos prächtiger Vision im Morgengrauen.
Sein Geheimnis. Seine Halbwahrheit. Seine glatte Lüge.

Ich hör leise Trommeln dröhnen. Viele Trommeln, die zusammen gespielt werden. Schwaches Fackelglühen färbt den Himmel. Je näher wir kommen, desto lauter werden die Trommeln. Ihr schneller, erdiger Klang treibt uns an. Stimmengewirr wärmt die Luft.
Der Wind rollt große, wallende graue Wolkenbänke auf uns zu. Sie knallen aufeinander und purzeln und brechen über uns auseinander.
Ich und meine Tonton-Begleitung bleiben auf dem niedrigen Kamm oberhalb von der fackelbeleuchteten Wiese stehen. Die Süßgraswiese mit dem Bunkerhügel in der Mitte. Da drängen sich Hunderte von Leuten. Verweser der Erde, saubergeschrubbt und gestriegelt. Überall sind Tonton. Auch für sie ist heute ein Festtag. Am Fuß vom Hügel sitzen die Kinder aus Edenhome. Von einer Reihe Tonton von den anderen abgetrennt. Überall auf der Wiese stehen niedrige Lumpenzelte. Durch die Rauchlöcher steigt Essensge-

ruch von den Kochfeuern in die Luft. Anscheinend gibt es hinterher ein Festessen.
Jetzt seh ich, was DeMalo so beschäftigt hat. Er hat den Hügel verwandelt. Obendrauf steht jetzt der weiße Visionenraum. Er hat die Wände und den Boden und die Decke Stück für Stück abbauen und dann oben auf dem Hügel wieder zusammenbauen lassen. Die Vorderseite ist zur Wiese hin offen, damit alle da reingucken können. Jack hat ja gesagt, dass er in fertigen Teilen gebaut worden ist. Nur DeMalo hat so was tun können. Ich müsste staunen, aber das tu ich nicht. Ich kenn ja seine Entschlossenheit.
Außergewöhnlich. Genau wie er gesagt hat. Alle hier werden seine wundersame Vision sehen. Die meisten haben sie bestimmt schon mal gesehen. In einer kleinen Gruppe, drinnen im Bunker, am Anfang von ihrem neuen Leben in New Eden. Aber heute gucken sie es sich zusammen an. Im Morgengrauen von diesem großen Freudenhochzeitstag.
Die Geschichte wird man sich noch generationenlang erzählen.
Alle haben uns gesehen. Alle haben mich gesehen. Alle werden still, als ich hinter den vorderen vier Tonton her weiterreite. Die anderen vier sind die Nachhut. Die Trommeln begleiten unseren Weg den Kamm runter. Die Menge weicht zurück, macht einen Pfad zum Hügel für uns frei.
In dieser trüben Dämmerung mit Fackellicht und Trommeln, mit der Krähe auf meiner Schulter und dem Wolfshund an meiner Seite, sind die Leute nicht sicher, ob ich echt bin oder nicht. Der Todesengel. Die Königsmörderin. Die, die nachts mit Sternschnuppenseelen reitet. Abergläubisches Volk hat DeMalo sie genannt.
Ein paar Mutige wagen es, zu ihr zu laufen. Ihr Kleid zu

berühren. Ihre Stiefel. Ein Raunen läuft durch die Menge. Sie ist echt. Sie lebt. Ist gefangen. Vom Wegbereiter erobert. Genau wie sie selbst.

Die Trommeln. Das Spektakel. Die Menge. Der beißende Geruch von aufgeregten Körpern. In meinem Bauch ballt sich die rote Hitze zusammen, fängt an zu brennen.

Es ist der Käfig in Hopetown, wenn ich zum Kämpfen da reinkam. Es ist der Spießrutenlauf, die Schlangenstraße aus chaalberauschten Händen, die mich in Stücke reißen wollten. Es ist Freedom Fields an dem Mittsommerabend, an dem Lugh da auf dem Scheiterhaufen stand. Es ist das Poch, Poch der Angst, das Schlagen von Stock auf Stein bei meiner Ankunft im Lager am Snake River.

Ich such nach vertrauten Gesichtern. Nach Cassie oder auch nur Vain Ed, dem Müller. Aber ich seh niemand. Ich seh nur ganz verwischt Körper und Fackellicht.

DeMalo trifft mich dicht am Fuß vom Hügel. Er ist ganz in Weiß. Natürlich. Hose, Hemd und Umhang. Seine schwarzen Haare glänzen. Seine Haut ist golden im Fackellicht. Er guckt verkniffen, als er sieht, was ich getan hab, was ich anhab. Den Riss in dem prächtigen Hochzeitskleid. Meine Rüstung, meine Stiefel, Lughs Halskette.

»Meine wunderschöne Braut«, sagt er. Das Lächeln kommt nicht bis zu seinen Augen. »Wie ich sehe, hast du dein eigenes Gefolge mitgebracht.« Ich lass Nero fliegen. Rutsch von Hermes runter. »Der Wolfshund bleibt hier«, sagt er.

Ein Schnipsen mit der Hand holt einen Tonton mit einer Schnur. Ich leg sie Tracker um den Hals. »Geh«, sag ich, und er wird weggebracht.

Dann streckt DeMalo mir die Hand hin. Hoch. Feierlich. Ich leg meine Hand in seine. Er packt sie so fest, dass es weh tut. Dreht sich mit mir zur Menge um. Während die Trommler trommeln und die Morgendämmerung näher kriecht, gehen der Wegbereiter und seine Kriegerbraut langsam um den Hügel rum. Damit alle sie angucken und bewundern können.

Jemand anders würd es nicht auffallen. Aber mir. DeMalo macht sich Sorgen. So seh ich ihn zum ersten Mal. Sein Gesicht ist so gelassen, dass man nicht draufkommen würd. Aber sein Blick wandert immer wieder zum Himmel. Zu den Wolken, die sich überschlagen und Schatten werfen. Während ich mich noch frag, warum, fällt mir die Antwort schon ein. Er braucht helles Morgenlicht für sein Wunder. Damit das Abwrackerzeug an den weißen Wänden ausgelöst wird. Ich weiß, er hat das bestimmt nicht dem Zufall überlassen. Er hat es bestimmt ausprobiert. Wahrscheinlich nicht nur einmal. Aber der Meister der Kontrolle hat keine Kontrolle über Mutter Erde. Wenn es hart auf hart kommt, ist er ihr genauso ausgeliefert wie wir anderen auch.

DeMalo verliert nie. Er hat immer eine Absicherung. Aber nicht heute. Am wichtigsten Tag von allen. Sein ganzer Körper ist angespannt. Ich spür's durch seine Hand.

Den Gegner wenn möglich entwaffnen.

Ich guck ihn an. Unsere Blicke treffen sich. Ich drück seine Hand. »Verzeih mir«, sag ich. »Das Kleid ist wunderschön. Ich bin in letzter Zeit nicht ich selbst gewesen.«

Er nickt zerstreut. »Wir vollziehen unser Handfasting nach den Visionen«, sagt er.

Die Morgendämmerung ist fast da. Die Wolken haben endlich angefangen, sich zu verziehen, werden vom Wind nach Westen geblasen. Der Himmel dahinter sieht klar aus.

»Gleich ist es so weit«, sagt er. Als er mich den Hügel rauf-

führt, drängen die Verweser und die Tonton auf die Hänge. Sie wollen möglichst nah dran sein an der Schau.
Kenn dein Schlachtfeld. Mach deine Verbündeten ausfindig.
Nero hockt oben auf dem Visionenraum. Mit einem mulmigen Gefühl im Bauch such ich noch mal die Menge ab. Und da entdeck ich sie. Unten rechts von mir. Außen. Tommo, Peg und Webb. Sie werden von Tonton bewacht. Sind an den Handgelenken gefesselt.
»Ich hab gedacht, sie bleiben im Gefängnis, bis wir verheiratet sind«, sag ich.
DeMalo guckt nicht mal hin. »Ich will, dass sie dies sehen«, sagt er. »Damit sie klar erkennen, auf welcher Seite du stehst.«
Mittlerweile ist er richtig nervös. Sein Blick klebt am Himmel, während die Wolken sich verziehen. Langsam. Langsam.
»Du wirst an meiner Seite stehen«, sagt er zu mir. Wir sind auf dem Gipfel angekommen. Als unsere Hände sich trennen, fällt mir sein Silberarmband ins Auge. Er geht zu seinem Platz in der Mitte vom weißen Raum. Ich bleib neben einem Tonton stehen und zeig auf Tommo. »Der Gefangene da«, sag ich. »Der Junge. Der Wegbereiter will ihn hier haben, sofort.«
Der Tonton stürmt den Hügel runter und drängelt sich durch die Menge. Ich warte, bis ich seh, wie er Tommo ergreift und ihn den Hügel raufscheucht.
Dann geh ich in den weißen Raum und stell mich in die Nähe von DeMalo. Er steht in der Mitte, gleich unter dem kleinen Loch in der Decke. Er hält den großen kristallklaren Stein in der Hand, bereit, ihn hochzuheben, damit das Licht drauf fällt. Es ist nicht nötig, die Wände machen die Arbeit

allein. Aber es sieht gut aus. Macht das Ganze noch geheimnisvoller.
Endlich ist der Himmel wolkenlos. Die Hochzeitstagsdämmerung bricht gleich an. Das Trommeln hört auf. Die Fackeln gehen aus. Es herrscht Stille. Erwartungsvoll.
Tommo kommt oben auf dem Hügel an. Er und sein Tonton-Bewacher sind ganz außer Atem.
Gleich fällt das Morgenlicht auf das kleine Loch.
Laut sag ich zu DeMalo: »Ich hab ein Hochzeitsgeschenk für dich. Ein Armband, das zu dem passt, was du anhast.«
Als er zerstreut zu mir guckt, nick ich dem Tonton zu. Er schubst Tommo vor. Der stolpert mir in die Arme und guckt mich verwirrt an. »Verzeih mir«, sag ich.
Ich pack seine gefesselten Handgelenke und heb sie hoch. Zeige DeMalo das Armband. Den Zwilling von dem, was er immer anhat. Er starrt es an. Guckt Tommo an. Und wird aschfahl. Tommo starrt ihn erschüttert an. Seinen Vater, seinen längst totgeglaubten Vater. Vater und Sohn. Die Ähnlichkeit ist groß. Wenn man sie zusammen sieht, ist die Verwandtschaft nicht zu übersehen.
Und die Vision läuft über die glatten weißen Wände: erblühende Dämmerungsfarben. Leiser Vogelgesang. Liebliche Musik.
Ein unbehagliches Raunen läuft durch die Menge. Alle wissen doch, wie diese Visionen zum Leben erwachen. Der Wegbereiter hebt seinen Kristallstein, um sie zu empfangen. Die Visionen laufen. Aber der Stein ist nicht erhoben worden. Der Wegbereiter starrt diesen Jungen an. Drückt den Stein an die Brust. Wie ist das möglich? Was passiert da?
Tommo reißt sich von mir los. Geht einen Schritt auf DeMalo zu. Verwirrung und Staunen im Gesicht.

»Du hast gesagt, du kommst zurück«, sagt er. »Ich hab auf dich gewartet, Pa. Ich hab gewartet und gewartet. Die ganzen Jahre hab ich gedacht, du bist tot.« Seine Worte hallen von den glatten weißen Wänden wider. Jeder in Hörweite hört sie. Tommos Stimme ist rau und heiser. Unüberhörbar die Stimme von einem tauben Jungen.

»Das ist der Sohn vom Wegbereiter! Sein Kind!«, ruft ein Mann irgendwo in der Nähe.

Fast hätt ich seinen Namen gerufen. So erleichtert bin ich. Ich kann mich grade noch rechtzeitig bremsen. Es ist Jack. Er ist hier. Er ist doch gekommen.

Die Neuigkeit verbreitet sich. Und zwar schnell. Auf dem Hügel. Auf der Wiese. Sohn? Der Junge ist taub. Hört ihn doch reden. Es ist sein Sohn. Der Sohn vom Wegbereiter ist taub.

Eine Frau schreit: »Die Tonton haben meine Schwester getötet, weil sie nichts gehört hat!«

Gleichzeitig kommen Gerüchte über die Visionen auf. Die Wände zeigen sie auch ohne DeMalo. Die Grasebenen, üppig und grün. Der Adler. Die Berge. Die Tierherden, die über die Ebenen ziehen.

»Die Visionen sind Betrug! Das ist Abwrackerzeug!«, schreit Jack. »Er ist kein Wegbereiter. Er ist ein Betrüger. Ein Lügner.«

Nero fängt an zu kreischen. Unter den Leuten brechen Verwirrung und Wut aus. Ein paar von ihnen strömen auf uns zu. Die Tonton bilden hastig eine Reihe und schubsen die Leute mit ihren Feuerstäben zurück.

DeMalo hat sich nicht gerührt. Er ist erstarrt. Umklammert mit ausdruckslosem Gesicht seinen Kristallsteinklumpen.

»Sprich mit mir, Pa. Was ist passiert?«, fragt Tommo. »Warum bist du nicht zurückgekommen? Warum hast du mich nicht gesucht?«

»Antworte deinem Sohn«, sag ich. »Antworte diesen Leuten. Sag's uns. Wir wollen das alle wissen.«

Sein Gesicht verändert sich. Von nichts zu Wut. Von jetzt auf gleich. Rasende, finstere Wut. Er lässt den Stein fallen, zieht ein Messer und stürzt sich auf Tommo.

Ich hechte zu Tommo und schubs ihn zu Boden. DeMalos Messer reißt mir den Arm auf. Tommo steht schon wieder. DeMalo stürzt sich wieder auf ihn.

Ich nehm den Kristallstein auf.

Heb ihn ganz hoch.

Und schmetter ihn DeMalo auf den Kopf.

Ein schwerer Schlag auf den Hinterkopf. Mit meinem ganzen Gewicht dahinter.

Er geht zu Boden.

Wie ein Stein.

Er rührt sich nicht mehr.

Ich knie mich neben ihn. Taste nach Leben. Meine Finger werden nass von seinem Blut. Sein Kopf ist zerschmettert. Ein einziger Schlamassel aus Haaren, Blut und Knochen. Tommo ist bei mir. Er hilft mir, ihn umzudrehen.

»Seth«, sag ich.

Er ist tot.

Worte müssen gesagt werden. Also tu ich das.

»Siehe, ich gehe heute dahin wie alle Welt.«

Ich warte kurz, dann mach ich seine Augen zu.

Es herrscht Stille. In der Menge. Bei den Tonton. Die Visionen laufen weiter. Die Musik spielt weiter. Nero segelt lautlos über uns. Ich guck Tommo an. »Es tut mir so leid. Ich hab das nicht geplant«, sag ich.

Er guckt seinen Vater an, der nichts mit ihm hat zu tun haben wollen. »Er hat mich töten wollen«, sagt er. »Er hat sich geschämt für mich. Deshalb hat er mich verlassen.«
Ich berühr Tommos Gesicht. »Er hat falsche Ideen gehabt.«
»Dein Arm blutet«, sagt er.
Erst jetzt fällt mir wieder ein, dass das Messer mich erwischt hat. Die Spitze hat meinen Ärmel zerrissen. Hat mir in die Haut geschnitten, aber nicht tief. »Mir geht's gut«, sag ich. »Das ist nicht schlimm.«
Die ganze Zeit haben die Tonton nicht gewusst, was sie tun sollen. Jetzt kommen ein paar von ihnen auf uns zu, die Waffen auf uns gerichtet. Sie zögern. Bleiben stehen. Machen kehrt und gehen weg.
Weil da unten auf der Wiese was passiert. Die Verweser schreien auf. Rennen den Hügel hoch. Tommo und ich stehen langsam auf. Ich trau meinen Augen nicht. Ein Strom von Menschen kommt da vom Kamm runter. Sklaven mit ihren Halsbändern. Die Leute vom Snake River, die zurück auf die Höfe gegangen sind. Ich seh Creed und Ash und Slim. Da sind auch Molly und Auriel mit den anderen vom Nass Camp. Frauen aus den Säuglingshäusern mit Kindern auf dem Arm. Viele andere, Verweser, tragen auch Kinder. Die Leute entdecken Freunde und Familie und rufen sie. Rennen los. Umarmen sich. Weinen und lachen zugleich.
Das ist das, was wir gewollt haben. Das ist das, was richtig ist. Ich freu mich für sie alle. Ich wünschte nur, ich könnt es auch im Herz fühlen.
Ein Tonton packt mich. Schubst mir eine Waffe in den Rücken. Ein anderer Tonton packt Tommo.
»Was habt ihr vor?«, frag ich.
»Auf Befehle warten«, sagt mein Bewacher.

Also stehen wir da, wir vier, und beobachten die Wiedervereinigung. Gucken den Kindern aus Edenhome zu, die frei rumlaufen und nach ihren Brüdern, Schwestern, Müttern, Vätern suchen, nach allen, die sie kennen. Nells kupferrote Haare sind nicht zu übersehen. Sie hat Webb gefunden. Er und Peg sind ihre Fesseln losgeworden. Sind von ihren Tonton-Bewachern verlassen. Tracker ist auch wieder frei. Peg hat ihn sich geschnappt. Als sie sieht, dass ich zu ihr hinguck, hebt sie die Hand.

»Seit wann weißt du das?«, fragt Tommo.

Ich dreh den Kopf und seh, dass er mich anguckt. »Erst seit Edenhome«, sag ich. »Als ich dein Armband gesehen hab. Ich fass es nicht, dass ich das nicht schon früher kapiert hab. Du bist ihm so ähnlich.«

Falls es Seths Kind gewesen ist, das ich verloren hab, dann wär es ein Bruder oder eine Schwester für Tommo gewesen. Was für eine seltsame Vorstellung das ist.

Sein Blick schweift ab, dann kehrt er zu mir zurück. »Du hast ihn Seth genannt«, sagt er.

»Seid still«, sagt mein Bewacher.

»Wir reden später«, sag ich.

Ein paar Kommandanten schreien Befehle, aber die Tonton fallen auseinander. Ein paar werfen ihre Waffen weg und gehen davon. Andere werden im Handumdrehen von Creed und Ash, Vain Ed und anderen Verwesern entwaffnet. Sie leisten keinen Widerstand.

Tommos Bewacher entdeckt einen Tonton-Kommandanten, der den Hügel rauf in unsere Richtung kommt. »Sir!«, schreit er. »Gefangene hier, Sir. Erwarten Befehle.«

Der Tonton-Kommandant ist Jack. Im Gehen sagt er: »Alle Gefangenen freilassen und dann wegtreten.«

»Wegtreten, Sir?«, fragt mein Bewacher.
»So lautet der Befehl«, sagt Jack. »Wir sind aufgelöst. Das ist vorbei. Keine Tonton mehr.« Schon beim Sprechen wirft Jack den schwarzen Umhang ab. Macht den Waffengürtel auf. »Falls ihr euch in die Gesellschaft einfügen könnt, gibt's vielleicht einen Platz für euch in New Eden. Da unten ist ein Mann, der euch sagt, was als Nächstes kommt, was ihr tun müsst. Er heißt Salmo Slim. Ihr könnt ihn nicht übersehen.«
Sie zögern, nur einen Augenblick lang. Dann sind sie weg, ohne noch was zu sagen.
Tommo hat schon Jacks Hand genommen. »Ich hätt wissen können, dass du nicht lang tot bleibst«, sagt er. Dann geht er nach einem Blick auf uns zwei den Hügel runter.
Er hat nicht nach Emmi oder nach Lugh gefragt. Er muss es mir angesehen haben.
Dann sind wir allein. Jack und ich. Und Seth liegt ein paar Schritte weiter am Boden. Wir gucken ihn nicht an. Wir gehen aus dem Raum raus und ein Stück den Hang runter. Lautes Feiern erfüllt die Morgenluft. Die Spätherbstsonne scheint hell. Am blauen, blauen Himmel ist keine Wolke zu sehen.
Wir stehen ein Stück voneinander entfernt.
»Der Tag ist ja doch noch schön geworden«, sagt Jack.
»Für das alles muss ich bestimmt dir danken«, sag ich. »Ich hab nicht gewusst, was ich tun würde. Danke.«
»Du hast das alles in Gang gesetzt. Als es einmal angefangen hat, ist es erstaunlich schnell gegangen. Wie ein fliehendes Pferd. Ich musste sogar hier und da bremsen. Wir haben das … wie hast du das genannt? Das mordsmäßig große Rumpeln gebraucht. Das hast du uns geliefert, keine Frage.

Aber wo wir gerade davon reden, sich auf die Schnelle was einfallen zu lassen. Das ist haarig gewesen, sogar für meine Verhältnisse. Aber du hast es geschafft. Ich hab nicht … wirklich geglaubt, dass das klappt. Ich hätte das nie gedacht. Gratuliere.«

Ich zeig in Richtung von dem, was unten auf der Wiese passiert. »Die sind's, denen du gratulieren kannst«, sag ich.

Wir reden wie zwei Fremde miteinander.

Er dreht sich um und betrachtet die Wände im Visionenraum hinter uns. Der jetzt still ist. Nur weiße Wände. Sonst nichts.

»Du bist mit ihm schon mal in diesem Raum gewesen. Im Bunker. Bevor wir zwei zusammen da drin gewesen sind. Darum hast du das mit dem Licht gewusst.« Sein Blick wandert zu DeMalo. Dann zu mir. »Du schuldest mir die Wahrheit.«

»Das war, als ich geglaubt hab, du hättest dich gegen uns gestellt. Du bist in Darktrees gewesen. Du hast mir den Herzstein zurückgeschickt. Ich hab nicht verstanden, warum, das weißt du. Und dann hast du Emmi geschnappt, und Lugh ist nicht da gewesen, und … es ist mir nicht gutgegangen. Ich bin gefallen, Jack. Ich wollte nicht aufgefangen werden, aber er hat mich aufgefangen. Außer ihm ist keiner da gewesen.«

Ich kann ihm nicht in die Augen gucken.

Jack schweigt. Dann: »Du hast mich mal gefragt, wie ich das finden würd, wenn du mit jemand anders zusammen gewesen wärst. Ich wär nie drauf gekommen, dass du ihn meinst.«

»Es ist ziemlich … kompliziert geworden«, sag ich.

»Kann ich mir vorstellen«, sagt er.

Gerade will ich was sagen. Ich weiß auch nicht, was. Vielleicht:
Ich hab ihn nie geliebt, ich lieb dich, immer nur dich, kannst du mir meine Lügen und meinen Betrug je verzeihen?
Aber eine Horde Leute kommt den Hügel raufgestürmt. Ash und Creed und Slim und Molly. Und auch Tommo. Und Cassie. Da sind auch Webb und Ruth und ihre Nell mit dem Kupferkopf. Und Vain Ed, der Müller, und JB, der letzte Baumhund. Sie packen mich und schwemmen mich in einer Welle aus Jubel und Gelächter den Hügel runter.
»Komm schon, Jack!«, ruft Molly. »Komm mit uns!«
Ich guck mich um, aber er ist schon weg.

New Eden

Es ist so schnell auseinandergefallen. So ganz und gar. DeMalos New Eden. Ich hab recht gehabt. Er hat es auf Verwerfungen aufgebaut. Er hat recht gehabt. Die Geschichte wird noch generationenlang erzählt werden. Es wird bloß nicht die Geschichte sein, die er im Sinn gehabt hat.

Im Namen wird New Eden erhalten bleiben. Aber im Geist und im Körper fängt es schon an, zu was anderem zu werden. Zu was Gutem und Hoffnungsvollem.

Es gibt viel zu betrauern. Viel zu heilen. Viel schweres Unrecht wiedergutzumachen. Viel Verzeihung muss aus irgendeiner Großzügigkeit in uns drin kommen. Für viele ist es, als wären sie aus einer Traumwelt gerissen worden, in der sie lange gefangen gewesen waren. So groß ist die Macht von einem einzelnen Mann gewesen. Seine Vision, seine Leidenschaft, sein Glaube, sein Wille.

Die Menschen in diesem New Eden werden Mut und Glauben brauchen. Sie müssen stark genug sein, um nie wieder jemand zu folgen. Die Erde und alle zu heilen, die sie sich teilen, ist Arbeit für viele Menschenleben und wird viele Generationen dauern. Das hat DeMalo gesagt. Er hat recht gehabt.

Das Herz von New Eden wird ein Rat aus neun weisen Frauen sein. Zum ersten Rat, den sie gewählt haben, gehören Mercy, Auriel, Molly und Ash. Sie haben gut gewählt.

Sie haben auch mich wählen wollen, aber ich lass mich nicht wählen. Meine Kriegerinnenrolle hat ausgedient. Die Stärke von New Eden, seine Zukunft liegen bei ihnen, den Menschen. Und nur bei ihnen.
Es gibt hier ein paar, die lesen können, zum Beispiel Tommo. Die erforschen jetzt die Geheimnisse vom Samenlager. Von diesem Geschenk aus der Vergangenheit an die Zukunft, die jetzt ist. Ich glaub, es gibt Hoffnung für New Eden. Für die Erde und den Himmel. Das Wasser und die Bäume. Die Tiere und die Menschen.
Falls es für mich selbst überhaupt Hoffnung gibt, dann nur da drauf: dass ich hinter dem Horizont, irgendwo, irgendwann mit mir und mit dem, was ich getan hab, leben kann. Ich kann nicht um Verzeihung bitten für meine schlimmsten Fehler. Die, die ich drum bitten würde, sind tot.
Darum gehör ich nicht mehr in dieses Land. Ich bin hier fertig. Ich muss weiterziehen. Und immer weiterziehen.
Als Mercy ihre Sklavenlumpen verbrennt, steh ich bei ihr. Sie haben einen großen Scheiterhaufen gebaut. Da haben sie alle Sklavenkleider draufgelegt, und wir gucken uns alle an, wie sie verbrennen. Schwarzer Qualm steigt zum Himmel auf und verblasst im Blau.
Ich sag das, was gesagt werden muss zu denen, die ich liebhab. Zu denen, die ich immer im Herz tragen werd. Ich erzähl endlich die Wahrheit. Alles, was ich getan hab, ihnen allen, allen zusammen. Nichts davon ist einfach. Ich komm nicht gut dabei weg. Ich bitt um Verzeihung, die aus dieser Großzügigkeit in ihnen drin kommen muss. Von Lughs Anteil an allem sag ich nichts. Ich erzähl ihnen, dass er Nero gefangen hat, weil er gehofft hat, dass ich Angst krieg und aufgeb. Er hat sich nur Sorgen gemacht um Emmi und um

mich. Alles, was er getan hat, hat er aus Liebe zu uns getan und damit wir in Sicherheit sind. Mehr brauchen sie nicht zu wissen.
Ich verbring viel Zeit mit Tommo. Nur wir zwei, allein. Er erzählt mir von seinem Leben vor Ike. Von dem, woran er sich aus der Zeit mit seinem Vater noch erinnert. Ich erzähl ihm alles, was ich über Seth Gutes sagen kann. Wir reden über Lugh und Emmi. Wir reden über seine Gefühle für mich. Und davon, wie wichtig er mir ist. Er sagt mir, dass er Creed um Rat gefragt hat, wie er mich für sich gewinnen kann. Am Ende hat er sich alle Geheimnisse aus den dunklen Augen geredet. Am Ende haben wir zu irgendeinem Frieden gefunden.
Dann gehen wir auf die Wiese oben auf dem Hügel, wo Seth liegt. Tommo hat seinen Vater selbst begraben. Nur er allein, mit seinen eigenen Händen. So hat er's haben wollen. Zusammen pflanzen wir eine junge Esche am Grab. Ihre Wurzeln werden stark werden zwischen seinen Knochen.
Molly kommt zu mir. Es ist Lugh gewesen, mit dem sie im Wald gelegen hat. Wie seltsam. Wie ganz und gar seltsam. Dass ausgerechnet die zwei zusammengekommen sind. Er, der Jack gehasst hat, und sie, die ihn liebt. Gleich nach Resurrection hat das mit ihnen angefangen. Ihr Kummer hat sie zusammengebracht. Sie haben nie über Jack gesprochen. Es ist keine große Liebe gewesen, aber die beiden haben sich sehr gerngehabt.
Ich bin froh, dass Lugh Molly in seinem Leben gehabt hat. Dass er ihr Licht und ihre Stärke kennengelernt hat. Sie erzählt mir, wie zärtlich er zu ihr gewesen ist. Und dass sich das wie Balsam auf ihrer Seele angefühlt hat. Ich bin froh, dass sie ihn als freundlich und gut kennengelernt hat. Und

ich bin die Erste, der sie ihr Geheimnis erzählt. Sie bekommt ein Kind. Lughs Kind. Er hat es nicht gewusst. Sie hat keine Gelegenheit gehabt, es ihm zu erzählen.
Ein kleines Hoffnungsfünkchen leuchtet in mir auf.
Als ich allen Lebwohl gesagt und Hermes bepackt hab, tu ich das eine, was ich mir bis zuletzt aufgespart hab.
Ich geh zu der krummen alten Eiche, wo sie liegen. Mein goldenes Herz, Lugh. Und meine Emmi. Ich hab sie sehr liebgehabt. Aber zu spät. Die Kinder von meiner Mutter und meinem Vater. Tot und begraben in den kurzen Tagen vom Jahr. Wenn das Licht früh schwindet und die Dinge vergehen.
Man hat es mir gesagt, und jetzt seh ich's mit eigenen Augen. Ihre Steinhaufen sind mit Ehrengaben bedeckt. Sträußchen mit späten Blumen. Büschel mit Beeren und Herbstblättern. Gräser und Efeu und polierte Steine. Schöne Gaben der Erde. Ich könnt mir wünschen, sie wären auf einem Scheiterhaufen verbrannt, damit ihre Seelen frei zu den Sternen aufsteigen können. Aber ich weiß, sie finden den Weg dahin auch so. Und es ist passend, dass sie in der Erde liegen. Weil sie ihr Leben für dieses Land gegeben haben.
Ich kann sie nicht hier ohne mich lassen. Wir drei müssen zusammenliegen, irgendwie.
Ich kratz eine schmale Grube zwischen ihnen. In der begrab ich den Todesengel. Ich leg meine Rüstung rein, die nie einen Kampf erlebt hat. Meine Weste mit den Metallplättchen und die Armbänder. Und ich gehorch dem Traum, der mich so lang verfolgt hat, und leg Auriels roten Schal obendrauf. Das alles deck ich mit Erde zu und häuf Steine drauf. Nero guckt mir von Lughs Steinhaufen aus zu.

Hinter mir hör ich Auriels Stimme. Ihre kühle, klare Stimme, wie ein Bergbach. »Jedes Volk braucht einen Ort, den es aufsuchen kann. Jedes Volk braucht eine Geschichte.«
Ich steh auf. Sie haben sich ganz leise alle versammelt, während ich beschäftigt gewesen bin. Auriel. Mercy und Tracker. Molly. Ash. Creed. Slim. Und Tommo. Tommo natürlich.
»Vor langer Zeit«, sagt Auriel, »als das Land krank gewesen ist und die Hoffnung im Sterben gelegen hat, sind an Mittwinter Zwillinge geboren worden. Ein Mädchen, dunkel wie die Nacht. Ein Junge, hell wie der Tag. So ist das eben«, sagt sie und lächelt. »Ich sag dir, der Steinhaufen in der Mitte wird bald hoch über den anderen beiden aufragen.«
»Das will ich gar nicht sehen«, sag ich. »Es wird Zeit, dass ich loskomm.« Ich kann ihnen nicht in die lieben Gesichter gucken. Ich geb Tracker einen letzten Kuss auf den Kopf. Dann geh ich zu Hermes und sag: »Kein langer Abschied. Wir haben uns schon gesagt, was gesagt werden muss.«
»Kein Getue, versprochen«, sagt Slim. »Wir haben gewusst, dass du versuchst, dich heimlich davonzuschleichen. Wir sind nur hier, um dir hinterherzuwinken.«
Ich schwing mich auf Hermes' Rücken. Bereit mich drauf vor, sie anzugucken. Ein langes letztes Mal.
Ash hat rote Augen vom Weinen. »Gottverdammt, Saba«, sagt sie.
Molly legt eine Hand auf den Bauch, wo das Kind von meinem Bruder jetzt wächst. Creed steht neben ihr, ein paar Schritte weg. Ihre Körper zieht's zueinander. Keiner von beiden merkt das.
Der Herzstein hängt kühl um meinen Hals. Ein Herzstein gehört einem nicht. Man ist bloß eine Zeitlang sein Hüter.

Wenn er einen zu dem geführt hat, was das Herz sich wünscht, gibt man ihn an jemand anders weiter.
Ich zieh mir das Lederband übern Kopf. »Molly«, sag ich. »Der ist jetzt deiner.«
Ich werf ihn ihr zu. Sie fängt ihn auf und guckt verdutzt. »Er ist heiß«, sagt sie. »Was hat das zu bedeuten?«
»Guck neben dich«, sag ich. »Dann gib ihn weiter.«
Wir heben zum Abschied die Hände. Hermes trottet los. Und ich reite weg von meinem Leben.

Eineinhalb Meilen vom Weeping Water weg bleib ich an der ersten Kreuzung stehen. Nero kreist über mir.
Ich hab keinen Plan. Keine Pläne mehr. Der Tag ist schön und warm. Die Sonne ist mild und freundlich. Der Wind bläst kräftig aus Süden.
Mit dem Wind im Rücken kommt man weiter, ist man schneller. Ich dreh Hermes nach Norden. Nach oben auf der Karte. Dann geb ich ihm die Fersen. Und wir fliegen übers Land.

Ich find den Fluss ohne Probleme. Den, der nach Norden zu der großen Wasserfläche fließt. Ich folg ihm, bis er sich zum Meer öffnet. Als mir das Land ausgeht, halt ich an. Auf einer schroffen Granitklippe an einem sonnigen Nachmittag mit einem Ausblick, der endlos weitergeht.

Ich will bloß sehen, wo er hin ist.

Ich spring von Hermes runter und geh zum Rand von der Klippe. Ich hab ja keine Ahnung gehabt. Das hab ich nicht gewusst. Wie die Luft am Meer riechen würde. Dass ich sie schmecken kann, frisch und lebendig. Dass mein Blut schneller fließt beim Anblick von so einer großen Wasserfläche. Wie das Wasser zischt und buckelt, wo es auf das Land trifft.

Scharen von weißen Meeresvögeln kreisen und rufen. Nero antwortet von der Landseite. Ich hol den Weitgucker raus und setz ihn an die Augen. Ich will bloß sehen, wo er hin ist.

Die Sonne malt feurige Blitze aufs Wasser. Ich blinzel, während ich das Wasser absuch.

Und mein Herz zittert in meiner Kehle. Ein weißes Boot. Ein weißes Segel. Das ist er. Das ist Jack. Ich hab nicht geglaubt, dass ich ihn wirklich zu sehen bekomm. Ich hab geglaubt, er ist bestimmt längst weg. Er kommt langsam, aber stetig voran, nach Westen, Richtung Sonnenuntergang. Zwei Meilen von da aus, wo ich steh.

»Jack«, flüster ich seinen Namen. Und dann renn ich am Rand der Klippe lang. Plötzlich brennt die Hoffnung in mir und beflügelt meine Füße. »Jack! Jack!«, schrei ich. Ich schrei und wink. Aber er segelt weiter. Er kann mich nicht hören. Ich werd langsamer und bleib stehen.

In Sicht. Außer Reichweite. Was hätt ich auch zu ihm sagen sollen? Nichts, was irgendwas ändern würde.

Hermes ist mir hinterhergelaufen. Er stupst mich sanft mit dem Kopf an. »Ich hab schon immer den richtigen Zeitpunkt verpasst, wenn's um ihn geht«, sag ich.

Ich nehm die Zügel. Langsam gehen wir wieder landeinwärts. Nero segelt hoch über den schroffen Felsen. Plötzlich fängt er an zu krächzen. Dann saust er los und ist nicht mehr zu sehen.

Nicht lang, und ein schrilles Getöse zerreißt die Stille. Eine dunkle Wolke taucht am Horizont auf. Bewegt sich in unsere Richtung. Sieht aus wie ein Vogelschwarm. Ich bleib stehen und setz den Weitgucker an die Augen.

Es ist ein Vogelschwarm, das wohl. Ein riesiger Schwarm Singvögel. Und genau in der Mitte ist der größte Vogel von allen. Peg the Flight, mit Helm und Augenschutz. Sie fliegt in ihrer Flugmaschine zwischen den Vögeln.

»Du solltest sie freilassen. Vögel müssen fliegen.«

»Bald, Kleine, bald. Ich und sie.«

»Sie hat es getan. Ich glaub's nicht!«

Ich spring auf Hermes, und wir galoppieren ihnen entgegen. Sie sieht uns kommen und winkt. Als wir bei ihr sind, lass ich Hermes kehrtmachen, und wir reiten hier unten mit ihr mit. Sie fliegt höchstens zehn Meter über uns. Ich guck zu ihr hoch. »Peg!«, brüll ich. »Peg! Wo willst du hin?«

Sie hält die gewölbte Hand ans Ohr und schüttelt den Kopf.

Bei dem Radau, den die Vögel machen, kann sie mich nicht hören. Mir kommt eine verrückte Idee. Ich zeig aufs Wasser. Dann auf meine Brust. Sie schüttelt wieder den Kopf. Sie kapiert's nicht. Das Wasser. Ich. Das Wasser. Ich. Dann kapiert sie's. Ihr Daumen geht hoch. Sie wühlt neben ihren Füßen und wirft mir ein dünnes Seil runter. Es ist an ihrem Ende irgendwo festgebunden.

Ich galoppier weiter. Ein Stück vor dem Klippenrand bleib ich stehen. Spring von Hermes ab, schmeiß meine Ausrüstung runter und nehm ihm schnell das Geschirr ab. Zaumzeug und Zügel und die Decke auf seinem Rücken. »Gut, dass ich schwimmen kann.«

Ich werf ihm die Arme um den Hals. »Danke. Ich vergess dich nicht. Nie.«

Peg und ihre Vogelschar fliegen über mich drüber. In Richtung Meer. Nero führt sie an.

Ich schnapp mir meine Tasche und meinen Bogen und renn ihnen hinterher. Das Seil fliegt knapp überm Boden.

Ich renn und renn, Peg schreit, ich werd's nicht erwischen, sie ist über die Klippe weg, und ich renn und komm an den Rand und ich

spring

flieg

streck mich

werd's nicht erwischen

muss mich recken strecken recken.

Ich greif danach. Ich hab's. Das Seil. Ein Ruck geht durch den Flieger, als mein Gewicht ihn nach unten zieht. Er schwankt. Geht tiefer. Stockt. Plötzlich röhrt was laut, weil Peg irgendwas anschmeißt. Die Kiste fliegt wieder ruhig weiter, und wir steuern raus aufs Meer.

Und ich bin frei. Ich flieg mit den Vögeln. Nero flattert neben mir. Er krächzt und lässt mich wissen, was er von meiner Verrücktheit hält.
»Kein Wunder, dass du das tust«, sag ich zu ihm.
In der Ferne seh ich Jacks Segel. Ich schrei zu Peg hoch. Sie guckt zu mir runter. Ich zeig in seine Richtung. Wir fliegen langsam eine Kurve und dann nach Westen zu ihm.
Ich guck ein letztes Mal zurück zum Land. Hermes steht da, wo ich ihn zurückgelassen hab. Er guckt uns hinterher. Ich wink. Er wartet noch einen Augenblick, dann galoppiert er weg.
Unten in seinem Boot hört Jack den Radau, den die Vögel hinter ihm machen. Er dreht sich um und guckt. Als wir über ihn drüberfliegen, klappt ihm der Unterkiefer runter. Ich zieh kräftig am Seil. Damit Peg weiß, dass ich abspring. Ich halt meine Sachen gut fest und spring. Das Wasser ist kalt. Meine Stiefel sind schwer. Aber wie sich rausstellt, ist meine Ledertasche wie ein Floß. Peg beugt sich raus und guckt nach, ob ich es geschafft hab. Ich wink. Sie winkt zurück. Dann drehen sie und ihr Schwarm wieder Richtung Land ab.
Jack hat das Segel eingeholt. Ich strampel zum Boot. Als ich da bin, guck ich zu ihm hoch.
»So ein Zufall«, sagt er. Keine Spur von Willkommen in seinem Tonfall, in seinem Gesicht.
»Kein Zufall«, sag ich. »Ich bin der Straße gefolgt. Die hat mich hergeführt.«
»Wenn ich dich ins Boot zieh, sind das drei für mich.«
Wenn man jemand dreimal das Leben rettet, gehört einem sein Leben. Die Dreierregel.
»Deine Entscheidung, Jack«, sag ich.

»Wie hast du mich gefunden? Der Herzstein?«
Ich guck ihm in die Augen. In seine Silbermondaugen. Sein ruhiges Stillwasserherz.
»Ich brauch keinen Stein, um dich zu finden. Ich würd dich immer finden, egal wo du bist«, sag ich.
Er zögert. Dann beugt er sich zu mir runter und hievt mich ins Boot. Während er das Segel wieder hochzieht und uns auf den Weg bringt, gieß ich meine Stiefel aus, zieh mich bis aufs Unterzeug aus und wring meine Kleider überm Wasser aus. Als ich die Sachen zum Trocknen ausbreite, flattert Nero runter auf den Bug. Er breitet die Flügel weit aus und krächzt.
»Ich hätte nicht gedacht, dass es hier draußen so gesellig wird. Und schon gar nicht so familiär«, sagt Jack.
»Ich hab gedacht, du bist schon längst weg.«
»Ich auch. Wie sich rausgestellt hat, ist es nicht so leicht, an ein Boot zu kommen. Ich hab zwei Tage lang um die Wanne hier würfeln müssen. Ich hab viermal alle meine Kleider verloren. Wenn ich nicht geschummelt hätte, wär ich immer noch da. Nackt und ohne Boot.«
»Schönes Bild«, sag ich.
Ein Lächeln lauert in seinen Augen. »Falls du's auf einen Ehemann abgesehen hast, vergiss es. Ich hab ja gesehen, was du mit deinem letzten gemacht hast.«
»Nix Ehemann«, sag ich. »Steuer einfach das Boot, Jack.«
»Das Boot steuern«, sagt er. »Aye, aye, mein Kapitän.«
Ich lehn mich zurück und halt das Gesicht in die Sonne. Die Bänder, die mein Herz zusammenhalten, werden bald reißen. Das weiß ich. Gibt es einen besseren Ort als das Meer, um ein Meer von Tränen zu weinen?
Jack steuert unser Boot mit sicherer Hand.

Er guckt über die Schulter zu mir. »Hast du eine bestimmte Richtung im Sinn? Der Wind ist wechselhaft um diese Jahreszeit.«

»Wir fahren einfach dahin, wohin es uns verschlägt«, sag ich.

Und das tun wir.

Er und ich.

Das tun wir.

Dank

Tausend Dank an Sophie McKenzie, Melanie Edge, Gaby Halberstam und Julie Mackenzie – Freundinnen und Weggefährtinnen.

Ich danke auch meinen großartigen *Dustlands*-Lektorinnen: Helen Thomas bei Scholastic Children's Books, Karen Wojtyla bei Margaret K. McElderry Books und Marion Lloyd. Ein Dank geht an Doubleday Canada für die wundervolle Unterstützung und Ermutigung; ebenso an Gallimard Jeunesse, den S. Fischer Verlag, Otava, Gyldendal Norsk, Rabén & Sjögren sowie alle in der Literaturagentur Aitken Alexander.

Ein besonderer Dank geht an Gillie Russell und Andrew Beacham. Zu Dank verpflichtet bin ich auch John McLay, Gill McLay und Julia Green, die mir einen Schubs gaben, als ich ihn am meisten nötig hatte.

Vor allem aber danke ich Paul Stansall. Für alles. Immer.